KILEY ROACHE
Death for You

KILEY ROACHE

#DEATH FOR YOU

Aus dem Amerikanischen
von Ursula Held

Bei diesem Buch wurden die durch das verwendete Material und die Produktion entstandenen CO₂-Emissionen ausgeglichen, indem der cbj Verlag ein Projekt zur Aufforstung in Brasilien unterstützt.
Weitere Informationen zu dem Projekt unter:
www.ClimatePartner.com/14044-1912-1001

Penguin Random House
Verlagsgruppe FSC® N001967

Sollte diese Publikation Links auf Webseiten Dritter enthalten, so übernehmen wir für deren Inhalte keine Haftung, da wir uns diese nicht zu eigen machen, sondern lediglich auf deren Stand zum Zeitpunkt der Erstveröffentlichung verweisen.

1. Auflage 2023
Erstmals als cbt Taschenbuch März 2023
© 2021 Kiley Roache
Die Originalausgabe erschien 2021 unter dem Titel »Killer Content« bei Random House Children's Books, einem Verlag von
Penguin Random House LLC, New York
© 2023 für die deutschsprachige Ausgabe
cbj Kinder- und Jugendbuchverlag
in der Penguin Random House Verlagsgruppe GmbH,
Neumarkter Str. 28, 81673 München
Alle deutschsprachigen Rechte vorbehalten
Übersetzung: Ursula Held
Umschlaggestaltung: Kathrin Schüler, Berlin
unter Verwendung der Abbildungen von
© Shutterstock (Alena Ozerova; Eako21)
MP · Herstellung: AW
Satz: Vornehm Mediengestaltung, München
Druck: GGP Media GmbH, Pößneck
ISBN 978-3-570-31540-8
Printed in Germany

www.cbj-verlag.de

*Für alle,
die California Dreams haben*

PROLOG

11 Tage später

HÄFTLING #1438 IM L. A. COUNTY JAIL

Das Blitzlicht der Kamera flammt auf, mir mitten ins Gesicht. Der Beamte will, dass ich mich zur Seite drehe und die Tafel etwas höher halte.

Sonst treibe ich weit mehr Aufwand, bevor ich vor eine Kamera trete. Immer im idealen Outfit, perfekt abgestimmt, extrem stylish – aber ohne den Eindruck zu erwecken, ich würde mich besonders um meinen Look bemühen. Und keine Logos im Bild, es sei denn, ich werde dafür bezahlt. Die richtige Kameraposition, die wir immer erst nach mehreren Probeläufen finden. Die beste Ausleuchtung, für die ich mich gern im Halbprofil vor ein Fenster stelle, damit wir das seitlich einfallende natürliche Licht nutzen können. Dazu Reflektoren, um das Gesicht von beiden Seiten gleichmäßig zu beleuchten, und auf jeden Fall noch mein zweihundert Dollar teures Ringlicht, ohne das keine Aufnahme wirklich gelingt.

Immer geht es darum, unheimlich begehrenswert und einzigartig, aber gleichzeitig nahbar rüberzukommen. Ein schwieriger Balanceakt, der einen Haufen Vorbereitung erfordert.

Aber jetzt muss ich dieses Verbrecherfoto hinter mich bringen.

Wen wundert's, dass ich mistig aussehe. Und trotzdem schlägt das Bild heftiger ein als alles, was ich in den zwei Jahren gepostet habe, in denen ich mir mit viel Mühe meine persönliche Marke aufgebaut habe. Die körnige Aufnahme einer uralten Digitalkamera, geschossen vor einer kahlen grauen Wand, mit *Neonlicht* von oben bringt mir innerhalb eines Tages den absoluten Klickrekord ein. Krass.

1

17 Stunden vorher

GWEN

»Ich sag euch eins: Wenn es dieses Mal nicht hinhaut, bringe ich euch beide um.« Camis Gesicht hat hektische rote Flecken. Sie packt mich – ein wenig zu fest – am Arm und führt mich erneut durch die Moves. »Rechts, links, drehen und Pose, klar?«

»Also genauso, wie wir es schon die ganze Zeit gemacht haben?«, maule ich.

»So, wie *ich* es gemacht habe. *Du* hast es immer noch nicht drauf«, raunzt Cami.

Cami heißt mit vollem Namen Dolores Camila Villalobos de Ávila, aber alle nennen sie nur Cami, denn Dolores, so meint sie, *heißen nur Omas, aber doch keine TikTok-Stars.*

Sie glaubt, sie muss den Boss raushängen lassen, weil sie die Einzige mit *richtiger* Tanzausbildung ist. Sie ist zwei Jahre zur *School of American Ballett* gegangen, bis sie die Pubertät erwischt und sie zu deutliche Kurven für die klassische Tanzwelt entwickelt hat. Cami kommt mir ständig von oben herab, weil ich nie richtigen Unterricht hatte und außerdem die Fachbegriffe nicht kenne: *ein Frappé gibt es nicht nur bei Starbucks, Gwen.*

Wenn ich wollte, könnte ich genauso überheblich tun. Ich könnte ihr ganz leicht einen Dämpfer verpassen, indem ich sie daran erinnere, dass ich diejenige mit achtzig Millionen TikTok-Followern bin, sie kommt nicht mal auf die Hälfte. Ganz egal, ob sie weiß, wie man den Takt hält: Ich bin hier die Top-Checkerin.

Stattdessen halte ich meine professionell geboosterten Lippen geschlossen und lasse mich zum zehnten Mal durch die 45-Sekunden-Choreo führen. Wenn ich jetzt aufmucke, gibt es nur wieder Chaos und Streit. Und sie hat ja recht, uns bleibt nicht viel Zeit.

Ehrlich gesagt erkenne ich keinen Unterschied zwischen dem, was ich bisher gemacht habe, und dem, was sie möchte. Aber sie freut sich über irgendeine Verbesserung.

»Also gut, dann nehmen wir es jetzt auf.« Sie stupst Tucker an, der uns bis vorhin gefilmt hat, jetzt aber quer über Camis Bett liegt und durch Instagram scrollt. Tucker ist eins neunzig groß und soweit ich weiß, hat er sich in den siebzehn Jahren seines Lebens noch keinen Augenblick darum geschert, vielleicht zu viel Raum einzunehmen.

»*Häh?*« Er schaut von seinem Handy hoch und reißt die Augen auf, als er Camis Gesichtsausdruck registriert: Sie sieht aus, als hätte sie üble Verstopfung. »Oh, klar. Bin bereit.« Er steht auf, schiebt sich den Schirm seines Basecaps in den Nacken, richtet das Smartphone auf uns und startet die Aufnahme: »Action!«

Die Musik wird über TikTok abgespielt und wir verrenken uns zu den unsterblichen Klängen der *Pussycat Dolls*. »When I grow up – I wanna be famous – I wanna be a star.«

Fünfundvierzig Sekunden später ruft Cami: »Schnitt!« Sie reißt Tucker das Telefon aus der Hand. »Ich glaube, das ist es.« Sie hält mir das kleine Display hin und ich begutachte unsere Performance. »Ich wusste doch, dass es nicht komisch rüberkommt, nur mit uns beiden.«

»Ja, warum sollte man sich bei seiner Freundin entschuldigen, wenn die Dreier-Regel mal eben nicht mehr gilt?«, ätzt Tucker.

»Genau«, erwidert Cami und überhört seinen Sarkasmus. Sie wischt über den Bildschirm und probiert verschiedene Filter für unser Video aus. »Ich darf dich vielleicht daran erinnern, dass ich nicht die Einzige bin, auf die Sydney sauer ist.«

Tucker zuckt kurz zusammen.

Wir konnten nicht in unserer üblichen Formation tanzen, mit Sydney rechts und Cami links von mir, weil es vorgestern einen RIESENkrach gegeben hat. Sydney ist spätabends abgehauen, zum Haus ihrer Eltern, oben in den Santa Monica Mountains. Seitdem ist weder ein Snap noch eine Nachricht von ihr gekommen und niemand weiß, ob sie je wieder TikToks mit uns aufnehmen wird.

»Seid ihr sicher mit dem Lied?« Tucker lenkt lieber von seiner Freundin ab, die uns im Stich gelassen hat. »Ist das nicht zu dick aufgetragen?«

»Was meinst du?«, frage ich. Ich fasse mir an die Wange. Danach habe ich Make-up an den Fingern. »Hab ich zu viel Kontur aufgetragen?«

Cami verdreht die Augen.

Tucker lacht mich aus. »Das war nicht wörtlich gemeint, Gwen.«

»Klar, weiß ich doch.« Ich drücke die Schultern durch. »Wollte nur witzig sein.«

»Klar, Süße«, bemerkt Cami mitleidig.

Ich glühe innerlich vor Scham. Ich hasse es, wenn Leute mich für blöd halten. Weil ich siebzehn bin, platinblond und so nah dran am Barbie-Look wie La-Mer-Kosmetik, Tracy-Anderson-Fitness und Dr. Malibu (der Schönheitschirurg der Stars) es mir ermöglichen, glauben alle, ich wäre unterbelichtet. Bin ich aber nicht. Eigentlich bin ich ziemlich schlau, auf meine Art.

Ich habe vielleicht nicht viel drauf von dem, was man in der Schule beigebracht bekommt, zum Beispiel was »zu dick aufgetragen« bedeutet. Dafür weiß ich aber, zu welcher Tageszeit man am besten bei Insta postet. Nämlich grundsätzlich zu einer anderen Zeit als bei TikTok. Ich weiß, welche Kameraperspektive für mich am günstigsten ist und wie man sexy und witzig wirkt, dabei aber nicht zu selbstverliebt rüberkommt. Ich kenne die genaue Dosis Content, mit der man garantiert im Gedächtnis bleibt, ohne seine Follower zu nerven.

Ich habe mir das alles hier ausgedacht. Das vergessen die anderen gerne, weil Sydneys Eltern die Hypothek aufgenommen haben. Dabei hatte ich die Idee, das *LitLair* zu gründen, eine WG mit TikTok-Teeniestars, die zusammen in einem Haus in Malibu abhängen und Content liefern. Ich dachte, wenn wir jeweils in den Videos der anderen auftauchen, steigern sich unsere Followerzahlen viel schneller, als wenn jeder sein Ding macht. Und ich hatte recht. Letztens habe ich gelernt, dass man so was *Synergie* nennt. Also wenn zwei plus zwei fünf statt vier ergibt. Ich fand das aber schon einen guten Plan, bevor ich diesen Begriff kannte.

Ich habe eben echtes Talent, wenn es darum geht, mich zu vermarkten. So wie Paris Hilton mal meinte: »Manche Mädchen werden eben mit Glitzer in den Adern geboren.« Genau wie ich. Ich wusste immer, dass ich für dieses Leben geschaffen bin. Selbst als meine Mutter und ich in einem winzigen Einzimmerapartment hausten und mein Bett ein Schlafsofa war, wusste ich mit einem Blick auf mein mitgenommenes Second-Hand-Barbie-Traumhaus, dass mir ein Leben im Luxus vorherbestimmt ist.

Es sieht vielleicht nach Vergnügen aus, wie wir hier zusammenleben, im Infinity Pool planschen, Tänze ausprobieren oder im Esszimmer Billard spielen, aber im Grunde ist all das knallhartes Business. Unser Account @LitLair_L. A. hat dreißig Millionen Follower.

Dazu kommen unsere eigenen Profile mit jeweils mindestens zehn Millionen Followern. (Ich habe die meisten und Sydney und Cami batteln weit dahinter um den zweiten Platz.)

Diese Zahlen bedeuten Sponsorenverträge. Und zwar nicht mit irgendwelchen Firmen. Schließlich müssen wir unsere Marke positionieren. Unsere Partner gehören zu den 500 umsatzstärksten Unternehmen der USA. Jeder neue Post von mir bringt mindestens 30 000 Dollar. Seit wir im Sommer in das Haus gezogen sind, habe ich mit diversen 60-Sekunden-Videos mehr Geld verdient als die meisten Hollywood-Sternchen mit einem ganzen Spielfilm.

Nicht schlecht für ein Mädchen ohne Talent, würde Kim Kardashian sagen. Und wer mit *Personal Branding* Geld machen will, sollte sich die Schutzheilige der Influencer drüben in Calabasas zum Vorbild nehmen.

Deswegen habe ich mich in letzter Zeit auch bemüht, mein Portfolio zu erweitern. Auch wenn von außen alles perfekt aussieht, habe ich schreckliche Angst, dass ich eines Tages nur noch irgend so eine bin, die mal auf einer Plattform erfolgreich war, die kaum einer mehr kennt.

Klar, im Moment ist TikTok so ungefähr das größte Ding im Universum. Aber was ist, wenn es so endet wie Vine oder Myspace? Obwohl ich da aktuell die Einzelperson mit den meisten Followern bin, will ich nicht einfach nur ein TikTok-Star sein. Ich will ein It-Girl werden. Ich will eine Make-up-Serie, eine Lifestyle-Website, vielleicht noch eine Sneaker-Collab. Ich will ein Buch mit lauter Instagram-Fotos von mir, das die Bestsellerliste der *New York Times* stürmt. Ich will *alles*.

Irgend so ein uralter schlauer Typ hat mal gesagt: »Ein ungeprüftes Leben ist nicht lebenswert.« Mein Leben muss einiges wert sein, denn es wird jeden Tag von achtzig Millionen Menschen beäugt. Das sind mehr, als in ganz Frankreich leben. Dass all diese Leute daran interessiert sind, wie ich tanze und welche Klamotten ich trage, gibt mir das Gefühl, dass mein Leben etwas bedeutet. Ich will dieses Gefühl nie wieder verlieren. Denn sonst weiß ich nicht mehr, wer ich bin.

Meine liebe Mom ist aber leider keine Kris Jenner. Seit ich berühmt bin, besteht ihre Hauptbeschäftigung darin, Tennis zu spielen und Mimosa-Cocktails zu schlürfen. Anstatt an meiner Karriere zu feilen. Ich muss alles alleine machen. Mit jedem Kommentar unter einem meiner Videos, in dem irgendwelche Trolls behaupten, ich sei überbewertet, ich hätte zugenommen oder nein, im Gegenteil abgenommen und sei deshalb garantiert magersüchtig, meine Tanzbewegungen wären zu gewöhnlich, mein ganzer Auftritt ein fieser Trick der chinesischen Regierung oder – was öfter vorkommt – ich sei dumm, spüre ich, wie meine Zeit läuft. Und ich habe Angst, sie könnte vorbei sein, bevor ich etwas geschaffen habe, das bleibt.

Kommentare von Fremden, die mich für blöd halten, sind also schon stressig genug. Ich brauche so was nicht auch noch von Leuten, die angeblich meine Freunde sein wollen, und erst recht nicht von Tucker.

»Schön für dich, dass du so gut Bescheid weißt, Tuck«, schnaube ich. Ich starre ihn wütend an und denke mir einfach all die Sachen, die ich nicht sagen kann, da Cami dabei ist.

Er wird rot. »Wenn es das jetzt war, mach ich mich schon mal fertig für heute Abend.« Er sprintet aus Camis Zimmer, flieht vor meiner Wut.

Cami nennt den Post *Dynamic Duo* und setzt das Emoji mit zwei tanzenden Mädchen dahinter. Mit einem Klick schickt sie das Video zu @LitVilla_L.A. und seinen dreißig Millionen treuen Fans.

Auf meinem eigenen Handy kann ich zuschauen, wie der Beitrag innerhalb von Sekunden Likes und bewundernde Kommentare bekommt. Aber als ich das Video jetzt noch mal ansehe, muss ich Tucker recht geben. Es fehlt irgendwas, wenn unsere Freundin nicht dabei ist.

»Syd ist doch bestimmt heute Abend wieder zurück, oder?«, frage ich.

»Na, klar«, versichert Cami mir. »Sie ist vielleicht wütend, aber garantiert nicht blöd. Drake will sie bestimmt nicht verpassen.«

Ich nicke, bin aber nicht ganz überzeugt. Ich sehe Sydney vor mir, wie sie aus dem Haus gestürmt ist, mit ihrer *Louis-Keepall-Reisetasche* über der Schulter und dem *Away*-Koffer, den sie polternd die Stufen runterzerrte. Ihr Mascara war total verschmiert, aber ihr Blick hat mich beeindruckt: Sie hatte zwar geweint, sah aber nicht traurig aus, sondern außer sich vor Wut.

Ich verlasse Camis Zimmer und laufe dieselben Marmorstufen hinunter, nur dass sie jetzt in der Sonne Malibus glänzen. Meine makellos manikürten Hände gleiten über das Geländer und ich summe leise vor mich hin, denn Nicole Scherzingers Stimme geht mir nicht aus dem Kopf: *Be careful what you wish for 'cause you just might get it.*

16 Stunden vorher

KAT

Die Familie meines Vaters ist während des Goldrauschs nach Kalifornien gekommen. Mein Urururgroßvater ist mit einem Planwagen durchs Land gezogen und irgendwann bei Fresno gelandet.

In seiner ersten Woche dort fand er ein kleines Goldnugget. Er fischte es aus der Siebpfanne, ließ die einfach im Fluss liegen und lief zu den beiden einzigen Läden, die es im Ort gab: ein Saloon und ein Bordell. Innerhalb eines Monats war das Geld weg und er machte sich im kalifornischen Staub erneut auf die Suche nach einem Glitzerkorn. Er suchte sein Leben lang, fand aber nie mehr etwas. Als er starb, war er komplett verarmt, das Geld reichte nicht mal für einen ordentlichen Grabstein. Aber seitdem leben seine Nachfahren in Kalifornien.

Meine Mutter erzählt diese Geschichte gern, bei ihr klingt sie wie eine Warnung. *Ihre* Familie hat nämlich eine ganz andere Vergangenheit. Ihre Eltern sind aus Jamaika hergekommen. Die Mutter wurde Krankenschwester, der Vater arbeitete beim Bau. Als meine Mom erwachsen war, wurde sie Lehrerin. Alle waren sie fleißig, haben die Schule zu Ende gemacht, in sicheren Berufen gearbeitet. Das war ihr amerikanischer Traum: kein vergänglicher Goldstaub oder das irre Versprechen vom schnellen Reichtum, sondern hart verdientes tägliches Brot.

Man kann sich also vorstellen, was los war, als ich ihr erzählt habe, dass ich in diese Geld-regnet-vom-Himmel-Party-Influencer-WG ziehe.

Das mit TikTok fing aus Spaß an. Alle in der Schule hatten einen Account und meinen Eltern war es egal, dass ich mit meinen Freundinnen alberne Kurzvideos drehte, solange es in der Schule gut lief. Aber aus irgendeinem Grund blieben meine Followerzahlen nicht bei zweihundert stehen, so wie bei den meisten. Meine Videos schafften es immer wieder auf die For-You-Seiten von irgendwelchen überall auf der Welt verstreuten Leuten. Ein paar Videos sind richtig viral gegangen. Einmal ist mein Handy im Geschichtskurs abgestürzt, weil ein Post von mir eine Million Klicks in drei Stunden gerissen hat. Und auf einmal hatte ich 150 000 Follower, und ein paar Tage später 400 000, und dann ... so was nennt man wohl exponentielles Wachstum.

Ich hatte schon hier und da ein bisschen Geld verdient, ein paar Hundert Dollar über Werbeverträge mit kleinen Firmen, als ich diese DM von Gwen bekam, in der sie mir mitteilte, dass sie zwanzigtausend oder mehr für einen gesponserten Post bekommt. Sie würde mir gerne zeigen, wie das geht, und ob ich nicht mir ihr und ihrer Freundin Sydney in Südkalifornien zusammenwohnen wolle?

Meine Eltern bewilligten mir einen Monat. Ich könne das den Juni über als Sommerjob machen, meinte meine Mom. Aber ich müsste mindestens genauso viel verdienen wie sonst durchs Eisverkaufen und Babysitten, also 480 Dollar. Es waren dann 40 000 Dollar im ersten Monat. Das Geld ist natürlich auf mein Studienkonto gewandert – abzüglich dem, was ich für Miete, Essen und Kleidung brauchte. Ich habe weiter bei *American Eagle* und *Target* eingekauft und mir nicht etwa den neuesten *Gucci*-Look geleistet, wie manch andere hier. Das Geld war vor allem auch dazu da, meinen Eltern zu beweisen, dass ich quasi einer Arbeit nachgehe. So konnte ich um Verlängerung bitten und sie haben mir erlaubt, den Rest des Sommers in Malibu zu verbringen.

Ein Sommer als Vollzeit-TikTokerin. Ein Sommer in einer inzwischen superberühmten Villa. Danach, so der Plan, soll ich zurück nach Hause, die Highschool beenden, Aufnahmeprüfungen an Unis machen und damit den Weg einschlagen, der mich zu einem »echten«, zuverlässigen Beruf führen wird. Also garantiert nicht dazu, als Comedian durchzustarten und meine Karriere von den Launen der Online-Welt abhängig zu machen. Ab heute habe ich noch drei Wochen, in denen ich meinem Traum nachgehen kann.

Mir pocht das Herz wild in der Brust, das Blut rauscht nur so durch meine Adern. Mit jedem Ausholen perlt Wasser von meinem Arm.

Meine Apple Watch zeigt an, dass ich mein Trainingsziel für heute erreicht habe. Ich will aber noch ein paar Bahnen ziehen. Ich spüre die Kraft der Sonne auf meinem Rücken. Wieder mal feinstes Wetter in Malibu.

Am Rand des Beckens mache ich eine Rollwende, stoße mich ab und gleite durchs Wasser. Da entdecke ich auf der anderen Seite zwei verschwommene Füße. Obgleich ich unter Wasser bin, heben sich meine Mundwinkel zu einem Lächeln. Meine Arme und Beine sind inzwischen ziemlich schlapp, aber ich bringe irgendwie die Kraft auf, noch einmal zu beschleunigen, um schneller bei Beau zu sein.

»Hi«, rufe ich gleich beim Auftauchen. Ich schiebe die Schwimmbrille auf die Stirn. Beau lächelt zu mir herunter. Auf seinem nackten Oberkörper schimmert der Schweiß von seinem Strandlauf. Seine Surferlocken liegen trotzdem perfekt.

»Und? Wie war das Schwimmen heute?«, erkundigt er sich.

»Gut. Ich bin kurz davor, meinen Rekord zu brechen«, antworte ich. Ich nehme die Badekappe ab und rubble mir über die Schläfen, weil Kappe und Brille immer so fiese Streifen in meinem Gesicht hinterlassen.

»Und? Wolltest du bei Camis Dreh nicht dabei sein?«, fragt er.

»Ich bin kein so großer Pussycat-Dolls-Fan, musst du wissen.«

»Ach nein?«, entgegnet er grinsend.

Beau weiß, dass ich Tanzvideos hasse und mein Beitrag darin besteht, den anderen dabei nicht ins Handwerk zu pfuschen. Wie ich ist er auf Comedy-TikToks spezialisiert. Ich bin das einzige Mädchen hier, das keine Tanzvideos macht – bis auf das eine Mal, als ich zu Bill Clintons Satz »Ich hatte kein sexuelles Verhältnis mit dieser Frau« den Renegade getanzt und untertitelt hatte mit: *Josef dazu, wie Maria schwanger wurde.* Beau streckt die Hand aus und hilft mir aus dem Pool. Ich wickle mich in ein Handtuch. Die Sonne sinkt dem Horizont entgegen, aber die Spätsommerhitze hängt noch in der Luft und ein lauer, leichter Wind streicht mir über die Haut.

»Ich bin auf meinem Lauf in den Ort abgebogen und hab das hier entdeckt.« Beau greift in die Tasche seiner Shorts und holt ein Armband hervor: weiße Muscheln, auf ein schwarzes Band gefädelt. Er hält es mir vorsichtig hin. »Ich dachte, es gefällt dir vielleicht.«

Ich nehme es in die Hand. »Wunderschön.«

»Ist zwar nicht von *Cartier*« – das letzte Wort spricht er extra gekünstelt aus – »aber ich fand, es passt zu dir.«

Ich muss lachen. In den ersten Wochen nach unserem Einzug hörte Sydney nicht auf, von ihrem *Cartier Love Bracelet* zu schwärmen, das sie von ihren Eltern geschenkt bekommen hatten. Sie bedrängte mich pausenlos, doch mit ihr ein Video zu »I can't take it off« zu drehen, bis ich sie schließlich beiseitenehmen und ihr klarmachen musste, dass vielleicht nicht alle Teenager etwas mit einem Filmchen über ein 6000 Dollar teures Armband anfangen können. Das war das letzte Mal, das jemand vom Tanzteam mich zu einen Beitrag aufgefordert hat.

Ich binde das Muschelarmband um mein nasses Handgelenk und sehe Beau an. »Perfekt.«

»Freut mich.« Er wird rot. »Schön, dass es dir gefällt.«

Einen Augenblick stehen wir einfach da am Beckenrand, blinzeln ins Sonnenlicht und lächeln wie blöde. Ich bin immer noch außer Atem vom Schwimmen und es kommt mir vor, als würde mir das Herz in den Ohren pochen.

»Was macht *ihr* denn da?« Cami, die im Kleid und mit neonfarbenen Blockabsatz-Pumps die Treppe zum Pool herunterstürmt, holt uns abrupt in die Gegenwart zurück. »Kapiert ihr nicht, dass *Aubrey Graham* in einer Stunde hier ist? Sagt bloß, ihr habt nicht mal geduscht?«

»Ich war gerade dabei, hochzugehen«, erwidere ich.

»Die goldene Stunde beginnt um sieben. Also um achtzehnfünfundvierzig im *Foyer*.« Sie spricht das Wort möglichst Französisch aus.

»Jawohl!«, rufe ich. Beau und ich kichern wie die Kinder und rennen die nassen Stufen hoch zum Haus.

Oben pelle ich mich aus meinem Badeanzug und steige unter die Dusche. Das Bad ist mein Lieblingsort im Haus. Die gesamte Hinterwand der Dusche ist nämlich aus Glas, wie ein riesiges Fenster mit Blick aufs Meer. Die Villa steht auf einem Felsen über dem Strand und der Architekt hat möglichst viele Zimmer mit Meerblick eingeplant, damit man von überall diesen tollen Blick hat, sogar aus dem »Scheißhaus« (wie mein Vater sagen würde).

Ich spüle das salzige Poolwasser ab und atme den Duft meines Grapefruit-Duschgels ein. Ich schaue zu, wie die Wellen an den Strand schlagen, und frage mich zum x-ten Mal, wie es sein kann, dass ich dieses Leben hier habe.

So lange ich denken kann, gibt es zwei Versionen von Kalifornien in meinem Kopf: das reale, in dem ich aufgewachsen und zur Schule gegangen bin, Eis verkauft und Hausaufgaben gemacht habe. Und das legendäre Kalifornien aus Jack Kerouacs Büchern und Lana del Reys Liedern. Dort jagen die Menschen dem Ruhm hinterher, den Hollywood-Träumen, dem Silicon-Valley-Reichtum und, so wie früher meine Vorfahren, dem handfesten, aus dem Nichts geschürften Gold. Nach Kalifornien geht man, damit etwas mit einem passiert. Und zwar etwas Großes.

In Fresno aber, das wusste ich, würde nie etwas passieren. Und jetzt bin ich also hier, wo mein kalifornischer Traum sich endlich mit der Wirklichkeit vereint. Wo ich beim Duschen zuschauen kann, wie die Sonne über dem Pazifik untergeht.

Ich trockne mich ab und renne in mein Zimmer. Als wir eingezogen sind, gab es einen Riesenstreit, wer das beste Zimmer bekommt. Ich habe einfach das genommen, das am wenigsten Miete kostet. Also schaue ich auf den Pool statt aufs Meer. Ich schließe die Vorhänge, damit ich mich umziehen kann.

Ich habe keine Ahnung, wie ich zu diesem Treffen mit Drake erscheinen soll, also suche ich einfach etwas heraus, das ich auch für einen Besuch von irgendwelchen Eltern tragen würde. Also meinen üblichen Look, nur etwas aufgehübscht, damit es nicht so aussieht, als wäre mir der Besuch egal. Ein gelbes Blumenkleid, zu dem ich minimalistisches Make-up auftrage.

Auf meinem Schminktisch mit dem Muschelrahmen-Spiegel vibriert mein Handy. *Anruf von Mom*, informiert mich das Display. Wir telefonieren sonst etwa einmal am Tag. Aber über die letzten Tage habe ich sie weggedrückt. Ich weiß, dass sie mit mir besprechen will, wann ich nach Fresno zurückkomme, aber ich kann mir das gerade nicht vorstellen. Ich muss noch den Mut aufbringen, meinen Eltern mitzuteilen, dass ich ein Jahr mit der Schule aussetzen und hierbleiben möchte. Ich weiß natürlich schon, wie sie darauf reagieren werden. Also schalte ich mein Handy erneut auf stumm.

Wie immer streife ich noch ein Scrunchie über mein Handgelenk. Aber dieses Mal um das rechte, nicht das linke, damit mein neues Armband nicht verdeckt wird. Ich drehe eine der Muscheln zwischen den Fingern. *Ich fand, es passt zu dir*, hat Beau gesagt.

Ich seufze. Seit wir das Haus bezogen haben, bin ich in Beau verknallt. Bevor ich ihn hier kennenlernte, hatte ich schon ein paar seiner Videos gesehen und wusste, dass er lustig ist und ziemlich süß. Aber ihn dann hier zu erleben, war noch mal was ganz anderes. Er gehört zu dieser Sorte Leute, die schon für einen besseren Vibe sorgen, wenn sie nur einen Raum betreten. Sein Lachen ist ansteckend, und wenn er lächelt, will man einfach mitlächeln. Ist jemand traurig, findet er genau die richtigen Worte. Er hat ein Auge für die, die auf Partys in der Ecke stehen, weil sie niemanden kennen, und dann geht er auf diese Leute zu und redet mit ihnen. Er weiß immer, wie man peinliches Schweigen bricht und welche Songs auf die Playlist gehören, wenn die Stimmung zu kippen droht. Er macht alles wärmer und fröhlicher, wie Sonnenschein.

Während der ersten Wochen hier, als alle furchtbar nervös waren und sich hervortun wollten, indem sie ununterbrochen ihre Sponsorenverträge und Klickzahlen verglichen, hat sich Beau einfach rausgehalten aus dem ganzen Drama. Er hat seine Videos gemacht und ist surfen gegangen. Vorher hat er alle gefragt, ob sie nicht mitkommen wollen, aber ich war die Einzige, die Ja gesagt hat. Und dann hat er mir mit unendlicher Geduld das Surfen beigebracht, auch wenn es fast den ganzen Morgen gedauert hat, bis ich endlich auf dem Brett stehen konnte. Abends war ich komplett erledigt, aber hin und weg – vom Surfen und von ihm.

Manchmal habe ich den Eindruck, dass er das Gleiche fühlt. Wenn wir zum Beispiel in einer Gruppe zusammen sind und ich merke, dass er mich anschaut, obwohl jemand anders redet. Oder wenn er das letzte Stück Pizza für mich rettet. So kleine Dinge halt. Aber eigentlich ist er zu allen im Haus und auch zu allen anderen, die er trifft, supernett und man kann schwer sagen, ob das etwas zu bedeuten hat.

Ich weiß, dass sich manche unserer Follower wünschen, wir wären ein Paar. Andere wiederum sehen mich an Spidermans Seite – aber nicht an der von Tom Holland, sondern an der von Peter Parker, der fiktiven Figur. Man kann also nicht allzu viel darauf geben.

Ich betrachte noch einmal das Armband. So ein Geschenk hat doch etwas zu bedeuten, oder? Man kauft nicht jedem einfach so ein Armband, oder? Sondern einer einzelnen Person, in die man verknallt oder verliebt ist.

Ich hänge diesem Gedanken nach, bis mir dämmert, dass es ja auch ganz harmlose *Freundschafts*armbänder gibt. *Mist. Wieder mal Fehlalarm.*

Ich hole tief Luft und sehe ein letztes Mal nach meinen Haaren, bevor ich nach unten gehe und mich in den Kampf stürze.

2

15 Stunden vorher

KAT

Drake ist da. Sydney fehlt immer noch.

Ich sehe, wie zwei schwarze SUVs in unsere Einfahrt rollen. Die Kegel ihrer Scheinwerferlichter erhellen unsere Fenster.

»Was machst du da?« Cami schlägt nach meiner Hand und zieht die Vorhänge zu. »Die halten uns noch für komisch, wenn wir so rausglotzen.« Sie macht auf ihren neonfarbenen Blockabsätzen kehrt. »Benehmt euch bitte alle ganz normal.«

»Ach ja? Ist auch supernormal, dass wir hier alle hinter der Haustür versammelt lauern, oder?« Ich deute auf Beau und Gwen, die ebenfalls parat stehen. »Wie die singende Trapp-Familie.«

Beau lacht über meinen Witz.

»Squid, langsam mache ich mir Sorgen.« Tuckers Stimme dringt aus dem Wohnzimmer. Als er sich umdreht, merkt er, dass wir ihn beobachten. Cami gestikuliert, er solle zu uns kommen. »Ruf mich an, wenn du das hier hörst.« Er beendet die Nachricht, die er Sydney auf dem Handy hinterlassen hat, und gesellt sich zu uns.

»Ich verstehe das einfach nicht mit Sydney«, meint Cami. Sie tippt hektisch in ihr Handy. »So was von unprofessionell. Kann ja sein, dass sie sich geärgert hat. Aber echt mal, das ist jetzt zwei Tage her!«

»Wer weiß«, meint Beau. »Ich habe da mal was über die Psychologie von Zwillingen gelesen. Das ist echt nicht zu unterschätzen. Wenn es Brooklyn mies geht, geht es Sydney auch mies.«

»Alles klar, Dr. Phil«, faucht Cami. »Trotzdem kein Grund, hier so eine Riesenshow abzuziehen.«

Gwen tut so, als bekäme sie von alldem nichts mit. Stattdessen betrachtet sie sich in dem großen, goldgerahmten Spiegel. Ihre blonden Haare fallen ihr seidig glatt über die Schultern, in ihren Ohren glänzen dünne goldene Creolen. Sie trägt ein langes schwarzes Kleid mit hohem seitlichen Schlitz.

Sie starrt immer noch ihr Spiegelbild an, als sie sagt: »Wir schaffen das auch ohne Sydney.« Ihre Stimme zittert etwas. »Wir müssen. Wir haben keine andere Wahl.«

Da ertönt die Türklingel.

Wie sich herausstellt, ist der echte Drake fast genauso wie der Fernseh-Drake. Höchstens ein bisschen schüchterner. Er sagt uns allen Hallo, dann übernimmt sein Team die Regie.

Eine Frau in magenta-rotem Samthosenanzug stellt sich als *Bianca* vor und präsentiert uns ihre Leute. »Und wer von euch ist Sydney?«, erkundigt sie sich. »Ich habe schon mit deiner Mutter über das Honorar für den Dreh hier gesprochen.«

Schweigen. Ich gucke Beau an. Der guckt mich an. Cami guckt Tucker an, Tucker guckt Gwen an.

»Sie ist nicht da«, erwidert Tucker schließlich. »Sie fühlt sich nicht so gut.«

»Na schön«, erwidert Bianca. »Wer ist dann zuständig?«

Wieder schweigen alle, bis Cami mit erhobenem Kopf hervortritt. »Das wäre dann wohl ich.« Sie streckt Bianca die Hand hin. »Ich bin Cami. Ich habe die Choreo für diesen Tanz entworfen.«

Drakes neue Single ist letzte Woche rausgekommen und der Besuch hier ist Teil seiner Promo. Wir wollen eine einminütige Tanzsequenz zu dem Song filmen und hoffen, dass wir so den nächsten viralen Hit generieren und zugleich die Single promoten.

»Sydney wollte ja gerne im *Foyer* drehen, aber unten am Pool ist das Licht viel besser«, schlägt Cami vor.

Also trotten alle über den zu beiden Seiten von Grün gerahmten schmalen Pfad zum Pool. Cami und Bianca laufen vorneweg und unterhalten sich über die Interaktionsrate pro Posting und Google Analytics.

Auf einmal hält Bianca ihr Handy hoch, streckt es scheinbar den Bäumen über uns entgegen. »Ich kriege irgendwie kein Signal«, moniert sie.

»Oh, das wollte ich euch noch sagen: Weil wir so nah am Meer sind, gibt es hier kein Netz«, erklärt Sami. »Aber ich kann euch ins WLAN einloggen.«

»Ihr produziert hier Content und habt keinen Handyempfang?« Bianca lächelt trocken, reicht Cami aber ihr Smartphone.

»Glaub mir, ich habe ähnlich reagiert, als wir eingezogen sind. Sydney hatte zufällig vergessen, das zu erwähnen«, erklärt Cami, während sie lachend das Passwort eintippt.

Jetzt macht sie Witze darüber, aber damals gab es Mega-Ärger.

»Alles kein Problem«, versichert Cami. »Wir haben ein superstarkes WLAN, es deckt das gesamte Grundstück ab. Man kann sogar ein paar Schritte ins Meer laufen und ist immer noch drin.«

»Wir haben das getestet, als wir mein *Lay-All-Your-Love-on-Me*-Video gedreht haben«, schaltet Gwen sich ein.

Cami schießt ihr einen giftigen Blick zu.

»Und? Habt ihr schon eine Chance gehabt, den neuen Song zu hören?«, fragt Drake uns andere. Er sagt das, als wäre sein neuestes Lied nicht der Nummer-1-Hit der USA.

»Klar«, antworte ich. Ich habe mir eigentlich geschworen, hier nicht auf Fangirl zu machen, aber das muss man erst mal schaffen mit dem Typen vor Augen, der *Nonstop* und *God's Plan* gerappt hat. »Ich bin ein echt großer Fan«, schwärme ich. »*Take Care* war das allererste Album, das ich mir je gekauft habe. Das gesamte Album, bei iTunes.«

»Echt?«, meint Drake. »Cool.« Dann fragt er: »Wie alt seid ihr eigentlich?«

»Siebzehn.«

»Aber he, *Degrassi* ist meine absolute Lieblingsserie«, platzt Tucker dazwischen. »Ich hab mir das als Wiederholung reingezogen.«

Drake lacht in sich hinein. »Freut mich.«

»*Degrassi?*«, zischt Gwen in Richtung Tucker. »Mit so was kommst du hier?«

»Ist die Aufregung«, flüstert er zurück.

Cami dreht sich zu uns um. Sie hat die Augenbrauen hochgezogen und ihr messerscharfer Blick sagt: *Reißt euch mal zusammen!*

Drake tut netterweise so, als würde er unsere Nervosität nicht bemerken.

Sein Team beschließt, dass Cami recht hat mit dem Pool. Es ist nur ein bisschen zu dunkel, deswegen werden noch einzelne Strahler aufgestellt, während Cami uns durch den Tanz dirigiert. Sie hat ihn allen Hausbewohnern beigebracht und den Nichttänzern, also Beau und mir, wiederholt klargemacht, dass wir es nicht überleben, wenn wir vor Drake Mist bauen.

Bei dem springt der Funke zum Glück gleich über. »Ich find's cool«, meint er.

Unsere knallharte Dolores Camila Villalobos de Ávila schmilzt sofort dahin. »Ach, danke. Das bedeutet mir ja so viel.« Sie kichert sogar – ein Geräusch, das ich noch nie von ihr gehört habe.

»Alles klar, dann fangen wir an. Ich möchte mehrere Auswahlmöglichkeiten«, verkündet Bianca und wedelt mit ihrem iPhone. Abgemacht ist es so: Sie suchen sich das beste Video raus, posten es in Drakes Account, und wir machen dann ein Reposting. Anschließend dürfen wir Outtakes in unseren eigenen Accounts zeigen.

Cami sagt allen, wo sie stehen sollen, und ich gehe währenddessen noch einmal die Choreo durch: *rechts, links, drehen, Hüftschwung, Arm, Arm…* Aber dann entdecke ich etwas aus dem Augenwinkel.

»Stopp mal kurz!« Ich hebe einen winzigen Salamander auf, der gleich neben Tuckers Sneaker in der Sonne gelegen hat. »Der kleine Kerl hier soll schließlich nicht zertrampelt werden, wenn wir anfangen zu tanzen.«

Ich gehe zu den Büschen am Poolrand und öffne die Hand. Der Salamander blinzelt mich an. »Na los«, flüstere ich. Er streckt seine kleine Hand den Blättern entgegen und muss das Grün wohl für gut befinden, denn er krabbelt auf den Zweig und verschwindet.

Als ich mich wieder umdrehe, steht Cami vor mir: die Arme über der Brust verschränkt, der Blick finster. »Echt jetzt?«, blafft sie mich an. »Sie kommt nicht von hier«, erklärt sie Drake. »Die Viecher sind absolut nicht selten oder so, die sind wie Eichhörnchen oder Tauben.«

Ich zucke nur mit den Schultern, denn es war ja gar nicht meine Annahme, dass es sich hier um eine bedrohte Art handelt.

»Ist doch richtig«, erwidert Drake. »Bei dem Dreh hier sollten keine Tiere zu Schaden kommen.« Und zu mir gebeugt fügt er hinzu: »Macht gar nichts, dass du nicht von hier bist. Ich übrigens auch nicht.«

»Du kommst aus Kanada«, zwitschert Gwen, als könnte Drake das vergessen haben.

»Stimmt.« Er nickt.

»*Echt jetzt?*« Cami funkelt Gwen böse an. Gleich darauf aber zeigt sie wieder ihr gewohntes profimäßiges Lächeln und wendet sich an Bianca: »Was meinst du? Sollen wir anfangen?«

Nach ein paar Durchläufen sitzt die Choreo, und nach noch zweien beschließt Cami, dass das Video nun im Kasten ist. Wir sind fertig.

»Das war toll«, lobt Bianca. »Und wo wir schon hier sind: Könnten wir noch eine Aufnahme nur mit Gwen machen?« Es soll so klingen, als wäre ihr diese Idee eben erst gekommen, aber an ihrer Schauspielkunst sollte sie noch feilen.

»Klar«, meint Gwen, lächelt zuckersüß und stellt sich noch näher zu Drake.

Der Rest macht Platz. Cami braucht am längsten, um aus dem Scheinwerferlicht zu treten. Ihr Laserblick durchbohrt Gwen. Wir filmen noch ein paar Sequenzen nur mit den beiden und alle Augen hängen an den wahren Stars des Tages: der Person mit den meisten TikTok-Followern und – na, Drake halt. Ich aber beobachte Cami. Denn während Drake und Gwen sich durch Camis Choreografie lachen und tanzen, wirkt Cami, als würde sie Gwen am liebsten ihre perfekt manikürten Finger um die Gurgel legen.

»Okay. Passt doch«, sagt Cami nach dem dritten Durchlauf. Sie bemüht sich, fröhlich zu klingen.

Bianca überprüft die Aufnahme auf ihrem Handy. »Ja, das ist gut.« Sie sieht uns an. »Danke, dass wir in diesem wunderschönen Haus drehen durften. Sagt auch Sydney herzlichen Dank.«

»Machen wir«, verspricht Cami.

Alles in allem war Drake vielleicht fünfzehn Minuten hier. Trotzdem weiß ich, dass mich meine Cousinen die nächsten zwanzig Jahre bei jedem Familienfest mit Fragen zu eben dieser Viertelstunde bestürmen werden. Als das Drehteam weg ist, geht der Abend in eine typische LitLair-Party über. Tucker lässt die Korken knallen und sprüht uns Mädchen mit Champagner an, bevor die Flasche herumgereicht wird. Und ich bin zu glücklich, um mich über ihn zu ärgern. Wir trinken direkt aus der Flasche und ballern dazu Drakes Songs durch die Lautsprecher.

Als *Started from the Button* dran ist, kann ich jede Zeile auswendig. Ich singe stumm mit. Den Song habe ich immer beim Joggen gehört, in Fresno. Jetzt schaue ich über unseren Pool hinweg aufs Meer und denke, was ich doch für ein verdammtes Glück habe. Dass ich hier sein kann, und zwar gerade jetzt. Dass ich eines meiner absoluten Idole treffen durfte. Dass ich mit meinen Freunden alberne Videos drehe, die mehr Geld einbringen, als ich mir je vorstellen konnte.

Als ich sehe, wie ungelenk Beau tanzt und dabei seinen Drink verschüttet, muss ich leise lachen. In mir blubbern die Champagnerperlen und das Glück des Erfolgs um die Wette.

Cami steigt aufs Sprungbrett. Sie hat eine Flasche Champagner in der Hand und tanzt mit lockeren, entspannten Moves, wobei Haltung und Rhythmusgefühl natürlich immer noch perfekt sind.

»Dolores! Du bist toll!«, rufe ich.

Dafür zeigt sie mir den Mittelfinger. Sie hasst es, mit diesem Vornamen angesprochen zu werden. Aber sie lacht. Ich werfe ihr einen Kuss zu und sie tut so, als würde sie vom Brett ins Wasser fallen, als sie ihn fangen will.

Das Lied verklingt gerade, da schaut Tucker von seinem Handy auf. »He, kommt mal!« Er dreht die Musik leiser. »Drake hat gepostet!«

Wir drängeln uns um sein Display. Auf dem sind aber nur zwei Menschen zu sehen. Vom ganzen Material haben sie nur den Ausschnitt mit Drake und Gwen ausgewählt. Die gute Laune ist dahin.

»Echt sweet«, kommentiert Gwen. Sie wirft wie nebenbei einen Blick auf den Bildschirm und geht dann zum Tisch, um sich Champagner nachzugießen. Ein Video mit Drake ist nur eine kleine Episode unter vielen in Gwen Rileys Glamourleben.

Cami, die erst vom Sprungbrett herunterklettern musste, schaut sich als Letzte an, was passiert ist. Kurz zuckt so was wie Schmerz über ihr Gesicht, dann hat sie sich wieder im Griff und tut unbeteiligt.

Sie rennt rüber zum Tisch und schnappt sich eine Flasche *Patrón*, nimmt einen großen Schluck und ruft uns zu: »Das war es jetzt mit dem Champagner! Ab sofort gibt es Shots!«

Sie gießt heftige Portionen in Plastikbecher und reicht diese herum.

»Bin okay mit Champagner«, winke ich ab, als sie mir einen Becher in die Hand drücken will.

»Sei kein Weichei, *Kitty-Kat*«, sagt sie. Den Spitznamen hat sich Beau für mich ausgedacht, die anderen benutzen ihn nur selten. Aus ihrem Mund mag ich ihn nicht hören – erst recht nicht, wenn sie so komische Laune hat. Sie funkelt mich böse an, aber ich will keinen Streit anfangen.

Cami reißt die Flasche hoch und dreht sich im Kreis, um allen zuzuprosten: »LitLair forever!« Sie kippt einen ordentlichen Schluck Tequila.

Ich starre auf meinen Becher und verziehe das Gesicht.

»Hier, zum Runterspülen.« Beau gibt mir einen Becher mit einer seltsamen bräunlichen Flüssigkeit.

Ich nippe daran. Das Zeug ist so süß, dass einem die Zähne wehtun. »Danke!« Trotz des Zuckerschocks gelingt mir ein Lächeln.

»Das ist Pfirsichwodka, AriZona-Eistee und Diet Coke. Ich mach dir auch einen.«

Ich weiß nicht, ob ich das Zeug wirklich mag, aber auf jeden Fall mag ich Beau, also nicke ich. »Ja, gern. Danke.«

Er mixt mir das seltsame Getränk und erklärt mir dabei mit dem Stolz eines Fernsehkochs alle Details: »Der Trick ist, nicht zu viel Diet Coke zu nehmen«, sagt er.

»Aha.«

Bevor ich nach Südkalifornien – das traumhafte *SoCal* – gezogen bin, hatte ich nur ein einziges Mal Alkohol getrunken. Das war am 4. Juli, beim Picknick zum Unabhängigkeitstag. Eine meiner älteren Cousinen hatte billigen Wodka in eine Flasche *Gatorade* gegossen und diesen Absturzmix mitgebracht. Wir sind dann im Schutz der Menge auf dem Festplatz rumgelaufen, damit unsere Eltern nichts mitbekommen, und haben an der Flasche genippt. Es war eine superheimliche Aktion, und als dann die Sonne unterging und das Feuerwerk anfing, hatten wir Schluckauf und mussten wie blöde kichern. Ich hatte total Angst, dass unsere Eltern merken würden, was los war. Es war ein echt lustiger Tag, aber ich war bestimmt noch eine Woche danach nervös, weil ich ständig befürchtete, meine Mutter würde mich im nächsten Moment aus heiterem Himmel zur Schnecke machen. Aber hier, in der hübschen kleinen Blase dieser Villa, gibt es keine Aufpasser. Tucker hat einen gefälschten Ausweis, und obwohl wir sämtliche Hinweise auf Alkohol verstecken, bevor wir filmen, trinken wir an den meisten Wochenenden, als wären wir Erwachsene oder zumindest Studenten. Ich bin es inzwischen absolut gewohnt, mit meinen Freunden trinken zu können, und habe fast vergessen, wie verbrecherisch ich mir letzten Sommer nach den paar Schluck aus der *Gatorade*-Flasche vorkam.

Im Hintergrund hört man die letzten Takte von *God's Plan*, dann donnern die Anfänge von *Say So* aus den Outdoor-Lautsprechern.

»He, das ist doch nicht von Drake!«, beschwere ich mich. Dabei weiß ich, warum jemand das Lied auf die Playlist gesetzt hat. Unser allererstes Posting aus der Villa – mit dem wir bewiesen haben, dass dieses Experiment funktioniert und wir nicht nur Einzelpersonen mit tollen Followerzahlen sind, sondern ein Haus voller Superstars – war ein Video, in dem wir eben zu diesem Song von Doja Cat getanzt haben. Seitdem ist er der absolute Hit auf unseren Partys.

»Sydney fehlt einfach«, sagt Gwen, die am Poolrand sitzt und mit einem Bein langsame, traurige Kreise im Wasser zieht.

»Egal«, schnaubt Cami. Sie umrundet Gwen und stakst dann weiter am Pool entlang wie auf einem Schwebebalken. Dabei schwingt sie die Tequilaflasche. Der Alkohol zeigt Wirkung: Ihre Augen sind feuerrot und ihr sonst makelloses Make-up ist verschmiert. »Ich sag jetzt mal einfach, wie es ist.« Ihre Blockabsätze schlittern am Beckenrand entlang und ich befürchte schon, dass sie gleich ins Wasser fällt. »Ich bin froh, dass sie weg ist. Das denken doch alle hier, nur bin ich wieder die Einzige, die es auszusprechen wagt: Sydney ist eine elende Bitch und ich vermisse sie kein Stück!«

»Okay. Das reicht.« Tucker geht auf sie zu und entreißt ihr die Flasche. »Könntest du bitte etwas freundlicher über meine Freundin sprechen?«

»Ist sie überhaupt noch deine Freundin?«, feuert Cami zurück. »Hat sie sich denn schon bei dir gemeldet, seit sie weg ist?«

Tucker lässt die breiten Schultern fallen. Leise erwidert er: »Ich glaube, sie brauchte einfach mal Abstand von uns. Nach allem, was passiert ist.« Die beiden tauschen angespannte Blicke. Er nimmt einen Schluck von ihrem Tequila und drückt ihr die Flasche wieder in die Hand.

Dann wird ein neuer Song gespielt und Beau macht eine Arschbombe in den Pool. Cami schreit auf, als ihre Beine Spritzer abbekommen, und ist anschließend damit beschäftigt, ihr Kleid auf Flecken zu untersuchen. Und wie so oft, wenn man sich angetrunken streitet, lassen die Beteiligten sich leicht ablenken und vergessen die Angelegenheit. Fürs Erste zumindest.

Ein paar Stunden später, tief in der Nacht, als der Mond schon weit unten am Horizont steht, sitzen Beau und ich an unserem Lieblingsplatz: einem flachen Teil des Dachs, zu dem wir durch ein Fenster im Treppenhaus gelangen.

Die meisten Sterne sind von Wolken verdeckt, dennoch sieht man in der Dunkelheit das Meer schimmern. Aus Beaus lädiertem iPhone erklingen die leisen Töne von *Steal Tomorrow* von The Tallest Man on Earth.

Der Wind hat etwas zugenommen und streicht mir sanft durch die Haare. Unten rauschen die Wellen nun schneller an den Strand.

»Wollen wir morgen surfen?«, fragt Beau. »Sieht aus, als wäre es das passende Wetter.«

»Klar.« Ich nicke schläfrig.

Beaus Handy plingt und unterbricht das Lied. Er

schaut aufs Display, und obwohl es so dunkel ist, sehe ich, wie seine Wangen sich röten.

»Was ist?« Ich beuge mich nach vorn, aber er hält sein Handy an die Brust, damit ich nichts erkennen kann.

Ich zucke zusammen. *Schreibt ihm da etwa irgendein Mädchen?*

»Ach, nichts«, erklärt er. »Nur ein Kommentar zu meinem TikTok, das alle gerade liken.«

Ich kneife die Augen zusammen. *Und wieso reagiert er dann so?*

»Na ja ... sieh mal.« Er gibt mir das Handy. Auf dem Display ist das Video geöffnet, das er zu Drakes Besuch gepostet hat: Darin stolpert er über die eigenen Füße und fällt beinahe lang hin, aber ich fasse ihn am Arm und er fängt sich wieder. Die Caption lautet: *Heute mal als TikTok-Tänzer versucht. War wohl nicht so grandios ...*

Ich scrolle zu den Kommentaren und staune nicht schlecht, als ich die 40K Likes sehe, die der erste Beitrag erhalten hat. Da steht: *Omg, wie süß die beiden, so nebeneinander! Und wie Kat ihn auffängt!!* 😭 *Ich bin für #Keau, oder lieber #Bat? Lol was meint ihr?*

Meine Wangen beginnen zu glühen. Deswegen war er so komisch. Beau und ich haben uns noch nie darüber unterhalten, was die Welt da draußen über uns beide denkt.

Ich hebe den Kopf und merke, dass er mir fest in die Augen blickt. »Und, was meinst du?«, fragt er.

»Wozu? Ob wir uns *Bat* nennen sollen?«

Er lächelt, aber sein Blick wirkt nervös, nicht belustigt. »Nein, ich meine … okay … was soll ich sagen?« Er wendet sich ab und dreht an einem der Armbänder an seinem Handgelenk. »Ist schon seltsam. Eigentlich finde ich, dass ich mit dir über alles reden kann. Und das ist mir mit sonst noch niemandem passiert.« Er sieht mich an. »Ich kenne dich erst seit ein paar Monaten, aber du bist der einzige Mensch auf der Welt, bei dem ich das Gefühl habe, dass ich ihm komplett vertrauen kann.« Mir wird warm und kalt zugleich. Beau spricht nie über seine Familie, aber ich weiß, dass da manches mies läuft. Ich freue mich, dass er mir vertraut, und gleichzeitig macht es mich traurig, dass ich offenbar der einzige Mensch bin, bei dem das so ist. Beau verdient es, genau dasselbe gute Gefühl zu haben, das er bei allen anderen hervorrufen kann, die ihm begegnen.

»Aber in diesem besonderen Fall ist es total seltsam«, erklärt er. »Mir geht da etwas durch den Kopf, und anscheinend fragt sich die gesamte Online-Welt genau das Gleiche, aber der einzige Mensch, mit dem ich darüber reden möchte, nämlich meine beste Freundin, ist eben die Person, mit der ich so gar nicht darüber reden kann«, erklärt er umständlich und vermeidet es, mir dabei in die Augen zu sehen.

Mir wird ganz flau. Ich habe keine Ahnung, was er mir sagen will, aber es könnte sein, dass er da was klarstellen will. Dass er gemerkt hat, was ich für ihn empfinde, und mir mitteilen möchte, dass es ihm nicht so geht.

»Ist halt schwer«, redet er weiter. »Wie soll man jemanden um Rat fragen, was man tun soll, wenn man verliebt ist, wenn es genau diese Person ist, in die man verliebt ist?« Er schaut Richtung Meer und fährt sich mit beiden Händen durch sein strubbeliges Haar. »Ich meine, es ist so, dass …«

Ich lege ihm die Hand an die Wange, drehe seinen Kopf in meine Richtung und küsse ihn.

Überrascht hält er den Atem an. Aber dann geben seine Lippen nach und er erwidert den Kuss. Seine Hand berührt meine Hüfte und die Wärme seiner Haut sickert durch den dünnen Stoff meines Kleids.

Mein Herz klopft wie wild. Es ist, als hätte sich die Welt um uns herum verlangsamt.

Beau löst seine Lippen, lächelt mich an und lehnt seine Stirn an meine. »Genau das wünsche ich mir seit dem Tag, an dem ich dich kennengelernt habe.«

Ich lächle zurück. »Wenn ich es dir überlassen hätte, wäre es noch drei Monate so weitergegangen.«

Er lacht und spielt mit einer meiner Zopfspitzen. Ich schaue in seine meergrünen Augen und zittere.

»Es wird langsam kalt.« Er streicht über meinen nackten Arm. »Komm, wir gehen rein.«

Ich nicke, obwohl ich gar nicht wegen der Kälte gezittert habe.

Beau klettert zuerst nach unten und schiebt sich von der Dachkante in die darunterliegende Fensteröffnung. Genau diese Bewegung habe ich unzählige Male vollführt, seit Beau und ich diesen Ort kurz nach unserem Einzug entdeckt haben. Ich bin inzwischen fast nüchtern, also wird es wohl auch dieses Mal klappen. Ich hänge die Beine über die Dachkante und taste mit den Füßen nach dem Fensterbrett. Mein rechter Schuh setzt auf, und ich will gerade den linken dazuholen, als –

Donner grollt und ein Blitz schlägt hinter mir ins Meer ein.

Ich schreie auf, mein linker Schuh rutscht vom Fensterbrett. Mein Fuß hängt in der Luft. Beau streckt die Arme nach mir aus und umklammert meine Hüften. Ich kann den Fensterrahmen packen und halte mich zu Tode erschrocken daran fest.

Beau zieht mich ins Haus. »Alles in Ordnung?« Er drückt mich fest an sich.

»Ja, alles gut«, antworte ich in sein weiches T-Shirt. Das Adrenalin pocht in meinen Adern. Ich habe mir die Handflächen aufgeschürft, spüre dank des Schocks aber keinen Schmerz. Ansonsten ist mir nichts passiert. Ich versuche mich zu beruhigen: *Ich habe mir nichts getan, ich bin in Sicherheit.* Hier, in Beaus Armen.

»Meine Vans haben überhaupt keinen Grip mehr«, erkläre ich außer Atem. »Ich muss mir unbedingt neue besorgen.«

Beau lacht erleichtert und streicht mir mit einer Hand über den Rücken.

Wir sind so vertieft in diesen Moment, dass wir erst gar nicht merken, wie ein Schatten aus Sydneys Zimmer tritt.

»Du bist zurück?« Sie zuckt zusammen, als ich sie anspreche. Da flammt noch ein Blitz auf, und als sein Licht durchs Fenster fällt, schimmern die blonden Haare des Mädchens.

»Gwen?«, frage ich verwundert.

Gwens sonst rosige Wangen sind totenbleich. Das letzte Mal habe ich sie in einem so bemitleidenswerten Zustand erlebt, als Kylie Jenner ihr auf Instagram entfolgt ist.

»Was machst du hier?«, frage ich. Mein Blick zuckt zu der verschlossenen Tür hinter ihr.

»Ich hab mir nur ... was ausgeliehen«, erwidert sie. Sie guckt auf ihre leeren Hände und nimmt sie schnell hinter den Rücken.

Ich lege ungläubig den Kopf schief.

»Um zwei Uhr nachts?«, fragt Beau.

»Was genau hast du dir denn ausgeliehen?«, bohre ich nach.

»Äh... na schön.« Sie stößt einen übertriebenen Seufzer aus und lässt die Arme fallen. »Ich brauchte eine Binde, okay? Und ich weiß, wo Sydney ihren Vorrat hat.« Sie sieht Beau an und erklärt: »Ich habe sie gleich im Bad eingeklebt.«

»Oh. Alles klar.« Beaus Gesicht wird knallrot. »Gute Nacht dann, Gwen.«

»Nacht! Schlaft schön.« Sie tänzelt zurück zu ihrem Zimmer.

»Ja, Gute Nacht«, wünsche auch ich. Beau nimmt meine Hand und wir eilen über den Flur davon. Doch ich sehe mich noch mal zu Gwen um: Beau hat ihr das mit der Binde ja sofort abgekauft, aber ich weiß ziemlich sicher, dass Gwen erst vor zwei Wochen ihre Periode hatte. Sie hat sich nämlich einen Tampon von mir geliehen, als wir gerade in einem dreistündigen Meet and Greet festsaßen.

Vor meiner Tür bleibt Beau stehen und spielt mit den Enden meines neuen Armbands. Im Halbdunkel werfen seine Wimpern lange Schatten auf seine Wangen. »Bis morgen dann«, flüstert er.

Und küsst mich noch einmal.

Ich schwebe wie auf einer Wolke in mein Zimmer. *Beau mag mich. Beau hat mich geküsst.* Ich nehme meine Kopfhörer von der Kommode und suche mir die heftigsten Liebeslieder raus, die ich kenne. Denn jetzt gerade wirken sie überhaupt nicht übertrieben, sondern absolut wahr.

Ich lasse mich in Klamotten aufs Bett fallen, höre Death Cab for Cutie und spule diese Nacht in meinem Kopf immer wieder ab. Ich lächle, bis mir das Gesicht wehtut. Ich starre an die Zimmerdecke. Es ist dunkel, nur der Pool unten schimmert bläulich durchs Fenster. Eins weiß ich jetzt ganz sicher: Auf keinen Fall werde ich in ein paar Wochen nach Fresno zurückkehren. Denn mein Leben spielt sich hier ab.

Bevor ich mich endgültig schlafen lege, ziehe ich die Vorhänge zu, damit die Poolbeleuchtung mich später nicht weckt. Der Regen hat aufgehört, am Himmel linsen die Sterne hinter den Wolken hervor.

Der Abend glüht noch in mir nach, ich schlafe total selig. Nur gegen drei werde ich wach, weil ich einen vereinzelten Donnerschlag höre.

Noch ein Gewitter, denke ich im Halbschlaf. Kurz mache ich mir Sorgen, dass die Kissen noch auf den Gartenmöbeln liegen. Aber ich bin zu schlaftrunken, um nachzusehen, und es wäre ja eh zu spät.

Ich drehe mich um und sinke in einen tiefen, süßen Schlaf.

Erst als die Sonne schon hoch am Himmel steht und durch die Lücken im Vorhang scheint, werde ich durch einen grauenerregenden Schrei geweckt.

3

Eine Stunde vorher

CAMI

Wo ist Sydney?

Es ist das Erste, was ich sehe, als ich die Augen öffne. Das heißt, zuerst sehe ich meinen Sperrbildschirm mit dem Foto von mir und Gwen in Coachella, an dem Tag, als wir uns kennengelernt haben. Aber sobald ich Tik-Tok öffne, sehe ich eben diese Frage. Der Kommentar hat neuntausend Likes und steht ganz oben in der Kommentarspalte zu meinem Video mit Drake.

Kotz. Ich bekämpfe den Drang, mein Handy gegen die Wand zu knallen. Stattdessen werfe ich es auf das Kissen neben mir und hüpfe aus meinem King-Size-Bett.

Ich fasse es einfach nicht. Da tanze ich in einem Video mit Drake – *Drake!* – und alle interessiert nur die saublöde Sydney.

Diese Tusse war doch noch nie so wichtig wie jetzt, da sie weg ist.

Endlich mache ich Fortschritte beim Einholen der Followerkönigin Gwen, da verbessert auf einmal Sydney ihren Status. Hoffentlich reicht es ihr bald, sich im Haus ihrer Eltern die Wunden zu lecken, und sie kommt zurück. Nur wenn sie hier ist, kann ich sie schlagen und meine Position als Gwens größte Konkurrenz behaupten. Mit einem Gespenst kann ich nicht konkurrieren.

Ich ziehe meinen Seidenschlafanzug aus und werfe ihn in den Wäschekorb. Kurz betrachte ich mich im Spiegel. Meine olivfarbene Haut schimmert in der kalifornischen Sonne.

Als ich noch in New York war, habe ich die ganze Zeit versucht, eine schmalere Figur zu bekommen. Durch ständiges Cardio-Training – selbst nach stundenlangem Tanzen bin ich noch aufs Laufband gestiegen – und wahnwitzige Diäten wollte ich mich zu einer schmächtigen Ballerina ummodeln. Aber es hat einfach nicht hingehauen. Ich habe gegen meinen Körperbau angekämpft, um eine Figur zu kriegen, die für die meisten erwachsenen Frauen unerreichbar ist – zumindest nicht auf halbwegs gesunde Weise.

Inzwischen mag ich meine Kurven. Sie sind mein Alleinstellungsmerkmal. Ich ziehe mehrfach in der Woche ein echt hartes Fitnessprogramm durch, aber damit will ich meine Sanduhrfigur betonen, nicht bekämpfen. Ich hebe Gewichte und mache Squats, so modelliere ich meine runden Hüften und muskulösen Beine.

Doch so sehr ich auch meinen Körper liebe, die Internetgemeinde steht anscheinend immer noch auf klapperdürre Mädchen wie Sydney. Sie muss sich jedenfalls nicht mit Fitnessprogrammen plagen. Sie muss sich für gar nichts plagen.

Heute ist mir nach Athleisure, also ziehe ich schwarze Gymshark-Leggings aus der einen und ein Croptop von *Puma* aus der anderen Schublade. Ich brauche hier zusätzlich eine Kommode, weil Sydney sich das Zimmer mit dem größten begehbaren Kleiderschrank geschnappt hat – von wegen sie muss die Supersuite bekommen, weil ihre Familie schließlich die Kaution für das Haus bezahlt.

Gwen hat das zweitgrößte Zimmer und kann dort sämtliche Klamottenberge unterbringen, die sie von ihren Sponsoren geschickt bekommt. Meinen Kleiderschrank kann man nicht begehbar nennen, man muss sich reinquetschen.

Ich setze mich an meinen Frisiertisch, glätte mir die Haare und befestige ein paar Clips über den Ohren. Dann ziehe ich noch die chunky *Filas* an und schnappe mir mein Handy.

Es haben sich mindestens einhundert TikTok-Benachrichtigungen angesammelt, während ich mich fertig gemacht habe. Ich wische sie ungelesen weg.

Ich nehme zwei Stufen auf einmal. »Alle mal still sein! Ich gehe jetzt live!«, brülle ich übers Geländer.

Ich fange an der Haustür an, halte das Handy hoch wie für ein Selfie und starte meinen Livestream.

»Hallo, TikTok! Welcome to our crib!«, moderiere ich meine Aufnahme. Ich habe *MTV Cribs*, diese Sendung, bei der Stars zu Hause besucht wurden, nie gesehen, da war ich noch ein Baby, aber ich weiß, dass so die Eröffnung lautete. »Vielen Dank, dass ihr auch zu Teil drei meiner Hausbesichtigung dabei seid!«

Ich laufe rückwärts in den Flur und schaue unverwandt in die Kamera, mache aber natürlich einen Schwenk zu den Paketstapeln am Eingang.

»Hier seht ihr einen Teil der Sendungen, die uns jeden Tag erreichen.« Unbedingt drauf muss der Karton mit den *Nike*-Schuhen, das Klamottenpaket von *Revolve* und die Sendung von *Kylie Cosmetics*. Ich zeige keine Adressaufkleber, damit uns nicht etwa Stalker belästigen und ja keiner sieht, wie viele dieser Päckchen an Gwen oder Sydney statt an uns alle gehen.

»Da drüben ist unser offizielles Wohnzimmer, aber da geht kaum jemand rein. Und das Esszimmer, mit Billardtisch und einem alten Arcade-Spielautomaten. Und hier kommt das Fernsehzimmer, in dem ihr Gwen Riley in ihrem natürlichen Lebensraum beobachten könnt.«

Gwen liegt auf dem Sofa, eine Kühlmaske auf dem Gesicht, und scrollt durch TikTok. Ihre Augen sind gar nicht richtig fokussiert und sie wischt schon weiter, sobald nur ein paar Töne gespielt werden. »Nicht filmen«, sagt sie, ohne aufzuschauen. »Ich sehe schrecklich aus.«

Was natürlich komplett unwahr ist: Gwen ist der schönste Mensch, den ich kenne. Das würde ich ihr natürlich nie sagen, und auch für die vielen Tausend Follower, die sie jetzt hier sehen, gibt es dazu keinen Kommentar von mir. Klar, alle wissen, dass ich auf Mädchen stehe. Mein Outing ist knapp drei Jahre her. Aber ob unser Publikum weiß, dass ich lesbisch bin, oder ob es mitbekommt, dass ich mich in meine garantiert straighte Mitbewohnerin und beste Freundin verguckt habe, ist etwas komplett anderes. Wenn die Leute das wüssten, würden sie mich bemitleiden. Und wenn Gwen selbst es wüsste, würde sie mich wahrscheinlich auch bemitleiden und sich riesig bemühen, mir ihre Zurückweisung schonend beizubringen, und mir hundertmal versichern, wie wichtig ihr doch unsere Freundschaft ist. So was halt. Mir gruselt schon, wenn ich nur daran denke. Dazu lasse ich es nicht kommen. Ich bin Cami de Ávila, ich bin stark, klug und gemein, mich haut nichts um. Eine unerwiderte Liebe passt nicht zu meinem Image. Es gibt keinen verletzlicheren Zustand, als verliebt zu sein.

Anstatt ihr also zu versichern, wie toll sie aussieht, lenke ich ab. Ich schaue in die Kamera und sage: »Gwen hat offensichtlich einen üblen Kater.«

»Cami!« Sie wirft mit einem Sofakissen nach mir.

Ich schreie auf und springe zur Seite. »Alkoholkonsum unter Jugendlichen ist ein ernstes Problem«, spreche ich in die Kamera.

»Nicht, wenn man einen gefälschten Ausweis hat!«, ruft es aus der Küche.

»Beau ist wach!« Ich setze meine Übertragung mit einem willigeren Mitbewohner fort. Beau ist dabei, ein kunstvolles Sandwich mit Ei, Schinken und Salat zuzubereiten. Er hat Kameras auf Stativen positioniert, damit er jeden Schritt filmen kann.

»Sag den Zuschauern Hallo, Beau.«

»Den Zuschauern Hallo«, wiederholt er grinsend.

Ich verdrehe theatralisch die Augen. »Beau findet Flachwitze lustig.«

»Extrem lustig!«

Ich drehe die Kamera, um seine fein säuberlich aufgereihten Zutaten zu zeigen. Es stehen zwei Teller und zweimal zwei Bagelhäften bereit.

»Oh, ist das zweite für mich?«, frage ich und klimpere mit den Wimpern.

»Äh … eigentlich nicht.« Er wird nervös. »Aber ich kann dir auch eins machen.«

»Entspann dich. War nur ein Witz. Wir wissen alle, für wen dieses hübsche Bagelsandwich ist.« Ich zwinkere verschwörerisch in die Kamera. Es ist kein Geheimnis mehr, dass Beau und Kat heftig ineinander verschossen sind. Außer für Beau und Kat womöglich.

Beau wird rot. Ich laufe kichernd nach draußen. Es sind 26 Grad bei geringer Luftfeuchtigkeit, vom Meer kommt eine angenehme Brise. Ich lasse die Terrassentür offen.

»Der Lieblingsplatz der meisten WG-Mitbewohner befindet sich gar nicht *im* Haus.« Ich laufe den schmalen Weg hinunter zum Pool, wobei ich die Stufen rückwärts nehme.

»Hier in Malibu haben wir allerschönstes Wetter, also gehen wir möglichst viel in den Pool.« Das ist zumindest nur zur Hälfte gelogen. Die Jungs und Kat gehen ins Wasser, ja, aber wir Mädchen benutzen den Pool kaum. Es ist einfach zu viel Aufwand, sich danach immer wieder Haare und Make-up zu richten. Meistens posieren wir im Bikini am Beckenrand.

Die Steinplatten sind etwas rutschig. Mein Schuh gleitet ab und ich schlage beinahe lang hin. Ich kreische unwillkürlich auf.

»Sei vorsichtig!«, ruft Beau aus dem Haus.

Mein Knöchel schmerzt und ich möchte laut fluchen, stattdessen giggele ich wie blöde, wegen der Kamera. »Rückwärts laufen ist schwieriger, als es aussieht.« Ich kriege mich wieder ein und richte das Handy neu aus.

Auf dem Display sieht man nun hinter meinem Rücken den Pool. Komischerweise hat das Wasser eine braunrote Färbung.

Was ist denn das? Ich frage mich, ob da irgendwas auf der Linse klebt.

Dann drehe ich mich um und schaue direkt in den Pool. Das Handy – das immer noch live mitfilmt – habe ich dabei in der Hand.

Ich schnappe nach Luft, das Telefon fällt klappernd zu Boden. Es landet in einer Pfütze dreckigen Poolwassers, die von roten Schlieren durchzogen ist. Das zerbrochene Display zeigt zig Warnmeldungen, bevor es den Geist aufgibt.

In wenigen Minuten werden sich mein Video – *Hausbesichtigung, 3. Teil* – mehr Menschen angesehen haben, als sonst die NBA-Finals glotzen. Ich werde Gwens Klickrekord nicht nur überbieten, ich werde ihn komplett zunichtemachen. Aber das kapiere ich erst später.

Denn gerade jetzt sehe ich nur meine Freundin, wie sie auf dem Rücken im Pool treibt. Ihre schönen, glänzend schwarzen Haare schwimmen in Strähnen im blutigen Wasser.

Ein Schrei zerreißt meinen Körper.

4

23 Minuten später

TUCKER

Als ich aufwache, steht Gwen weinend über mir. »Sydney«, stößt sie hervor.

Ich gucke von meinem Matratzenlager zu ihr hoch und es fühlt sich an, als würde ich ertrinken. Sofort denke ich: *Sie weiß es.*

Das darf nicht wahr sein. Mein Herz hämmert in meiner Brust, ich richte mich mühsam auf.

»Was ist mit Sydney?« Ich versuche, so normal wie möglich zu klingen.

Ihr Weinen geht in heftiges Schluchzen über. »Du – musst – nach – unten – kommen«, bringt sie zwischen zittrigen Atemzügen hervor.

»Ist ja gut.« Ich suche nach meinen Basketballshorts. Mir dröhnt der Kopf. Ich versuche, mich an gestern Nacht zu erinnern, aber alles verschwindet in einem Nebel aus Tequila und Champagner. Ich hatte wohl einen Filmriss. *Scheiße. Warum habe ich so absurd viel getrunken?*

Auf einem Stapel Videospiele finde ich dann doch noch eine Shorts und ziehe sie über meine Boxers. Wenn's gut läuft, herrscht in meinem Zimmer nur mittelschweres Chaos. *Ihr Jungs ändert euch wohl nie – egal, wie viel Geld ihr habt*, meinte Sydney, als ich ihr sagte, dass ich mit dem Einrichten fertig wäre. Flachbildfernseher, Tarantino-Poster und SATURDAYS-ARE-FOR-THE-BOYS-Flagge an den Wänden und ein beginnender Flaschenfriedhof auf der Kommode, das fand ich völlig ausreichend. Sie bot mir immer wieder an, dass ihre Eltern mir auch Möbel kaufen würden, so wie für ihr Zimmer und die Räume im Erdgeschoss. Aber das sah mir zu sehr danach aus, als säßen wir im Schnellzug Richtung Ehe, mit einem Haus in derselben Stichstraße wie die Schwiegereltern. Mehr als spießig.

»Ich wollte nicht ... wir wollten doch einfach nur Spaß haben diesen Sommer ... einfach nur Spaß«, stammelt Gwen unter Tränen. »Es sollte doch niemandem etwas passieren.«

Ich ziehe meine Sonnenbrille aus meinem *Herschel*-Rucksack und fische ein halbwegs sauberes T-Shirt aus meinem Wäscheberg. Dann führe ich die wacklige, heulende Gwen aus meinem Zimmer. Als wir die Treppe hinuntergehen, versuche ich, eine Miene à la *treu sorgen-*

der Freund aufzusetzen, aber mir fällt bis zum Eingang nicht ein, wie die aussehen könnte.

Die Haustür steht weit offen, und überall sind Polizisten: Sie rufen in Funkgeräte, sie machen Notizen zu dem, was die tränenüberströmte, im Pyjama dahockende Kat ihnen erzählt, sie schießen Bilder vom Fußboden, von den Fotos an der Wand und einem Plastikbecher in einer Bierpfütze.

Was soll der Mist?

Einer der vorbeilaufenden Bullen funkelt mich böse an: Ich merke jetzt erst, dass ich noch kein T-Shirt anhabe. Schnell streife ich es über und wünschte, ich hätte doch ein sauberes rausgesucht. Gwen hätte mich auch mal warnen können, dass die Polizei da ist. Aber so wie sie jetzt auf der untersten Treppenstufe sitzt und das Holzgeländer umklammert, als wäre es die im Wasser treibende Tür in *Titanic*, wäre das wohl zu viel verlangt gewesen.

Neben meinem Kopf leuchtet ein Kamerablitz auf. Ich zucke zusammen.

Irgendwas stimmt mit meinem Gehör nicht. Alle reden gleichzeitig und ich kann einfach kein Wort verstehen.

Ich stolpere in die Küche und stoße auf eine extrem bleiche Cami. Sie öffnet den Mund, als wolle sie mir etwas sagen, aber dann erbricht sie sich nur über ihre weißen *Fila*-Sneaker.

Ich umrunde die Kotzschuhe und folge dem Polizistenstrom in den Garten. Anscheinend wollen sie alle zum Pool. Je mehr Bullen ich erblicke, desto mehr Panik schiebe ich. Ich renne über die Stufen, dränge mich zwischen blauen Uniformen hindurch. Meine bloßen Füße rutschen auf den Steinplatten aus. Knapp vor dem Beckenrand bleibe ich stehen.

Und da sehe ich sie: meine Freundin. Meine umwerfende, mitreißende, unverschämt kluge und manchmal auch nur unverschämte Freundin. Sie treibt bewusstlos im Pool. Ich schaue mich um. Niemand unternimmt etwas, um ihr zu helfen. *Aber sie müssen doch sehen, was los ist, sie starren sie doch alle an.* Manche machen sogar Fotos.

Ich wende mich an den nächsten Polizisten: »Warum hilft ihr denn niemand? Müssen wir sie nicht wiederbeleben? Hat niemand den Rettungswagen gerufen? Wo bleiben die denn?«

Ich will schon reinspringen, da packt mich der Cop am Arm und hält mich fest. »Lass das, Junge«, raunzt er.

Eine Hand legt sich weich auf meine Schulter und ich kapiere erst, was ich sehe, als Kat mir gleichzeitig ins Ohr flüstert: »Sie ist tot, Tucker.«

Die Polizisten ziehen gelbes Absperrband rund um den Pool und scheuchen uns ins Haus.

Im vorderen Zimmer wird gerade Beaus Aussage

aufgenommen. Cami hat sich zu Gwen auf die Stufen gesetzt. Sie streicht ihr die blonden Strähnen von den feuchten Wangen und flüstert beruhigende, unverständliche Worte.

»Ich begreife das nicht«, sagt ein kräftiger Uniformierter zu Beau. »Du bist seit zwei Stunden wach und hast nicht gemerkt, dass eure Freundin tot im Pool treibt?«

Bei dem Wort *tot* zuckt Beau zusammen. Er macht den Mund auf, will sich verteidigen, aber jemand anders spricht zuerst.

»Man kann den Pool vom Haus aus nicht sehen«, erklärt Gwen. Ihre Stimme ist fest. Es ist der erste zusammenhängende Satz, den sie an diesem Morgen äußert. Es scheint so, als würde sie dem Polizisten antworten. Aber ansehen tut sie mich.

3 Monate vorher
GWEN

»Man kann den Pool vom Haus aus nicht sehen«, flüstert Tucker. »Keine Sorge.«

Seine warmen Lippen küssen meinen Hals, ich seufze und lehne mich an die kühlen Poolfliesen. Unter Wasser sind unsere Arme und Beine ineinander verwoben, überall berührt sich nackte Haut. Ich trage den *Oh-Polly*-Bikini, der mir zum Modeln zugeschickt wurde und im Grunde nur ein Tanga ist. Ich trage oft so Zeugs, aber jetzt gerade ist mir bewusst wie nie, wie wenig ich anhabe. Jede haarlos gelaserte Pore an mir trägt zur Gänsehaut bei. Denn mein spärlich bekleideter Körper wird ausnahmsweise mal nicht fotografiert, sondern drängt sich gegen Tucker. Tucker, der schon immer mein engster Freund, ja mein einziger Freund ist. Tucker, der jedes Hetero-Girl mit genug Datenvolumen verrückt macht. Tucker mit seinem Filmstar-Kinn und diesen Augen, in denen man sich verlieren kann. Tucker, den ich neuerdings vor mir sehe, wenn ich ein Liebeslied höre. Tucker, der trotz allem und immer noch mit Sydney zusammen ist.

Ich lege ihm die flache Hand auf die Brust und schiebe ihn weg. »Und was ist mit dieser Kat?«, flüstere ich. »Ich glaube, von ihrem Zimmer aus kann man den Pool schon sehen.« Ich linse zwischen den Blättern der Palmen hindurch und versuche, ihr Zimmerfenster auszumachen.

»Sie ist mit dem Kiffer unten am Strand«, beruhigt er mich, dann beugt er sich vor und will mich erneut küssen.

Ich weiche ihm aus. »Und wenn doch noch jemand runterkommt? Wenn das jemand rausfindet – Tuck, stell dir vor, irgendein Online-Reporter bei *TMZ* kriegt das mit, das wäre –«

»Kannst du nicht ein Mal aufhören, dir darüber Sorgen zu machen, was *TMZ* denkt? Kannst du nicht ein Mal machen, was dir gefällt, ohne bei Insta zu checken, ob deine Follower das auch gut finden? Denk doch mal nur an dich!« Er schaut herunter auf meine Hand, die immer noch auf seiner Brust liegt. Seine Haut fühlt sich an wie aufgeladen. Mein Herz rast. »Oder an uns.«

»Aber Sydney ...«

»Ich weiß, wie wichtig sie dir ist. Mir geht es doch genauso. Aber das, was hier zwischen mir und dir passiert, Gwen, so was habe ich noch nie erlebt. Und wir sollten rausfinden dürfen, was das ist mit uns, ohne dass die halbe Welt zuschaut oder wir Syd und unseren Platz in diesem Haus verlieren. Ich weiß, du glaubst, dass ich das alles nur sage, weil ich betrunken bin oder weil wir in Malibu sind oder weil ich mich mit Sydney gestritten habe. Aber ganz ehrlich, Gwen, mit all dem hat das nichts zu tun.« Er nimmt meine Hand von seiner Brust und hält sie fest. »Ich wünsche mir das schon so lange. Du hast ja keine Ahnung.«

Doch, habe ich. Er drückt ja genau das aus, was auch ich in den letzten Wochen empfunden habe.

Aber ich brauche auch keine Meinungsumfrage, um zu wissen, was die Leute denken würden, wenn sie es erfahren würden: *Gwen kann jeden Kerl haben, den sie will, und sie macht ausgerechnet mit dem Freund ihrer besten Freundin rum. Echt jetzt?*

Dabei ist die Sache viel komplizierter. Denn so leicht

fällt es mir gar nicht, jemanden zu finden. Im Grunde ist es für mich sogar am schwersten.

Na klar, es gibt unendlich viele Leute, die glauben, sie wären gerne mit mir zusammen. Sie mögen mein Aussehen, meine Klamotten, mein Leben. Sie wollen mir nahe sein, mich küssen, mit mir schlafen. Aber sie wissen kein bisschen, wer ich bin. Sie glauben es nur.

Wenn Typen mich jenseits von Instagram oder TikTok kennenlernen – wenn sie mitbekommen, dass es Stunden dauert, so auszusehen und dass ich zwar in meinen Videos immer lächle, aber bestimmt nicht immer happy und glücklich bin; dass ich genau wie alle anderen schlechte Tage und miese Laune habe und natürlich Familienprobleme (ja, bravo, meine Eltern haben drei Runden vor dem Scheidungsgericht gedreht); dass ich schlechte Fernsehsendungen wie *The Bachelor* gucke und gar nicht so viel Ahnung von Sport und Comics habe oder von sonst irgendwas, das diese Typen mögen –, dann bin ich eben nicht mehr die Instagram-Schmachtfalle oder das bauchfrei tanzende Luxusgirl aus dem Video. Sondern ein ganz normales, reales Mädchen, das sich ganz normale, reale Dinge wünscht wie einen Liebesgruß am Morgen oder dass man meine Handtasche hält, wenn ich ein Shooting habe, oder dass man mich umarmt, wenn ich weine. Sobald diese Typen aus dem Traum von mir aufgewacht sind, sind sie auch schon weg.

Ich werde immer nur geliebt wie ein Top-40-Hit, wie das neueste heiße Ding. Etwas, das lustig vorbeifliegt wie eine Seifenblase. Nichts Ernstes. Ich will aber geliebt werden wie eine ergreifende, zeitlose Ballade. Mit berührender Musik und einem Text, der sich so richtig ins Herz gräbt. Wie Leonard Cohens *Suzanne* oder *Something* von den Beatles oder – oh ja, *Speak Now* von Taylor Swift. Aber das will einfach nicht passieren.

Von so vielen so oberflächlich geliebt zu werden, das macht was mit einem. Der Gedanke hält mich nachts wach: *Was bedeutet das, wenn Fremde mich lieben, und alle, die mich wirklich kennenlernen, auf Abstand gehen?*

Mit Tucker ist es komplett anders. Er kennt mich. Er hat mit mir geredet, er hat mir zugehört, immer, auch als da noch nichts Sexuelles zwischen uns war. Oder eher: Als es so aussah, als ob nichts Sexuelles je zwischen uns sein könnte. Schließlich ist er mit dem Mädchen zusammen, das seit der Achten meine Freundin ist – seit meine Mutter den Job als Assistentin von Sydneys Vater bekommen hat und wir nach Beverly Hills gezogen sind.

Syd, Tucker und ich waren während der Highschool total eng. Wir saßen immer am selben Mensatisch, wir haben in Sydneys Souterrain zusammen abgehangen, und in den Ferien sind wir in die Skihütte ihrer Eltern gefahren. *Die drei Musketiere* hat uns Sydneys Vater genannt, als er uns letztes Silvester mit einer Flasche Wodka erwischt hat.

Tucker hat mich ungeschminkt gesehen. Er ist mit mir zu *McDonald's* gefahren, nachdem meine Eltern von der Anhörung wegen des Sorgerechts kamen, und kurz nach meiner Nasen-OP hat er mir Suppe vorbeigebracht, als ich mit grün-blauem Gesicht im Bett lag. Er ist kein Follower oder Fan. Er ist mein Freund. Ein richtiger Freund.

Als Sydney und ich dann auf dieses LitLair-Projekt kamen und sie meinte, ob es nicht cool wäre, wenn Tucker auch dabei sein könnte, hatte ich natürlich nichts dagegen.

Und heute war es dann so weit: Wir konnten den Einzug in die Villa feiern. Tucker hat mir geholfen, die Kisten reinzutragen, wir haben die anderen TikToker kennengelernt und abends Champagner geköpft. Stundenlang haben wir gefeiert und uns über die neue Freiheit gefreut: keine Elternkontrolle mehr und kein Wecker, der einen morgens vor der Schule aus dem Schlaf reißt. Nur eine Sache ist an diesem Abend nicht so super gelaufen: Sydney ist früh ins Bett gegangen, weil sie meinte, sie hätte Kopfschmerzen, dabei wussten wir alle, dass sie sich ziemlich heftig mit Tucker gestritten hat – wegen eines Bettgestells.

Ein paar Tequilarunden nach ihrem Abgang sind Tucker und ich dann die Treppen runtergestolpert, weil wir den Pool testen wollten. Wir sind aus dem Lachen nicht mehr rausgekommen, so high waren wir von

Beaus Gras und dem Gefühl, etwas Besonderes zu sein. Nur wir zwei. Halb nackt, bekifft und besoffen.

Und wenn er mich jetzt so anschaut, habe ich das Gefühl, genau diese Balladenliebe zu erleben.

»Warte mal, ich hab eine Idee«, sagt Tucker, löst sich aus unserer Umarmung und schwimmt mit ein paar eleganten Zügen quer durch den Pool. Er streckt den Arm über den Rand und drückt auf den Schalter, mit dem man die Poolbeleuchtung ausmacht.

Dann kommt er zurück zu mir. Unter Wasser finden seine Hände meine Taille und ich lege meine Beine um seine Hüften.

Er lächelt mich in der Dunkelheit an. »Siehst du, jetzt ist es so, als wären wir die einzigen Menschen auf der Welt.«

Und dann küsse ich ihn. Und er zieht an meinem Bikiniband. Und so fange ich etwas mit dem Freund meiner besten Freundin an.

5

Eine Stunde später

CAMI

Überall schwirren uniformierte Polizisten herum, laufen rein und raus. Sie stehen in der Einfahrt an ihren Wagen und sprechen in die Funkgeräte, dann stapfen sie durch die Eingangstür, quer durchs Haus bis zum Pool und wieder zurück. Sie lassen die Türen offen stehen und ich höre, wie die Klimaanlage ständig wieder anspringt, um kalte Luft in die Augusthitze zu pusten.

Mit ihren Stiefeln tragen sie jede Menge Dreck ins Haus. Mir schwirrt der Kopf, trotzdem konzentriert sich mein Blick auf einen matschigen Fußabdruck mitten auf dem weißen Flurläufer, den Sydneys Mutter bei *West Elm* besorgt hat. Ich überlege, ob ich ihnen sagen soll, dass sie die Schuhe ausziehen müssen. Aber dann fällt mir auf, dass ihre Stiefel auch Blutspuren auf dem Teppich hinterlassen. Also halte ich den Mund.

Und dann taucht zwischen den Stiefeln ein Paar

schwarze Pumps auf, das durch unsere Haustür kommt und den Flur entlangläuft. Mein Blick zuckt hoch zum Gesicht der Trägerin.

»Berichten Sie«, bittet die Frau einen der Bullen. Sie hat ihre Polizeimarke an einer silbernen Kette um den Hals hängen, trägt aber keine Uniform, sondern einen grauen Hosenanzug aus ziemlich schäbigem Polyester.

»Der Anruf kam um neun Uhr zweiundfünfzig«, sagt der Beamte. Auf seinem Namensschild steht *MOORE*. Er war es auch, der Beau eben befragt hat. »Ich habe ihn entgegengenommen.« Moore blättert durch seinen Notizblock. »In weniger als sechs Minuten nach dem Notruf waren wir am Tatort.«

Die Frau läuft einfach weiter und Moore hängt sich an sie dran. Als sie an den anderen Bullen vorbeikommt, schauen die sie an und stellen sich aufrechter hin oder nicken. Mein Hirn mag zwar vernebelt sein, trotzdem erkenne ich hier sofort die Dynamik: *Sie ist der Boss*. Also sehe ich zu, dass auch ich an ihr dranbleibe.

Mein Hirn kommt wieder in Gang. Ich beuge mich runter zu Gwen, die immer noch auf der untersten Stufe hockt. »Komm«, sage ich und ziehe sie am Arm hoch. »Wir holen dir ein Glas Wasser.« Gwen nickt abwesend und schaut mich mit großen, feuchten Augen an. Ich schiebe sie hinter der Bullenfrau und ihrem Hilfstrupp her Richtung Küche.

Als wir den Raum betreten, hat sie sich schon an die

Arbeit gemacht. Sie untersucht die Ablage und wischt mit ihrer behandschuhten Hand über die von Beau hinterlassene Senfspur. Die Sandwichs liegen halb fertig da, die Kameras stecken noch auf den Stativen. »Und was ist das hier?« Sie schaut durch die Kamera auf die Bagels, dann wendet sie sich an einen der Polizisten: »Sind das unsere?«

»Oh nein, die gehören Beau«, erkläre ich.

Darauf erkundigt sie sich: »Warum habt ihr lauter Scheinwerfer und Kameras in der Küche?«

»Wir sind das LitLair«, antwortet Gwen. Ihre Stimme klingt angespannt, aber stolz.

»Wie bitte?«

»Na ja«, Gwen macht ein paar Armbewegungen aus unserem bekanntesten Tanz, »LitLair halt, das Content House.« Sie blickt sich erwartungsvoll um, in ihrem Gesicht kleben immer noch Mascaraspuren.

Madame Hosenanzug schaut sie an, als wäre sie durchgeknallt.

»Wir sind sechs TikTok-Stars«, erkläre ich. »Das heißt ... jetzt nur noch fünf.« Ein irrer Gedanke. Ich versuche, ihn abzuschütteln und konzentriert zu bleiben. »Wir wohnen hier zusammen und drehen Videos davon, wie wir so leben.«

»Ach die!« Moore macht große Augen. »Meine Nichte findet euch richtig toll.«

»Na prima«, seufzt die Chefin. »Also ermitteln wir hier bei so was wie *Big Brother*.«

»Was soll denn *Big Brother* sein?«, wundert sich Gwen.

Ich schiebe mich an ihr vorbei, schließlich gibt es wichtigere Fragen. »Entschuldigen Sie, aber welche Art von Ermittlungen werden hier eigentlich geführt? Für mich sieht es ganz danach aus, als sei sie spät in der Nacht hier angekommen und habe versucht, an der Poolseite ins Haus zu gelangen. Und dann hat sie sich den Kopf gestoßen und ist gestürzt. Das ist alles furchtbar tragisch, aber was gibt es da zu ermitteln?«

Ich hoffe auf Zustimmung, aber ihr Gesichtsausdruck bleibt neutral und sie erwidert: »Wie war noch mal dein Name?«

»Cami«, antworte ich. »Dolores Camila.« Ich halte ihr die Hand hin, aber sie greift nicht danach.

»*Hmmm.*« Sie schreibt etwas in ihr Notizbuch, dabei lässt ihr Blick nicht von mir ab.

Mir wird das zu komisch. *Am besten*, denke ich, *wird es wohl sein, so zu tun, als hätte ich einen anderen Grund gehabt, in die Küche zu kommen.* Einen, der mich als freundliche, fürsorgliche Freundin erscheinen lässt. Ich schnappe mir ein Glas und drehe den Wasserhahn auf, weil den Kühlschrank mit dem *La-Croix*-Mineralwasser ein fetter Bulle blockiert. Ich gebe Gwen das lauwarme Getränk und sie nippt vorsichtig daran.

Da tritt ein Mann durch die Verandatür. Er trägt einen weißen Schutzanzug und so eine Schutzbrille wie im Chemieunterricht.

»Detective Johnson«, spricht er Mrs Hosenanzug an.

»Reyes«, nickt sie ihm zu. »Was gibt es?«

»*Vulnera sclopteria* rechte Schläfe, Austritt links«, berichtet er und übergibt ihr seine Aufzeichnungen. Ich habe keine Ahnung, was das heißt, aber ich werde es schon rausfinden: Ich lehne mich herüber, damit ich besser mithören kann.

Detective Johnson liest seine Notizen. »Sie ist also nicht ertrunken?«

»Nein«, antwortet Reyes. »Sie war schon tot, als sie ins Wasser fiel. Der Schuss war tödlich.«

Gwen rutscht das Glas aus der Hand. Es zerschellt auf den Fliesen.

»Sydney wurde erschossen?«, krächze ich.

»Nein. Nein, das kann nicht sein«, sagt Gwen. »Sie hat sich den Kopf aufgeschlagen und ist in den Pool gestürzt, so war es. Ein Unfall. Sie wurde nicht ermordet. In Malibu wird man doch nicht einfach so erschossen.«

Vor meinen Augen sind wieder lauter bunte Wirbel. Ich habe das Gefühl, als würde ich im eigenen Körper ertrinken. In meinem Mund sammelt sich ein bitterer Geschmack.

Die Kommissarin beachtet Gwen gar nicht, sondern fragt den Mann im Schutzanzug: »Gibt es Blutspuren, die Sie analysieren können?«

»Das wird schwierig im Wasser. Wir haben Blut und Hirnmasse im Poolfilter gefunden.«

Daraufhin muss ich mich zum zweiten Mal an diesem Morgen übergeben.

Die Kommissarin seufzt und sieht mich an, als wäre meine Kotze ekelerregender als Sydneys *Hirnmasse*.

»Kann jemand mal die Kinder aus dem Weg schaffen?«, beschwert sie sich.

Die Polizisten scheuchen uns in das offizielle Wohnzimmer auf der vorderen Seite des Hauses. In diesem Raum sitzen wir fast nie. Ich befürchte, dass wir ihn nach diesem Tag erst recht nicht mehr benutzen werden.

Gwen läuft hin und her und es fehlt nicht viel, dass sie die Wand hochgeht. Kat sitzt in dem Sessel vor dem Fenster in der Sonne und reibt sich die roten Augen. Tucker okkupiert breitbeinig das Sofa. Ich hocke auf dem Rand der Klavierbank und versuche, ruhig zu atmen.

Beau kommt rein und lädt einen Haufen Müsliriegel und Wasserflaschen auf dem Sofatisch ab.

»Die haben gesagt, meine Sandwichs kriege ich nicht, aber das hier durfte ich mitnehmen.«

»Danke«, sagt Kat und bestaunt die Sachen, als hätte er sie hergezaubert. »Super mitgedacht.«

Ich verdrehe die Augen. »Die Polizei erlaubt uns also, unsere eigenen Lebensmittel zu konsumieren. Wie unendlich großzügig.« Mein Magen rumort noch, also nehme ich nur ein Wasser.

»Also«, sagt Tucker. »Die glauben also, dass jemand – *was jetzt?* Sie erschossen hat und sie dann in den Pool gefallen ist?« Sein Gesicht ist blass, er hat glasige Augen.

»Nein, das kann nicht sein, nein«, murmelt Gwen, aber eher zu sich selbst.

»Ja, ungefähr so«, bestätige ich. »Sie haben nicht wirklich erklärt, wie sie darauf kommen. Aber ja, es hieß, ihr wurde in den Kopf geschossen.«

»Ach du Scheiße.« Tucker reibt sich den Nacken.

»Hätten wir das nicht gehört?«, meint Beau. »Wenn sie gleich da draußen erschossen worden wäre?«

»Ich … es könnte sein, dass ich es gehört habe«, sagt Kat. Alle Blicke zucken zu ihr rüber. »Der Pool ist vor meinem Zimmer und ich … heute Nacht war da ein Geräusch. Ich dachte, es hätte gedonnert. Aber ja, es könnte auch ein Schuss gewesen sein.« Sie hält ihr Scrunchie in den Händen und fummelt damit herum.

»Es könnte?«, entgegne ich. »Wieso weißt du das nicht?«

»Keine Ahnung. Ich habe noch nie einen gehört.«

»Ach du je«, stöhne ich. »Du bist wirklich nicht zu gebrauchen.«

»Echt jetzt, Cami?«, schaltet sich Beau ein. »Hast du etwa schon mal einen Schuss gehört?«

»Nein. Aber ich wüsste, ob ich einen gehört habe oder nicht, klar?«, entgegne ich. »Anders als deine süße Kat, die nicht mal den Unterschied zwischen Donner und Sydneys Todesschuss erkennt.«

Kat verdreht die Augen. Beau läuft zu ihr und setzt sich neben sie. Er legt ihr den Arm um die Schulter.

»Ich kapiere nicht, wer Sydney das antun sollte«, meint Beau. »Sie ist doch so ein lieber Mensch.«

Tucker und ich tauschen quer durchs Zimmer einen vielsagenden Blick. Nur ein vernebelter, naiver Kiffer wie Beau kann annehmen, dass Sydney irgendwie gutherzig gewesen sei. Dieses Mädel war vieles, und manches davon war sicher erstaunlich, aber *lieb* gehörte nicht dazu.

Ich kappe schnell den Augenkontakt, bevor noch irgendjemand merkt, wie Tucker und ich uns angucken.

»Vielleicht überlegen wir mal«, meint Tucker, »wer in den vergangenen vierundzwanzig Stunden eigentlich außer uns Zugang zum Haus hatte?«

Gwen reißt die Augen auf. »Drake?«

»Nein, Drake doch nicht.« Er seufzt. »Wer war heute Morgen ganz früh hier? Da sind doch immer irgendwelche Leute, die putzen, den Garten machen oder Sachen anliefern …«

»Wie? Du meinst also, nur weil diese Menschen einfache Arbeitskräfte sind, besteht eine höhere Wahrscheinlichkeit, dass *sie* Sydney getötet haben?«, fragt Kat.

»Das habe ich nicht gemeint.« Tucker hebt unschuldig die Arme. »Aber glaubst du im Ernst, jemand aus diesem Raum hat sie umgebracht?«

Wir starren einander an.

»Vielleicht ein Stalker?«, vermute ich. »Sydney hat ständig komische Nachrichten von Männern bekommen. Wie wir alle.«

»Das stimmt«, pflichtet Kat ihr bei. »An mich wurde auch schon abwegiges Zeugs geschrieben.«

Ich muss an all die seltsamen bis widerlichen Direct Messages, Mails und Kommentare denken, die ich mittlerweile bekommen habe. Fremde, die mich heiraten oder eine Locke von mir haben wollen. Und das sind noch die, die behaupten, mich zu mögen. Es gibt nämlich auch Hassnachrichten. In manchen standen Morddrohungen. Mit einem Mal ist dieser Tag noch ein Stück beängstigender geworden. Denn wenn diese Leute Sydney getötet haben, haben sie es vielleicht auch auf uns abgesehen.

»Entschuldigt.« Officer Moore steckt den Kopf zur Tür herein. Er blättert durch sein Notizbuch. »Beau, wir müssten da noch ein paar Dinge abklären.«

»Klar.« Beau steht auf und folgt ihm.

Kat, so allein auf ihrem Fenstersessel, fängt wieder leise zu weinen an. Sie wischt sich mit den Händen über das Gesicht. Dabei bleibt garantiert Schnodder an dem Scrunchie um ihr Handgelenk hängen. *Wie widerlich ist das denn?* Aber dann fällt mir ein, wie vorhin die Kotze in meine Socken gelaufen ist.

Ich gehe auf den Beamten zu, der sich an der Tür positioniert hat. »Werden wir hier festgehalten?«, frage ich.

»*Äh* ...« Sein Blick wandert hin und her. »Im Moment gibt es noch keine Verdächtigen«, erklärt er. »Wir sammeln nur Informationen.«

»Also nicht?«

»Nein«, gibt er zu.

Ich greife in die kleine Tasche am Bund meiner Leggins und ziehe einen Fünfzigdollarschein heraus. »Dann haben Sie sicher nichts dagegen, wenn ich jetzt rauf in mein Zimmer gehe.« Ich drücke ihm den Schein in die Hand.

Tucker schimpft: »Cami, das ist ein Cop und nicht der Zimmerservice.«

Ich zucke nur mit den Schultern und gehe betont langsam die Stufen hinauf. Keine Ahnung, ob der Bulle das Geld einsteckt, jedenfalls hält er mich nicht auf.

Oben angekommen gehe ich um die Ecke, wie immer an Sydneys Zimmer vorbei. Aber es ist nicht wie immer. Denn es sind zahllose Menschen in weißen Schutzanzügen darin, die ihre Sachen durchwühlen. Ihr *Away*-Koffer, mit dem sie letzte Woche abgezogen ist, liegt geöffnet auf dem Boden.

Einer der Astronautentypen bückt sich und hebt etwas mit einer Pinzette auf. Ein langes *blondes* Haar. Es gibt nur eine Person in diesem Haus, die solche Haare hat.

Ein anderer Astronaut bemerkt mich und schließt die Zimmertür.

Ich laufe schnell ins Bad. Ich zwinge mich, nicht an das Haar zu denken und mich nur darauf zu konzentrieren, was ich hier oben wollte. Ich drehe beide Badewannenhähne voll auf, ziehe die Schuhe aus und schäle die feuchten Socken von meinen Füßen, möglichst ohne den Geruch einzuatmen. Dann werfe ich sie in den Müll, waschen hat da eh keinen Zweck.

Dann stecke ich die Füße in meine frei stehende Nostalgie-Wanne und schrubbe sie mit *Floris London*. Der Duft dieser Seife beruhigt mich. Schon als kleines Mädchen, als ich an den Proben gerochen habe, während meine Mutter die Haare gemacht bekam. Aber heute will es nicht klappen.

Ich beobachte, wie die Mischung aus Kotze und Luxusseifenwasser den Abfluss runterkreiselt. Ich schaffe es, mich so weit zu beruhigen, dass ich zum ersten Mal denken kann: *Meine Freundin ist tot. Meine Freundin wurde umgebracht.*

Ich wende die Sätze im Kopf hin und her, aber sie ergeben einfach keinen Sinn. Menschen sterben, wenn sie alt und krank sind. Sie sterben im Krankenhaus, an Maschinen angeschlossen, und ihre Familie ist da und betet den Rosenkranz. Sie sterben, nachdem sie ihren Angehörigen mitgeteilt haben, wie sie beerdigt werden wollen. Sie sterben mit letztem Willen, Testament und Lebensversicherung.

Aber doch nicht mit siebzehn. Wenn sie eben ihr

erstes Auto gekauft haben. Wenn sie gerade mal *einen* anderen Menschen geküsst haben und der auch noch so ein Typ wie *Tucker Campbell* ist. Menschen sterben doch nicht einfach so, kurz nachdem sie endlich die Uni-Aufnahmeprüfung bestanden haben. Menschen, die beim Duschen One Direction hören, können noch nicht sterben. Wer stirbt denn, der ein paar Tage vorher noch einen Thirst-Trap-Tanzclip bei TikTok eingestellt hat. Das darf doch nicht das Letzte gewesen sein, was sie der Welt mitzuteilen hatte, oder?

So läuft es doch einfach nicht.

Ich schrecke zusammen, weil es hinter der Zimmerwand heftig poltert. Ich drehe das Wasser ab und steige mit tropfenden Füßen aus der Wanne.

Gwens Zimmertür steht offen. Sie gräbt sich durch ihren Kleiderschrank und wirft Jacken, Yogahosen und Kosmetikzeug in den Koffer auf ihrem Bett.

»Was machst du da?«, frage ich.

Sie schleudert einen *Golden Goose* hinter sich, der gegen die Wand knallt. Wahrscheinlich war es etwas Ähnliches, als ich das Poltern gehört habe.

»Ich hau hier ab«, sagt sie. Sie reißt einen ganzen Packen samt Bügeln aus dem Schrank, läuft durchs Zimmer und lässt alles in den Koffer fallen. Das Cheerleader-Kostüm der Riverdale High, das sie zu Halloween anhatte, ist auch dabei. Sie packt offenbar nur das Nötigste.

»Du solltest hierbleiben«, rate ich ihr.

»Warum?«

»Du bist Zeugin in einem Mordfall«, antworte ich. Die Worte klingen fremd.

»Ich habe nichts gesehen«, erwidert Gwen.

»Aber du warst hier im Haus.«

Sie zuckt nur mit den Schultern und zerrt am Reißverschluss ihres Koffers.

»Wo willst du denn hin?«, frage ich.

»Mein Vater ist in Tahoe. Ich treffe mich da mit ihm.« Gwen setzt sich auf den Koffer und kämpft mit dem Verschluss. Mir wird ganz anders. Die Beziehung zu ihrem Dad ist ... na ja, kompliziert. Immer wenn etwas in ihrem Leben schiefläuft – wenn ein Sponsorendeal an jemanden aus dem Hassteam Clout 9 statt an sie geht, wenn ein Typ, mit dem sie getextet hat, sie auf einmal ghostet –, muss sie anscheinend ihren Vater anrufen und ihm die Ohren vollheulen. Und jedes Mal meldet der sich einfach nicht zurück oder behandelt sie distanziert bis kaltherzig. Dass sie ihn so vergeblich um Hilfe bittet, verschlimmert ihre Gefühlslage dann nur noch.

»Die Polizei greift dich sicher am Flughafen auf«, warne ich sie.

»Dann nehme ich eben das Auto.«

»Sieht aber sehr verdächtig aus, wenn du jetzt abhaust«, erwidere ich.

»Umso besser, dass ich sie nicht umgebracht habe«,

zischt sie. Sie gibt auf, lässt ihren Koffer einfach halb offen, zerrt am Griff und rennt aus dem Zimmer. Ich folge ihr.

»Willst du nicht lieber bleiben und herausfinden, was passiert ist? Meinst du nicht, wir sollten jetzt füreinander da sein? *Gwen!*« Ich packe den Koffergriff.

»Auf keinen Fall bleibe ich in diesem Mörderhaus. Niemals. Da liegt ein Mensch tot im Pool, Cami.« Sie zieht an dem Koffer und nimmt die ersten Stufen, dabei fallen Kleider und Schuhe heraus. »Als ich meinte, ich hätte gern ein Leben wie in *Der große Gatsby*, dachte ich an Geld und Partys, aber sicher nicht so was!«

»Dann hast du das Buch von mir also doch gelesen«, sage ich leise.

Gwen starrt mich nur wütend an und rumpelt weiter nach unten. Hinter ihr bleibt ein Spitzen-BH auf den Stufen liegen. Bevor sie die Haustür erreicht, stellen sich ihr zwei Bullen in den Weg. »Wohin des Weges?«, fragt einer.

»Tahoe.« Sie versucht ihn zu umrunden, aber er hält sie mit ausgestrecktem Arm zurück.

»Wir müssen Sie bitten, den Staat Kalifornien nicht zu verlassen«, erklärt der andere. *Siehste*, sagt mein Blick.

»Na schön, dann bleibe ich eben auf der kalifornischen Seite.« Sie versucht nochmals, sich an ihm vorbeizudrängen.

Der Polizist nimmt Gwen den Koffer aus der Hand.

»Eigentlich geht es darum, dass niemand dieses Haus verlässt«, verdeutlicht er.

Das allerdings hatte ich auch nicht erwartet. »Warum?«, frage ich und mache einen Schritt nach vorn. »Sie haben doch gesagt, von uns steht niemand unter Verdacht.«

2 Stunden später
BEAU

»Hier hinein, Junge.« Officer Moore führt mich ins Esszimmer. Jemand hat die Haube über den *PAC–MAN*-Spielautomaten gezogen und Stühle rund um den Billardtisch gestellt. Der Raum wirkt total anders, so erwachsenenmäßig. »Die Kommissarin wird dich dieselben Dinge fragen wie ich auch: Wann du schlafen gegangen bist, wann du heute Morgen aufgewacht bist, ob du von der Küche aus irgendetwas gesehen hast …«

»Ist gut.« Ich streiche mir die Haare zurück. Die werden langsam richtig lang. Mein Vater würde sagen, ich sehe aus wie ein Punk.

»Falls du die Anwesenheit eines Elternteils oder Anwalts wünschst, gib uns Bescheid. Du bist allerdings kein Verdächtiger, sondern nur Zeuge«, erklärt er.

»Ne, meine Eltern müssen arbeiten. Ich bin eh fast achtzehn.« Sie wären ganz schön angepisst, wenn ich sie bis hierher nach Malibu kommen ließe, nur damit sie mit anhören, dass ich aufgestanden bin und Sandwichs zubereitet habe, ohne etwas Auffälliges zu bemerken. In der Galerie meiner Mutter ist diese Woche eine wichtige Ausstellungseröffnung und mein Vater ist ohnehin pausenlos beschäftigt.

Officer Moore lässt mich allein, und da es jetzt ganz still ist, kann ich den Fernseher im Nebenraum hören.

»... *wo die siebzehnjährige Sydney Reynolds heute Morgen tot aufgefunden wurde*«, berichtet der Sprecher. Ich beuge mich vor und linse durch einen schmalen Spalt in der Doppeltür.

In den Nachrichten heißt es, Sydney wäre gestern Abend im Haus ihrer Eltern das letzte Mal lebend gesehen worden. Sie lassen unsere TikToks als Footage laufen.

Internetstar ermordet, lautet die Schlagzeile.

»Am besten hört man da nicht hin«, sagt eine Stimme hinter mir. Als ich mich umdrehe, steht da die Lady, die ihre Kollegen herumkommandiert hat. »Es kann einen ziemlich mitnehmen, wenn man mit Kommentaren von Fremden zur eigenen Person bombardiert wird.«

Ich kapiere nicht. »Die reden doch nicht über mich, sondern über Sydney.« Es sollte hier grundsätzlich nicht um mich gehen. Sondern nur um sie.

»Natürlich nicht«, erwidert sie. »Ich meinte nur, dass sie über eure kleine WG hier sprechen.«

Sie sagt es so, dass ich das Gefühl habe, mich verteidigen zu müssen. »Wir hatten schon öfter mit den Medien zu tun.« Ich räuspere mich. »Damit kommen wir zurecht.«

»Da bin ich mir sicher.« Sie lächelt gezwungen. »Detective Elena Johnson«, stellt sie sich vor. »Und das ist mein Kollege Detective Jim Carney.« Sie deutet mit dem Kopf zur Tür, durch die sich eben ein kompakter, mittelalter Mann mit einem Stapel Akten schiebt.

Ich nicke freundlich und versuche, mich an die Sachen zu erinnern, die mir mein Vater eingebläut hat, von wegen *Augenkontakt halten, höflich sein*. »Nett, Sie kennenzulernen«, bringe ich heraus.

Der Kommissar schüttelt verstört den Kopf. »Nett ist was anderes. Hier wurde jemand ermordet.«

Johnson funkelt ihn böse an. »Ich weiß, wie du das gemeint hast, Beau.« Sie zeigt auf den Stuhl auf der anderen Seite des Tisches. »Bitte, setz dich.«

Ich wundere mich, dass sie meinen Namen kennt, obwohl ich den noch gar nicht genannt habe. Keine Ahnung, vielleicht ist sie TikTok-Fan.

Carney schließt die Flügeltüren, die Geräusche aus dem Fernseher werden zu einem schwachen Murmeln.

Johnson setzt sich mir gegenüber an den Tisch und schlägt eine Akte auf. Carney, der sich neben ihr platziert, schaltet das Aufnahmegerät ein.

»Hat jemand aus diesem Haus jemals die Absicht

geäußert, eine Waffe kaufen zu wollen?« Sie schaut von den Unterlagen auf. »Oder hat jemand erzählt, dass ihm eine Waffe geschenkt wurde? Vielleicht ein Erbstück?«

»Nein.« Ich schüttele den Kopf. »Wir sind alle aus Los Angeles oder New York. Niemand hier hat Waffen.«

»Katherine Powell stammt aus Fresno.«

»Na ja, ich meine, wir sind alle aus Staaten, in denen Demokraten an der Regierung sind.«

»Ja, aber du hast extra betont, dass alle, die aus L. A. und New York sind, keine Waffen haben. Besitzt Katherine Powell eine Waffe?«

»Wie? *Nein!*« Es fühlt sich an, als würde mein Magen explodieren. *Wie kommen die von dem, was ich da eben gesagt habe, auf so irre Vermutungen?* »Kate ist Pazifistin«, entgegne ich. »Sie war auf diesen *March-for-Our-Lives-* Demos für schärfere Waffengesetze. Niemals würde sie eine Knarre besitzen wollen.«

Die Kommissarin notiert etwas, ihr Gesicht zeigt keine Regung.

»Wieso fragen Sie mich das? Officer Moore sagte, Sie würden nur wissen wollen, ob ich letzte Nacht irgendetwas mitbekommen habe. Es hieß, wir sind Zeugen, nicht Verdächtige. Ist das nicht so?«

»Es gibt in diesem Fall keine offiziellen Verdächtigen«, erklärt sie.

»Ah. Okay. Wenn Sie Verdächtige brauchen, sollten Sie sich mal bei diesen Stalkern umsehen, die uns ständig antexten. Ich kriege die heftigsten Messages, aber das ist nichts verglichen mit dem, was bei Syd und den Mädchen ankommt. Richtig übel ist das. Jeder von diesen Irren kann es gewesen sein. Einmal war ich mit Sydney in Grove, da hat uns so ein Typ um ein Selfie gebeten und uns dann eine Stunde lang verfolgt.« Ich grabe mein Handy aus der Hosentasche. »Vielleicht habe ich das Foto noch.« Ich scrolle durch meine Bilder: Aufnahmen von den Gerichten, die wir in der Küche zusammen gekocht haben, Schnappschüsse von Poolpartys, Meet and Greets mit verschiedenen Promis. »Ich habe das Bild nicht gepostet, der war nämlich echt ein Freak. Aber jetzt ist es wahrscheinlich gut, dass ich es noch habe.«

Endlich habe ich es gefunden. Sydney darauf lächeln zu sehen ist wie ein Schlag in die Magengrube.

Ich schiebe mein Telefon über den Tisch. »Das ist der Typ.«

»Ja, äh, prima. Danke.« Die Kommissarin schaut nur kurz aufs Display, bevor sie mein Handy zur Seite legt. »Ich werde einen Kollegen bitten, sich darum zu kümmern.«

Sie widmet sich wieder ihren Akten. Das Display meines Handys verdunkelt sich, aber die Bullen scheint das eh nicht zu interessieren. Das verwirrt mich. Das könnte doch der Typ sein. Der, der Sydney getötet hat. Und die weigern sich, das Foto auch nur genauer anzusehen.

»Ich würde gerne hören, was vorgestern Abend passiert ist«, erklärt Johnson.

Ich zucke mit den Schultern. »Es gab halt Streit. Wegen Sydneys Schwester Brooklyn. War aber kein großes Ding.« Ich habe unendlich Schmacht. Vor den Bullen wollte ich meinen Dampfer nicht zücken, aber jetzt brennt er mir richtiggehend in der Tasche.

»Aber Miss Reynolds ist dann ganz sicher gegangen?«, fragt Carney.

»Ja, ist sie. Aber Syd hat immer damit gedroht, dass sie abhaut, sobald es irgendein Drama gab. Ihre Familie wohnt in der Nähe, also hat es sich für sie quasi angeboten. Einfach mal raus und sich abreagieren.«

»Aber es war mitten in der Nacht?«, erkundigt sich Johnson.

»Muss so um elf gewesen sein«, antworte ich. »Für Teenager ist das keine Zeit.«

»*Hmmm.*« Johnson presst die Lippen zusammen. »Und niemand hat nach der Auseinandersetzung von ihr gehört?«

»Nein. Also ich zumindest nicht. Aber wir sind auch nicht so eng. Fragen Sie mal Tucker, er ist ihr Freund. Er *war* ihr Freund, meine ich.« Ich wiederhole im Kopf, was ich da eben gesagt habe. Ich kann nicht kapieren, dass ich über Sydney in der Vergangenheit reden muss.

»Und welche Rolle hat er gespielt bei dem Streit am Donnerstagabend?«, will Carney wissen.

»Er –« Ich unterbreche mich. Ich will Tucker keine Probleme machen, indem ich hier mehr als nötig über diesen blöden Streit erzähle. »Was haben Sie denn mit diesem Abend? Das war echt kein großes Ding –«

»*Kein großes Ding?*«, unterbricht Carney mich ziemlich fassungslos. »Und warum ist Sydney Reynolds dann tot?«

»Von den Leuten hier im Haus hat sie keiner umgebracht. Falls Sie das meinen.« Ich versuche, ruhig zu bleiben, aber meine Wut ist stärker. »Wir waren ihre Freunde. Und zwar ihre besten Freunde. Sie sollten sich nicht mit diesem albernen WG-Zoff beschäftigen, sondern lieber da draußen nach jemandem suchen, nach irgendeinem irren Stalker, der sich in seinem Keller einen Schrein für Syd und Gwen gebastelt hat.« Ich springe auf, mein Stuhl schrammt heftig über den Fußboden.

»Beruhige dich, Junge.« Carney fasst mich über den Tisch hinweg an der Schulter. Er packt fester zu als nötig.

»Atme mal tief durch, Beau«, rät Johnson. »Und setz dich.«

Das tue ich, aber ich koche immer noch. Da klopft es an der Tür.

Officer Moore kommt herein. Er wirkt verstört. Er vermeidet es, mir in die Augen zu sehen, und geht gleich auf die Kommissarin zu. Er reicht ihr ein iPhone, beugt sich zu ihr hinunter und flüstert ihr etwas zu, wobei er sein Gesicht mit einem Pappordner abschirmt, damit ich seinen Mund nicht sehen kann.

»Gut. Danke«, antwortet Johnson.

Moore geht und sie wendet sich wieder mir zu. »Beau, ich möchte, dass du dir das hier anschaust und mir sagst, was du dazu meinst.«

Sie gibt mir das iPhone. Meine Hände zittern, aber ich bemühe mich, sie ruhig zu halten, damit das Display nicht so wackelt.

Auf dem Handy ist TikTok geöffnet. Es ist eine Slideshow mit verschiedenen Aufnahmen von Sydney: Selfies, Thirst Traps und Ausschnitte aus Gruppenbildern. Dazu irgendein widerlicher Song.

In der Caption steht: *Alle wollten Sydney aus dem Haus raushaben. Ich habe nur dafür gesorgt, dass sie auf ewig wegbleibt.*

Mir wird heiß und kalt.

Ich bin wie erstarrt von dem irren Zusammenspiel der Bilder – Sydney, lebendig, lachend – und der finsteren, unheimlichen Musik. Ich will schon fragen, warum sie mir dieses ekelhafte, horrormäßige Video von irgendeinem Freak zeigen, als mir auffällt, dass die Likes ins Unermessliche steigen. Wenn das derart in Hunderterschritten anwächst, dann schauen es gerade Tausende pro Sekunde, und das kann nur bedeuten ... Ich gucke nach dem Nutzernamen, weiß aber schon, was da stehen muss. Das Video wurde vom @LitLair_L. A.-Account gepostet.

Ich habe nur noch Nebel im Kopf, der sich wie fetter Dunst in meinem Gehirn festsetzt.

»Hast du dafür eine Erklärung?«, fragt Carey.

»Wir wurden gehackt?« Ich muss mich anstrengen, damit mir die Stimme nicht wegrutscht. »Die haben ja alle Camis Livestream gesehen, oder? Und dann hat sich irgendein erbärmlicher Scherzkeks gedacht, er kann dazwischenfunken. Was soll das sonst sein?«

Schon während ich die Worte ausspreche, weiß ich nicht, ob ich sie wirklich glaube. Wir haben über dreißig Millionen Follower und unser Passwort lautet nicht gerade *passWord123*. Die Einstellungen sind so streng, dass man sich nur mit Gesichtserkennung einloggen kann. Ich kenne mich mit dem Programmieren gut genug aus, um sicher zu sein, dass kein durchschnittlicher Hacker unseren Account knacken kann.

Detective Johnson wirkt noch weniger überzeugt von meiner Hackergeschichte als ich. Sie schaut zu ihrem Kollegen, die beiden wechseln einen Blick, irgendeine Botschaft ohne Worte.

»Das Video ist heute früh in die Warteschleife gesetzt worden«, erklärt Johnson endlich. »Stunden vor dem Livestream von Dolores de Ávila und dem eingehenden Notruf. Und laut euren Aussagen auch Stunden, bevor jemand die Leiche entdeckt hat. Das Handy, von dem es gesendet wurde, ist nagelneu und war mit dem hausinternen WLAN verbunden.« Sie hält inne und schaut mich prüfend an. Als meine einzige Reaktion Verwirrung bleibt, stellt sie klar: »Die Person, die dieses Video gepostet hat, war hier im Haus.«

»Hast du dafür eine Erklärung?«, fragt Carney.

»Nein, habe ich nicht.« Ich starre auf die Tischplatte. Auf dem Handy vor mir läuft der Video-Loop weiter und man sieht Fotos von Sydney, die immer mehr verwirbeln und verschwimmen. Ich habe das Gefühl, dass ich im nächsten Augenblick kotzen muss. Das Haus ist so still, wie ich es noch nie erlebt habe. Ich spüre den Blick der Polizisten.

Irgendwann hebe ich den Kopf. »Ich glaube, ich hätte jetzt doch gerne meine Eltern dabei und einen Anwalt.«

6

2 Stunden später

GWEN

Noch nie in meinem Leben habe ich so viel geweint. Nicht, als meine Eltern sich scheiden ließen, und auch nicht, als mein Vater meinen sechzehnten Geburtstag verpasst hat, weil er sich in Vegas die Kante gegeben hat. Nicht mal, als sie *Keeping Up with the Kardashians* abgesetzt haben. Ich habe so viel geweint, dass ich eigentlich keine Tränen mehr übrig haben dürfte. Man könnte meinen, dass in meinem Körper null Feuchtigkeit mehr ist, meine Haut müsste zusammenschrumpeln wie bei der bösen Hexe in Disneys *Schneewittchen*. Aber wenn ich in meinen Schminkspiegel schaue, sehe ich so taufrisch und jung aus wie immer. Und das passt irgendwie gar nicht dazu, wie ich mich innen drin fühle, nämlich kaputt und hässlich. Die traurige Wahrheit ist: Eigentlich habe ich gar kein Recht, die trauernde beste Freundin zu sein. Nicht nach dem, was ich Sydney angetan habe.

Die Polizisten haben mich und Cami zurück ins Wohnzimmer gebracht. Sie meinten, wir müssten unten bleiben, während oben alles nach Spuren durchkämmt wird. Ich versuche, nicht daran zu denken, was Tucker und ich gestern Nacht alles angefasst haben, als wir uns in Sydneys Bad geschlichen und ihr Jacuzzi benutzt haben. Da sind sicher ein Haufen Spuren, und zwar nicht nur Fingerabdrücke.

Gerade sitzt Beau bei den Kommissaren. Die nehmen sich uns nacheinander vor. Wenn ich mir vorstelle, wie die mich löchern, sprudeln bei mir gleich wieder die Tränen.

Also mache ich, was ich immer mache, wenn ich gestresst bin und mich ablenken muss. Ich beschäftige mich mit der Sache, die mich nie enttäuscht und bei der es mir immer gleich besser geht: *Klamotten*. Ich gehe die Sachen durch, die ich in meinen Koffer geworfen habe: Bandeau-Tops, Flatterröcke, High-Waist-Jeans, hauteng, schimmernde Bodysuits, Bikinitops in jeder denkbaren Farbe. Ich hole alles raus, was ich einfach so reingeknubbelt habe, und falte es ordentlich.

Von außen betrachtet, mag das reichlich dämlich und fehl am Platz erscheinen. Aber es beruhigt mich einfach. Außerdem weiß keiner so richtig, was er mit sich anfangen soll. Cami sitzt am Klavier und schlägt ein paar beliebige Tasten an, sodass es keine Melodie ergibt, sondern eher wirkt wie ein nervöser Tick. Kate starrt aus dem Fenster und ist anscheinend ganz gebannt von dem Zitronenbaum, der sich über der Einfahrt erhebt. Tucker glotzt mich und die herumliegenden Klamotten an. Ein paar von diesen Sachen hat er mir noch vor Kurzem ausgezogen. Manche habe ich auch ab und zu seiner nun toten Freundin geliehen. Und ich wette, er hat sie *ihr* ausgezogen. Ich will seinem Blick nicht begegnen.

Ich hole mein Handy raus und surfe zu *Fashion Nova*. Ich brauche dieses Crop Top in einer anderen Farbe. Oder gleich in zehn anderen Farben.

Ein uniformierter Bulle kommt ins Zimmer, mit einer blauen Plastikwanne in der Hand. Erst denke ich, die ist für Cami, weil sie so schlimm brechen musste. Aber dann hält er sie ausgerechnet mir unter die Nase.

»Dein Telefon«, sagt er.

»Wie?«

»Eure Mobiltelefone. Wir möchten uns die mal anschauen.« Er schaut in die Runde. »Das gilt für euch alle.«

»Sie haben meins doch schon«, erwidert Cami achselzuckend. »Oder das, was nach dem Wasserschaden noch von ihm übrig ist.«

Ich schalte mein Handy aus, das Display verdunkelt sich mit dem Geräusch einer Kamerablende. Ich schaue zu, wie alle anderen ihre Telefone rauskramen. Ich aber halte meins an die Brust gedrückt, schaue dem Polizisten in die Augen und sage: »Nein.«

»Bitte?« Er hebt seine buschigen Naturbrauen.

»Ich kann Ihnen das auf keinen Fall geben.«

»Warum?«, fragt er. »Etwa, weil darauf Dinge sind, die dich belasten könnten?«

»*Nein!*« Das klingt vielleicht ein bisschen zu erschrocken. »Weil … es ist so, ich muss nachher noch einen wichtigen Sponsored Content posten, und das Geld für den Werbevertrag habe ich schon für ein neues Auto ausgegeben.« Das stimmt sogar. Nachdem ich meinen *Ferrari* zu Schrott gefahren habe, möchte ich jetzt lieber einen Jeep haben, auch weil Cher Horowitz meine absolute Stilikone ist. Ich habe den Wagen gestern vom Autohaus abgeholt.

»Einen Werbevertrag, ja?«, wiederholt der Bulle. »Junge Frau, es geht hier um eine Mordermittlung, begreifen Sie das?«

Die Wut kocht hoch in mir. Ich hasse es, so herablassend angesprochen zu werden, von wegen *Junge Frau*.

»Ich begreife nur, dass Sie mich irgendwie fertigmachen oder in was reinziehen wollen. Vielleicht weil ich jung und eine Frau bin und dann auch noch Internetstar, meinen Sie, ich wäre verblödet. Aber ich kenne meine Rechte und Sie dürfen mir mein Handy nicht wegnehmen.« Ich mache einen Schritt zurück. »Das ist gegen das Gesetz!«

Er lacht mich aus. Mein Herz pocht wie wild. Ich hoffe, ich klinge selbstbewusster, als ich mich fühle.

Ich zwinge mich, tief Luft zu holen. »Das entspricht nicht der Verfassung, klar? Haben Sie schon mal den 4. Zusatzartikel gelesen? Wenn Sie uns unseren persönlichen Besitz abnehmen wollen, braucht es einen hinreichenden Tatverdacht. Und der besteht ja eindeutig nicht. Sie dachten wohl, Sie könnten unsere Unwissenheit ausnutzen.« Ich drehe mein Telefon in der Hand. »Wenn Sie das hier haben wollen, brauchen Sie einen Durchsuchungsbeschluss.«

Cami schaut ganz verdutzt.

»Manches weiß ich eben doch«, erkläre ich. »Hab ich alles aus *Natürlich blond*, meinem Lieblingsfilm.«

Der Bulle schüttelt nur den Kopf und blickt in die Runde. Alle folgen meinem Beispiel und stecken ihre Handys wieder ein.

»Na schön.« Er seufzt verärgert.

»Vielleicht verschwenden Sie Ihre Zeit nicht mit unseren Telefonen, sondern konzentrieren sich lieber auf die Suche nach dem Psychopathen, der meine Freundin ermordet hat«, beschwere ich mich. »Wenn da draußen jemand rumläuft, der es auf Influencer abgesehen hat, dann könnte ich die Nächste sein.« Mir wird ganz schwummrig, wenn ich nur daran denke. Dann kriege ich mich wieder ein und werfe mir meine blonde Haarpracht über die Schulter. »Also ehrlich, mich wundert, dass die nicht mich rausgepickt haben. Wenn das hier nach dem Motto läuft: *Töte jemand Berühmtes und werde dadurch selbst berühmt*, dann bin ja wohl ich die erste Wahl.«

Kat reißt die Augen auf.

»*Gwen.*« Cami starrt mich an, als wolle sie mir etwas telepathisch mitteilen. »Wie wäre es mit ein bisschen mehr Mitgefühl?«

»Ich meine ja nur«, erwidere ich. »Schließlich wurde damals ja auch John Lennon erschossen und nicht Ringo Starr.«

Cami hat gerade den Mund zu einer Antwort aufgeklappt, als sich auf einmal unsere Handys melden, und zwar alle gleichzeitig. Jeder zückt sein Gerät, bald ertönt aus allen Ecken derselbe TikTok-Sound.

Cami beugt sich über Kates Display, dann hebt sie den Kopf, das Gesicht totenblass, und sagt: »Okay. Jetzt haben sie ihren hinreichenden Tatverdacht.«

4 Stunden später
KAT

Letztes Jahr haben wir im Englischunterricht *Der Herr der Fliegen* gelesen. Mein Lehrer hat ständig betont, dass es da um die wahre Natur des Menschen geht. Dass Golding die Kinder auf der Insel ausgesetzt hat, um zu zeigen, dass die Menschen im Grunde böse sind. Dass Kinder, denen die Regeln und das gesellschaftliche

Drumherum fehlen, hemmungslos, egoistisch und am Ende zu Mördern werden können.

Aber eins stimmt nicht an dieser Theorie. Denn Golding hat ja nicht die ganze Welt auf der Insel abgesetzt. Es war ja kein perfekter Querschnitt der Gesellschaft, der da mit dem Flugzeug abgestürzt ist und ein Überlebenstraining absolviert hat.

Die Gruppe, die in dem Buch für die Menschheit steht, ist ein Haufen Jungs aus einem britischen Internat in den 1950ern.

Und da frage ich mich doch: Hat dieses Verfallen in Hemmungslosigkeit, Egoismus und Gewalt wirklich mit der menschlichen Natur zu tun? Oder geht es da nicht eher um Privilegien und Ansprüche? Darum, dass die, denen man ihr ganzes Leben lang gesagt hat, dass sie sich nehmen dürfen, was sie wollen, und sich über die anderen keine Gedanken zu machen brauchen, sich nun benehmen, als könnten sie mit allem, auch mit Mord, davonkommen?

Genau daran muss ich denken, als all die reichen Eltern und die Anwaltstrupps eintreffen. Kurz nachdem zum ersten Mal das Wort *Verdächtige* fiel, sind die Eltern meiner Mitbewohner in Rekordzeit hier eingefallen, mit ihren Chauffeuren vorgefahren und in einem Fall sogar mit dem Hubschrauber gelandet. Jetzt flattern sie hier rum wie bunte Vögel in Designerklamotten, umkreisen ihre Kinder und quäken in ihre

Handys, sprechen mit Anwälten, denen sie befohlen haben, alles andere fallen zu lassen und sofort hierherzukommen. Tuckers Mutter, die von oben bis unten in *Lululemon*-Yogaklamotten steckt, plus *Birkin Bag* am Arm, stellt den Polizisten Fragen, als wären die das Empfangspersonal im Ritz-Carlton und nicht etwa der Erkennungsdienst der Mordkommission. »Haben Sie da oben langsam alle Fingerabdrücke gesichert? Ich würde mich wirklich gerne kurz hinlegen«, sagt sie doch tatsächlich zu einem der Bullen. Total absurd das Ganze.

Doch da reißt mich mein Telefon aus den Gedanken. Auf dem Display leuchtet ein Foto meiner Mutter auf, das ich geschossen habe, als wir zu Hause in Fresno zusammen Plätzchen gebacken haben. Ihr Gesicht, unsere Küche, das reicht schon, um mich zu beruhigen. Es ist, als ob mir eine Last von den Schultern genommen wird. Ich kann wieder atmen.

»Mom«, stoße ich hervor.

»Kat! Alles in Ordnung mit dir?«

»Ja. Es geht mir gut. Ich bin –« Ich weiß nicht, wie ich ihr erklären soll, was in mir vorgeht. »Ich bin nicht verletzt«, rede ich weiter. Und so ist es ja. Körperlich habe ich keinen Schaden genommen. Diese Sorge zumindest kann ich meiner Mutter nehmen.

Cami starrt mich von der anderen Seite des Zimmers her an, ihr Blick lässt mich nicht los. Mir sträuben sich die Nackenhaare. Hier im Haus kann ich nicht frei sprechen, merke ich, ich muss raus.

»Warte kurz, Mom ...« Ich gehe nach hinten und schiebe die Terrassentür auf. Um die Treppe zum Pool flattert Absperrband. Allein bei dem Anblick wird mir übel. Es kribbelt mir hinter den Augen, so als würde die Sonne blenden. Ich nehme die andere Treppe und laufe runter zum Strand.

»Entschuldige, jetzt geht es«, spreche ich ins Telefon. »Bin wieder da.«

»Ich habe Dad gerade gesagt, wie leid mir die Familie dieses Mädchens tut. Man kann sich das gar nicht vorstellen.«

»Ja. Ich nehme an, sie sind unterwegs hierher.« Ich habe mir noch keine Gedanken dazu gemacht, wie ich Sydneys Eltern und ihrer Schwester begegnen soll. Was ich sagen soll. Worte können da nicht trösten, dafür reichen sie nicht aus.

Ich schaue auf meine Füße, während ich über die Stufen gehe. Meine Sandalen schlurfen über das verwitterte Holz. In allen Ritzen steckt Sand, von unzähligen Strandbesuchen hochgetragen. Unten am Meer schlagen die Wellen an den Strand, genau wie immer. *Nein, nicht wie immer.* Nichts ist wie immer.

»Mom, ich weiß, dass im Moment echt viel los ist, weil das neue Schuljahr anfängt, und sonst habe ich immer so blöd reagiert, wenn ihr herkommen wolltet ... aber meint ihr, ihr könntet vielleicht hier runterfahren –«

»Wir sitzen im Auto«, unterbricht sie mich. »Dad hat sofort vollgetankt, als er das gehört hat. Wir sind in knapp vier Stunden da.«

Ich höre meinen Vater etwas Unverständliches brummen.

»Dein Vater meint, ich sollte ihn schneller fahren lassen. Aber das Letzte, was wir jetzt noch brauchen, ist ein Autounfall. Wir fahren lieber vorsichtig.«

Darüber muss ich lächeln. Dass meine Eltern sich wegen Dads Fahrstil zanken, ist so wunderbar alltäglich, so normal. Ich lache kurz auf und wische mir eine Träne von der Wange.

»Danke, Mom«, sage ich. »Dafür, dass ihr kommt und dass ihr nicht wütend seid wegen der letzten Wochen.«

»Kat«, erwidert sie ernst. »Hör mal zu. Du wirst eben eigenständig. Du wirst eine Erwachsene mit Ansichten, die manchmal von meinen abweichen. Und das bedeutet, dass wir öfter mal Meinungsverschiedenheiten haben als damals, als du noch ein kleines Mädchen im Prinzessinnenkleid warst. Aber ganz gleich, worüber wir uns streiten mögen, und egal, was du tust: Du bist meine Tochter und ich liebe dich. Und ich werde immer da sein, wenn du mich brauchst.«

Mir rollen Tränen über die Wangen. Ich schäme mich fast dafür, wie erleichtert ich bin, dass meine

Mutter in ein paar Stunden hier bei mir sein wird. Ich komme mir vor wie ein Kleinkind. Und ich dachte, ich wäre so erwachsen und würde wunderbar alleine zurechtkommen. Und jetzt stehe ich heulend da und bitte meine Mutter, mir zu helfen. Mein Gesicht glüht vor Scham, meine Tränen wachsen sich zu Schluchzern aus.

»Mom«, stoße ich hervor. »Ich glaube, ich brauche einen Anwalt. Ich habe nichts Unrechtes getan, das verspreche ich. Aber die meinen, also, na ja, die sagen, dass die Person, die Sydney das angetan hat, jemand aus dem Haus sein muss. Die anderen haben sich schon alle einen Strafverteidiger besorgt, das heißt, die sind schon alle hier. Und …«, mir bricht die Stimme weg, »ich glaube, es ist keine gute Idee, wenn ich die Einzige bin, die keinen hat.«

»Sicher doch«, antwortet meine Mutter. »Das regeln wir.«

Jetzt redet mein Vater wieder dazwischen. »Kat braucht einen Anwalt«, erklärt sie ihm. »Warte kurz, Kat, ich stelle auf laut.«

»Hallo, mein Mädchen«, meldet sich mein Vater. Die Verbindung hakelt ein bisschen. Jetzt erst merke ich, wie weit ich rausgelaufen bin.

Ich kehre um, damit ich mich nicht aus dem WLAN-Bereich bewege. Und da sehe ich zwei Gestalten den Strand entlangkommen. Vorneweg Gwen, mit schnellen, wütenden Schritten und einer vom Wind zerzausten platinblonden Haarmähne. Ihr folgt ein ziemlich aufgebrachter Tucker. Er packt sie unsanft am Arm. Sie sagt etwas, das ich nicht hören kann. Aber es scheint etwas Unangenehmes zu sein.

Ich wende den Blick ab, weil ich den Eindruck habe, sie bei etwas Privatem zu stören. Und dann denke ich: *Vielleicht sollte ich gerade deswegen hinschauen. Vielleicht ist das wichtig.* Was ist, wenn ich hier Zeuge von etwas bin? Womöglich hat einer von ihnen Sydney getötet? Oder beide zusammen? Vielleicht streiten sie deswegen? Es könnte wichtig sein, den beiden nachzuspionieren, damit man Sydneys Mörder findet. Auch wenn ich mal dachte, sie wären meine Freunde. Die Welt fühlt sich total verquer an.

Am Telefon sprechen meine Eltern darüber, wie sie einen Anwalt organisieren wollen und wie lange das dauern könnte. Ich gehe zurück zum Haus, damit ich besseren Empfang habe.

»Ich hab eine Idee«, sagt da meine Mutter. »Kat, ich rufe Mr Lambert an. Den kenne ich noch aus dem Studium, wir waren im selben Wohnheim. Erinnerst du dich, wie wir auf der Fahrt nach Disneyland Halt gemacht haben, weil wir mit ihm zum Essen verabredet waren? Aber gut, du erinnerst dich wahrscheinlich nicht, du warst da erst fünf. Jedenfalls arbeitet er als Rechtsanwalt in L. A. Er hat deinem Onkel mal geholfen, wegen Trunkenheit am Steuer. Er weiß sicher, was zu tun ist.«

»Na gut«, sage ich. Dabei bezweifle ich, dass besoffen Autofahren mit einem Mordfall zu vergleichen ist. Aber ich weiß ja keine Alternative, also behalte ich das für mich. »Danke. Gebt mir Bescheid, wenn er sich meldet«, bitte ich.

»Mach ich, Kat. Hab dich lieb.«

»Ich euch auch.«

Als das Gespräch beendet ist, schaue ich nochmals in die Richtung, in der ich Gwen und Tucker gesehen habe. Doch da ist nichts als Sand und ein paar Fußspuren. Die beiden sind verschwunden.

7

4 Stunden später

TUCKER

»Gwen, jetzt bleib doch mal stehen!«, rufe ich ihr hinterher. Aber sie ignoriert mich. Ich muss ihr bis runter zum Strand nachlaufen. Langsam reicht es mir mit diesem Theater. Ich packe sie am Arm.

Sie wirft den Kopf zurück, als würde meine Hand sie verbrennen. »Was willst du?«

»Was ich will? Bist du übergeschnappt? Was meinst du damit? Du weckst mich auf, stehst weinend an meinem Bett, und du schaffst es nicht, mir zu sagen, dass Sydney tot ist, was ich dann von einer Horde Bullen erfahren muss? Und seitdem gehst du mir aus dem Weg. Was hast du vor, Gwen? Willst du mich jetzt auf ewig ignorieren?«

Gwen entzieht mir ihren Arm, bleibt aber stehen. Zumindest rennt sie nicht mehr weg vor mir. »Ich weiß einfach nicht, was ich denken soll«, sagt sie. Sie schlingt die Arme um die Brust, als wäre ihr kalt, obwohl die Sonne glüht. Sie sieht mich nicht an, sondern starrt in den Sand.

»Was du worüber denken sollst?«, frage ich.

Sie antwortet nicht. Kurz danach fängt sie an, so komische hohe Töne von sich zu geben, dabei hält sie den Kopf weiter gesenkt. Ich brauche einen Moment, um zu kapieren, dass sie erneut weint.

»He, ist ja gut.« Ich ziehe sie an mich. Sie wimmert und lässt sich gegen mich sinken. Ihre Tränen durchnässen mein T-Shirt. Ich streiche ihr über den Kopf und gebe besänftigende Laute von mir, so wie wenn ich das Polo-Pferd meines Bruders streichle.

Als ich über Gwens Schulter blicke, entdecke ich Kat unten am Wasser. Sie kann uns beide sehen. Was sicher keine gute Idee ist.

»Komm mal.« Ich nehme Gwen an der Hand und führe sie vom Strand weg. Wir müssen über ein paar Felsen klettern, worüber sie sich beschwert, aber dann haben wir den Poolschuppen erreicht.

Ich ziehe sie hinein und schließe die Tür. In dem kleinen Schuppen ist es dunkel, nur durch die Ritzen zwischen den Holzlatten kommt ein wenig Licht. Es riecht modrig, nach Sägemehl und Reiniger. Zwischen den großen blauen Tanks und ungeordneten Haufen von Poolnudeln und Schwimmreifen haben wir beide kaum Platz zum Stehen.

Ich lege Gwen die Hände auf die Schultern und betrachte im Halbdunkel ihr Gesicht. Ihre Wangen glänzen vor Tränen, unter ihrer Nase hängt Rotz. Ihr Make-up ist komischerweise noch halbwegs intakt.

»Atme mal tief durch, ja?«, sage ich. Ihr Körper ist so schmal und zerbrechlich, meine Hand bedeckt fast ihre gesamte Schulter. Durch den dünnen Stoff ihres T-Shirts kann ich ihre Knochen spüren.

Sie versucht, tief Luft zu holen, aber ihr Atem zittert noch. »Sei ehrlich«, sagt sie. »Hast du ihr etwas getan? Hast du sie ... *getötet*?«

Sie starrt mich an und wartet auf eine Antwort. Ihre Augen sind weit aufgerissen, total riesig. Waren die schon immer so groß? Sie sieht aus wie ein Reh. Ich muss daran denken, wie ich früher mit meinen Brüdern jagen war. Wenn wir eine Hirschkuh aufgespürt hatten, fingen die beiden immer an, mich zu bedrängen: *Drück doch ab, sei keine Tussi, los doch, erschieß sie einfach.* Und ich schrie sie an, sie sollten still sein, so laut, dass das Tier wegrannte und mir entkam.

Mir ist eiskalt geworden, ich sehe Gwen direkt in die Augen und sage: »Natürlich nicht.«

»*Oh.* Gott sei Dank.« Sie zieht mich an sich. Aber anders als unten am Strand fühlt sie sich nicht mehr an wie eine Stoffpuppe. Sie ist wieder ganz da.

Erleichterung durchfährt mich. Sie glaubt mir.

Gwen dreht den Kopf und küsst mich. Ihre Lippen

schmecken salzig, vielleicht wegen der Tränen. Aber sie fühlen sich weich an. Ich hoffe, sie ist nicht so schlecht drauf, dass nachher nicht noch was läuft. Nach diesem Höllentag brauche ich unbedingt etwas, auf das ich mich freuen kann.

Vorerst bleibt es bei einem kurzen Kuss. Sie hält mich weiter umarmt und legt den Kopf an meine Brust. Der enge Körperkontakt verstärkt noch die Hitze in dem kleinen Schuppen, mir wird ganz klaustrophobisch zumute. Ich frage mich, wie lange wir so stehen bleiben müssen, bis ich mich von ihr lösen kann, ohne abweisend zu erscheinen.

»Tuck«, murmelt sie in mein T-Shirt. »Meinst du nicht, wir sollten der Polizei alles sagen? Über uns beide?«

»*Was?*« Mit einem Mal habe ich so einen Druck auf der Brust, ich bekomme kaum Luft. »Nein. Auf keinen Fall.«

Sie beugt sich nach hinten, um mir in die Augen zu sehen. »Aber Carmen sagt auch immer, die erste Regel bei einer PR-Krise lautet: *Nimm die Geschichte selbst in die Hand.*«

»Das ist was anderes als eine Nasen-OP, Gwen. Es ist verdammt ernst, kapierst du das nicht? Du hast mit dem Freund deiner besten Freundin geschlafen, und jetzt ist sie tot. Das darf niemand herausfinden.«

»Also gut … wenn du meinst.« Sie schmollt. »Aber

was dann? Müssen wir unsere Liebe jetzt auf ewig geheim halten?«

»Nein. Irgendwann können wir sicher über unsere ... Beziehung reden.« Ich vermeide, das Wort zu wiederholen. »Wir könnten zum Beispiel erzählen, dass uns die Trauer über Sydney einander nähergebracht hat, und so ist dann aus Freundschaft«, ich hole tief Luft, denn das muss sie mir jetzt unbedingt abkaufen, sonst gehen wir beide hoch, »eine besondere Verbindung hervorgegangen, so wie eine Blume aufblüht nach einer dunklen Zeit.« Die schmalzige Formulierung wird Gwen sicher gefallen.

Sie hält den Kopf gesenkt, während sie all das durchdenkt.

»Ich weiß doch, wie gut du dich mit diesen Sachen auskennst, Gwen«, sage ich. Ich muss nur die richtigen Knöpfe drücken. »Ist doch sicher eine bessere Headline, als wenn es jetzt rauskommt.«

Ich sichte ein kleines Lächeln auf ihren Lippen. »Könnte sein ...«

»Also gut.« Ich halte die Hand auf. »Dann gib mir jetzt dein Handy.«

»Warum?«

»Du hast da eben echt prima die Reese Witherspoon gegeben. Aber nach diesem Post vom Haus-Account kriegen die sicher bald einen Durchsuchungsbefehl. Wir müssen unsere Nachrichten vorher löschen.«

Sie gibt mir widerwillig ihr Telefon. »Ist nur schade. Die ganzen Erinnerungen sind dann weg. Es waren echt süße Nachrichten dabei.«

Genau. Mindestens genauso schade wäre ja wohl, fünfundzwanzig Jahre im Knast zu verbringen. Ich lösche die Unterhaltung von ihrem Gerät und auch aus der iCloud. Genauso, wie ich es vorher bei meinem Handy getan habe. »Hier.« Ich gebe ihr das Telefon mit einem leisen Aufatmen zurück.

Dann nehme ich ihre freie Hand. »Also. Wenn irgendjemand fragt, sagst du *was*?«

»Dass zwischen uns rein gar nichts läuft«, entgegnet sie lächelnd. »Weil du einfach total abstoßend bist.«

Ich gebe ihr einen Kuss auf die Stirn und atme dabei ihr Parfüm ein. »Du bist einfach die Beste, Gwen.«

Dann gehe ich zur Tür, lasse aber ihre Hand los, bevor ich nach draußen trete.

Gwen stolpert über eine leere Flasche Poolreiniger und flucht vor sich hin. »Warum liegen hier lauter leere Flaschen rum?«, schimpft sie.

»Sehe ich aus wie der Bademeister?«, entgegne ich.

In dem Moment trifft mich ein Blitzlicht. Als ich mich umwende, sehe ich einen schwarz gekleideten Paparazzo mit seiner Kamera im Gebüsch hocken.

»*He!*«, rufe ich ihm nach. Aber er rennt schon weg. Das Bild, für das er auf der Lauer lag, hat er ja.

Ich bin verdammt wütend. Klar, wir hatten schon

vorher mit solchen Leuten zu tun. Meistens haben wir sie sogar selbst angerufen, bevor wir raus sind. Es gab aber auch einige ungeplante Fotos, noch dazu ziemlich unangenehme. Gwen hat sich mal die Augen ausgeheult, weil sie an der Tankstelle ein Bild von ihr geschossen hatten, ganz ohne Make-up. Aber hier direkt beim Haus war noch keiner von denen. Und erst recht hat sich noch niemand mit seiner Kamera in den Sträuchern versteckt.

»Glaubst du, er hat mich auch mit drauf?«, fragt Gwen.

»Ich hoffe nicht.«

8

Vier Stunden später

CAMI

Verleugnung, so heißt doch die erste der fünf Trauerphasen. Wenn Stars sterben, bleibt die Öffentlichkeit anscheinend öfter in dieser Phase stecken. Zeugen behaupten, sie hätten Tupac an einem Strand auf Kuba gesehen, wo er mit Suge Knight rumgescherzt haben soll. Und Michael Jackson ist angeblich aus seinem Leichenwagen geklettert. Es gibt eine Facebook-Gruppe für Leute, die meinen, Elvis lebe noch, und jemand hat ein ganzes Buch darüber geschrieben, wie Marilyn Monroe in Kanada alt und grau geworden ist.

Vielleich liegt es an dieser besonderen Aura von Berühmtheiten, dass Leute sich solche Fantasiegeschichten ausdenken. Sie wollen offenbar nicht wahrhaben, dass Menschen, die doch über allem zu stehen schienen, genauso verletzlich und sterblich sind wie alle anderen.

Ich hatte aber schon immer den Eindruck, dass Leute, die so was glauben, irgendwie durchgeknallt sind.

Aber wenn ich jetzt Sydneys Ebenbild bei uns hier im Hausflur stehen und weinen sehe, glaube auch ich fast, Sydney sei gar nicht tot. Der Wunsch, sie würde noch leben, ist einfach zu gewaltig.

Ich habe aber gesehen, wie sie im Pool trieb. Und ich weiß, dass sie jetzt auf einer Bahre in der Gerichtsmedizin liegt. Und dass das Mädchen in unserem Foyer ihre Zwillingsschwester Brooklyn ist.

Sydneys Familie ist vor ein paar Minuten eingetroffen. Ihre Mutter ist gleich auf Tucker zugelaufen und hat ihn umarmt. Was ziemlich seltsam war. Schließlich hat sie gerade eben ihre Tochter verloren, aber sie schien vor allem besorgt, wie es *ihm* geht. Ich nehme an, manche Menschen sind es einfach so gewohnt, sich um andere zu kümmern, dass sie nicht wissen, was sie in solchen Situationen sonst machen sollen. Ihr Vater hat kein Wort gesagt. Nicht zu uns, nicht zu den Bullen, nicht zu seiner Familie. Er starrt nur mit leerem Blick vor sich hin und schafft gerade mal ein halbes Nicken, wenn die Polizisten ihn ansprechen. Brooklyn hat nicht aufgehört zu weinen, seitdem sie zur Tür rein ist. Da ist sie Gwen nicht unähnlich – was auch wieder absurd ist, weil die beiden überhaupt nicht miteinander ausgekommen sind. Die beste Freundin und die Zwillingsschwester. Sie haben immer darum gekämpft, wem Sydney mehr Aufmerksamkeit schenkte. Und jetzt, da Sydney tot ist, wetteifern sie offenbar darum, wer eine größere Tränenflut rausschluchzen kann.

Sydneys Eltern sind drinnen bei den Kommissaren, aber Brooklyn sitzt im Flur. Ihr großer, modeldünner Körper hängt in einem Stuhl, den ihr die Polizisten hingestellt haben.

Ich überlege, ob ich zu ihr gehen und mit ihr reden soll, weiß aber nicht, ob das so gut ankommt, nach all dem, was in dieser Woche passiert ist ... Ich weiß, dass ich wohl die Letzte bin, mit der Brooklyn jetzt sprechen möchte. Und vielleicht mache ich damit eh nur alles schlimmer. Schließlich waren Sydney und ich eng befreundet. Und auch mit Brooklyn war ich befreundet – bevor wir berühmt wurden und die Streitereien anfingen.

Sie wischt sich Rotz von der Nase. Ihr Goldarmreif schimmert im Licht. Den Schnodder reibt sie in ihr Kleid – ein hübsches Modell, von *Reformation*.

Ich kann mir das nicht länger mit ansehen. Ich ziehe ein Taschentuch aus dem Behälter auf dem Tisch, nach einer kurzen Bedenkpause aber nehme ich gleich den ganzen Karton und gehe damit zu Brooklyn. Der Polizist, der vor dem Esszimmer Wache schiebt, schaut kurz von seinem Handy auf, lässt mich aber machen.

»Hier«, sage ich und halte ihr das Taschentuch hin.

Sie sieht mich an. Auf ihrem Gesicht sind Mascarastreifen. »Cami«, stößt sie hervor. Ihre Stimme hat einen komischen Singsangklang. Sie schüttelt den Kopf, rappelt sich auf und meint: »Wie lieb von dir.«

»Oh.« Ich stolpere nach hinten, als sie mich heftig umarmt.

Man hat ja schon so einiges zu mir gesagt. Dass ich hübsch bin, klug, gerissen und gefühlvoll. Aber *lieb* hat mich noch niemand genannt. Das passt einfach nicht.

Ich bin jedoch erleichtert, dass Brooklyn nicht sauer auf mich ist, also fange ich jetzt keine Diskussion an.

Sie tritt einen Schritt zurück, tupft sich die Augen. Das Taschentuch ist schon voller Make-up. »Ich bin total zerstört«, sagt sie. Sie blickt an mir vorbei auf die große Fensterfront. »Die Paparazzi nehmen garantiert das Bild, auf dem mein Gesicht am hässlichsten verschmiert ist.«

»Sind etwa Fotografen draußen?«

»Das wisst ihr nicht? Die Polizei versucht, sie aus der Einfahrt zu drängen, aber sicher, da draußen sind sämtliche mistigen Fotografen aus L. A. versammelt. Auf dem Weg hier rein wurde ich öfter von einem Blitzlicht getroffen als in meinem ganzen vorherigen Leben. Und wie soll es anders sein: Schlimmer ausgesehen habe ich auch noch nie.«

»Ja, echt übel«, stimme ich zu. Ihr Gesicht fällt nun ganz in sich zusammen und ich merke eine Sekunde zu spät, was man in einer solchen Situation sagen sollte, nämlich dass sie trotz all dem Rotz und der rotverheulten Augen natürlich ganz fantastisch ausschaut. Ich vermurkse solche Sachen immer. Ich vergesse, wann man besser lügt. Ich versuche, es wiedergutzumachen, indem ich ihr die Taschentuchbox anbiete: »Hier, nimm doch die ganze Schachtel.«

Ich halte ihr die Tücher hin, und als sie danach greift, kann ich den Armreif an ihrem Handgelenk besser erkennen. Es ist ein Love-Armreif von *Cartier*, mit einem dicken Kratzer darauf.

Sofort muss ich an die Neon-Pool-Party denken. Es war eins unserer ersten großen Events. Als Sponsor hatten wie einen Energy-Drink-Hersteller.

Das Wasser im Pool wurde neongrün gefärbt und überall leuchteten bunte Lichter. Wir haben lauter Spiele gemacht, eins davon hieß *Gladiatorenturnier*, da standen wir auf Schwimmmatten und mussten uns mit Stangen umhauen, die so aussahen wie riesige Wattestäbchen. (Ich habe natürlich alle Wettkämpfe gewonnen.)

An dem Tag meinte ich zu Syd, sie müsse sich nicht so aufdonnern, aber sie hat sich natürlich rausgeputzt wie üblich. Als sie dann gegen Kat angetreten ist, stand sie gerade mal zwei Sekunden auf dem Floß, bevor sie ins Wasser geflogen ist. Trotzdem haben die beiden sich wohl lange genug behakelt, dass Kat mit ihrer Stange diesen bescheuerten Armreif zerkratzt hat, den Syd niemals abnahm.

Ich erinnere mich ganz genau, wie Sydney aus dem leuchtenden Pool kletterte und ihren Armreif begutachtete. Der hatte eine dicke Schramme, die auch noch die grüne Farbe angenommen hatte. Sie schrie Kat an, schimpfte sie eine elende Bitch, während Beau und Tucker sich beinahe einen Faustkampf geliefert hätten. Wir mussten dem Sponsor die Hälfte des Honorars zurückgeben, damit das Filmmaterial gelöscht wurde.

Stundenlang hockte ich danach neben Syd auf dem Fußboden und probierte sämtliche Methoden, die Google mir zum Schmuckpolieren lieferte. Endlos rieb ich mit Watte über den Armreif, aber der hässliche grüne Kratzer wollte einfach nicht weggehen. Eben der Kratzer, den ich auch jetzt vor Augen habe.

Ich fasse Brooklyn am Handgelenk. »Wann hast du ... woher hast du den?«

Ihr Blick schießt zwischen mir und dem Goldreif hin und her. »Was meinst du? Er gehört mir.«

Sie versucht, ihre Hand wegzuziehen, aber ich packe fester zu. »Nein, der gehört Sydney. Und das letzte Mal, als ich sie gesehen habe, trug sie ihn noch.«

»Unsere Eltern haben uns beiden Cartier-Armreifen zum Geburtstag geschenkt«, erwidert sie. »Außerdem trägt halb Beverly Hills so einen am Handgelenk.« Sie schubst mich heftig von sich und ich stolpere nach hinten und muss ihre Hand loslassen.

Ich will entgegnen, dass *halb Beverly Hills* sicher keine fette Schramme im Armreif hat. Aber ich komme nicht dazu.

»*He!*« Der Polizist kommt aus der anderen Ecke des Zimmers auf uns zu. »Warum lässt du das arme Mädchen nicht in Ruhe? Sie leidet doch schon genug.«

So wie er mich anschaut, hätte er mir wohl am liebsten ins Gesicht gespuckt. Er weiß anscheinend genau, wer dafür verantwortlich ist, dass es Syds Familie so mies geht: Ich.

4 Stunden später
BEAU

Als ich, nachdem ich mit meinem Anwalt gesprochen habe, zurück ins Wohnzimmer komme, ist niemand mehr da. Ich frage in der Küche nach, ob irgendjemand Kat gesehen hat. Tuckers Mutter meint, sie habe gesehen, wie sie zum Strand gelaufen ist. Ich schiebe die Tür auf und trete auf die Terrasse.

»Roberts, was haben Sie über die Familie herausgefunden?«, höre ich Detective Johnson. Sie steht unter mir, auf der Treppe zum Pool.

Ich ducke mich hinter eine Palme.

»Die Eltern sind Lillian und Jeffrey Reynolds«, antwortet eine weibliche Stimme. »Seit zwanzig Jahren verheiratet, wohnhaft in Beverly Hills. Es gibt zwei Kinder, Sydney und ihre Zwillingsschwester Brooklyn. Beide Influencer, Brooklyn aber wohnt noch zu Hause.

Auch dieses Haus hier gehört den Reynolds, die anderen Jugendlichen zahlen Miete. Die Raten für beide Häuser werden zuverlässig gezahlt. Hoher Kreditscore, beträchtliche Rücklagen. Typische L. A.-Neureichenfamilie.«

Als ich zwischen den Blättern hindurchlinse, sehe ich eine jüngere Polizistin, die diese Roberts sein muss. Sie reicht Detective Johnson eine rote Akte. Die beiden sind auf halber Treppe stehen geblieben.

»Geld hat also keine Rolle gespielt?«, erkundigt sich Johnson.

»Nein, Schulden gibt es jedenfalls nicht. Aber eins ist da noch: Sie haben eine Lebensversicherung in Höhe von einer Million auf Sydney abgeschlossen.«

»Auf ein junges Mädchen?«, wundert sich Johnson. »Das kann doch nicht stimmen. Sind Sie sicher, dass es da nicht um die Eltern geht und die Kinder die Begünstigten sind?«

»Nein.« Die junge Polizistin zeigt auf die Akte. »So ungewöhnlich ist das gar nicht. Sie ist schließlich ein TikTok-Star. Bei Kinderschauspielern und anderen jungen Berühmtheiten wird das oft so gemacht. Verglichen mit ihrem Jahreseinkommen ist die Versicherungssumme gar nicht so abwegig.«

»Aha …« Johnson blättert durch die Unterlagen. »Und die Versicherung für die Schwester, welche Summe hat die?«

»Bitte?«

»Sie haben doch von zwei Kindern gesprochen. Aber in den Akten ist nur von einer Versicherung die Rede.«

»Na ja, auf Brooklyn wurde auch keine abgeschlossen.«

»Aber ist sie nicht auch so eine ... also so eine Internetberühmtheit?«

»Eine Influencerin, ja«, kommt als Antwort. »Aber sie ist darin längst nicht so gut wie ihre Schwester. Sie hat nur einen Bruchteil an Followern. Was soll ich sagen? Die Eltern hatten offenbar weniger Sorge, Brooklyn zu verlieren.«

»Hmm.«

»Detective Johnson, erlauben Sie mir die Frage: Warum sollte ich diese Dinge ermitteln? Die IP-Adresse, von der das Bekenner-Video gepostet wurde, haben wir doch hier im Haus lokalisiert. Ich dachte, damit konzentriert sich der Verdacht auf die fünf Jugendlichen.«

»Ja, das stimmt«, entgegnet die Kommissarin, ohne von den Papieren aufzuschauen. »Aber es lohnt sich immer, genauer hinzuschauen.«

Die Polizistin nickt. »Die Eltern sitzen jetzt jedenfalls bei Carney. Falls Sie dann bereit sind.«

Ein Handy trällert. Johnson fasst in ihre Tasche. »Meine Tochter«, erklärt sie.

Ihr Handy macht das typische FaceTime-Geräusch und ein vielleicht dreizehn- oder vierzehnjähriges Mädchen mit sandblondem Pferdeschwanz erscheint auf dem Display.

»Mom, bist im LitLair? Jetzt echt? Jess hat gesagt, sie hat dich in einem Video im Hintergrund gesehen.«

»Ja. Kennst du etwa diese Ticktack-WG?«

»Oh Mann. Das heißt TikTok, Mom. Alle kennen die. Das sind die Könige des Internets. Hast du etwa Kat gesprochen? Oder Beau? Was meinst du, wer es war? Tucker? Ellie G. sagt, es ist fast immer eine Beziehungstat.«

»Hannah«, schimpft Johnson. »Eltern haben ihr Kind verloren. Wir sind hier in nicht in einer Soap, das ist keine Unterhaltung.«

»Kann man so und so sehen.«

Von hinten packt mich jemand an der Schulter und reißt mich zurück. Ich drehe mich stolpernd um.

»Was machst du da?«, will Roberts wissen.

»Ich, also … ich suche meine …« Ich nehme an, ich sollte Kat nicht als meine Freundin bezeichnen, bevor ich sie gefragt habe, ob sie die sein möchte. »Ich suche Kat. Katherine Powell.«

Roberts wirkt angefressen. »Ihr sollt beide im Haus sein. Der Tatort wird noch untersucht.« Sie zieht mich am Arm zurück nach drinnen.

Ich werfe noch einen Blick zurück auf die Kommissarin, die mit der roten Akte unterm Arm dasteht. Ich würde zu gerne wissen, was da sonst noch drinsteht.

9

5 Stunden später

TUCKER

»Du bekommst die beste Verteidigung, die sich mit Geld kaufen lässt«, versichert mir mein Anwalt. »Kein Grund zur Sorge.«

Ich nicke und zucke gleich danach zusammen. Selbst von dieser kleinen Bewegung wummert mir der Kopf. Ich glaube, als ich aufgewacht bin, hatte ich noch Restalkohol und habe deshalb meinen Kater nicht mit ganzer Wucht gespürt. Jetzt ist er voll da. Mein Kopf dröhnt und meine Haut ist wie mit Schmiere überzogen, als würde der ganze Champagner und Tequila mit meinem Schweiß wieder raussickern. So übel hat es mich noch nie erwischt.

Die Erinnerung an die vergangene Nacht flammt in einzelnen Bildern auf. Die verschwommenen Lichter im Pool. Gwens Haare, die mich im Gesicht kitzeln, als sie rittlings auf mir sitzt. Eine Flasche, die auf dem Terrassenboden zerspringt. Gackerndes Lachen. Ein greller Gewitterblitz. Ein Platschen im Pool. Dann plötzlich ein Schrei.

Ich kriege nicht mehr zusammen, was wann und wo passiert ist. Was real und was Traum war. Was bei der Party, zusammen mit allen anderen war und was dann ... das muss danach gewesen sein.

»Tucker, hörst du mir zu?«, fragt mich mein Anwalt.

»*Hm?* Ja, sicher«, lüge ich.

»Gut. Denn diese Sache mit Miranda ist nicht auf die leichte Schulter zu nehmen.«

»Miranda. Alles klar«, nicke ich. Ich überlege, ob das der Name der Kommissarin ist, die Beau erwähnt hat. Ich kenne nur eine Miranda, nämlich die Schauspielerin aus dieser *iCarly*-Serie.

Mein Anwalt reibt sich über die glänzenden Stellen an seinem Kopf, wo eigentlich Haare sein wollten, wenn er denn noch welche hätte. Sein Name ist Tom Fleming. Er hat eine Wampe, über der sich sein Hemd spannt, außerdem schwitzt er ständig, obwohl die Klimaanlage rattert. Gwen hat mir eine Nachricht geschickt: Sie findet, er macht einen schlechten Eindruck: *Wenn er nicht weiß, dass man in schwarzen Schuhen keine blauen Socken trägt, dann kann er sonst auch nicht viel draufhaben.*

Ich habe geantwortet, sie soll die Leute nicht immer nach ihrem Aussehen beurteilen. Obwohl ich zugeben muss, dass dieses Geschwitze echt abstoßend ist. Aber mein Vater meint, er wäre der beste Strafverteidiger der gesamten Westküste. Und mein Vater weiß immer, was das Beste ist – welchen Wein man bestellen muss, bei welchen Hochschulen man sich bewerben muss, welches Hotel man in Aspen buchen muss – und offenbar auch, welcher Mordanwalt seinen Sohn verteidigen muss.

Tom Fleming blickt mich ernst an. »Also, das ist jetzt wichtig, Tucker. Bevor wir da reingehen: Gibt es etwas, das ich wissen sollte? Kann da irgendetwas zur Sprache kommen, das es so aussehen lässt, als hätte ... na ja, als hättest du die Tat begangen?«

»Nein«, entgegne ich. »Nichts.«

»Gut.« Er lacht auf und tätschelt mir die Schulter. Er wirkt erleichtert. Er glaubt mir offenbar.

Er stößt die Tür zum Esszimmer auf, wo die beiden Kriminalbeamten auf mich warten. Ich habe sie schon durchs Haus laufen sehen, aber jetzt rede ich das erste Mal mit ihnen. Die Bullen-Lady sieht aus wie eine, die auf was Knackiges stehen könnte. Wenn sie mich nur nicht so grätzig anstarren würde.

»Tucker Campbell?«, fragt sie.

»Höchstpersönlich.« Ich werfe ihr ein Lächeln zu, das bei diesen mittelalten Muttis normalerweise Wunder wirkt. Es hat mir schon ordentlich Trinkgeld eingebracht, als ich im *Bel-Air Country Club* den Tennisdamen Handtücher gereicht habe. Und die unansehnliche

Verkäuferin bei *Malibu Liquors* hat deswegen nicht so genau hingeschaut, als ich ihr meinen gefälschten Führerschein unter die Nase gehalten habe.

Aber dieses Mal funktioniert das so gar nicht mit meinem Lächeln.

»Setz dich.« Sie zeigt auf den Stuhl. »Ich bin Detective Johnson und das ist mein Kollege Detective Carney. Du sprichst uns bitte auch so an.«

Na schön. Die Prinz-Charming-Karte ist also keine Option. Kapiert. Aber gut. Ich kann mir auch was anderes ausdenken.

Die Kommissarin blättert in ihren Notizen. Mit dem Geplänkel – falls man das überhaupt so nennen kann – ist es anscheinend vorbei. »Wo warst du heute um drei Uhr morgens?«

»Im Bett. Ich hab geschlafen«, antworte ich. Da sollte ich zumindest gewesen sein. Ich bin zu 95 Prozent sicher, dass es auch so war. – Oder 90 Prozent.

»Gibt es Zeugen, die das bestätigen können?«

»Dass ich in *meinem* Bett lag und geschlafen habe? Nein.« Ich weiß nicht, ob mir gefällt, was sie da unterstellt. *Wissen die von Gwen? Woher sollten sie? Es sei denn ... ist Gwen etwa schon eingeknickt?* Sie ist manchmal so was von blöde. Ich kann nicht glauben, dass mein Schicksal an dieser Dumpfbacke hängt.

Aber die Bullen machen weiter und fragen mich, wann ich die anderen gestern Abend das letzte Mal gesehen habe und ob ich irgendetwas Ungewöhnliches mitbekommen hätte.

Und dann heißt es auf einmal: »Hast du eine solche Waffe schon einmal gesehen?« Detective Johnson zieht ein Foto aus einem roten Hefter und schiebt es mir rüber. Ich kenne Waffen nur aus Videospielen und will das auch schon erwidern, als ich das Foto in die Hand nehme. Doch dann durchzuckt es mich.

Ich erkenne die Pistole sofort. Es ist zwar nicht genau dieselbe, die Abbildung stammt aus einer Zeitschrift oder dem Internet oder so, aber es muss dasselbe Modell sein.

Sofort habe ich diese Feier mit Sydneys Familie vor Augen. Es war der sechzehnte Geburtstag der Zwillinge. Die Großeltern waren aus Nevada angereist und wir saßen zusammen im Wohnzimmer, haben Kuchen gegessen und zugeschaut, wie die beiden ihre Geschenke auspacken. Ich war extrem gelangweilt und habe versucht, mich für Mädchenklamotten zu begeistern, die genauso aussahen wie der ganze andere Scheiß, den Squid schon zuhauf hatte. Aber dann packten die beiden ein Paar Handfeuerwaffen aus und auf einmal war Stille im Raum.

»Natürlich sind die auf euren Vater registriert«, erklärte der Großvater. »Aber ihr seid jetzt sechzehn, also könnt ihr zum Schießplatz und dort lernen, wie man mit einer Waffe umgeht.«

Brooklyn schäumte vor Wut und fragte, ob das Geschenk etwa eine passiv-aggressive Reaktion auf den für ein verschärftes Waffengesetz eintretenden Leitartikel sei, den sie ihrem Opa vor ein paar Wochen weitergeleitet hätte. Der antwortete nach dem Motto: Waffen gehören schon lange zur Familientradition, und wie könne man denn ein solches Geschenk nicht wertschätzen, und was genau würde ihr denn in ihrer progressiven Schule noch alles beigebracht?

Sie haben sich dann eine ganze Weile weiter beharkt, doch am Ende ließ Sydney den Karton einfach auf dem Teppich stehen und nahm sich noch ein Stück Kuchen.

Wenige Wochen später fuhr Sydneys Vater mit den beiden Mädchen zum Schießstand. Brooklyn weigerte sich, mit reinzugehen, und wartete im Auto, während die anderen rumballerten. Als ich mich abends erkundigte, wie es gelaufen war, wollte Sydney nicht viel erzählen, nur dass sie besser getroffen hätte als ich bei *Call of Duty*. Sie hat den Schießplatz und die Waffe nie wieder erwähnt. Und als die anderen in der Schule sie fragten, was sie zum Geburtstag bekommen hätte, erwähnte sie nur die Cartier-Armreife von ihren Eltern, über die Pistolen verlor sie kein Wort.

»Also ja ... die habe ich schon mal gesehen. Die Zwillinge haben solche zum Geburtstag bekommen.« Ich schaue von dem Bild auf. »Nehmen Sie etwa an, dass es Sydneys eigene Pistole war, mit der sie ... sie ermordet wurde?«

»Die bisherigen ballistischen Untersuchungen deuten darauf hin, dass es sich um eben diesen Waffentyp gehandelt hat«, erklärt Johnson. »Und es ist nicht unüblich, dass wenn jemand eine Waffe zur Selbstverteidigung in seinem Besitz hat, diese dann im Verlauf einer Auseinandersetzung gegen ihn gerichtet wird.«

»Wie? Sie meinen, dass ihr jemand die Pistole entrissen hat? Und sie dann damit erschossen hat?« Ich stelle mir vor, wie jemand Sydney eine Waffe entwindet. Beau könnte es schaffen. Cami vielleicht auch. Aber Gwen? Kat? Dafür fehlt ihnen die Kraft.

»So könnte es gewesen sein«, bestätigt Johnson.

»Es gibt natürlich noch eine andere Möglichkeit«, schaltet sich Carney ein. »Dass jemand von der Waffe wusste und sie aus ihrem Zimmer gestohlen hat.«

Das darf doch nicht wahr sein. Vielleicht hätte ich nicht sagen sollen, dass ich die Pistole wiedererkannt habe. »Ich wusste nicht mal, dass sie die hier hat«, erwidere ich. »Soweit ich weiß, war sie im Haus ihrer Eltern, sicher verwahrt.«

»Deine Mitbewohner haben ausgesagt, dass du Sydney beim Auspacken geholfen hast, als ihr eingezogen seid«, meint Johnson. »Hast du die Pistole bei dieser Gelegenheit nicht gesehen?«

»Nein«, antworte ich. Bevor Sydney und ich an diesem Tag Streit bekommen hatten, habe ich vielleicht eine Milliarde Schuhe und Haarpflegeprodukte ausgepackt, aber sicher keine Waffe.

»Hat sie mal etwas in der Art geäußert, dass sie sich hier im Haus vor etwas fürchtet?«

Ich schüttle den Kopf.

»Wir brauchen eine hörbare Antwort.« Sie tippt mit ihrem Stift auf das Aufnahmegerät in der Mitte des Tischs.

»Nein.«

»Sie hat nie erwähnt, dass sie eine Waffe zur Selbstverteidigung benötigt?«

»Ich sag's jetzt noch mal: Sie hat mit mir nie über diese Waffe gesprochen, klar? Falls sie die Pistole mit hergebracht hat, hat sie mir nichts davon gesagt.«

»Ist ja gut.« Sie hebt eine Hand. »Ich habe verstanden. Sie hat dir nichts gesagt.« Dann zuckt sie mit den Schultern. »Wäre ja nicht das erste Mal, dass Paare Geheimnisse voreinander haben, was, Tucker?«

Was soll das denn jetzt wieder heißen?

Detective Johnson lächelt, aber ihren Blick kann ich nicht deuten. Ich habe keine Ahnung, ob sie das, was ich unbedingt geheim halten möchte, nicht vielleicht schon weiß.

10

7 Stunden später

CAMI

»Stimmt es, dass du Sydney Reynolds vor einer Woche vor mehreren Zeugen eine *billige, arschlose Schlampe* genannt hast, die *tanzt wie eine Marionette*?«

Ich räuspere mich. »Bis auf *Marionette* stimmt das, ja. Ich habe gesagt, sie tanzt wie ein Muppet.«

Die Falte in ihrer Stirn vertieft sich. *»Was?«*

»Wenn sie wie eine Marionette tanzen würde, wäre das ja noch cool, so wie bei *NSYNC No Strings Attached*. Wenn Sydney getanzt hat, sah es aber aus wie bei einer Muppetfigur, so aufgeregt hat sie rumgefuchtelt.« Ich mache die Bewegung mit den Händen nach.

»Aha«, sagt Carney. Er schaut zu seiner Kollegin, die ebenso verdutzt wirkt wie er.

Mann, kapieren die überhaupt irgendwas?

Mein Anwalt wirft mir einen entnervten Blick zu. Er hat mich angewiesen, nicht *aufmüpfig* zu werden, aber ich kann einfach nicht anders. Was soll's. Er verdient fünfhundert Dollar pro Stunde, da wird er schon damit klarkommen.

»Und gestern Abend hast gesagt, du wärst *froh, dass sie weg ist*?«

»Korrekt.« Ich ziehe die Nase kraus. »Aber das meinte ich im Sinn von: *nicht hier*, und nicht im Sinn von: *tot*.«

Carney macht weiter: »Und vor ein paar Wochen, da hast du Sydney Reynolds über den Pool hinweg zugerufen, sie sei *genauso Fake wie eine Second-Hand-Handtasche*?«

»Daran erinnere ich mich nicht«, antworte ich. »Aber ja, das könnte von mir stammen.« Ich muss kurz lachen. »Ist doch ganz lustig. Das nehme ich gerne auf meine Kappe.«

»Miss de Ávila«, schimpft Detective Johnson. »Das hier ist eine sehr ernste Sache.«

»Ich nehme den Tod meiner besten Freundin sehr ernst«, entgegne ich. »Aber diese Fragen nicht, sie sind total abwegig.«

»Du findest also nicht, dass es eine Rolle spielt, dass du Sydney solche Dinge an den Kopf geworfen hast?«

»Nein, finde ich nicht.«

»Du warst ziemlich bösartig ihr gegenüber«, stellt Detective Johnson fest.

»Ja, aber ich bin zu allen bösartig.« Ich spitze die Lippen. »Umgebracht habe ich deswegen noch lange niemanden.«

Mein Anwalt räuspert sich. »Meine Klientin möchte damit ausdrücken, dass diese Beleidigungen nur Überreaktionen im Rahmen harmloser Teenager-Dramen sind. Und diese, da sind wir uns doch hoffentlich einig, können schlechterdings nicht als Mordmotive gedeutet werden. Die Bemerkungen, die sie da zitieren, sind nur alberne Nickligkeiten.«

»Nein«, korrigiere ich. »Das stimmt nicht.«

Der Anwalt starrt mich an. »*Wie bitte?*«

»Das sind keine albernen Teenager-Dramen«, erkläre ich, »und außerdem wehre ich mich dagegen, dass etwas, das mich persönlich anfrisst, als nicht so wichtig eingeordnet wird, nur weil ich jung bin.« Ich verschränke die Arme vor der Brust. »Ich habe nicht überreagiert. Ich habe diese Dinge zu ihr gesagt, weil das, was sie mit mir gemacht hat, echt unterirdisch war.«

»*Cami*«, mahnt mich mein Anwalt.

»Was denn? Ich sage ja nur, dass ich alles Recht hatte, sauer zu sein. *Sie* war es doch, die mich rausekeln wollte. Hat so getan, als wären Gwen und sie bessere Freundinnen als *ich* und Gwen, nur weil die beiden sich länger kennen. Aber das ist Bullshit, weil Gwen mich lieber mag, und das hat sie mir auch jedes Mal gesagt, wenn Sydney mal nicht dabei war. Sydney hat sich eigentlich Gwen gegenüber die meiste Zeit ziemlich mies verhalten.«

Ich weiß, dass man über Tote nicht schlecht sprechen soll, aber ich war schon immer stolz darauf, geradeheraus und ehrlich zu sein, und daran wird sich auch jetzt nichts ändern.

»Und wenn man mal richtig drüber nachdenkt«, fahre ich fort, »bin ich im Grunde die bessere Ergänzung für Gwen. Gwen ist bei TikTok superbeliebt, hat aber keine Tanzerfahrung. Ich schon. Und was konnte Sydney beitragen? Nichts. Sie war wie eine lahme Kopie von Gwen, so eine Art *Light Gwen*. Wenn man als Freundinnen-Duo durchstarten will, muss man sein wie *Sprite* & *Cola*, aber doch nicht wie *Cola* & *Cola light*. So geht Branding.«

Detective Carney ist jetzt komplett verwirrt. Aber ich weiß nicht, wie ich mich deutlicher hätte ausdrücken sollen. Vielleicht ist dieser Mann nicht ganz helle.

Die Kommissarin dagegen kapiert offenbar, was ich meine. Sie nickt zumindest. »Und jetzt, da Sydney nicht mehr da ist, passt alles perfekt. Genau so, wie du es wolltest, stimmt's?« Sie zählt an den Fingern ab: »Du hast Gwen als beste Freundin. Du rückst auf zur zweitbeliebtesten TikTokerin in diesem Haus, Platz drei war gestern.« Und dann, als würde es ihr gerade erst einfallen, fügt sie hinzu: »Ihr Tod kommt dir ziemlich gelegen, oder?«

»Das ist ein hübscher kleiner Logik-Trick, das muss ich Ihnen lassen.« Ich sehe ihr fest in die Augen und lasse den Kopf zur Seite fallen. »Aber er funktioniert nicht.«

Sie starrt mich ebenso unverwandt an.

»Ja«, gebe ich zu, »Sydney und ich haben uns schon ziemlich beharkt wegen Gwen, und klar, nach der miesen Aktion mit *Parker* hätte ich mich echt gefreut, wenn Syd jemand im Schlaf die Augenbrauen abrasiert hätte. Aber deswegen bin ich doch nicht glücklich, dass sie tot ist. Niemals. Ich hab diese Bitch gehasst, ja, aber sie war immer noch meine Freundin. Sie können hundert fiese Sachen auflisten, die ich zu ihr gesagt haben soll, und es ist wahrscheinlich wahr. Aber das, worum es hier eigentlich geht, das habe ich nicht getan.«

Ich werfe einen Blick auf meine Uhr. Ich trage die von *Gucci*, mit der rot-grün gestreiften Schlange, die sich um das Zifferblatt schlängelt. Meine Mutter sagt immer, die würde richtig giftig aussehen. »Sind wir jetzt fertig?«, frage ich mit einem gekünstelten Lächeln. »Ich hab noch zu tun.«

Ich will aufstehen, aber mein Anwalt packt mich am Arm. »Du kannst erst gehen, wenn du entlassen wirst«, flüstert er. Ich verdrehe die Augen und plumpse zurück auf den Stuhl.

»Wer ist Parker?«, will Detective Carney wissen.

»*Hä?*«

»Du hast eben gesagt, du wärst wütend auf Sydney gewesen, wegen der Sache mit Parker. Wer ist das?«

»Parker ist kein *er*. Es ist ein *was*«, entgegne ich. »Kennen Sie *Parker Records* nicht, die millionenschwere Plattenfirma?« Von mir aus kann ich es denen auch buchstabieren, falls Carney so schwer von Begriff ist.

»Ah, ja.« Sein Blick hellt sich auf, er hat wohl doch einen Schimmer. Aber gleich darauf wirkt er wieder verwirrt. »Aber was hat das mit dir und Sydney Reynolds zu tun?«

Na super. Ich mache mich darauf gefasst, dass diese Befragung noch etwas länger dauern wird.

6 Wochen vorher
CAMI

Die tiefrote Flüssigkeit leuchtet in der kalifornischen Sonne.

Ich gieße mir noch einen Becher Sangria ein und wippe dabei mit dem Kopf zu dem Tupac-Song, der aus den Lautsprechern wummert. Der Garten ist voller Partygäste.

Überall wo ich hinsehe, tanzen Mädchen in bunten, superknappen Bikinis auf den Tischen. Die Jungs in ihren Badeshorts zeigen ihre Sixpacks und spielen mit vollem Körpereinsatz Bierpong. Die meisten trinken süße, fruchtige Mixgetränke aus roten Plastikbechern oder Wodka, Tequila und Co. aus neonfarbenen Shot-Bechern. Die Sonne steht hoch am Himmel und lässt alles glitzern: das Wasser im Pool, Highlighter auf den scharf konturierten Wangenknochen, Sonnenöl auf den Körpern. Ein Typ, den ich aus seinen viral gegangenen Surfvideos kenne, schubst einen Fitness-Influencer schwungvoll ins Wasser, es gibt einen Riesenplatsch. In einer Ecke am Poolrand lassen ein paar Leute einen Joint rumgehen und es steigt eine übelst süßliche Wolke zu den Palmen auf, das Sonnenlicht bricht sich im Rauch. Ein Typ mit umgekehrter Basecap, der, glaube ich, vor Kurzem in irgendeiner Romcom mitgespielt hat, steht auf dem Sprungbrett, lässt einen Champagnerkorken knallen und bespritzt dann die kreischende Menge im Pool mit dem edlen Gesöff.

Ich schaue mir das alles an und nippe dabei ganz entspannt an meinem Getränk. In Kalifornien weiß man eben einfach, was eine richtige Party ist.

Gwen und ich stehen auf einem Podest am Pool, neben dem DJ-Pult, und wachen über unsere Gefolgschaft. Alle paar Minuten entdeckt Gwen jemanden, den sie sogar aus dem echten Leben kennt, oder halt jemanden mit genug Followern und Reichweite, mit dem sich ein Foto lohnt. Dann zieht sie die Leute hoch auf unsere Bühne und die dürfen sich unserer V.I.P.-Truppe anschließen. Der ganze Rest kann von Weitem zusehen, das heißt: Sie sehen uns, wir aber nehmen sie nicht so richtig wahr, eben wie im Internet.

Der Song geht zu Ende, jetzt spielt der DJ einen

Remix von einem alten Katy-Perry-Hit. Gleich unter uns kreischen ein paar Mädels zu den ersten Takten auf und singen dann lauthals mit.

Gwen fasst nach meiner Hand und wirbelt mich herum, sie singt jedes Wort mit. Ich drehe mich lachend. Sie hat mehr als ein paar Black Cherry White Claws intus, ihre Augen sind weit aufgerissen und ihre Bewegungen weniger kontrolliert als sonst. Wenn sie so frei tanzt, wirkt es unbeholfener als mit einer der Choreos, wie ich sie für unsere Videos zusammenstelle. Ich muss grinsen. Normalerweise hasse ich es, wenn Leute beim Tanzen zudem pantomimisch den Songtext nachspielen, so wie Gwen es jetzt macht. Aber bei ihr sieht es irgendwie richtig süß aus.

»*California Gurls*, echt jetzt?«, höre ich Tucker zu ein paar Jungs auf der anderen Seite des DJ-Pults sagen. »Normalo-Weiber mögen ja nichts mehr als Songs, die angeblich von ihnen handeln.« Auch der DJ und die Mädels unter uns bekommen seine Bemerkung mit.

Er geht mir heute echt auf die Nerven. Nimmt hier Prime-Platz auf dem Podest in Anspruch, ohne sich auch nur zu einem einzigen Tanzmove herabzulassen. Stattdessen lässt er mit ein paar anderen Typen eine Wodkaflasche kreisen. Als er uns vorgestellt hat, haben seine Kumpel nur Gwen angeglotzt, selbst als mein Name fiel. Einer von denen ist sein Bruder – ganz offensichtlich liegt Arschgesichtigkeit in der Familie. Wenn nur Sydney da wäre, um ihren Freund im Zaum zu halten. Das letzte Mal habe ich sie gesehen, kurz bevor ich raus bin, da kam sie gerade von ihrem Pilates-Kurs und begann ihre zweistündige Aufbrezelprozedur.

Die Mädchen unten zeigen sich unbeeindruckt und singen genauso schief weiter. Gwen aber hört nach Tuckers Bemerkung auf zu tanzen und geht zu ihm, um ihren White Claw mit Tuckers Wodka aufzufüllen.

Als das Lied ausklingt, spielt der DJ gleich noch einen Katy-Perry-Klassiker. *Wow, den hab ich ewig nicht gehört.* Ich muss an meine Grundschulzeit denken, als ich darauf bestand, dass meine Mutter mir so einen Lippenpflegestift mit Kirschgeschmack aus der Drogerie mitbringt – ohne natürlich zu verraten, wie ich auf so was gekommen war.

Einer von Tuckers Freunden beugt sich herab und sagt etwas zu den singenden Girls. Die eine zuckt mit den Schultern, doch die andere tritt nah an ihre Freundin heran und küsst sie, ganz kurz nur. Zur Belohnung zieht Tuckers Kumpel die beiden hoch aufs Podest.

Jemand fasst nach meiner Hand. Als ich mich umblicke, sehe ich, dass Gwen wieder da ist.

»Hey.« Sie lächelt. »Willst du?«

»Was?«, frage ich.

Sie kommt näher und ich atme eine Mischung aus Sonnencreme, Parfüm und Wodka ein. »Küssen«, flüstert sie mir ins Ohr.

Mein Herz macht einen Sprung. Mein Körper aber ist wie eingefroren. Ich kann nicht glauben, was sie da eben gesagt hat. »*Was?*«, wiederhole ich.

»Tucker hat mich angespitzt«, erklärt sie verschwörerisch. »Er meint, das wäre so was von heiß.«

»Seit wann gibst du was auf das, was Tucker sagt?«, frage ich.

»Na ja ...« Sie schaut sich nach Tucker um, der nur ein paar Schritte entfernt steht und seinen Kumpel mit dem Ellbogen stupst, damit der in unsere Richtung guckt. Einer hält sein Handy hoch und filmt. Gwen schaut von ihnen zu mir, und irgendwas ist seltsam an ihrem Blick. Sie beißt sich auf die Unterlippe, als würde sie überlegen, ob sie mir etwas verraten soll oder lieber nicht.

Ich muss an letzten Freitag denken, da haben wir *Wahrheit oder Pflicht* gespielt. Gwen hat sich die ganze Zeit für *Pflicht* entschieden. Selbst, als sie einen Käfer essen und dann auch noch ein ungefiltertes Foto bei Instagram posten musste. Nach ein paar Runden, als wir alle zum Pool liefen, damit Tucker Sydneys Pflichtaufgabe erfüllen konnte (einen Rückwärtssalto vom Sprungbrett, was für ihn eher eine Gelegenheit zum Angeben war), habe ich Gwen dann gefragt, warum sie immer *Pflicht* wählt.

»*Wahrheit* kann ich nicht nehmen, weil ich ein Geheimnis habe«, säuselte sie mir auf der Treppe zu, knapp außer Hörweite der anderen. »Es gibt jemanden hier im Haus, auf den ich stehe. Aber so richtig.« Ich weiß noch, wie mein Herz wummerte bei diesem Geständnis. Wie ich mein Hirn zermarterte, wen sie damit meinen könnte. Wie ich hoffte, sie würde womöglich das Gleiche empfinden wie ich. Aber bevor ich nachfragen konnte, schubste Tucker Sydney in den Pool und dann haben sich alle gegenseitig ins Wasser gezerrt, es gab Riesenplatscher und Riesengelächter und die Gelegenheit war vorbei.

Jetzt aber ist mir alles klar. Sie meinte *Tucker*. Ich komme mir so komplett bescheuert vor, dass ich ihre Bemerkung nicht als das aufgefasst habe, was sie war: ein Hinweis, mit der man einer Freundin andeutet, in wen man verschossen ist. Und ich arme Irre dachte, sie würde mit mitteilen wollen, dass sie *mich* mag.

»Oh, nein«, sage ich jetzt. »*Er* ist es also?«

»Bitte, Cam«, erwidert sie und zerrt an meiner Hand. »Du würdest mir da echt einen Gefallen tun.«

Eine halbe Sekunde lang stelle ich mir vor, wie ich meine Augen schließe und sie küsse. Ich habe schon so viele Male daran gedacht.

Als ich Gwen kennenlernte, brauchte ich echt erst mal ein paar Wochen, um mir über meine Gefühle klar zu werden. Ich weiß seit meiner Pubertät, dass ich Mädchen mag. Eigentlich sogar schon davor. Ich wusste es schon, als ich *I kissed a girl* gehört habe und unbedingt einen *cherry chapstick* haben wollte. Aber manchmal kann ich meine Gefühle nur schwer sortieren. So wie bei meinem ersten Schwarm, Johana Grant, das war in der achten Klasse. Ich erinnere mich, dass ich ständig nervös wurde, wenn wir zusammen waren, so als könne sie meine Gedanken lesen und ahnen, wie schön ich sie finde – und zwar schöner als jeden Jungen. Ich hatte Angst, sie könne bemerken, wie rot ich wurde, wenn sie Hand in Hand mit mir über den Schulhof lief.

Ich weiß noch, dass ich einen Artikel in der *Seventeen* las, mit der Überschrift: *Liebst du sie oder willst du sein wie sie?*

Ich bin den Psychotest so oft durchgegangen, dass ich die Antworten am Ende auswendig kannte und mir einredete, dass ich Johana Grant im Grunde nur bewundere. Genauso wie Zendaya. Und Rowan Blanchard. Ich habe es sogar gebeichtet und einen Haufen Ave Marias gebetet, weil ich hoffte, dass diese heftige *Bewunderung* dann weggehen würde. Aber irgendwann, etwa um die Zeit, als ich mit dem Ballett aufhörte, habe ich gemerkt, dass dieses Gefühl niemals verschwindet. Und ich wollte das auch gar nicht mehr. Denn es gehört zu mir. Das bin ich. Ich fühle mich zu Jungs nicht hingezogen. Ich mag Mädchen.

Trotzdem muss ich manchmal noch an diesen seltsamen Artikel in der *Seventeen* denken. Und das nicht, weil ich meine, doch nicht lesbisch zu sein, sondern nur

#girlbosses toll zu finden. Nein, es fällt mir manchmal schwer, meine Gefühle zu sortieren. Ich bin schrecklich ehrgeizig und schnell eifersüchtig auf andere, deswegen kann ich oft nicht sagen, was meine heftigen Reaktionen auslöst: *Liebe ich sie oder will ich sein wie sie?*

Schon bevor ich ihr begegnet bin, wusste ich, dass ich Gwen bewundere. Ich kannte ihre Followerzahlen und wusste, dass sie bei TikTok superberühmt ist. Dass sie hat, was ich haben wollte. Dass die Mehrheit der Internetwelt sie für unfassbar und absolut schön hält.

Als ich sie dann kennenlernte, merkte ich, dass sie auch außerhalb der Online-Welt etwas total Faszinierendes hat. Im wahren Leben vielleicht sogar noch mehr als im Internet. Ich merkte, dass ich an sie dachte, wenn sie gerade nicht da war. Wie ich ständig in ihrer Nähe sein wollte. Und trotzdem fragte ich mich: *Warum beschäftigt sie mich so?* Wollte ich *Die nächste Gwen Riley* sein, wie manche Blogs großtuerisch vermuteten? Oder wollte ich Gwen Riley?

Aber nach gerade mal einer Woche in dieser WG wusste ich es. Spätestens nachdem wir alle zusammen einen Film gesehen hatten, irgendeine Romcom aus der 80ern, für die Sydney schwärmte. Auf dem Sofa war nicht viel Platz, also saßen Gwen und ich eng nebeneinander. Als der Film schon eine ganze Weile lief und sie müde wurde, lehnte sie den Kopf an meine Schulter. Ihr Haar roch nach Granatapfelshampoo. Vom Rest des

Films bekam ich rein gar nichts mehr mit. Ich hoffte die ganze Zeit, sie würde nicht bemerken, wie wild mein Herz schlug. Und ich wusste, dass ich geliefert war.

Jetzt sehe ich sie an. Sie ist betrunken, ihr Blick zuckt zwischen Tucker und mir hin und her, sie wartet auf eine Antwort.

Aber nein. Ich will sie nicht küssen. Nicht so. Nicht als Party-Gag. Nicht, um den Typen in Stimmung zu bringen, den sie eigentlich küssen will. Ganz klar: nein.

Ich will keine Fake-Version von etwas, nach dem ich mich ernsthaft sehne.

»Nein«, erwidere ich also, gerade laut genug, damit man mich über die Musik hinweg hört. »Nein.« Ich ziehe meine Hand weg und drehe mich um, Tränen brennen mir in den Augen. Ich schiebe mich durch die Tanzenden auf dem Podest, gehe zum Rand und will gerade nach unten klettern, da geht ein Ruck durch die Menge und ich werde runtergeschubst. Ich falle zu Boden, meine Handflächen schrammen über den Betonboden.

Ich rapple mich hoch und klopfe mich ab. Ich stehe genau vor einer der Boxen, die Musik dröhnt mir in den Ohren. Es ist immer noch derselbe Song, aber jetzt klingt er nicht mehr leicht und fröhlich. Es hört sich an, als wolle Katy Perry mich verspotten.

Mitten zwischen diesen schönen, tanzenden Menschen zu sein, ist auf einmal alles andere als lustig, aufregend oder anturnend. Es fühlt sich beengt und chaotisch an, die Musik ist viel zu laut, die Eindrücke überwältigend. Ich laufe zum Haus. Ich brauche ein Glas Wasser.

Dieselben Leute, die eben noch bittend zu mir hochgeguckt haben, damit ich sie auf das Tanzpodest ziehe, tun jetzt so, als wäre ich gar nicht da. »'tschuldigung«, wiederhole ich mechanisch, während ich mich an stockbesoffenen und angenervten Menschen vorbeischiebe.

Oben vom DJ-Pult aus konnte ich es nicht sehen, aber überall liegt Müll.

Im Pool schwimmen unzählige Plastikbecher und zerquetschte Bierdosen. Jemand hat hinter den Whirlpool gekotzt, und dann ist noch jemand reingetreten und hat eine eklige Fußspur hinterlassen. Der kleine Abhang unterhalb des Pools wurde als Wasserrutsche benutzt, wo vorher Rasenfläche war, ist nur noch eine dicke schwarze Matschspur. Überall liegen T-Shirts und Strandkleider im Dreck, nach denen alle in ein paar Stunden suchen werden, wenn die Sonne untergeht und die Poolterrasse in diffuses Blau getaucht sein wird. Wenn die Partygäste merken, dass sich stechende Kopfschmerzen anbahnen und ihr Rausch in einen üblen Kater übergeht, und dass es zu kalt dafür ist, um in nassen Badeklamotten rumzulaufen. Dann suchen sie in allen Ecken nach ihren zerkrumpelten Sachen, oder aber sie lassen sie einfach liegen und quetschen sich ohne T-Shirt oder Schuhe in ihre Ubers. Hauptsache, sie haben ein paar coole Party-Bilder für ihre Instagram-Story.

Ich umrunde einen Haufen grüner Champagnerflaschenscherben. Anders als bei den meisten anderen, die barfuß oder in Flipflops tanzen, sind meine Füße dank Blockabsätzen halbwegs geschützt.

»Cami! Oh mein Gott!« Am Ende der Stufen halten mich ein paar Mädels auf. Ich kenne keine von denen, aber sie wissen anscheinend alle, wer ich bin.

»Unglaublich!«, ruft eine von ihnen. Sie hat kräftige Augenbrauen à la Cara Delevigne, da war sicher *Glossier Boy Brow* am Werk. Sie entsperrt ihr Handy und beginnt zu filmen. »Du bist es wirklich!«

»Na ja. Ich wohne hier.«

»Ja! Weiß ich doch. Aber ich hatte nicht damit gerechnet, dass wir dich hier tatsächlich kennenlernen!«

Niemand von denen lernt mich kennen. Hinter den hochgehaltenen Handys kann ich kaum ihre Gesichter ausmachen. Sie sind mehr daran interessiert, ihren Followern mitzuteilen, dass sie mit mir geredet haben, als es wirklich zu tun.

»Hallo, ihr da«, spricht eins der Mädels in ihr Handy. »Ich melde mich live aus dem LitLair und vor mir steht doch tatsächlich Cami de Ávila. Cami, kannst du uns mal was zeigen?«

Sie schwenkt die Kamera. Ich setze ein fettes Lächeln auf und mache ein paar Moves. Die Mädels jubeln. Dann winke ich noch mal sehr sweet und setze meinen Weg ins Haus fort. Dabei entgeht mir keine Kamera, ich bringe alle Foto- und Videoaufnahmen hinter mich, bevor ich das Lächeln fallen lasse.

Im Haus ist fast niemand, weil Sydney durchgesetzt hat, dass Partygäste draußen bleiben müssen. Ich schiebe die Glastür hinter mir zu und dämpfe so ein wenig die Musik.

In der Küche sind nur Sydney und ihre Zwillingsschwester Brooklyn. Syd – Haare und Make-up perfekt gestylt, offenbar stocknüchtern – schüttet gerade Eis und Margarita in den Mixer. Brooklyn macht Guacamole.

»Hey, Camila«, begrüßt mich Brooklyn.

Ich murmele eine Antwort und schnappe mir eine Gletscherwasserflasche *VOSS* aus dem Kühlschrank. Ich schraube den Deckel ab und trinke in langsamen Schlucken, um meinen Magen nicht weiter zu beunruhigen. Die Schwestern setzen ihre Unterhaltung fort und beachten mich nicht.

»Nicht essen, bevor ich ein Bild davon habe«, sagt Sydney und nimmt ihr Handy von der Ladestation.

»Na klar.« Brooklyn stellt die Guacamole-Schüssel ins Licht, weit genug weg vom Alkohol, damit ihre Schwester ein gesundes, vorzeigbares Partyfoto schießen kann.

»Ich sag ja ... was man nicht postet, ist nicht passiert«, schnurrt Sydney zwischen den Aufnahmen. Ich unterdrücke den Drang, mit den Augen zu rollen. Den Spruch bringt sie ständig an.

Die beiden machen noch ein paar Selfies, auf denen sie ihre selbst gemachte Guacamole präsentieren. Ich beschließe, dass Wasser mir auch nicht weiterhilft, also nutze ich ihr Fotoshooting als Gelegenheit, mir den *Patrón* zu greifen und einen Shot zu genehmigen.

»Das ist am süßesten«, meint Sydney und zeigt eine der Aufnahmen. »Oh Mann, ich werde dich echt vermissen, wenn du nächstes Jahr studieren gehst.« Sie umarmt ihre Schwester.

»Also, eigentlich ist es so, dass ich ... ich möchte noch ein Jahr aussetzen«, antwortet Brooklyn und widmet sich wieder den Margaritas.

»Seit wann das denn?«, fragt Sydney. Sie hat gemerkt, dass ich die Flasche geklaut habe, und schnappt sie sich zurück. Ich trete zur Seite und kippe meinen Shot.

»Schon bevor ich angenommen wurde«, erklärt Brooklyn. »Ich fühle mich einfach noch nicht bereit für die Uni. Was soll das auch? Ein Master in Business Administration und dann ein Job, den ich gar nicht haben will? Und meinen Traum soll ich einfach sausen lassen?«

»Welchen?«

»*Hä?*« Brooklyn legt den Deckel auf den Mixer.

»Was ist denn dein Traum?«

»TikTok-Star sein«, antwortet Brooklyn, als wäre das sonnenklar. Sie schaltet den Mixer ein und der Lärm unterbricht das Gespräch.

Ich kann mich nur wundern. Ich habe Brooklyns Videos gesehen, und die sind … na ja, nicht so der Hit. Alles wirkt da viel zu steif und einstudiert. Man merkt ihr an, wie sie sich bemüht.

Aber ich halte lieber den Mund. In dieses Schwesterding will ich nicht reingezogen werden. Stattdessen strecke ich vorsichtig meine Hand erneut nach dem Tequila aus.

»Aber ich dachte, studieren in L. A. wäre dein Traum«, wendet Sydney vorsichtig ein. Sie nimmt den Krug vom Mixer und gießt zwei Gläser voll.

»Ja, als ich klein war«, antwortet Brooklyn. »Aber inzwischen muss man nicht mehr zur Uni gehen, um erfolgreich zu sein. Kann doch sein, dass ich in einem Jahr so geniale Followerzahlen habe, dass sich die Uni gar nicht mehr lohnt. Du verdienst doch jetzt schon mehr, als ich in irgendeinem Bürojob je verdienen würde. Karriere macht man jetzt halt anders. Im Internet, nicht in verstaubten Seminarräumen.«

Bevor Sydney antworten kann, klingelt ihr Handy. »Das ist mein Management«, informiert sie ihre Schwester. »Wir reden gleich weiter.« Sie geht in den Flur, bevor sie den Anruf annimmt.

»Sag Carmen liebe Grüße von mir!«, ruft Brooklyn ihr nach.

Ich stürze den Tequila runter und beiße zum Abschluss in eine Zitronenscheibe. Dann greife ich nach der Flasche und fülle mein Shot-Glas ein zweites Mal auf. »Auch einen?«, frage ich Brooklyn.

»Äh, nein«, sagt sie.

Ich zucke mit den Schultern. »Wie du meinst.« Ich verhafte Numero zwo. Es brennt total im Hals, aber ich mag das Gefühl.

»Ich habe tolle Neuigkeiten!« Sydney schwebt zurück in die Küche und legt ihr Handy ab. »*Parker Records* hat sich bei Carmen gemeldet. Die wollen, dass ich TikToks für sie mache!«

»Wie? Sag das noch mal!« Ich stelle das Glas etwas zu heftig auf die Ablage. »Die ganze WG oder nur du?«

»Nur ich, nehme ich an«, erwidert Sydney. »Warum?«

»Findest du nicht, dass ich eventuell besser geeignet wäre für diesen Job? Schließlich bin ich hier die Sängerin.« Sydney weiß nur zu gut, dass ich hoffe, dank meiner TikTok-Bekanntheit an einen Plattenvertrag zu kommen. Dass es für mich der ultimative Deal wäre, wenn ich bei *Parker* einen Fuß in die Tür kriegen würde.

»Du bist doch eigentlich gar keine richtige Sängerin«, erwidert Sydney. »Du hast vielleicht drei Songs, und das auch nur bei SoundCloud.«

»Ich habe sicher einhundert Songs geschrieben und nur die drei gepostet. Und bei *Parker* würde ich bestimmte Leute kennenlernen, die mich echt weiterbringen«, erkläre ich. »Sydney, du weißt ganz genau, wie wichtig mir dieser Kontakt ist. Wie sehr ich mich darum bemüht habe, seit ich hier eingezogen bin. Ist dir gar nicht eingefallen, mich da mal zu erwähnen?«

»Nein«, sagt Sydney. »Weil sie meinetwegen angerufen haben.«

Gerade da wird die Glastür aufgeschoben und Tucker springt in die Küche. »Squid, hier bist du!«, ruft er. »Du verpasst ja die ganze Party.« Er küsst Sydney, packt sie und wirft sie sich über die Schulter.

»Tucker!«, quiekt sie. »Ich muss noch ein Bild posten.«

»Genug gearbeitet. Jetzt wird gefeiert!«, sagt er und trägt sie weg. Sie lacht und protestiert theatralisch.

Brooklyn schnappt sich ihre Margarita und folgt den beiden.

Ich bleibe mit meinem Tequila allein.

In meinem Kopf dreht sich langsam alles, aber ich bin immer noch genauso wütend und verletzt wegen der Sache mit Gwen. Es ist höchstens noch schlimmer geworden. Ich starre die Flasche an und überlege, ob noch ein Shot helfen würde.

Und dann vibriert ein Handy. Ich gucke mich suchend um. Es ist Sydneys. Sie hat es auf dem Tisch liegen lassen. Ich werfe einen Blick zur Tür, aber da ist niemand. Dann nehme ich das Telefon in die Hand.

Sie hat eine Nachricht von Carmen Marrero, das ist die Managerin von Gwen und Sydney. Das Handy fragt mich nach dem Passwort. Als Sicherheitscode fürs Haus hat sie ja ihren Geburtstag genommen …

Ich versuche es und kann das Handy tatsächlich entsperren. Ich klicke auf die Nachricht.

Hier die Info für Parker!, steht da. Und darunter eine Kontaktkarte.

Mein Herz rast, mein Hirn ist vom Tequila vernebelt. Ich klicke auf die Nachricht und leite sie an mich weiter. Mein Telefon vibriert in meiner Tasche. Es hat geklappt.

Dann lösche ich die eben gesendete Nachricht, damit Sydney nichts merkt.

Und dann, ohne lange darüber nachzudenken, lösche ich auch noch Carmens Nachricht an Sydney. Klar, sie wird wahrscheinlich ihre Managerin anrufen und die Nummer am Ende doch bekommen. Aber vielleicht sichere ich mir so einen kleinen Vorsprung. Ich sperre das Handy und lege es zurück an seinen Platz.

7 Stunden später
CAMI

Ich tische den Cops eine Geschichte auf, wie sich der Deal mit *Parker* erledigt hat. *Lügen* kann man das nicht direkt nennen, was ich da mache – ich habe schließlich genug schlechte Fernsehserien geglotzt, um zu wissen, was eine Falschaussage ist. Ich bastle mir nur eine gute Story zurecht. So wie jeder geschickte Influencer ändere ich ein paar Details und lasse Sachen aus, die mich in ein schlechtes Licht rücken könnten. Ich erzähle ihnen nichts über Gwen und wie es sich angefühlt hat, so kaltherzig abgewiesen zu werden. Und ich sage auch nicht, dass ich mir Sydneys Handy geborgt habe.

»Sydney und ich haben beide eine Nachricht von dem Vertreter der Plattenfirma bekommen«, berichte ich. *Wen interessiert's, dass ich ihn zuerst kontaktiert habe, über die Nummer von Syds Handy.* Er hat mir ja irgendwann geantwortet, also stimmt, was ich sage. »Ich war bereit für einen fairen Wettbewerb, aber als Sydney rausbekommen hat, dass wir uns quasi für denselben Job bewerben, ist sie völlig ausgerastet. Sie hat mir gesagt, dass ich aussteigen soll und sie mich hier rausschmeißt, wenn ich's nicht tue. Sie hat mir also gedroht, dass ich wohnungslos werde, wenn ich meinen Traum nicht begrabe. Nur damit sie einen weiteren Sponsorenvertrag an Land ziehen kann. Wir haben uns deswegen echt heftig gefetzt.«

Carney zieht die Augenbrauen hoch.

»Keine Sorge, ja? Wir haben uns nicht wirklich geschlagen oder so, nur angeschrien. Sie meinte, ich wäre eine egoistische Schlampe, und ich hab gesagt, sie wäre eine verwöhnte Tusse, und so weiter. Wir haben dann eine WG-Sitzung abgehalten, um die Sache zu klären, und es wurde beschlossen, dass ich *nicht* rausgeworfen werde. Was auch sonst.«

»Und was ist aus dem *Parker*-Deal geworden?«, erkundigt sich Carney.

»Wir haben denen die Angelegenheit erklärt. Aber die wollten eben nur eine Person für diese Kampagne. Also haben wir beide uns beworben, mit jeweils drei Videos. Anschließend haben die bei *Parker* sich beraten, fast einen Monat hat das gedauert.«

»Und wer hat den Vertrag schließlich bekommen?«, fragt Johnson.

»*Hm?*« Ich blinzle. »Oh, okay. Sie war es. Wir haben es am Mittwoch erfahren.«

»Also an dem Tag, als sie das Haus hier verlassen hat?«, hakt Johnson nach. »Der Tag, an dem du sie zum letzten Mal lebend gesehen hast?«

Ich beiße mir auf die Lippe. Selbst ich muss zugeben, dass das keinen so tollen Eindruck macht.

11

8 Stunden später

GWEN

Ohne mein Handy fühle ich mich komplett verloren. Die Polizisten haben es mir abgenommen. Sie haben so was wie einen Durchsuchungsbefehl, und Sheila, meine Anwältin, hat gesagt, ich soll es denen geben.

Aber jetzt muss ich die ganze Zeit an all die Leute denken, die mir eine Nachricht schreiben oder mich anrufen oder einen Kommentar in einem meiner Kanäle posten und sich wundern, warum ich nicht antworte. Es ist so schon unmöglich, mit der Lawine an Mitteilungen zurechtzukommen, die täglich bei mir anrollt, aber das hier wirft mich völlig zurück. Und das ausgerechnet jetzt, wo meine Fans mich so brauchen, und ich sie. Der Tag heute war echt grausam, und wenn ich sonst richtig fertig oder überdreht bin, kann ich mich mit meinem Handy prima ablenken und meinen Herzschlag normalisieren.

»Gwen, alles gut bei dir?«, fragt Sheila. Ich mag sie sehr. Sie gehört zu den besten Strafverteidigern in ganz Kalifornien. Und dafür sieht sie auch noch echt stylish aus. Sie trägt einen perfekt geschnittenen Hosenanzug, hat blonde Haare ohne sichtbaren Ansatz, und falls sie je Botox gespritzt bekommen hat, dann sehr dezent. »Du siehst aus, als müsstest du dich gleich übergeben.«

»Ich komme mir vor wie amputiert«, erkläre ich mit einem tiefen Seufzer.

»Oh.« Sheila legt ihre Hand auf meine. »Ich kann das nachfühlen, du hast schließlich deine Freundin verloren.«

Mir wird klar, dass sie glaubt, ich meinte Sydney. Ich habe keine Ahnung, wie ich ihr klarmachen soll, dass es mir um mein Handy geht, also nicke ich einfach und ziehe ein trauriges Gesicht.

»Können wir dir etwas bringen?«, fragt sie. »Ein Wasser?«

»Ja, wenn das ginge«, schniefe ich. »Mineralwasser bitte. Aber nur *LaCroix*. Es sei denn, es ist nur noch Limette da. Dann lieber stilles *VOSS*, aber ohne Eis bitte, nur mit einer Zitronenscheibe.«

Sheila schaut zu ihrem Assistenten neben ihr und zieht eine Augenbraue hoch. »Sie haben ja gehört, was sie gesagt hat.«

Er schmollt, läuft aber los.

»Also, Gwen«, meint Sheila dann, »in der Zwischenzeit gehen wir am besten noch mal deine Aussage durch.

Die Polizei wird dich womöglich erst morgen befragen, aber es wäre gut, wenn wir vorher besprechen könnten, was du sagen willst.«

»Klar.«

»Erzähl mir, was gestern Abend passiert ist.« Sie blättert ihren Notizblock um. »Und zwar alles, von Anfang bis Ende.«

Ich drehe an dem *Tiffany*-Ring an meinem Finger und muss daran denken, wie Tucker das »T« gesehen hat und mich gefragt hat, ob er damit gemeint wäre. Selbst in dieser Situation muss ich beinahe lächeln, als mir das einfällt. Ich erinnere mich aber auch daran, was er vorhin im Poolschuppen zu mir gesagt hat.

»Also gut«, beginne ich. »Ich lasse nichts aus …« Ich berichte Sheila von dem Abend, erzähle aber nichts von dem, was mit Tucker zu tun hat. Also nichts von dem, was nach ein Uhr passiert ist. Sheila macht sich die ganze Zeit Notizen und ihre kleine, saubere Handschrift füllt bald das ganze Blatt.

»… und dann hab ich mich noch abgeschminkt und bin ins Bett gegangen«, lüge ich. Sie bemerkt den Unterschied offenbar nicht. Als sie fertig ist mit ihren Notizen, stelle ich mein leeres Glas auf den Tisch und sage: »Darf ich dich mal was fragen?«

»Natürlich, Gwen.«

»Warum hat die Polizei nichts davon gesagt, dass ich *das Recht habe, zu schweigen*, oder wie das heißt?«

»Nun, du befindest dich ja nicht in Untersuchungshaft«, erklärt Sheila. »Im Moment zählst du im Grunde nicht einmal zu den Verdächtigen.«

»Tue ich nicht?«

»Du stehst einfach nur im Fokus, Gwen.«

»Ja, sicher.« Ich lache und werfe mir die Haare über die Schulter. »Das weiß ich. Ich habe schließlich um die achtzig Millionen Follower.«

Sie wirkt etwas verwirrt. »Oh, das meinte ich nicht –«

Gerade geht die Tür auf und Officer Moore kommt mit meinem Handy herein.

»Kann ich es zurückhaben?«, frage ich erfreut.

»Ja.« Er legt mir das Telefon in die Hand. »Wir haben gefunden, was wir brauchen.«

Auf dem Display blinken die Benachrichtigungen. Ich entsperre es sofort. Ich suche nach einer bestimmten Person, kann ihren Namen aber nicht entdecken. *Seltsam.*

»Gwen?«, sagt Sheila.

»*Hm?*« Ich blicke auf.

»Bevor wir für heute Schluss machen, möchte ich noch eine Sache besprechen. Mein Buchhaltungsbüro hat sich gemeldet. Der Scheck mit dem Vorschuss ist geplatzt.«

Ich habe den Scheck heute Morgen erst ausgefüllt und habe fein säuberlich mit meinem pinken Stift die 250 000 Dollar eingetragen.

»Ach du je, das tut mir leid«, antworte ich. »Meine Mutter parkt das Geld andauernd auf anderen Konten – Sie wissen schon, sie kauft Aktien oder verschiebt Geld –, und da habe ich den Scheck wohl für das falsche Konto ausgestellt. Ich werde mich sofort darum kümmern.« Meine Mutter ist vor einer Stunde verschwunden, weil sie eine *Vicodin* nehmen und ein kleines Nickerchen machen wollte. Ich kenne diese *Nickerchen*, das kann gerne mal bis morgen früh dauern.

»Prima«, meint Sheila. »Wir benötigen ihn zum Ende der Woche, damit für dieses Mandat keine Lücke entsteht. So sind die Regeln.«

»Keine Sorge, morgen haben Sie es«, antworte ich. »Geld ist kein Problem.« Ich nehme meine von ZHC gestaltete *Louis-Vuitton*-Handtasche und zwinkere.

»Sicher«, erwidert sie, aber ich halte mir schon das Handy vors Gesicht.

Ich scrolle durch meine Kontakte und laufe dabei die Marmortreppe hoch. Ich tippe auf die Nummer meiner Managerin Carmen.

Während es klingelt, gehe ich durch mein Zimmer auf den Balkon.

»Hallo, Gwen, ich wollte dich auch gerade anrufen.« Es rauscht ziemlich im Hintergrund, und ich höre, wie ihr Blinker klickt: Sie sitzt anscheinend im Auto.

»Ich wollte mich nach dem Werbe-Deal mit *Domizio*

erkundigen«, sage ich. »Ich sollte da heute etwas posten, aber vielleicht warten wir lieber noch ein paar Wochen, bis sich die Sache hier beruhigt hat.«

»Also, leider sieht es ganz danach aus, als wollten sie komplett aussteigen aus dem Vertrag«, antwortet sie.

»*Wie bitte?* Die wollen alles canceln?«

»Ja. Die Vorkommnisse in eurer WG werden für die immer mehr zu einem Problem. Immerhin kannst du die tausend Dollar Vorschuss behalten. Aber die Zahlung der 45 000 Dollar ist vorerst gestoppt.«

»Jetzt echt? Dürfen die das?« Ich muss an den Jeep denken, der unten in der Einfahrt steht und den ich von dem Geld bezahlen wollte.

»In dem Vertrag gibt es eine Moralklausel, und selbst wenn du nichts damit zu tun hast, reicht schon der Anschein von unangemessenem Verhalten, um diese Karte zu zücken.«

Ich brauche eine Sekunde, um zu kapieren, was sie da eben gesagt hat. »*Selbst wenn* ich nichts damit zu tun habe? Carmen! Ich war das nicht.«

»Natürlich nicht. Schon klar, Gwen.« Ich höre, wie sie ein anderes Auto anhupt. »Trotzdem werden sie dir nichts mehr zahlen. Außerdem wollen sie die Schuhe zurückhaben.«

»Die, die ich in dem Video anhatte? Die waren ein Geschenk«, entgegne ich. »So stand es auch auf der Karte: *Ein Geschenk für unsere Freundin Gwen.*«

»Streng genommen gehören sie zu deinem Honorarpaket«, erklärt Carmen.

Ich lache bitter auf. »Ich fass es nicht. Dass die das überhaupt schert. Die Schuhe sind maximal 80 Dollar wert, außerdem habe ich sie schon getragen.«

Carmen schweigt eine Sekunde und ich höre nur noch die Fahrgeräusche. »Gwen, sie möchten nicht, dass du sie behältst, damit es keine Fotos von dir mit einem ihrer Produkte gibt.«

Das habe ich ja noch nie gehört. Normalerweise wollen alle genau das Gegenteil: *Gwen, halt doch mal diese Tasche, während ich ein Foto schieße!* Oder: *Trink dieses Mineralwasser in deinem Livestream!* Und dann bitte noch: *ein TikTok für unseren Kunden, eine Instagram-Story über mein Restaurant, meinen Spinning-Kurs, meine Boutique, mein Hotel.*

Alle wollen sie mit mir in Verbindung gebracht werden, denn das bringt ihre Marken mehr voran als jeder TV-Spot. Ich kann Produkte unter die Leute bringen, indem ich sie einfach nur in der Hand halte. Das ist mein größtes Kapital.

»Da ist noch etwas«, setzt Carmen an, und nach einer kurzen Pause sagt sie: »Ich glaube, wir müssen über unsere Zusammenarbeit sprechen und ob es … na ja, ob es nicht gescheiter wäre, wenn wir vorerst getrennte Wege gehen.«

Ich schaue aufs Meer, während sie weiterstammelt.

Mein Herz ist zentnerschwer, mir wird ganz flau. Privat kenne ich mich ja bestens aus damit, abgewiesen zu werden, beruflich aber habe ich so was noch nicht erlebt.

»Was da gerade geschieht, passt nicht besonders gut zu der Marke, die wir aufgebaut haben. Wir haben hier kein sorgenfreies kalifornisches Teenagerleben mehr«, erklärt Carmen. »Das ganze Image gerät ins Wanken und ich weiß nicht so recht, ob ich die Richtige bin, dich da durchzubegleiten.«

»Du willst mich also fallen lassen, ja?« Es fühlt sich an, als hätte man mir die Luft abgeschnitten. »Aber ich habe weltweit die meisten TikTok-Follower.«

»Äh ... vielleicht solltest du das mal überprüfen.«

»*Was?*«

Ich stelle das Gespräch auf Lautsprecher und rufe die App auf. Meine Followerzahlen sind in den letzten paar Stunden um *zehn Millionen* gefallen. Diese mistige Madison Reed aus Clout 9 hat meinen Spitzenplatz schon übernommen. Während ich aufs Display starre, gehen mir weitere Follower verloren. Die Zahl neben meinem Namen sinkt von 68M auf 65M auf 62M. In der Kommentarspalte dagegen häufen sich Emoji-Reihen mit Totenköpfen, Blutstropfen und Messern.

Alles um mich dreht sich. Ich kann nicht glauben, was da passiert.

»Deine Seite wird immer mehr boykottiert«, höre

ich Carmen sagen. »Niemand will einer mutmaßlichen Mörderin folgen.«

Ich begreife das nicht. Meine Freundin ist tot. Sollten die Leute nicht viel eher Mitleid mit mir haben? Sollte Carmen – die doch immer betont hat, wir wären ein Team, quasi eine *Familie* – mir nicht da raushelfen? Wie kann sie mich in dieser Notsituation auch noch alleinlassen, mich verraten?

Am liebsten möchte ich heulen, aber die Genugtuung will ich ihr nicht gönnen. Ich hab mich schon jämmerlich genug benommen in diesem Gespräch.

»Na schön, Carmen«, sage ich. »Aber wenn ich wieder ganz oben bin, brauchst du nicht mehr angekrochen zu kommen. Wenn wir uns hier jetzt trennen, dann war es das.« Ich klinge überzeugend, so als würde ich selbst glauben, dass ich irgendwann wieder der Liebling aller TikTok-Suchtis sein werde. Aber in Wahrheit bin ich mir da nicht so sicher.

Offenbar hat es aber funktioniert, denn Carmen fängt an, sich zu rechtfertigen, und meint, es wäre doch schön, *wenn unsere Wege sich irgendwann wieder kreuzten*, blabla, und wir könnten doch *hin und wieder zusammen Mittag essen*, blabla. Ich lege auf, bevor sie ausgeredet hat.

Ich kämpfe gegen den Drang an, mein Handy vom Balkon zu werfen. Stattdessen umkralle ich es noch fester, knalle die Balkontür hinter mir zu und gehe zurück ins Zimmer.

Ich schleudere das Telefon aufs Bett. Ich weiß nicht, was ich mit mir anfangen soll. Wo ich mit meiner Wut hinsoll.

In einer Ecke meines Chaos-Zimmers stehen Kisten, von der Putzfrau hübsch aufgestapelt. Unberührte, ungeöffnete Pakete. Reine Geschenke, ohne jede Verpflichtung. Sie stammen von Firmen, die gerne mit mir zusammengearbeitet hätten, mit denen ich aber keine Verträge, geschweige denn solche mit Moralklausel unterschrieben habe. Es sind ganz schön viele.

Ich nehme eine mittelgroße Schachtel vom Stapel. Sie ist mit einer Schleife umwunden, auf der in schnörkeliger Endlosschrift der Name einer französischen Handtaschenfirma zu lesen ist.

Ich hocke mich im Schneidersitz auf den Teppich und lege die Schachtel vor mich. Und mich durchströmt dieses Glücksgefühl, das ich sonst nur habe, wenn ich den Meerblick aus meinem Fenster vor Augen habe oder ein neues Auto vom Hof fahre: Die Gewissheit, erfolgreich zu sein. Dass ich wichtig bin. Dass ich habe, was sich alle wünschen. Dass ich habe, was ich mir gewünscht habe, als ich mit meiner Mutter in einer Einzimmerwohnung festsaß und alle diese Marken nur aus Realityshows kannte. Ein bisschen ist es so, als wäre ich angetrunken, aber das Gefühl ist viel besser als alles, was Alkohol erzeugt. Das Gefühl, schöne Dinge zu besitzen, macht mich erst lebendig.

Ich ziehe vorsichtig am Ende der Schleife, die dadurch langsam auseinandergleitet. Mein Herz schlägt schneller. Ich nehme den Deckel von der Schachtel und habe nun das sorgsam gefaltete Papier vor mir, das mit einem Aufkleber zusammengehalten wird, auf dem ebenfalls der Name des Designers steht – für den Fall, dass man ihn zwischen dem Lösen der Schleife und dem Abnehmen des Deckels vergessen haben könnte.

Ich fahre mit den Fingern über das Seidenpapier und atme tief ein: Die Schachtel riecht nach Vanille und Rosen, wie das berühmte Parfüm der Firma. Der Duft lässt mich an Pariser Straßencafés denken, an perlenden Champagner, an Tänzerinnen in wippenden Tutus.

Zuerst versuche ich, den Aufkleber vorsichtig zu lösen, aber dann reißt das dünne Papier, also knülle ich es einfach zusammen. Jetzt kommt ein kleiner Stoffbeutel – noch ein Hinweis, dass es sich um etwas Kostbares handelt: Die Ledertasche braucht eine zweite Tasche, die sie schützt. Ich öffne den Beutel und lasse die Tasche in meinen Schoß fallen.

Es ist eine kleine Schultertasche aus schwarzem Lackleder, mit einem eleganten, minimalistischen Design.

Ich halte sie hoch und drehe sie im Licht. Sie glänzt so schwarz wie Tinte oder die Lackierung von einem Cadillac Escalade.

Ich lege die Tasche zurück in die Schachtel. Wenn ich sie ein paar Mal benutzt habe, geht der ganze Glamour schnell verloren. Die Schachtel kommt ins Altpapier, die Tasche landet neben all den anderen Taschen in meinem Kleiderschrank, wo sie, voll mit Kaugummipapieren und einzelnen Tampons, langsam vergessen wird.

Aber daran denke ich jetzt einfach noch nicht.

Ich nehme eine weitere Schachtel vom Stapel. Noch einmal darf ich mich gleich andächtig durch edle Verpackungen arbeiten, noch einen zauberhaften Gegenstand enthüllen. Ich schüttle den Karton: *Hört sich nach Schuhen an!*

Ich mache eine gute Stunde so weiter. Offenbar hat sich da einiges angehäuft. Zuerst genieße ich es jedes Mal aufs Neue, ein Paket zu öffnen: Ich rieche an Leder, streiche über Satin und Seide. Als wäre ich die Maus aus *Ratatouille*, die sich über ein Stück Käse freut.

Aber je weiter ich mich vorarbeite, desto wilder packe ich aus und reiße die Kartons am Ende wie eine Irre auseinander. Adrenalin schießt mir durch die Adern. An einer Verpackung schneide ich mich, mein Finger blutet, aber ich spüre keinen Schmerz.

Irgendwann fällt mir dieser blöde Spruch ein: »Geld löst auch keine Probleme«. Ariana Grande und Blair Waldorf dagegen würden sagen, dass können nur Leute behaupten, die nicht wissen, wo man einkauft. Meistens bin ich ja einer Meinung mit den beiden. Aber dieses Mal muss ich den Pferdeschwanz- und Stirnband-Queens widersprechen.

Geld löst keine Probleme, stimmt, aber es lenkt wunderbar von ihnen ab. Glitzer und Glamour lassen Kummer und Schmerz nicht verschwinden, aber sie gönnen einem fünf Minuten sprudelndes Glück. Besondere, edel designte Dinge geben mir das Gefühl, wichtig und einzigartig zu sein. Das ist einfach der ultimative Kick.

Am Ende liege ich auf dem Boden, zwischen wild verstreuten Kisten, Seidenpapierknäueln in allen Farben und Designer-Merch im Wert von Tausenden Dollars. Ich starre an die Decke, mir pocht das Herz in den Ohren. Und ich lächle.

12

13 Stunden später

KAT

Ich stehe am Fenster und ziehe die Vorhänge zu, damit die Poolbeleuchtung nicht hereinscheint. Ich wünschte, ich könnte auch die Erinnerungen an diesen Tag aussperren. Wenn dieses Stück Stoff mich doch vergessen ließe, dass meine Freundin genau da unten tot aufgefunden wurde. Aber so einfach ist das nicht.

Es ist fast dreiundzwanzig Uhr, die Polizei ist vor zwanzig Minuten gegangen, nachdem sie endlich jedes Zimmer nach Beweisstücken durchsucht hat. Sie haben uns gesagt, wir sollen hierbleiben – zumindest, bis sie mit den Befragungen fertig sind. Sie meinen, wir stünden zwar nicht unter Hausarrest, würden aber *dringend gebeten, vor Ort zu bleiben*. Na klar.

Ich bin fast neidisch geworden, als ich gesehen habe, wie die Polizisten in ihre Autos gestiegen und weggefahren sind. Und uns hier zurückgelassen haben – in einer Villa, die sich überhaupt nicht mehr anfühlt wie ein Zuhause.

Jetzt bin ich allein in meinem Zimmer, sitze auf dem Bett und spüre die unheimliche Stille, die das Haus umgibt. Groß war das Haus schon immer, aber es war halt auch ständig voller Leben – voller Leute, Spaß und Partys. In dieser Nacht fühlt es sich auf sehr unangenehme Weise groß an, zugig und verlassen.

Den ganzen Tag über war es furchtbar laut. Begonnen hat es mit Camis Schrei, danach ist der Lärm nicht mehr abgerissen. Polizisten, Anwälte, Eltern, rund ums Haus postierte Leute von Presse und Fernsehen, nicht enden wollende Handynachrichten-Ströme – es war ein ständiges, ohrenbetäubendes Gewirr von Stimmen und Tönen. Doch nun ist es so still, dass es mir in den Ohren fiept.

Ich habe anscheinend erst jetzt Zeit, über all das nachzudenken, es wirklich zu empfinden: Jemand aus diesem Haus hat Sydney getötet. Jemand hier ist dazu fähig, einen anderen Menschen umzubringen. Und wahrscheinlich ist dieser jemand auch dazu fähig, *mich* umzubringen. Bei dem Gedanken fällt mir das Atmen schwer.

Ich schaue mich im Zimmer um, blicke nervös von einem Schatten zum nächsten. Es kribbelt mir im Nacken. Ich habe keine Deckenbeleuchtung, weil ich sonst eher gemütliches Licht mag. Jetzt aber wünschte ich mir Flutlichtstrahler. Zum ersten Mal, seitdem ich über zehn bin, habe ich Angst vor der Dunkelheit.

Mit pochendem Herzen stehe ich auf und knipse eine Lampe nach der anderen an: meine Mini-LED-Lichterkette, die moderne Stehlampe. An der Himalaja-Salzlampe kämpfe ich mit dem Drehschalter, bis mir klar wird, dass ich sie wegen meiner zitternden Hände nicht anbekomme. *Reiß dich zusammen*, befehle ich mir. Aber selbst als alle Lampen brennen, werde ich das unheimliche Gefühl nicht los, dass da etwas so gar nicht stimmt.

Bamm! Meine Tür fliegt auf und schlägt gegen die Wand.

Ich kreische wie wild und springe auf. Panisch taste ich nach einem Gegenstand, mit dem ich mich verteidigen könnte, irgendwas muss da doch sein, dann wirbele ich herum und sehe …

… Beau, der im Türrahmen steht, ebenfalls brüllt und ziemlich erschrocken aussieht. »Was ist?« Er blickt sich hektisch um.

Ich hole wieder Luft. »Du hast mich zu Tode erschreckt! Macht man so etwa eine Tür auf? Wolltest du sie eintreten?«

»Also, na ja, ich hatte die Hände voll.« Er sieht zu Boden, wo zwei zersprungene Keramikbecher in einer großen Pfütze liegen.

»Ich dachte –« Ich kann den Satz nicht zu Ende bringen. *Ich dachte, du wärst der Mörder und jetzt wäre ich dran.* »Ich dachte, es wäre jemand anders. Ich hatte … ich hatte Angst.«

Beau sieht auf die Salzlampe in meinen Händen, von der das Kabel herabbaumelt, das ich panisch aus der Wand gerissen habe. Ihren Sockel halte ich mit festem Griff umklammert. Jetzt lasse ich sie peinlich berührt sinken.

»Oh, tut mir leid«, sagt er. Er hockt sich hin und sammelt die Scherben auf.

Ich helfe ihm und ziehe einen Teebeutel aus der Pfütze. »Kamille?« Ich halte den Beutel hoch.

»Na ja.« Er lächelt schüchtern.

»Wie lieb von dir«, sage ich. Beau hasst Kamillentee, aber er weiß, dass ich genau den am liebsten trinke. Solche Sachen merkt er sich. »Entschuldige, ich wollte dich nicht so erschrecken.«

»Schon gut«, antwortet er. »Und ich wollte dir keine Angst einjagen.«

»Ich hatte schon vorher Angst.« Ich begutachte das Keramikstück in meiner Hand. Der Becher hatte kleine blaue Blumen als Muster. Die Scherbenkante ist ziemlich scharf. »Es ist nur … der Gedanke, dass man mit einem Mörder unter einem Dach lebt …« Mich schaudert.

»Ja, gruselig«, meint Beau. »Aber ich hab nachgedacht, keine Ahnung, aber was ist, wenn es gar keiner von uns war? Vielleicht ergeben die Nachforschungen der Polizei ja, dass es jemand ganz anderes war. Ich habe heute mitbekommen, wie sich zwei von denen über Syds Eltern unterhalten haben und dass sie eine Lebensversicherung über eine Million Dollar für sie abgeschlossen haben. Ist doch seltsam, oder?« Er klingt ganz aufgeregt vor Hoffnung. Ich wünschte, ich könnte auch so optimistisch sein.

»Ja, das ist seltsam«, bestätige ich. »Aber Beau, es liegt ja wohl ziemlich viel dazwischen, ob man aus seinem Kind einen Star machen will oder es umbringt. Mal angenommen, sie sind tatsächlich so geldgierig und grausam, dann ist es doch immer noch so, dass sie gerade eben den *Parker*-Deal bekommen hatte, und damit wäre sie lebend für ihre Eltern ja wohl mehr wert gewesen.«

»Ja, kann sein ...« Beau wischt den Tee mit einem Handtuch auf.

»Außerdem, was ist mit dem Bekenner-Post von unserem Haus-Account? Nur wir sechs konnten uns da einloggen, und jetzt, ohne Syd, nur noch fünf. Wie soll das irgendjemand geschafft haben, der nicht zu unserer WG gehört?«

»Ja, da könntest du recht haben«, gibt er zu. »Aber ich weiß nicht, ich kriege einfach nicht in meinen Kopf, dass jemand von uns das getan haben soll.«

»Weil du bist, wie du bist, und immer das Gute in den Menschen siehst. Das ist eins von vielen Dingen, die ich an dir mag«, sage ich. »Aber in diesem Fall können wir die Beweise nicht ignorieren. Es könnte gefährlich sein, den anderen hier im Haus zu vertrauen.«

Ich stecke die Salzlampe wieder ein, sie flackert ein paar Mal auf, leuchtet dann aber wie gewohnt. Jetzt erhellt sie einen breitschultrigen Schatten, der im Türrahmen steht. Ich zucke zusammen. »Tucker?«

»Ich habe Schreie gehört«, sagt er unbeeindruckt. Er hat Basketballshorts an, aber kein T-Shirt.

»Ach so, ja, wir haben was fallen lassen.«

»Andere Leute versuchen zu schlafen«, mault er.

»Passiert nicht wieder«, versichere ich.

Er dreht sich um und verschwindet ohne weiteren Kommentar.

Beau und ich sehen uns an. »Also, der Typ hat echt was von einem Killer«, meint Beau.

Ich weiß, dass er es als Scherz meint, also lächle ich. Aber im Grunde denke ich: *Wenn ich eine Wette abschließen müsste, dann würde ich auf Tucker tippen.*

Ich stehe auf und mache die Tür zu. Ich wünschte, ich könnte sie abschließen. »Beau, magst du vielleicht hier übernachten?«, frage ich. »Ich möchte heute Nacht nicht allein sein.«

»Klar«, antwortet er. »Gerne.«

Mir fällt ein Stein vom Herzen. Auf einmal fühle ich mich ausreichend entspannt, um doch noch einschlafen zu können. Ich nehme die Sofakissen und die Tagesdecke vom Bett.

Als ich mich umdrehe, sehe ich, wie Beau sich auf meinem Teppich ein Lager baut. Er hat sich eins der Sofakissen genommen und benutzt meinen Bademantel als Decke. Der ist aber ziemlich klein im Vergleich zu ihm, und unten gucken die Füße raus. Bei dem Anblick muss ich grinsen. »Was machst du denn da?«

»Oh, ist das okay, dass ich das nehme?« Er hält das Kissen hoch.

»Ja, sicher, aber«, ich drehe mich zu meinem Doppelbett, »möchtest du nicht lieber im Bett schlafen?«

»Also, ich wollte nicht einfach … dass du mich hier haben möchtest, um dich vor einem potenziellen Psychokiller zu beschützen, bedeutet ja nicht unbedingt, dass du mich in deinem Bett haben möchtest, und ich wollte nicht, dass du dich irgendwie bedrängt fühlst oder dass es so aussieht, als ob –«

»Beau.«

»Ja?«

Ich sehe ihm in die Augen. »Ich möchte dich in meinem Bett haben.«

Er zieht die Brauen hoch. »Ehrlich?«

Ich nicke. Ich lache, und mit einer einzigen schnellen Bewegung springt er auf, hebt mich hoch und zieht mich an sich. Er küsst mich und wir fallen eng umschlungen aufs Bett. Ich fahre mit den Fingern durch seine Haare. Seine Hand streicht über meinen Nacken.

Ich ziehe meinen Kopf etwas zurück und erkläre ihm:

»Sex will ich heute Nacht nicht, aber ich wäre echt gerne nah bei dir. In Ordnung?«

»Sicher.« Er lächelt mich mit warmen Augen an. »Wir machen alles so, wie du möchtest.«

Wir küssen uns und küssen uns. Seine Lippen, seine Berührungen, sein Geruch ... ich tauche ganz darin ein. Hier, in meiner kleinen Blase, ist alles gut und schön, auch wenn draußen Angst und Gefahr lauern. Ich habe das Gefühl, wenn ich nur hierbleibe, ihn küsse und festhalte, dann wird sich alles wieder einrenken. Ich werde in Sicherheit sein. Ich werde sogar glücklich sein.

Später, als wir beide kurz vorm Einschlafen sind, knipse ich noch die Lampen aus. Das Zimmer ist jetzt stockdunkel. Aber in Beaus Armen sinke ich glücklich in den Schlaf.

13

20 Stunden später

TUCKER

Schon dringt Sonnenlicht durch den Spalt zwischen den Vorhängen. Ich rolle mich auf die andere Seite und checke die Uhrzeit auf meinem Handy: 5 Uhr 53.

Ich habe höchstens fünfzehn Minuten am Stück geschlafen. Mein Kopf fühlt sich elendig müde an und ich bin so fertig, dass es mir vorkommt, als wären meine Gedanken ein Video, das ständig ruckelt, weil es nicht richtig laden kann. Aber mein Körper will mich einfach nicht schlafen lassen. Mein Herz will nicht langsamer schlagen, meine Muskeln wollen sich nicht entspannen. Anscheinend steckt ein Haufen nervöser Energie in mir und treibt mich weiter. Aber wohin? Ich habe keine Ahnung.

Das blaue Displaylicht leuchtet mir ins Gesicht, als ich durch Twitter scrolle. Da ist nichts, worüber ich lachen muss. Nichts, das ich wirklich wahrnehme. Ich bin endlos gestresst. Ich beiße auf der Nagelhaut an meinem Daumen herum, bis es anfängt zu bluten.

Das Foto von Gwen und mir vor dem Poolschuppen ist noch auf keiner Social-Media- oder Gossip-Seite aufgetaucht. Was seltsam ist, denn sonst verkaufen die Paparazzi ihre Bilder, gleich nachdem sie im Kasten sind. Zu wissen, dass es dieses Foto irgendwo da draußen gibt, aber keine Ahnung zu haben, wann es zu sehen sein wird, macht mich total irre. Es ist, als würde ein tonnenschweres Gewicht an einem halb zerrissenen Seil über mir baumeln.

Ich wechsle von Twitter zu TikTok. Das erste Foto auf meiner For-You-Seite kommt von Gwens Account, was wohl auch nicht weiter verwunderlich ist, schließlich hat sie die meisten Follower auf dieser Plattform.

Es ist eine Fotomontage mit Bildern von Gwen und Sydney im Laufe der Jahre, sie grinsen und lachen in die Kamera, unterlegt ist *Angel*, von Sarah McLachlan. Das wiederum ist ziemlich seltsam, denn genau dieses Lied wird auch für diese Werbung verwendet, in der Hundewelpen ein Zuhause suchen.

Ich nehme mal an, Gwen wollte sich da um einen bestimmten Eindruck bemühen, was ja sicher nett gemeint ist. Mein Anwalt hat mir gesagt, es wäre hilfreich, wenn ich meiner Trauer *öffentlich Ausdruck verleihen könnte*, damit die Polizei mich als am Boden zerstörten Freund und nicht als Verdächtigen sieht. Ich finde aber nicht die richtigen Worte, das kann Gwen wohl besser. Das Video hat die Caption: *Rip in Peace Syd <3*.

Zum ersten Mal seit Langem muss ich lachen. *Oh, Gwen. Liebe, dumme Gwen.*

Ich lasse mich aus dem Bett rollen. Ich muss jetzt doch mal aufstehen und mir in der Küche was zu essen sichern, bevor die anderen aufwachen und Eltern und Anwälte hier wieder rumgeistern.

Ich tappe die Stufen hinunter zur Küche und reibe mir dabei die Augen. An der Tür kollidiere ich beinahe mit einem Mädchen.

»Oh, Tucker, hallo«, begrüßt mich eine reichlich nervöse Brooklyn Reynolds. Sie hat ein Croptop und Yogapants an und sieht ziemlich heiß aus.

»Was machst du denn hier?«, frage ich, und als mir klar wird, dass es eine ziemlich bescheuerte Frage ist, füge ich hinzu: »Also, ich meine, wie bist du hier reingekommen?«

»Meine Eltern haben einen Schlüssel«, erklärt sie. »Ich hätte ja geklopft, aber ich wollte niemanden aufwecken. Und ich wusste nicht, dass du so früh aufstehst.«

»Mach ich sonst auch nicht.« Ich strecke mich, dass die Knochen knacken. »Ich habe noch gar nicht geschlafen.«

»Oh, das tut mir leid.« In ihrem Blick erkenne ich echtes Mitleid. »Ich kann auch nicht schlafen. Also eigentlich bin ich hergekommen, weil ich dieses Plüschtier holen wollte, an dem Sydney so gehangen hat, seit sie klein war. Ich weiß, das klingt jetzt echt blöd, aber ich dachte, wenn ich es in den Armen halte, kann ich vielleicht einschlafen. Hast du es zufällig irgendwo gesehen? Einen weiß-blauen Teddybären?«

»Mister Fuzzle Butt? Na klar«, antworte ich.

Brooklyn sieht mich erstaunt an. Ihr Mund formt ein ultrakleines Lächeln. »Du weißt, wie er heißt?«

»Sicher«, antworte ich. »Es stimmt, Squid war verrückt nach dem Ding. Sie hat andauernd von ihm gesprochen.«

»Ich dachte, Jungs hören nicht zu, wenn Mädchen so was erzählen.«

Ich zucke mit den Schultern. Dieser beknackte Teddy war mir absolut egal. Aber bei Sydney war es immer besser, lieber zuzuhören, als nachher beschimpft zu werden. »Ich weiß, wo er ist. Ich kann ihn dir holen.«

Erst als ich die Tür zu Sydneys Zimmer öffne, wird mir klar, dass ich es zum ersten Mal betrete, seit wir sie gefunden haben. Ich habe nicht darüber nachgedacht, wie das sein könnte. Der Anblick von ihrem Bett, das die Polizisten abgezogen haben. Die Papiere von ihrem Tisch und ihre Haarbürste haben sie als Beweisstücke mitgenommen. Andere Sachen, wie die gerahmten Fotos und ihre Lieblingsbücher, liegen da wie immer, als würden sie darauf warten, dass sie zurückkommt.

Ich merke, dass ich die Luft anhalte. Mein beknacktes Hirn scheint zu glauben, wenn ich nicht einatme, kommen auch keine Erinnerungen, keine Traurigkeit und keine Leere an mich heran. Ich entdecke Mister Fuzzle Butt auf dem Regal, schnappe ihn mir und renne raus. Die Tür schlage ich hinter mir zu.

Unten überreiche ich Brooklyn das Stofftier. »Bitte schön.« Ich versuche, cool zu wirken. Ganz entspannt.

»Danke.« Ihre Augen glänzen, als sie den Teddy begutachtet. Sein Fell ist durch mindestens zehn Jahre langes Begrabbeln und Knuddeln verfilzt und ausgeblichen. »Ganz schön albern von mir, was?«, fragt Brooklyn. »Dass ich vor Sonnenaufgang durch die halbe Stadt fahre, nur um ein Kuscheltier zu holen? Ich benehme mich wie ein Baby.«

»Ach was«, entgegne ich. »Fuzzle Butt ist nichts für Kinder. Sieh dir das an.« Ich ziehe den Bären am rechten Ohr, das halb abgerissen ist, weil er vor Jahren in die Fänge des Hundes der Reynolds geraten ist. »Dieser Bär ist ein knallharter Freak. Das hat er sich garantiert bei einer üblen Prügelei geholt.«

Brooklyn lacht. Es ist ein echtes, ungekünsteltes Lachen. »Oh.« Sie legt die Finger auf die Lippen. Schon ist der traurige Blick wieder da.

Mir wird mit einem Mal bewusst, dass ich hier das erste normale Gespräch führe, seit das alles passiert ist. Dass ich mich seit Sydneys Tod in keiner Situation so wiedererkannt habe wie in dieser. Selbst wenn ich mit Gwen zusammen bin, bin ich total angespannt, weil ich

Angst habe, was passiert, wenn man das mit uns rausfinden sollte. Denn es geht hier nicht mehr ums Fremdgehen in einer TikTok-WG. Es geht um ein mögliches Motiv. Da hört der Spaß wohl auf.

»Magst du vielleicht noch ein bisschen bleiben?«, frage ich. »Ich wollte gerade Kaffee kochen.«

Sie zögert, beißt sich auf die Lippe, überlegt hin und her. Ich hätte das nicht fragen sollen. Natürlich will sie nicht in meiner Nähe sein. Ich bin ein Verdächtiger im Mordfall ihrer Schwester. Sie muss mich hassen.

»Ja, okay«, sagt sie schließlich. Sie setzt den Bären auf die Anrichte und nimmt sich einen Stuhl. »Mach ich gern.«

Brooklyn wartet geduldig, während ich in der Küche rumscheppere und versuche, einen Kaffee hinzubasteln. Ich trinke eigentlich kein Koffein, nur den üblichen Red Bull vor einer Party. Aber wenn das mit dem Schlafen ab jetzt gar nicht mehr klappt, werde ich mich wohl dran gewöhnen müssen.

Um den Abwasch haben wir uns auch schon nicht gekümmert, bevor unser Leben auf den Kopf gestellt wurde, aber irgendwann finde ich ganz hinten im Schrank doch noch eine einzelne saubere Tasse mit der Aufschrift TOAST MALONE. Ich nehme sie für Brooklyns Kaffee, mir selbst fülle ich etwas in einen Messbecher. »Ob Zucker da ist, weiß ich nicht …« Ich ziehe ein paar Schubladen auf, habe aber kein Glück.

»Oh, der ist hier.« Brooklyn öffnet einen Schrank, stellt sich auf die Zehenspitzen, um ans obere Fach zu kommen, und holt zwei Packungen *Splenda* herunter.

»Ha, du wohnst nicht mal hier und weißt trotzdem besser, wo man was findet«, sage ich. »Jetzt zeigt sich, wie oft ich koche.«

»Ja.« Sie lacht höflich über meinen Witz, aber da ist so ein seltsamer Ausdruck in ihren Augen. Als wäre sie abgelenkt oder verwirrt. Ich mache mir Sorgen, dass ich irgendeinen wunden Punkt berührt habe.

Ich nippe lange an meinem Kaffee und stelle den Becher mit einem lauten *Klonk* auf dem Tisch ab. »Hör mal, was da letzte Woche passiert ist bei dem Meeting: Tut mir leid, dass es so mies gelaufen ist.«

Sie zuckt nur mit den Schultern. »Du brauchst dich nicht zu entschuldigen. Jetzt, wo Syd tot ist, rückt das alles in den Hintergrund. Als wenn ich mich über so was noch aufregen könnte.« Trotzdem klingt sie angespannt. Ich bin mir nicht sicher, ob ich ihr glaube.

Sie wechselt das Thema: »Weißt du was? Wir könnten uns erzählen, welche schönen Erinnerungen wir an Syd haben. Das haben wir auch gemacht, als meine Großmutter gestorben ist. Und es hat irgendwie geholfen.«

Mir geht alles drunter und drüber im Kopf. Bei so gefühligen Sachen bin ich echt mies. Ich weiß da immer nicht, was ich sagen soll. Brooklyn sieht mich an, sie wartet auf eine Antwort.

Sie wirkt enttäuscht. »Also, wenn du nicht magst, dann müssen wir ja nicht …«

»Nein, schon gut«, versichere ich. »Ist doch eine schöne Idee. Ich versuche nur, mich an etwas zu erinnern, das … na ja, jugendfrei ist.« Ich hebe vielsagend die Brauen.

»*Tucker!*« Sie boxt mir in den Arm.

»Schon gut.« Ich täusche Schmerzen vor und reibe mir über den Bizeps. »Tut mir leid, aber deine Schwester war nun mal echt scharf. Was kann ich dafür?«

Sie schüttelt den Kopf. »Und das, wo ich doch genauso aussehe wie sie.« Ihre Wangen röten sich.

»Äh, also ich sehe da überhaupt keine Ähnlichkeit«, behaupte ich im Scherz.

»Wir sind eineiige Zwillinge«, bemerkt sie trocken.

»Ja, so hieß es immer«, antworte ich. »Aber ich weiß nicht, ob ich das glauben soll.«

Sie schnaubt nur.

Irgendwann höre ich auf mit den Witzen und gehe auf ihr Erinnerungsspiel ein. Ich erzähle, wie Syd und ich einmal die Küste entlanggefahren sind und am Strand gepicknickt haben. Das ist zwar nicht die schönste Erinnerung, die ich an Sydney habe, aber wahrscheinlich ist es Syds Lieblingserinnerung, denn sie hat auf allen ihren Accounts Fotos davon gepostet. Es erscheint mir jedenfalls passend für diese Situation.

»Das ist ja wunderschön, Tucker«, meint Brooklyn. Sie hat Tränen in den Augen.

Ich ziehe die Schultern hoch. »Jetzt bist du dran.«

»Also gut ... meine schönste Erinnerung an Syd. Das war, als wir zusammen im Urlaub –«

Sie wird durch lautes Rufen unterbrochen, das aus dem gegenüberliegenden Zimmer kommt.

Sie reißt entsetzt die Augen auf. »Was war das denn?«

14

21 Stunden später

BEAU

Ich halte Kats Hand, während wir die Treppe runterrennen. »Meine Mutter hat gemeint, es läuft auf *Channel 32*.«

»Und sie hat nicht gesagt, worum es geht?«

»Nein. Nur dass es wichtig ist.«

Als ich aufgewacht bin, hatte ich verpasste Anrufe von meinen Eltern und von meinem Anwalt. Und eine Nachricht in Großbuchstaben von meiner Mutter, in der es hieß, ich müsste unbedingt den Fernseher anschalten.

Kat und ich durchsuchen das Zimmer nach der Fernbedienung. Normalerweise liegt sie immer in der Schüssel auf dem Couchtisch, aber die wurde bei dem Streit am Donnerstag … na ja, zerstört.

Schließlich entdecke ich sie unter den Sofakissen und drücke den Anschaltknopf. *Channel 32* ist ein Nachrichtenkanal und es spricht eine Frau mit kurzen blonden Haaren und strengem Gesicht in die Kamera. Die Sendung heißt *Nora Caponi Show*. Ich habe schon mal davon gehört, sie aber noch nie gesehen. True Crime ist nicht so mein Ding.

Ich stelle den Ton lauter: »In dem Fall, der das ganze Land in Atem gehalten hat, gab es nun überraschend ein Geständnis. In wenigen Augenblicken wird sich die Person, die Sydney Reynolds ermordet hat, hier bei uns im Studio erklären.«

Heilige Scheiße. Erleichterung erfasst mich. *Es ist vorbei.* Die vierundzwanzigstündige Hölle ist vorüber. Sie haben denjenigen gefunden, der das getan hat.

»Unglaublich!«, ruft Kat.

»Ich weiß!« Ich lege meine Arme um sie und wirble sie herum. Ich kann es nicht fassen: Es ist vorbei. Wir haben es hinter uns. Wir sind in Sicherheit.

»Was ist denn los?«, fragt da eine weibliche Stimme.

Ich sehe zur Tür: Da steht Brooklyn Reynolds, und neben ihr Tucker.

»Tucker.« Kat wendet sich um. »Du hier?«

»Wo sollte ich wohl sonst sein?«, erwidert er. Er sieht zum Fernseher, wo jetzt eine Meldung über den Bildschirm läuft: GESTÄNDNIS IM TIKTOK-MORDFALL.

Brooklyn schnappt nach Luft. »Ich ... ich muss meine Eltern anrufen.« Sie holt ihr Handy raus. Ich muss an die Lebensversicherung denken. Ein Teil von mir fragt sich, ob ihre Eltern in Nora Caponis Studio sitzen, wenn sie den Anruf bekommen.

»Mom«, spricht Brooklyn in ihr Handy. »Bist du zu Hause? Okay. Dann weck Dad auf und macht den Fernseher an.«

Oder auch nicht ...

»Lass mal sehen«, meint Tucker, reißt mir die Fernbedienung aus der Hand und stellt den Fernseher lauter.

Dort verkündet Nora Caponi eben: »Bevor wir das Geständnis hören, sprechen wir noch mit unserem Kriminologen Ollie Glover. Ollie, überrascht es dich, dass es in diesem Fall so früh zu einem Geständnis gekommen ist?«

Ollie ist ein Mann mit Schnauzer und kräftigen Augenbrauen. »Um es kurz zu sagen, Nora: Nein«, antwortet er. »In einem typischen Mordfall wäre es tatsächlich ungewöhnlich. Aber dieser Mord ist alles andere als typisch. Wir haben es mit einem Tötungsdelikt im Celebrity-Milieu zu tun.«

Er legt eine theatralische Pause ein, redet dann aber weiter, bevor Nora sich einschalten kann. »Aus meiner Erfahrung als Ermittler kann ich sagen: Es sind vor allem zwei Täterpersönlichkeiten, die ein so schweres Verbrechen wie Mord gestehen. Zur ersteren Gruppe gehören Täter, die im Affekt gehandelt und jemanden in einem Moment der Wut oder Angst getötet haben.

Kommen diese Personen nach ihrer Tat zur Besinnung und realisieren, was sie getan haben, nämlich dass sie das Leben eines Mitmenschen ausgelöscht haben, plagen sie schwere Schuldgefühle. Sie gestehen ihre Tat, so wie andere ihre Sünden beichten. Sie möchten offenbaren, was sie verbrochen haben und ihre Schuld bekennen. Die andere Tätergruppe, bei der es recht schnell zu einem Geständnis kommt, umfasst sehr viel finsterere Gestalten. Diese Personen wollen mit ihren Taten prahlen. Sie möchten uns alle Einzelheiten ihres grausamen Verbrechens schildern, sie wollen damit angeben, wie sie dem Arm des Gesetzes entkommen und angeblich niemals gefasst worden wären, wenn sie denn nicht gestanden hätten, da sie angeblich ach so genial vorgegangen sind. Hier handelt es ich um Geständnisse von Personen, die zu keiner Gefühlsregung fähig sind, die keinerlei Reue kennen und keine lebenslange Haftstrafe scheuen. Und seit ich diesen TikTok-Post vom gestrigen Tag kenne, Nora, in dem mit dem grausigen Mord geprahlt wird, möchte ich behaupten, dass wir es mit dem zweiten Täterprofil zu tun haben.«

Hinter mir kommt ein Paar Pantoffeln angeschlurft.

»Was ist hier los?«, fragt eine Stimme.

»Keine Ahnung«, antwortet jemand. Ich spüre, wie man mich am Ärmel zieht, drehe mich um und erblicke Gwen. »Was ist los?«, will sie wissen.

»Jemand hat gestanden«, erkläre ich.

Sie guckt Cami an und wiederholt: »Jemand hat gestanden.«

Ich schaue wieder zum Fernseher. *Halt mal.* Ich drehe mich noch mal um: Da stehen Gwen und Cami in ihren Schlafanzügen, plus Kat und Tucker und natürlich ich. »Wer soll das denn sein?«

»Ich hab ja an Cami gedacht«, gibt Tucker verwirrt zu.

»Und ich an dich«, entgegnet Kat.

Tucker macht einen Schritt zurück. »Was glaubt du eigentlich –«

Auf einmal brüllen alle durcheinander und ich kann kein Wort mehr verstehen.

»Ruhe jetzt!«, ruft Gwen. Sie zieht die Stirn in Falten, zeigt auf mich, dann auf Kat und beginnt leise zu zählen: »Eins, zwei, drei –«

Tucker schnaubt. »Das ist doch lächerlich.«

»Menno!« Gwen dreht sich wütend zu ihm um. »Jetzt hast du mich abgelenkt und ich muss noch mal von vorn anfangen. Okay: Eins, zwei ...«

Aber dann wechselt das Fernsehbild und wir bekommen anscheinend eine Antwort auf unsere Frage. Auf dem geteilten Bildschirm sieht man nun ein Mädchen neben Nora Caponi. Sie hat ungefähr unser Alter, ein rundes, von welligen schwarzen Haaren umrandetes Gesicht, grüne Augen und ein kleines Muttermal über der Oberlippe. Ich habe sie noch nie gesehen.

»Wer soll das denn sein?«, meint Cami.

»Zu ihrem ersten Fernsehinterview hat sich Lucy Reid, die sogenannte TikTok-Killerin, bei uns im Studio eingefunden.«

»Danke für die Einladung, Nora. Übrigens schreibt sich mein Name *R-e-i-d*, und bei Insta und TikTok findet man mich unter @lucyreid26«, verkündet diese fröhlich.

Am unteren Bildschirmrand werden ihr Name und ihre Social-Media-Konten eingeblendet.

»Oh Mann, ist das eine *Bachelor*-Kandidatin oder eine Mörderin?«, wundert sich Cami.

»Nun, Miss Reid«, beginnt Nora Caponi. »Wie haben Sie und das Mordopfer sich kennengelernt?«

»Ich bin ihr nie begegnet. Zumindest nicht, bis ich sie getötet habe.« Sie lacht. »Ich hätte sie natürlich gerne kennengelernt. Ich war ein Fan.«

»Aha.« Nora Caponi kneift die Augen zusammen. »Können Sie uns erzählen, was in jener tragischen Nacht passiert ist?«

»Ja, kann ich.« Lucy Reid setzt sich aufrechter hin. »Zuerst bin ich nach Malibu getrampt. Trampen ist echt Charles-Manson-like, wissen Sie, das war so was wie eine Hommage. Ich habe mich dann am Haus absetzen lassen, aber vor der Einfahrt ist ein riesengroßes Eisentor, da wollte ich schon aufgeben. Aber dann habe ich ganz in der Nähe einen Trampelpfad runter zum Strand entdeckt. Der war extrem verwildert, ich bin bestimmt zehn Mal fast hingeflogen, aber ich habe es am Ende doch geschafft und bin am Strand angelangt. Von da konnte ich einfach zu deren Pool laufen, *schwupps* war ich drin im LitLair. Und da saß sie dann am Beckenrand: Sydney Reynolds. Allein, total friedlich, dabei aber supertraurig. Sie hat ihre Füße ins Wasser getaucht. Und ich habe die Waffe gehoben und –«

»Moment mal.« Nora Caponi hebt eine Hand. »Sie standen also auf der gegenüberliegenden Poolseite?«

»Äh, ja«, antwortet Lucy. »Und wie gesagt, dann –«

»Das ist seltsam«, unterbricht Nora Caponi sie wieder. »Denn im vorläufigen Polizeibericht ist zu lesen, dass weder auf der Poolterrasse noch in den Grünanlagen rund um das Becken irgendwelche Blutspuren gefunden wurden. Wäre Miss Reynolds, wie Sie behaupten, aus dieser Distanz erschossen worden, hätte es Blutspritzer gegeben.«

»Ah, ja. Richtig, da habe ich mich wohl nicht genau erinnert«, antwortet Lucy. Jetzt blickt sie etwas panisch an der Kamera vorbei. »Ich war etwas verwirrt. Es ist alles so schnell gegangen, wissen Sie.«

Nora Caponi wirkt nicht überzeugt. »Welche Schusswaffe haben Sie eigentlich verwendet?«, fragt sie.

Lucy glotzt sie verwundert an. »Oh, äh –«

»Eine Fünfundvierziger? Oder eine Zweiundzwanziger? Also gut, das Kaliber kennen Sie vielleicht nicht«, meint Nora. »Dann machen wir es einfacher: Vielleicht können Sie mir sagen, ob es ein Revolver war, oder hatte die Waffe ein Magazin?«

Lucy sieht sich ängstlich um und scheint sich zu fragen, ob die Sendung wohl bald zu Ende ist.

»Miss Reid«, bohrt Nora Caponi weiter, »haben Sie jemals eine Waffe in der Hand gehalten?«

»Was wollen Sie eigentlich?« Lucy schlägt mit der Hand auf den Tisch. »Warum fragen Sie mich das alles? Ich habe doch schon gestanden!«

»Das ist mein Job, Lucy.« Nora Caponi legt die Papiere auf ihrem Tisch zusammen. »Ich glaube, wir können das hier beenden. Aber einen Ratschlag gebe ich dir noch mit, falls du dich noch einmal ans Fernsehen wendest, weil du einen Mord gestehen möchtest, den du nicht begangen hast: Mach dich vorher wenigstens ein bisschen schlau und lies die veröffentlichten Informationen.« Nora Caponi schaut jetzt hinter die Kamera. »Und wer auch immer aus meinem Team dieses Mädchen angebracht hat, kann schon mal seine Sachen packen, während der Abspann läuft.«

Auch jetzt, da die Hoffnung auf ein Geständnis zerstört wurde, kann ich meinen Blick nicht abwenden. *Wahnsinn.* So was habe ich im Live-Fernsehen noch nicht erlebt.

»Was, das soll es jetzt sein? Ich habe doch gestanden!« Lucy Reid wehrt sich gegen den Zugriff von Sicherheitsleuten, die sie aus dem Studio führen wollen. »Das ist mein Auftritt! Und Sie vermiesen alles! Das war meine Chance, berühmt zu werden!«

Cami gackert laut auf. »Das wird meine neue Lieblingssendung.«

Lucy wird aus dem Blickfeld gezerrt, die Bildschirmteilung wird aufgehoben. Nora Caponi bleibt ganz professionell, streicht sich über die Haare und schaut direkt in die Kamera. »Da sehen Sie es, meine Damen und Herren«, sagt sie. »So weit ist es schon gekommen. Manche Menschen würden eine lebenslange Haftstrafe für gerade mal zehn Minuten Berühmtheit in Kauf nehmen.«

23 Stunden später
GWEN

»Können wir nicht doch kurz zu *Luxxe* auf einen Cappuccino?«, bettelt meine Mutter. Sie sitzt an der Kücheninsel und trägt ein Strickset aus Croptop und Cardigan, dazu eine kleine Sonnenbrille. Nicht gerade der angesagte Style, aber das werde ich ihr sicher nicht stecken, ich hänge schließlich an meinem Leben.

»Das geht nicht. Die Polizei ist seit eben wieder da, und Sheila meinte, sie rufen uns vielleicht jeden Augenblick rein«, erwidere ich. »Außerdem kann ich uns auch hier einen richtig guten Kaffee kochen.« Ich stecke eine Kapsel in die Nespresso-Maschine und schließe den Deckel, dann drücke ich ein paar Knöpfe, bis ich anscheinend richtig getippt habe und braune Flüssigkeit in die kleine Tasse läuft. Ich muss zugeben, dass dieser Espresso für Jennifer – meine Mutter möchte, dass ich sie mit ihrem Vornamen anspreche, damit die anderen bloß nicht denken, sie wäre so alt, dass sie ein Teenagerkind haben könnte – der erste Kaffee ist, den ich in diesem Haus zubereite. Was soll ich sagen? Baristas brauchen schließlich auch Arbeit.

Ich stelle die Tasse vor ihr ab, sie seufzt und nimmt mit einer theatralischen Geste ihre Sonnenbrille ab. »Es geht ja nicht nur um den Kaffee. Es gruselt mich einfach, hier zu sein.«

Ach ja, dann versuch doch erst mal, hier zu schlafen. Ich hatte gehofft, Tucker würde bei mir übernachten, aber er ist nach dem Sex gegangen. Er meinte, wir machen uns verdächtig, wenn irgendjemand sieht, dass er morgens aus meinem Zimmer kommt. Dann würden wir beide noch mal extra in die Zange genommen.

Ich habe behauptet, ich käme auch allein zurecht, aber das stimmte nicht. Ich bin zwar gewohnt, allein zu schlafen, bei der Geheimbeziehung, die wir führen. Aber letzte Nacht, die erste Nacht seit Sydneys Tod, war ganz schön heftig. Gegen unser Geisterhaus waren meine Melatonin-Gummibären machtlos.

»Denk einfach nicht dran«, sage ich, während ich

auch mir eine Tasse Kaffee mache. Da vibriert mein Telefon.

Es ist eine Nachricht von Sheila: *Bin fast da. Stau auf der 101.*

Ok!, antworte ich.

Das erinnert mich an etwas. »Ach so, Jen: Sheila hat was gesagt, von wegen der Scheck wäre nicht gedeckt. Hast du vielleicht etwas von dem Konto bei der *Chase* wegbewegt?« Ich setze mich mit meinem Kaffee und meiner Grapefruithälfte ihr gegenüber.

Meine Mutter starrt in die leere Espressotasse. »Also, wo du nach dem Geld fragst … es gibt da tatsächlich etwas, was ich dir schon länger sagen wollte. Es ist ja nun so: Seit du bestimmte Summen verdienst, haben wir unseren Lebensstil angepasst, damit wir, na ja, damit wir dem neuen Status gerecht werden. So lautete ja der Plan, stimmt's? Das Branding sah vor, dich als besonders ehrgeizig darzustellen. Deswegen waren viele Dinge ganz einfach Betriebskosten –«

»*Mom!* – Was willst du mir damit sagen?«

Sie reibt die Stelle zwischen den Augen, die sie sich hat glatt spritzen lassen. »Wir haben meist immer nur ein finanzielles Polster für einen Monat zwischen deinen Honoraren und den Rechnungen. Sheilas Scheck ist nicht geplatzt, weil er vom falschen Konto kommt, sondern weil der Deal mit *Domizio* weggefallen ist. Es war nicht genug Geld da.«

»*Wie?*« Ich verschlucke mich fast an meiner Grapefruit. »Wie kann das sein? Bei dem, was ich verdiene?« Ich versuche, alles im Kopf zusammenzuzählen, aber Mathe war nie so mein Ding. Außerdem habe ich die Schule abgebrochen, bevor Algebra II dran war. »Ich kriege sicher dreißigtausend pro Sponsor-Post, wie kann da das Geld so schnell weg sein?«

»Wie das sein kann, Gwen? Denk mal an die Miete für die Villa hier, an die Raten für mein Haus in Beverly Hills und das Ferienhaus in Palm Springs. Dazu kommt der Tennisklub, *Soho House* und der *Jonathan Club*. *SoulCycle* und *Pure Barre* kosten jeweils rund vierzig Dollar pro Tag, und die Mitgliedschaft bei *Equinox* brauchst du auch, damit du mehrmals im Monat mit Calvin trainieren kannst. Und dann sind da noch die Zahlungen für meinen *Tesla*, deinen inzwischen zu Schrott gefahrenen *Ferrari* und den *Porsche*, den du deinem Vater aus unerklärlichen Gründen schenken musstest. Plus den Jeep, den du dir kürzlich besorgt hast. Vier Schönheits-OPs und alle sechs Monate kleinere ästhetische Korrekturen. Und deine Shopping-Ausgaben sind dabei noch nicht mitgerechnet, geschweige denn die zahllosen Restaurantbesuche.«

»Du musst gerade reden, Mom. Ich hab schon miterlebt, dass du bei *Nobu* bestellt hast. An einem Dienstag.«

»Du weißt, dass ich Herzprobleme habe.« Sie legt ihre

gespreizten Finger an die Brust. »Ich brauche Omega-3-Fettsäuren.«

»Dann iss eine Avocado«, schnaube ich. »Und kein Sashimi für dreißig Dollar pro Stück.«

Jetzt wirkt sie tatsächlich verletzt und ich bereue schon, was ich gesagt habe. Ich will ihr ja gar nicht die Schuld geben an der Situation. Wahrscheinlich habe ich genauso viel Geld ausgegeben wie sie und bin ebenso verantwortlich für die leeren Konten. Aber ich bin auch wütend auf sie. Sollte sie sich nicht verhalten wie eine Erwachsene? Sollte sie nicht wissen, wie man aufs Geld achtet?

Ich atme durch die Nase aus und kippe den letzten Schluck Espresso in mich hinein. »Und du hast nichts angelegt?«, frage ich.

»Das hatte ich eigentlich immer vor. Aber es passiert ja ständig wieder was, und da muss ich das Geld doch zur Verfügung haben. Wenn etwa das Auto kaputt ist oder die Jacht repariert werden muss.«

»Ja. Stimmt ja.«

»Aber mach dir keine Sorgen«, sagt sie. »Was kümmert uns *Domizio*. Die haben eh nicht in dein Markenbild gepasst. Ruf doch einfach bei Carmen an und mach einen anderen Deal klar. Die Anwälte werden wohl noch ein paar Tage auf ihr Geld warten können.«

»Ich kann Carmen nicht anrufen«, entgegne ich. »Sie arbeitet nicht mehr für mich.«

»Oh.« Ihre schmalen Schultern fallen nach vorne. Sie glotzt mit glasigen Augen in die Espressotasse.

»Tja.« Mein Magen rumort. Ich glaube, gleich kotze ich den ganzen Küchenboden voll. Mir wird schmerzhaft bewusst, dass ich nur Kaffee und ein bisschen Grapefruit im Bauch habe. Ich fasse in die *Krispy-Kremes*-Schachtel, die Beau bestellt hat, und hoffe, irgendetwas Brotähnliches kann diesen sauren Geschmack vertreiben.

Gerade hebe ich ein süßes Teigstück an die Lippen, da schaltet sich schon meine Mutter ein.

»Jetzt kein Stress-Essen, Liebes.« Sie starrt den Donut an, als wäre er Gift. »Ich würde jetzt nicht auch noch Hüftspeck ansetzen.«

»Im Ernst, Mom?« Ich stiere sie wütend an. »Das ist deine einzige Sorge, ja? Dass ich als Pummel auf dem Polizeifoto lande?«

»*Gwen!*« Sie patscht mir auf den Arm. »Mach bitte keine Witze. Ich weiß nicht, was ich machen würde, wenn … wenn …« Sie hat wieder Tränen in den Augen und wedelt mit der Hand vor ihrem Gesicht, als wolle sie die Tränen trocknen. Wahrscheinlich hat sie Angst, dass sie sich sonst ihre ellenlangen künstlichen Wimpern ruiniert.

Ich seufze. Und dann wird mir alles klar. Ich bin es, die das hier regeln muss. Wie wir die Anwältin bezahlen, wie wir das Haus – beziehungsweise die Häuser – meiner Mutter vor der Zwangsvollstreckung retten.

»Das wird schon«, sage ich, stehe auf und umarme sie. »Ich kümmere mich darum.« Ich lasse den Donut liegen, schnappe mir dafür aber einen *Clif Bar*. Die Riegel haben auch zu viel Zucker, findet Jennifer. Sie selbst lässt das Frühstück meistens aus und schluckt nur eine dieser fragwürdigen Diätpillen. Aber dieses Mal verkneift sie sich einen Kommentar. Ich nehme mir noch eine Flasche *VOSS* zum Runterspülen und sage meiner Mutter, dass ich in meinem Zimmer bin, falls die Bullen nach mir suchen oder Sheila doch noch auftaucht, obwohl ihr Vorschuss nicht eingetroffen ist.

Meinen Laptop krame ich unter einem Haufen Klamotten hervor und öffne zum ersten Mal seit sechs Monaten meine E-Mails.

Ganz am Anfang habe ich es gemacht wie viele kleine Influencer und bei Instagram und TikTok meine E-Mail-Adresse angegeben, über die mich irgendwelche Firmen wegen gesponserter Inhalte kontaktieren sollten. Das war vor Carmen und bevor ich zur *Marke* wurde und meine Videos *IP* wurden, also als geistiges Eigentum vermarktet wurden. Damals war ich ja nur ein Kind, das im Netz rumblödelt.

Nach ein paar Versuchen erinnere ich mich an das richtige Passwort und bin drin. Der Posteingang quillt über. Ich musste überhaupt nicht mehr nach Angeboten gucken, das hat alles Carmen gemacht, und sie hat immer nur die besten 5 Prozent rausgefiltert. Um mein Image zu schützen, meinte sie, den Wert meiner Marke.

Mal sehen, was die anderen 95 Prozent so schreiben.

Obwohl die E-Mail-Adresse schon seit Monaten nicht mehr in meiner Bio zu finden ist, wird sie dennoch ohne meine Erlaubnis im Internet weitergegeben. Nach den Tausenden Hasskommentaren bei TikTok sollte es mich eigentlich nicht wundern, dass bei der ersten Nachricht in meiner Inbox, von Imr0485@hotmail.com, in der Betreffzeile steht: *WARUM HAST DU SIE GETÖTET?* Aber ich bin trotzdem geschockt.

Ich lösche die Nachricht und scrolle durch die anderen Mails. Es dauert ganz schön, bis ich mich durch die Hassnachrichten, Presseanfragen und Verschwörungstheorien der letzten vierundzwanzig Stunden gekämpft habe, aber dann komme ich zu den Angeboten. Es sind tonnenweise Anfragen, obwohl ich doch seit ewigen Zeiten niemandem mehr auf E-Mails geantwortet habe.

Man bietet mir Restaurantbesuche und Fitnesskurse an, auch VIP-Tickets für Club-Events (*wissen die nicht, dass ich erst siebzehn bin?*) und sogar einen Urlaub in einem Fünfsterne-Restaurant in Dubai. Ich überspringe all das (auch wenn das letzte Angebot ziemlich verlockend klingt), denn jetzt geht es vor allem um Geld. Ich brauche Cash.

Ich antworte sämtlichen Firmen, die halbwegs okay aussehen.

Hallo, Gwen hier!, schreibe ich. *Tut mir leid, dass ich eure E-Mail übersehen habe! Läuft die Kampagne noch? Helfe gerne aus! xoxo.*

Ich verschicke mindestens zwanzig E-Mails. Während ich noch schreibe, kommen schon zwanzig Antworten rein, in denen Firmen *bedauerlicherweise absagen müssen.* Was ziemlich irre ist, schließlich haben sie gestern noch mein Postfach gespamt. Schönwetter-Bullshit, das Ganze.

Was soll's, vielleicht beißt jemand anders an, abwarten. Und bis dahin ... was lässt sich sonst noch machen? Ich sehe mich in meinem Zimmer um und frage mich, mit welchen Fähigkeiten – abgesehen vom Produktezeigen im Internet – ich schnell viel Geld verdienen könnte. Da bleibt mein Blick an dem Geschenkestapel hängen, durch den ich mich gestern gewühlt habe. Und dann ist da noch mein begehbarer Kleiderschrank. Mit einer riesigen Sammlung schöner Dinge, die ich über das letzte Jahr angehäuft habe. Ein Kleiderschrank, der es mit dem von Kylie Jenner oder Hannah Montana aufnehmen kann.

Ich gehe hinein, ziehe ein paar Sachen von den Bügeln und platziere sie ansprechend auf der Chaiselongue. Dann mache ich mehrere Testfotos und öffne Depop. Ich lege einen Account mit einer Alias-Adresse an, denn Carmen hat immer gesagt, es würde mein Image schädigen, wenn ich Geschenke weiterverkaufe.

Allein das Zeug, das ich gestern ausgepackt habe, sollte reichen, um eine Rate für das Auto meiner Mutter zu bezahlen, plus den Restbetrag, den ich diesen Monat noch für meinen Jeep schulde.

Das wird schon, sage ich mir, als ich die ersten Sachen einstelle. *Alles wird gut.*

Ich wühle mich durch meinen Kleiderschrank und suche noch mehr zusammen, was ich verkaufen könnte. Schuhe, Taschen, Hüte und Gürtel werfe ich auf den Fußboden. Ganz hinten stoße ich auf eine Handtasche, die ich schon seit Jahren nicht mehr benutze, aber niemals weggeben oder wegwerfen würde. Ich habe sie ja sogar hierher mitgebracht. Vorne hat sie zwei verschränkte *C*s, aber sie stammt ganz sicher nicht aus dem Laden am Rodeo Drive. Steppmuster und Kette hat die Tasche auch, aber wenn man genau hinsieht, erkennt man, dass ihr die typische doppelte Klappe fehlt und das Innenfutter nicht stimmt.

Ich weiß noch, wie ich damals am ersten Tag nach den Winterferien mit eben dieser Tasche zur Schule ging. Rucksäcke waren ab der neunten total out: Die Mädchen trugen ihre Bücher unterm Arm und kamen mit einer Handtasche. Und Sydney, die Coolste des Jahrgangs, hatte die schickste Kollektion.

Wie jeden Morgen hatten sich die Mädels aus unserer Gang und natürlich die Mädels, die gerne dazugehört hätten, vor Sydneys Schließfach versammelt. Als ich mit meiner neuen Handtasche angestiefelt kam, wollten alle sie sehen.

»Weihnachtsgeschenk von meiner Mutter«, verkündete ich stolz.

»Wow, die sieht ja total vintage aus!«, meinte Katy M.

»Kann ich die mal halten?«, fragte Brooklyn.

Sydney knallte nur ihr Schließfach zu.

Am selben Tag, während der Biologiestunde, bekam ich meine Regel. Ich saß gerade in der Toilettenkabine und holte einen Tampon aus meiner neuen Handtasche, als die Tür zum Vorraum aufging.

Und dann hörte ich die Stimme meiner angeblich besten Freundin: »Sieht doch jeder, dass die Tasche nicht echt ist. Wie billig. Und auf diese Schule kann sie auch nur gehen, weil ihre Mutter für meinen Vater arbeitet und wir sie im Gästehaus wohnen lassen.«

Ich starrte auf meine Tasche und hielt den Atem an, damit ich nicht zu weinen anfing.

Wenn es das einzige Mal gewesen wäre, dass Sydney etwas in der Art von sich gab. Aber das war es nicht. Sydney und ich haben uns kennengelernt, weil Jennifer drei Jahre lang bei den Reynolds als Haushaltshilfe arbeitete. Sie hat die Termine für Sydneys Eltern organisiert, ihre Wäsche in die Reinigung gebracht, ihnen Kaffee geholt und manchmal auch Sydneys Mutter die Zehennägel lackiert – was immer anfiel halt. Ich habe mich nie für das geschämt, was meine Mutter da tat.

Genauso wie es der Job der Reynolds war, ihr Unternehmen am Laufen zu halten, so war es eben der Job meiner Mutter, den Haushalt der Reynolds am Laufen zu halten.

Sydney aber hat öfter mal so getan, als müsste ich mich deswegen schämen. Sie hat irgendwie raushängen lassen, dass ich ihrer Familie – und besonders ihr persönlich – etwas schulde, weil ich dadurch ja ach so tolle Möglichkeiten bekommen hätte.

»Gwen hatte ja echt keine Freunde, als sie an diese Schule kam, sie stammt ja nicht von hier, aber zum Glück habe ich mich um sie gekümmert«, gab sie zum Besten, als man sie in der zehnten Klasse für unser Jahrbuch befragte.

Als wir berühmt und von richtigen Zeitschriften mit hoher Auflage interviewt wurden, habe ich immer nur gesagt, wir würden uns seit der achten Klasse kennen, sie aber musste immer klarstellen: »Gwens Familie hat für meine Familie gearbeitet.« Genau so hat sie es ausgedrückt: Meine Familie hat für ihre Familie gearbeitet, als wären wir in *Downton Abbey* und ich das Hausmädchen, das die Adelstochter bedient. »Oh, möchtest du nicht, dass die Leute es wissen?«, sagte sie einmal, nachdem sie einem Reporter von *US Weekly* erzählt hatte, wie meine Mutter ihrer Mutter immer die Füße eingerieben habe.

»*Nee*, schon gut«, erwiderte ich. »Kim K war schließlich auch mal die Assistentin von Paris Hilton.« Den ganzen Rest der Woche war sie stinksauer deswegen. Denn nach ihrem Verständnis war sie die Kim K in allen Lebenslagen.

Als ich sie dann irgendwann überrundet hatte und mich dieselben Zeitschriften die *Königin unter den Tik-Tok-Teenagern* nannten, kamen von Sydney immer häufiger derartige Kommentare. Als wir nach einem Haus suchten, in dem wir unsere LitLair-WG aufziehen könnten, meinte sie ständig, ihre Meinung müsse doppelt zählen, weil ihre Eltern das Geld vorstreckten. Meine Lieblingshäuser schmetterte sie ab, weil ich angeblich einen *Neureichengeschmack* hätte. Die Wahrheit lautet: Obwohl wir nach außen hin so eng taten, war es in den Wochen vor dem Einzug in diese Villa so, dass wir häufiger stritten, als dass wir uns gut verstanden.

Wenn ich jetzt an diese verhängnisvolle Nacht im Pool denke, dann weiß ich, dass ich mich selbst belüge, wenn es um meine Motive dafür geht. Stimmt, ja, ich war immer schon in Tucker verknallt, und es hat gutgetan, dass da jemand ist, der mich mag und mich nicht nur aus dem Netz kennt. Aber das ist nicht der einzige Grund, warum ich was mit ihm angefangen habe. Denn es hat mir auch gefallen, dass er Sydneys Freund war. Ein Teil von mir wollte ihr die jahrelangen bissigen Kommentare und ihr herablassendes Gehabe heimzahlen.

Ein Teil von mir wollte ihr wehtun.

15

1 Tag später

KAT

Eigentlich hätte ich gesagt, ein Witz gilt als verloren, wenn man ihn erklären muss. Aber das war, bevor ich genau das in einem Polizeiverhör tun musste.

»In diesem Video, das du vor ein paar Wochen aufgenommen hast, betrittst du das Zimmer von Sydney Reynolds, korrekt?« Detective Carney hält ein iPhone hoch, auf dem eins meiner TikToks abgespielt wird. Er musste seine Lesebrille aufsetzen, um das Video zu starten.

»Ja, stimmt.«

»Und dieses Lied, das da im Hintergrund läuft, da heißt es doch immer wieder: *Don't be suspicious*, oder? Was hast du denn in diesem Zimmer gemacht, das *verdächtig* erscheinen könnte?«

»Nichts«, antworte ich. »Das ist halt so ein Meme.«

»*Hmm.*« Er überlegt. Seine Stirnfalte vertieft sich. Ich frage mich, ob er weiß, was ein Meme ist.

»Und dann ist da noch ein anderes Video, mit dieser Bildunterschrift.« Er zeigt mit seinem Finger aufs Display. »Was bedeutet das, wenn du schreibst, du würdest Sydney *killen*?«

Ach du Scheiße. Das darf nicht wahr sein. Ich sehe zu Mr Lambert, meinem Anwalt, und frage mich, warum er nicht einschreitet. Er ist ein netter Typ, aber er hat noch nie mit einem Mordfall zu tun gehabt, und ich mache mir doch ein bisschen Sorgen, dass er es nicht ganz so drauf hat wie die schicken Anwaltsteams, die meinen Mitbewohnern zur Verfügung stehen. Aber bei Google habe ich gelesen, dass solche Leute Vorschüsse von rund 200 000 Dollar bekommen, das wäre alles Geld, das ich bei TikTok verdient habe und eigentlich für die Uni und meine Zukunft gedacht ist. Und dann kommt noch das fürstliche Stundenhonorar drauf. Da erscheint mir Mr Lambert, ein Freund der Familie, der meiner Mutter einen Gefallen tun möchte, doch die bessere Option.

Der Kriminalbeamte sieht mich über seine Brillengläser hinweg an. »Würdest du bitte auf meine Frage antworten?«

»*Was?*«, entgegne ich. »Könnten Sie die Frage noch einmal wiederholen, bitte?«

»Ich fragte eben, was es zu bedeuten hat, dass du in einem am dreizehnten Juli um fünfzehn Uhr dreiundvierzig veröffentlichten Video sagst, dass du Sydney Reynolds *killen* wirst.«

Mein Anwalt sieht mich an, als wäre auch er gespannt auf meine Antwort.

»Es war nur ein Witz. Das müssen Sie verstehen. Wir hatten da ... eine Auseinandersetzung bezüglich *Animal Crossing*, diesem Videospiel, wissen Sie. Deswegen habe ich den Scherz gemacht.« Ich hoffe, dass er eher kapiert, was gemeint ist, wenn ich Wörter wie *Auseinandersetzung* und *bezüglich* benutze, die doch irgendwie amtlich klingen.

»Du hast also der gesamten Online-Welt mitgeteilt, dass du deine Freundin wegen eines Videospiels töten möchtest? Und so etwas findest du lustig?«

Na klar. Sonst hätte ich den Witz ja nicht gemacht, denke ich. Aber ich beiße mir auf die Zunge und nicke nur höflich.

»Ein sehr unangebrachter Kommentar, findest du nicht?«

»Er ist nur jetzt unangebracht, weil sie jetzt tot ist«, antworte ich. »Ich weiß ja, dass sich das schlimm anhört, aber ich ... also ich hatte doch keine Ahnung, was passieren würde.«

»Also ist das nur ein Zufall?«

»Natürlich ist das Zufall!«, schnauze ich ihn an. »Glauben Sie wirklich, ich beschließe, Sydney wegen *Animal Crossing* umzubringen, und erzähle das auch noch überall im Netz?« Ich schreie jetzt fast. »Echt mal, das können Sie doch nicht ernst meinen!«

»Ich muss meiner Klientin da beipflichten«, meldet sich mein Anwalt. »Die Befragung hat leider den Punkt überschritten, an dem sie zu etwas führen könnte.«

Den Punkt überschritten?, denke ich. An welchem Punkt sah es denn so aus, als würde das hier zu etwas führen? Aber ich beschwere mich nicht. Zumindest hilft mir dieser Anwalt jetzt.

»Na schön«, sagt Carney. »Dann wechseln wir jetzt das Thema. Erkläre mir doch jetzt einmal, warum dir Sydney Reynolds eine Woche vor ihrem Tod vorgeworfen hat, ihr zwanzigtausend Dollar gestohlen zu haben?«

Auf einmal wünschte ich, wir würden wieder über meine *Animal-Crossing*-Scherze reden. Ich muss erst mal schlucken.

Er schiebt mir eine Aktenmappe rüber. Ich muss sie nicht aufschlagen, ich weiß auch so, was da wahrscheinlich drin ist. Mit dem Gefühl, im nächsten Moment den ganzen Tisch vollkotzen zu müssen, öffne ich sie dann doch.

Es sind ausgedruckte Screenshots von Nachrichten, die mir *Syd the Kid* geschrieben hat – unter dem Namen habe ich Sydney in meinem Telefon gespeichert.

Syd the Kid: *Du machst mir alles kaputt!*

Syd the Kid: *Und wenn ich meiner Mom sage, dass du mir die 20.000 GEKLAUT hast? Wo willst du dann wohnen?*

Mein Herz schlägt immer heftiger, aber mein Körper

ist wie eingefroren. Ich weiß nicht, was ich sagen soll. Was ich machen soll. Am liebsten würde ich losheulen, aber das wird wohl wenig helfen.

Ich sehe zu meinem Anwalt. Er starrt auf das Papier und macht den Eindruck, als würde er gleich in Ohnmacht fallen. Nicht besonders vertrauenerweckend. Ich räuspere mich, um seine Aufmerksamkeit auf mich zu lenken.

»Könnten wir, *äh* ... eine Vertagung oder so beantragen?«, frage ich ihn.

Er blinzelt und sieht zu mir hoch, als wäre ihm gerade erst eingefallen, dass ich auch noch da bin. »Also, Kat, *vertagt* wird nur vor Gericht.«

Das ist alles. Als wäre das größte Problem die richtige Ausdrucksweise.

»Egal. Können wir eine Pause machen?«, bitte ich. »Ich muss ... ich muss mal auf die Toilette.« Ich bemühe mich, ihm mit einem bohrenden Blick klarzumachen, was er hoffentlich schon ahnt: Dass wir uns irgendeine Strategie zurechtlegen müssen, bevor wir hier weitermachen.

»Äh, ja«, sagt er dann. »Ein guter Vorschlag.« Er steht auf, sein Stuhl schrammt mit einem hässlichen Geräusch über den Boden. »Ich würde mich gerne kurz mit meiner Klientin beraten, wäre das möglich?«, bittet er den Bullen.

»Sicher«, erwidert Detective Carney. »Machen Sie

das.« Seine Worte sind freundlich, aber alles andere als beruhigend.

Sobald wir allein sind, fragt mich mein Anwalt: »Verdammt noch mal, was war das denn eben?«

Es fing vor etwa einem Monat an. Ich saß hinten auf der Terrasse, habe gezeichnet und dazu das Album *Fine Line* gehört. Die Sonne schien vom wolkenlosen Himmel herab und ich malte Motive aus verschiedenen Songs. Ich war gerade bei *Cherry* angelangt.

Und dann merkte ich, dass sich von hinten jemand näherte. – Sydney.

Ich drehte mich um und zog einen meiner Ohrstöpsel raus.

»Du kannst das echt gut«, sagte sie. Ich versuchte, nicht beleidigt zu sein, weil sie so überrascht klang. »Ich würde gerne mit dir reden. Wir könnten nämlich eine Collab starten.«

Sie zog sich einen Stuhl heran, setzte sich neben mich und erklärte, dass sie sich eine *Catchphrase* ausgedacht hätte, die sie gerne verbreiten würde: *TikTok killed the Instragram Star*, verkündete sie und holte dabei weit mit den Armen aus. »So wie dieser Song aus den Achtzigern, nur auf unsere Generation übertragen.«

Ich nickte und schattierte dabei weiter meine Kirschen. »Klingt super. Gefällt mir.«

Sie strahlte. »Und du könntest mir dabei helfen.« Sie

erklärte, sie würde gerne Merch mit dem Spruch herausgeben und an ihre Fans verkaufen: Laptopsticker, T-Shirts, Trinkflaschen und so. Irgendwann begriff ich, dass sie mit *Collab* meinte, dass ich das Logo entwerfen und mich um die Herstellung der Merchandise-Artikel kümmern sollte, während sie sich ja schon die *Catchphrase* ausgedacht hatte. Sie wollte mir dreihundert Dollar für meinen Entwurf geben und den Gewinn aus dem Merch teilen. Mir ging es aber gar nicht ums Geld. Ich ging auf ihren Vorschlag ein, weil wir immerhin schon seit zwei Monaten zusammen in diesem Haus lebten und ich mich bis dahin nur mit Beau angefreundet hatte. Ich dachte, wenn wir ein gemeinsames Projekt hätten, würden wir uns besser kennenlernen und ich hätte mehr mit ihr zu tun, als ihr im Flur ein schüchternes *Hallo* zuzuwerfen oder die Kamera zu halten, wenn sie ein Tanzvideo mit ihren Freundinnen aufnahm.

Ich brauchte ein paar Versuche für die Gestaltung des Logos, fand dann aber eines, mit dem ich zufrieden war: irre Bubble-Letters mit mehrfarbiger Umrandung. Das Ganze wirkte fast psychedelisch.

Sydney kreischte los, als ich ihr den Entwurf zeigte. »Total genial, Kat«, sagte sie und umarmte mich. Ich fand ihre Reaktion etwas übertrieben, aber Sydney und Gwen waren immer schon so. Etwas war nicht gut, sondern *krass geil*. Etwas war nicht schlecht, sondern *absolut grottig*.

Ich habe dann noch ein paar Veränderungen nach ihren Wünschen eingearbeitet und den Entwurf zu einer Firma geschickt, die wir im Netz gefunden hatten. Sie wollten das Geld im Voraus und Syd hat es mir ohne Weiteres per PayPal geschickt. Sie hatte mal eben zwanzigtausend Dollar für Sticker übrig, kein Problem. Ich habe die Bestellung noch am selben Abend losgeschickt.

Kurz darauf ging der Ärger los. Wochenlang haben wir den Postkasten, den Eingang, die Einfahrt abgesucht. Aber es kam einfach kein Paket. Kein einziges T-Shirt, kein Laptopsticker, wo wir doch Tausende bestellt hatten.

Fans, die schon Merch-Artikel vorbestellt hatten, wurden wütend auf Sydney, und Sydney wurde wütend auf mich. Am heftigsten wurde es, als ein paar Leute, die auf ihre Sticker warteten, den Hashtag *#betrügersydney* setzten. Es wurde kein Trend daraus oder so, es waren nur ein paar Tweets und ein paar Dutzend Likes, aber Sydney hat sich extrem Sorgen gemacht, dass sie Werbepartnerschaften verlieren könnte, wenn die Sache größer würde. Und in ihrem Frust hat sie dann behauptet, ich hätte das Geld, das sie mir für den Druckauftrag geschickt hatte, unterschlagen.

Ich war in meinem Zimmer, als ich ihre Nachrichten bekam. Ich bin dann wohl zwanzig Minuten im Kreis gelaufen und habe überlegt, was ich antworten soll.

Und dann hab ich sie unten in der Küche lachen hören. Sie hatte mich also angetextet, während wir beide im Haus waren. Mir totalen Stress gemacht und dann weiter über irgendwelche TikToks gelacht, als ob nichts wär. Ich warf mein Handy aufs Bett und ging nach unten, um mit ihr zu reden.

Im direkten Kontakt war Sydney weniger bissig als online. Und nachdem ich ihr erklärt hatte, dass ich der Firma einen Haufen E-Mails geschrieben hatte und mich darum kümmern würde, dass die Sache in Ordnung kam, hat sie sich bei mir bedankt und entschuldigt, dass sie so aggro war.

Es war die Art Streit, der online hochkocht, sich aber ziemlich schnell erledigt, wenn man persönlich drüber spricht. Von dem klärenden Gespräch aber gibt es keine Aufzeichnung, es gibt nur diese bitterbösen, absurden Nachrichten, die Sydney mir in einem stinksauren Moment geschrieben hat.

»Ich habe ihr das Geld nicht gestohlen. Es ist was schiefgelaufen bei der Bestellung der Sticker«, erkläre ich meinem Anwalt. »Sydney ist total schnell wütend geworden und hat dann alles Mögliche rausgehauen. So war sie. Und so ist dann aus den verloren gegangenen Merchandising-Artikeln die Geschichte geworden, ich hätte ihr die Zwanzigtausend gestohlen.«

Als ich geendet habe, sagt Mr Lambert: »Also gut, Katherine. Es wird sich alles klären. Wir gehen jetzt da rein und du berichtest der Polizei genau das. So wie du es mir erzählt hast.«

Er sieht mich freundlich an. Zum ersten Mal bin ich froh, dass mich Mr Lambert verteidigt. Jemand, der meine Mutter kennt und seit Jahren Weihnachtskarten von uns bekommt. Vielleicht wird ja wirklich alles gut. Er ist kein teurer oder berühmter Gerichtshai, aber es liegt ihm offenbar wirklich was an mir.

»Gut.« Ich nicke.

Er legt mir eine Hand auf die Schulter. »Mach dir keine Sorgen, Kat. Sei einfach ehrlich. Die Wahrheit ist immer noch die beste Verteidigung.«

16

1 Tag später

TUCKER

»Ich habe Ihnen doch schon alles erzählt, was ich weiß«, sage ich beim Betreten des Esszimmers.

Die Kommissare haben sich inzwischen richtig häuslich eingerichtet bei uns, mit Aktenkartons, Laptops und sogar einem Beamer.

»Das ist alles nur Zeitverschwendung«, beschwere ich mich. Trotzdem setze ich mich gegenüber von Carney und Johnson an den Tisch, denn mein Anwalt hat mir geraten, ich soll lieber kooperieren, dann kommen sie nicht darauf, mich zu verdächtigen.

»Es sind nur ein paar Fragen«, erwidert Johnson gut gelaunt. »Mein Team arbeitet sich gerade durch die vielen Tausend Textnachrichten, die sich die Bewohner dieses Hauses in den vergangenen drei Monaten geschickt haben. Schon jetzt erweisen sich einige deiner Nachrichten als besonders bemerkenswert.«

Sie nimmt eine Fernbedienung und schaltet den Beamer ein.

Was soll das?

»Kommt dir das bekannt vor?«, fragt Johnson. Sie klickt durch mehrere Screenshots von iMessages: *Ich bin scharf auf dich. – Warte in der Wanne auf dich. – Schlaf schön, Süße <3.* Der Empfängername wurde rausgeschnitten. Aber ich weiß, an wen diese Nachrichten gegangen sind. Syd hasste die üblichen Freundinnenanreden wie *Süße* oder *Baby*, wir haben uns stattdessen die Spitznamen *Squid* und *Sparky* gegeben. Mit *Baby* war also ganz sicher nicht sie gemeint. Ich habe das Gefühl, als würde mir der Boden unter den Füßen weggezogen.

»Das Interessante an diesen Nachrichten ist ja«, beginnt Detective Johnson verdächtig fröhlich, »dass sie nicht an deine Freundin geschickt wurden, stimmt's?«

Sie erwartet anscheinend keine Antwort von mir, also halte ich den Mund.

»Sie gingen vielmehr an«, die Kommissarin klickt weiter und es ploppt eine Nachricht mit Gwens Kontaktnamen auf, »an die beste Freundin deiner toten Freundin, mit der du offenbar eine Beziehung hast.«

Mein Anwalt schnappt nach Luft und hüstelt dann, um sein Erstaunen zu verbergen. Wahrscheinlich meinte er genau das gestern, als er mich bat, ihn vorzuwarnen. *Tja, zu spät.*

Ich starre auf die Auberginen-Emojis und Zwinker-Smileys in den Nachrichten.

In meinem Mund sammelt sich ein säuerlicher Geschmack. Am liebsten würde ich ausspucken, aber hier drinnen, vor den Bullen, geht das wohl nicht.

»Du hast doch nicht geglaubt, du könntest die einfach löschen?«, fragt Detective Johnson. »Weißt du, wie lange wir gebraucht haben, um bei deinem Mobilfunkanbieter eine Einsicht zu erwirken? – Drei Stunden.«

Ich schlucke. Meine Kehle fühlt sich an wie Sandpapier.

»Du bist es vielleicht gewohnt, mit allem möglichen Mist davonzukommen. Aber jetzt geht es um mehr als derbe Highschool-Scherze. Ich bin keine Schuldirektorin. Ich ermittle in einem Mordfall und du bist einer meiner Verdächtigen. Das überschreitet offenbar deine Vorstellungskraft.«

Mein Anwalt will mir eine Notiz geben, aber ich wende den Blick nicht von der Kommissarin ab. Ich beiße die Zähne zusammen und hebe das Kinn. Sie soll nicht merken, wie ich innerlich zusammenzucke. Ich erinnere mich, was mein Vater mir immer gesagt hat: *Sprich mit Überzeugung, dann glauben dir die Leute alles, was du sagst.*

»Ich habe diese Nachrichten nicht wegen dieser Ermittlungen gelöscht«, sage ich. »Nachdem dieser irre Post bei TikTok zu sehen war, musste ich davon ausgehen, dass uns jemand gehackt hat. Haben Sie eine Ahnung, was passiert, wenn *TMZ* an diese Nachrichten gelangt? Das hat mir viel größere Sorgen bereitet.« Ich bin ziemlich beeindruckt, was ich mir da aus den Fingern gesaugt habe.

»Aha. Du hast dir also vor allem Sorgen wegen *TMZ* gemacht, kurz nachdem deine Freundin tot aufgefunden wurde, ja?« Die Kommissarin stiert mich ungläubig an.

»Na ja«, entgegne ich. »Natürlich war es nicht das Einzige, woran ich gedacht habe. Ich war schon ziemlich fertig. Aber ich bin eben auch ein Profi, und ich muss meine Marke im Blick behalten. Mein Image ist das des kumpelhaften, grundguten Typen. Klar, ich bringe gelegentlich dreckige Witze, die Männern zwischen fünfzehn und neunundzwanzig gefallen. Aber ich habe eben auch brav Sydney Videos gefilmt und sie mit Geschenken überrascht, die sie dann in ihrer Insta-Story gezeigt hat. Das ist natürlich feinstes Futter für alle weiblichen Follower zwischen fünfzehn und fünfunddreißig.« Ich lasse das kleine Detail aus, dass die Geschenke von meinem Manager ausgesucht wurden und meist Werbeartikel von Sponsoren waren. »Die Beziehung zu Syd war Teil meiner Marke«, erkläre ich. »Wenn die da draußen herausgefunden hätten, dass ich sie betrüge, wäre ich eben nicht mehr der liebe Kerl mit rauer Schale gewesen, sondern einfach nur noch ein Arschloch. Und von einem Arschloch möchte niemand seine Produkte präsentieren lassen, oder?«

Detective Johnson blinzelt. Sie hat wohl nicht damit gerechnet, dass unser Gespräch diese Richtung einschlägt.

»Wenn Sie diese Nachrichten an die Presse weitergeben ... Ich möchte Ihnen bei Ihren Ermittlungen natürlich auf jede Weise behilflich sein, aber falls Sie mich damit hochgehen lassen ... Ich weiß ja nicht, aber das wäre mehr als ernüchternd. Würde mir schwerfallen, dann noch mit Ihrem Verein zusammenzuarbeiten.«

»Was hast du da eben gesagt?« Detective Carney kratzt sich über die kahle Stelle an seinem Kopf. »Habe ich das richtig verstanden?«

»Mein Klient wüsste gerne, ob Sie beabsichtigen, die Presse von seiner Unterhaltung mit Miss Riley zu unterrichten«, nimmt ihn mein Anwalt ins Visier.

»Wir geben der Presse keine Auskünfte zu laufenden Ermittlungen«, antwortet Johnson meinem Anwalt und richtet sich dann wieder an mich: »Das sollte aber deine geringste Sorge sein.«

Ich lege mein Pokerface nicht ab. »Warum das?«

»Ich will dir mal sagen, wie ich die Sache sehe.« Sie schlägt eine Aktenmappe auf. »Tucker, du hast ... mal schauen ... zwanzig Millionen TikTok-Follower?«

»Einundzwanzig Millionen«, korrigiere ich. »Hat letzte Woche noch mal angezogen.«

»Sagenhaft«, kommentiert sie, aber es klingt nicht ernst gemeint. »Ich frage mich nur, wie das zustande kommt.«

»Wie meinen Sie das?«

»Na ja, du bist weder Komiker noch Sänger. Du tanzt vielleicht ein bisschen, aber damit würdest du bei *Let's Dance* nicht eine Runde weiterkommen.«

Let's Dance, das findet Frau Kommissarin also cool, ja?

»Aber in deinen Videos beschränkst du dich die meiste Zeit darauf, irgendetwas nachzuplappern, was andere schon gesagt haben. Ich habe noch nicht genau verstanden, wo dein herausragendes Talent liegt. Was ist so besonders an dir? Aus welchem Grund bist du berühmt?«

»Na ja, ich will hier nicht auf dicke Hose machen oder so, aber bei den meisten Bewohnern dieses Hauses gibt es keinen *Grund*«, ich mache Anführungsstriche in der Luft, »für ihre Bekanntheit. Mein Talent besteht einfach darin, dass ich Tucker Campbell bin«, erkläre ich. *Jetzt echt mal, wenn die beiden nicht so alt wären, könnte ich mir das sparen.* Was so besonders an mir ist? Ich stehe auf, ziehe mein T-Shirt hoch und führe den Bullen mein Eightpack vor. »*Deswegen* habe ich zwanzig Millionen Follower. Mehr kann ich dazu nicht sagen.«

Detective Johnson vermeidet es, mich anzusehen, aber ich bin mir ziemlich sicher, dass sie etwas rot geworden ist. Ich weiß nur nicht, ob aus Wut oder vor Scham. Jetzt wendet sie sich an meinen Anwalt: »Würden Sie Ihren Klienten bitte zum nötigen Ernst anhalten?«

Mein Anwalt packt mich am Kragen und drückt mich zurück auf den Stuhl. »Behalt deine Sachen an, Tucker«, raunzt er.

»Die wollten es wissen.« Ich hebe unschuldig die Schultern, frage mich aber doch, ob ich da nicht kurz die Grenze zwischen *selbstbewusst* und *großkotzig* überschritten habe.

Die Kommissarin starrt mich böse an. »So interessant diese Erklärung für deine Berühmtheit auch sein mag: Ich würde gerne einer anderen Theorie nachgehen. Im Grunde beschränkt sich deine Berühmtheit nämlich darauf, mit einer berühmten Person zusammen zu sein. Schließlich ging es mit deinem Account erst richtig los, nachdem du hier eingezogen warst, oder etwa nicht? Es erscheint mir doch ein wenig ungewöhnlich, dass du für diese WG ausgesucht wurdest, obwohl dir damals nur ein paar Hundert Leute folgten und du vielleicht zehn Videos gepostet hattest.«

Sie guckt die ganze Zeit in die Mappe vor ihr auf dem Tisch. Ich beuge mich rüber, um einen Blick reinzuwerfen, und tatsächlich: Da liegt ein Ausdruck des Artikels, der vor ein paar Wochen in der *New York Times* erschienen ist. Ich erkenne die Überschrift und das Bild auch verkehrt herum. Daher kennt sie also meine Followerzahlen. Ich wette, die alte Lady hat in ihrem ganzen

Leben noch kein TikTok aufgerufen. Da kann ich nur sagen: *Viel Glück mit diesem Fall.*

»Und zu Beginn dieses Sommers fing Sydney dann an, Videos für ihre Follower zu posten, in denen du vorkommst. Damit gingen deine Zahlen schlagartig in die Höhe. Stimmt das nicht?«

Ich fand schon immer scheiße, wie ich in diesem Artikel rüberkomme. Wenn ich sonst auf Blogs oder sonst wo Interviews gegeben habe, haben die einfach veröffentlicht, was ich denen erzählt habe oder was mein Agent ihnen zugemailt hat. Die *Times* aber war da eine ganz andere Nummer, sie hatten zum Beispiel die Entwicklung meiner Followerzahlen in einem Diagramm dargestellt, wodurch man erkennen konnte, wie der Erfolg meines Accounts sich danach richtete, wie oft Sydney etwas über mich postete.

Erst war ich ja total begeistert, dass dieser Artikel erscheinen sollte. Mein Vater etwa hat keine Ahnung, was TikTok ist, aber die *New York Times* ist für ihn das Größte. Als ich dann aber las, was die über mich geschrieben hatten, wollte ich den Artikel meinem Dad auf keinen Fall mehr weiterleiten. Ich wirkte darin wie ein schmarotzender B-Promi.

Aber natürlich brauchte meine Familie keinen Link von mir. Der Artikel war überall zu lesen. Irgendwer hat ihn sogar in den Gruppenchat der Studentenverbindung meines Bruders geschickt. Ziemlich unangenehm, dass ich bei denen jetzt als *der Typ, der was mit dieser berühmten TikTokerin hat* bekannt bin.

»Du hast ja schon gesagt, die Beziehung zu Sydney wäre Teil deiner Marke gewesen«, fährt Detective Johnson jetzt fort. »Ich würde mal mutmaßen, sie war nicht nur ein Teil davon, sondern sie hat sie ausgemacht. Wenn ich mir diese Zahlen so ansehe, war Sydney der einzige Grund für deine Bekanntheit.«

Ich zucke nur mit den Schultern. Langsam glaube ich, dass meine Ausrede fürs Löschen der Nachrichten, von wegen *TMZ*, wohl mehr Schaden angerichtet hat als alles andere.

»Und wahrscheinlich ist das auch der Grund, warum du sie nicht wegen Gwen verlassen, sondern sie lieber betrogen hast. Eigentlich wolltest du mit Gwen zusammen sein, aber du warst quasi an Sydney gefesselt. Mit ihr Schluss zu machen, hätte bedeutet, alles zu verlieren. Sie war der Star, die Prinzessin, der Grund für millionenfache Followerzuwächse. Sie war die mit dem Vater im Uni-Kuratorium, der dir einen Platz an der University of Southern California besorgen sollte.«

Jetzt schaltet sich auch der Herr Kommissar ein, dieser Carney. »Die hätten dich sonst nie genommen, bei deinen Noten. Dabei ist dein Bruder Ian stets Jahrgangsbester.«

Wieso wissen die, wie mein Bruder heißt? Und woher haben die meine Zeugnisnoten?

Detective Johnson schüttelt mitleidig den Kopf. »Und obwohl du so sportlich aussiehst, kannst du es mit deinem Bruder Jeremy, dem Lacrosse-Star, nicht aufnehmen. Du bist im vergangenen Jahr nicht mal ins Team gekommen, also wärst du auch über ein Sportstipendium nicht an die Uni gelangt.«

Unter dem Tisch balle ich die Faust. Sie wollen eine Reaktion von mir. Den Gefallen werde ich ihnen nicht tun.

»Tatsächlich ist es so, dass du vor TikTok auf dem besten Weg warst, ein Niemand zu werden. Eine Enttäuschung. Aber dann hast du doch noch die Kurve gekriegt. Auf einmal bist du der Star und hast mit siebzehn mehr Geld verdient, als Ian mit seinem Wirtschaftsdiplom nach der Uni verdienen wird. Und die Jungs von diesem bescheuerten Lacrosse-Team, die dich geschnitten haben, sind plötzlich furchtbar neidisch auf dich. Und das alles, weil du hier einziehen konntest. Dieses Haus hat dich auf einen Schlag erfolgreich gemacht.«

Ich schnaube wütend. »Was wollen Sie mir eigentlich sagen?«

»Meine Theorie ist folgende.« Die Kommissarin beugt sich effekthascherisch zu mir herüber. Ich kann ihr in den Ausschnitt gucken. »Ich glaube, Sydney hat es herausbekommen. Sie wusste, dass du sie mit ihrer besten Freundin betrügst, und sie konnte deinen Anblick danach nicht mehr ertragen. Also ist sie zu ihren Eltern geflohen. Aber nachdem sie dort ein paar Tage ihre Wunden geleckt hatte, war sie nicht länger traurig. Sondern wütend. Und hat sich gedacht: *Meine Eltern zahlen für dieses Haus, wie kann es da sein, dass ausgerechnet ich diejenige bin, die geht?* Also kommt sie zurück und nimmt dich in die Zange. Sie will dich rauswerfen, aus diesem Haus und aus dem Leben, das du dir hier aufgebaut hast. An das du dich so sehr gewöhnt hast. Du bist betrunken, denn eben habt ihr noch gefeiert, weil euch euer Lieblingssänger besucht hat. Eigentlich genießt du das Leben gerade in vollen Zügen. Das Leben, das dir Sydney ermöglicht hat, aber ohne die Unannehmlichkeiten, die durch Sydneys Anwesenheit entstehen. Und jetzt ist sie auf einmal wieder da und kreischt hysterisch rum. Vielleicht ist es sogar sie, die zuerst handgreiflich wird. Sie schlägt und kratzt dich. Sie macht dich fuchsteufelswild. Also nimmst du die Waffe – du bist außer dir, du bist betrunken – und du drückst den Abzug und beseitigst dein Problem. Du beseitigst Sydney und kannst ab jetzt schlafen, mit wem du willst, wann immer du willst. Und vor allem: Du behältst deinen Platz im LitLair.«

Ich starre die beiden an und frage mich, ob sie das wirklich ernst meinen. »Sie glauben also, ich habe Sydney umgebracht, damit ich hier im Haus bleiben kann?« Ich muss lachen. Schon klar, dass in dieser TikTok-Villa manches überdramatisiert wird, aber jetzt echt mal: *Jemanden umbringen, weil man nicht aus der WG fliegen will? Lächerlich.*

Die Kommissarin aber lacht nicht. Ihr Mund ist zu einem dünnen Strich zusammengepresst. Und dann geht es weiter: »Ich glaube, du wolltest nicht mehr mit ihr zusammen sein. Aber das Haus verlassen wolltest du auch nicht. Also hast du eine Lösung gefunden.«

»Da sind tausend Dinge, die an dieser wahnsinnigen Theorie nicht stimmen.« Ich greife mir mit den Händen ins Haar. »Fangen wir mit der einfachen Tatsache an, dass Sydney gar nicht berechtigt war, hier irgendjemanden rauszuschmeißen. Sie durfte nicht entscheiden, wer im LitLair wohnen darf und wer nicht.«

Die Kommissare tauschen einen Blick. Zum ersten Mal, seit ich diesen Raum betreten habe, sieht es so aus, als wäre ich im Vorteil.

»Das wussten Sie wohl nicht, was?«, spotte ich. »Sie hatten kein Problem damit, sämtliche Nachrichten von mir zu lesen, haben es aber nicht einmal geschafft, die nötigen Unterlagen durchzusehen?«

»Wir kennen die Hypothekenurkunde«, erwidert Johnson. »Und die ist von Sydneys Eltern unterschrieben.«

Ich verschränke die Arme vor der Brust und lehne mich zurück. »Ich meine ja nicht die Hypothek.«

***

»Er muss hier irgendwo sein«, sagt Gwen, während sie sich durch das Chaos kämpft. Ihr Zimmer ist ein einziges Durcheinander, eine Explosion aus Designerklamotten und Taschentüchern.

Sie durchsucht die Schubladen ihres *Schreibtischs*, über den sie einen riesigen Spiegel gehängt hat und den sie garantiert nur zum Schminken benutzt hat.

Sie hockt sich auf den Teppich und räumt Sachen aus der untersten Schublade: einen Anspitzer von *Tiffany*, wobei kein einziger Bleistift in Sicht ist – einen einzelnen *Gucci*-Flipflop – ein Buch über die Haustiere der Kardashians – einen Zipbeutel voller einzelner, vor allem linker AirPods – einen Schlüsselanhänger mit Flachmann – einen Flachmann, der aussieht wie ein Armband – Jade-Roller in drei verschiedenen Größen – eine 2000 Dollar teure Designer-Kosmetiktasche, die aussieht wie eine Papiertüte.

»Ah!« Gwen zieht ein Blatt Papier hervor. »Ta-da!« Sie wedelt mit ihrem Fund. »Hier ist er.«

Detective Carney schnappt sich das Blatt. Oben steht in großen Lettern *LITLAIR-VERTRAG*.

»Den haben wir bei unserem ersten WG-Treffen gemacht, nachdem Sydney gedroht hatte, Cami wegen der Sache mit *Parker* aus dem Haus zu werfen«, erklärt Gwen.

Der Kommissar untersucht das Dokument mit gerunzelter Stirn und wendet es. »Und unterschrieben ist er mit Glitzerstift?«

»Mit einem Gel-Pen«, bestätigt Gwen. »Einem pinken natürlich.« Sie grinst. »Aber das ist alles ganz offiziell und rechtlich bindend. Wir waren sogar beim Notar.«

»Das sehe ich.« Carney kratzt sich den Schnurrbart.

»Na schön«, sage ich. »Da haben sie es schwarz – oder halt pink – auf weiß. Sydney hatte nicht das Recht, hier irgendjemanden rauszuwerfen. Man braucht einen Mehrheitsbeschluss, um eine Person aus- oder einziehen zu lassen. Ihren Eltern gehört das Haus, stimmt, aber das hieß nicht, dass Sydney über uns bestimmen konnte. Wir waren alle gleichberechtigt.«

Carney übergibt das Papier an einen Polizisten, der im Türrahmen gewartet hat. Der schiebt es in eine Plastikhülle mit der Aufschrift *BEWEISE*. »Das wäre es dann vorerst, Tucker.«

Die beiden spazieren aus dem Raum, lassen sich aber nicht anmerken, ob ihr Verdacht sich jetzt aufgelöst hat. Die Befragung ist zumindest beendet, das ist doch schon mal was.

Mit gesenktem Kopf gehe ich durch die Tür.

»He, Tuck, wo willst du denn hin?«, ruft Gwen mir nach.

Auf keinen Fall bleibe ich in ihrem Zimmer. Nicht tagsüber. Nicht, solange hier Bullen rumschnüffeln, die nur darauf warten, dass ich mich noch tiefer in die Scheiße reite.

17

2 Tage später

BEAU

»Gwen Riley sagte uns, sie habe ein Mädchen schreien hören und dann gesehen, wie Katherine Powell und du durch das Fenster hereinkamen?« Carney liest von seinen Notizen ab.

»Ja«, sage ich. »Wir sind vom Dach runtergeklettert.« Ich gucke zu meinem Anwalt. Er hat mir geraten, ich solle der Polizei alles erzählen, was ich weiß. Ich habe trotzdem Angst, andere in Schwierigkeiten zu bringen. Ich finde aber, ich bin es Sydney schuldig, die Wahrheit zu erzählen. »Wir haben gesehen, wie Gwen aus Sydneys Zimmer kam.«

Ich versuche mich an alles zu erinnern, was in der Nacht passiert ist. Gwen wirkte tatsächlich ziemlich nervös. Könnte es sein, dass sie kurz vorher noch mit Sydney gestritten hat? War Sydney zu diesem Zeitpunkt überhaupt schon zurück? Oder gar schon tot?

Aber Carney will gar nichts mehr über Gwen wissen. Stattdessen fragt er mich: »Und was habt ihr da auf dem Dach gemacht?«

»Keine Ahnung. Abgehangen halt.«

»*Abgehangen*, ja?«, schaltet sich die Kommissarin ein. Sie schnalzt mit der Zunge. »Ausgerechnet auf dem Dach? Wo euch doch die ganze Villa zur Verfügung steht«, sie deutet auf ein Modell von Haus und Grundstück, das die beiden mitgebracht und auf dem Tisch platziert haben, »und ihr müsst ausgerechnet auf dem Dach sitzen? Warum?«

»Keine Ahnung«, wiederhole ich. Anfangs sind wir aufs Dach geklettert, damit wir rauchen konnten, ohne dass die Brandmelder losgingen. Und dann wurde es irgendwann zur Gewohnheit, auch an Abenden, an denen wir gar nichts geraucht haben. Aber das sage ich den Bullen natürlich nicht. Marihuana ist immer noch illegal, wenn man unter einundzwanzig ist. Und wir sind schließlich 'ne Art Vorbilder für die Kids da draußen. Ich möchte nicht, dass so was an die Öffentlichkeit gerät.

»Du hast offenbar von ziemlich vielen Dingen keine Ahnung«, meint Johnson. »Vielleicht kannst du uns wenigstens hierzu etwas sagen.« Sie nimmt eine Fernbedienung und schaltet den Beamer ein. »Rund um dieses Haus gibt es vier Überwachungskameras.« Sie betätigt einen Knopf und es öffnen sich parallel vier Videoaufnahmen. »Zu unserem Leidwesen und zum Vorteil der Person, die Sydney Reynolds getötet hat, liefert keine dieser Kameras Aufnahmen vom Pool. Dafür wird an jedem Eingang aufgezeichnet, wer das Haus verlässt oder betritt.«

Sie klickt auf eine der Aufnahmen, in dem das Tor zur Einfahrt zu sehen ist. »Mein Team ist sämtliche Aufzeichnungen durchgegangen, die vierundzwanzig Stunden vor dem Fund der Leiche gemacht wurden.« Sie spult vor und man sieht die morgendlichen Lieferungen und die An- und Abfahrt von Drake und seinem Team vorbeirauschen. »Und dann, kurz vor drei Uhr morgens …« Sie drückt die Play-Taste.

Ein SUV fährt vor. Die Bilder sind körnig, schließlich ist es um diese Zeit stockfinster. Trotzdem erkennt man durch die Windschutzscheibe ein Mädchen am Steuer. Sie trägt ein Basecap, aber trotz der Schatten auf dem Gesicht und der groben Aufnahme sieht man ihre hohen Wangenknochen. Sie steigt aus dem Wagen und tippt den Code für das Tor ein. Dabei hält sie die Hand vors Gesicht, zum Schutz vor dem Regen. Als das Tor aufschwingt, blickt sie hoch, direkt in die Kamera.

Die Aufnahme wird angehalten. Es ist Sydney. Eindeutig.

Detective Johnson schaltet um zur Garagenkamera und spult ein paar Minuten vor. Man sieht, wie der SUV in die Vierer-Garage fährt und sich das Tor hinter ihm schließt.

»Danach kommt nichts mehr«, sagt Johnson.

»Wie das?«, wundere ich mich. »Am Hintereingang ist doch auch eine Kamera.« Wenn Sydney in dieser Nacht das Haus betreten hat, muss sie irgendwann wieder herausgekommen sein. Und wenn die Person, die sie getötet hat, aus unserem Haus kam, muss auch das irgendwo zu sehen sein. Dazu muss es Aufzeichnungen geben.

»Sie haben recht, auch am Hintereingang ist eine Kamera«, bestätigt Johnson und schaltet dorthin. »Aber nachdem die fünf Hausbewohner um Mitternacht hereingegangen sind«, sie spult vor, es wird Tag, »sieht man nichts mehr, bis Dolores de Ávila am nächsten Morgen auf die Terrasse tritt, kurz bevor sie die Leiche findet.«

Was? Wie kann das sein?

»In keiner der Aufzeichnungen ist zu sehen, wie Sydney Reynolds aus dem Haus kommt«, erklärt Carney. »Damit ist sie entweder zum Pool teleportiert worden, oder aber –«

»Jemand hat die Kameras manipuliert«, ergänzt Johnson. »Und diese Kameras«, sie zeigt erneut auf das Hausmodell, »befinden sich hier, hier, hier und hier.« Sie deutet auf verschiedene Stellen des Dachs. *Shit.* »Ich muss dich also nochmals fragen: Was hast du in dieser Nacht auf dem Dach gemacht?«

»Glauben Sie etwa, ich habe was damit zu tun?« Ich deute auf die Überwachungsvideos.

»Nun ja. Auf jeden Fall hattest du das Zeugs dazu«, erwidert Carney. Er schiebt mir ein Papier hin. Mein Highschool-Zeugnis.

»Informatik eins plus«, liest er vor. »Im Halbjahr danach eine eins minus. Aber wir haben ja alle mal einen kleinen Durchhänger. Im Leistungskurs Informatik dann wieder eine Eins plus. Und den Sommer über hast du dir mit dem Programmieren von Websites Geld verdient.«

»Sollen wir fortfahren?«, fragt Johnson.

»Was denn? Glauben Sie, nur weil ich mich mit Java und HTML auskenne, kann ich Überwachungskameras hacken?« Ich muss lachen. Die beiden nicht. »Verstehen Sie eigentlich irgendwas von Computern? Glauben Sie, wenn jemand Code kann, kann der sich ohne Probleme in alle Systeme einloggen, ja?«

Carney beugt sich nach vorn. »Ja, genau. Kannst du das?«

»Na klar. Wenn wir uns ins Jahr 1985 zurückbeamen, kann ich mich ganz locker in einen IBM-Computer von der Größe dieses Hauses einhacken.«

»Also lautet deine Antwort Nein?«, versichert sich mein Anwalt. Er zeigt mit seinem Stift auf das Aufnahmegerät auf dem Tisch. »Vielleicht vermeidest du an dieser Stelle unnötige Ironie. Die wird in der Abschrift dieser Befragung nämlich nicht deutlich.«

Ich lasse mich in den Stuhl zurückfallen. Ich kann

nicht glauben, über was wir hier reden. Ich starre erst meinem Anwalt, dann Johnson und Carney an. Carney hat *IBM?* an den Rand meiner Zeugniskopie geschrieben. *Unglaublich!* Die haben es hier mit einem Mordfall in einer TikTok-WG zu tun und sind solche IT-Luschen?

»Beau?«, hakt mein Anwalt nach.

»Ja, genau das heißt es. Keine Chance«, stelle ich klar.

Meine Hoffnung ist gleich null, dass diese Bullen den Fall je lösen werden.

18

2 Tage später

CAMI

Ich schlage die Zimmertür hinter mir zu. Drei Stunden lang haben die mich jetzt zu dem *Parker*-Deal befragt. *Wie war das genau? Warum hast du den Vertrag nicht bekommen? Warum hat Parker sich für Sydney entschieden?*

Es ist mein neuester Misserfolg, eine weitere Enttäuschung in einer langen Kette von Niederlagen. Ich will das Ganze schnell vergessen. Stattdessen musste ich es bei diesem irren Polizeiverhör von allen Seiten beleuchten.

Ich stapfe durchs Zimmer, in meinem Kopf dreht sich alles. Es ist furchtbar warm hier, ich ersticke fast in diesem Kratzpulli. Ich ziehe ihn über den Kopf und werfe ihn auf den Boden.

Warum hast du den Vertrag nicht bekommen?, hat mich Detective Carney mehrmals gefragt.

Ich weiß es nicht!, hätte ich am liebsten geschrien. Ich habe denen Videos von drei neuen Tänzen geschickt, die ich zu drei meiner eigenen Songs choreografiert habe. Sie dagegen hat drei Videos abgegeben, die sie schon im Sommer gepostet hat – eins davon mit einer Choreo, die von mir stammt.

Aber das habe ich nicht gesagt. Sondern das, was meine Agenten mir erzählt haben: dass denen was anderes vorschwebte und ich nicht den richtigen Look für die Kampagne hätte.

Der *richtige Look*. Ich weiß genau, was das zu bedeuten hat. Ich hasse diesen Ausdruck. Sie hatten das Normalo-Paket im Sinn, da habe ich nicht reingepasst.

Manchmal werde ich gefragt, warum ich so hinter Plattenverträgen und Followern her bin, warum ich unbedingt berühmt sein möchte. Ich antworte dann, dass es mir da wahrscheinlich genauso geht wie allen Menschen, die singen, schauspielern, tanzen oder sich auf irgendeine Art künstlerisch ausdrücken möchten: Ich will wahrgenommen werden. Ich möchte bekannt sein. Ich möchte etwas erschaffen, das die Leute anspricht. An dem Teil von mir, den ich mit meiner Kunst hervorhole, sollen andere irgendwie anknüpfen. Im Grunde möchte ich mich weniger allein fühlen.

Wenn mir Steine in den Weg gelegt werden, weil das Ich, das ich anderen zeigen möchte, nicht mit dem übereinstimmt, wie Frauen typischerweise aussehen oder sich verhalten sollten, dann wird sehr klar, dass diese ganze Star-Produktion eben vor allem ein Geschäft ist. Und obwohl es immer heißt, die Menschen würden durch die neuen Technologien enger zusammenrücken, hat der Erfolg in den sozialen Medien und auch anderswo rein gar nichts mit irgendeinem *Sei-wie-du-bist*-Ideal zu tun. Die Star-Maschinerie will nur ein Mädchen nach dem anderen ködern und dann verpacken, vermarkten, verkaufen und *konsumieren*.

Als ich mich in meinem hohen Wandspiegel erblicke, bleibe ich abrupt stehen. Ich sehe schrecklich aus. Meine Haut ist rot und fleckig von der Aufregung. Mein zerschlissener BH zwängt mir die Haut ein. Meine Haare sind wirr, mein Blick irre. Ich starre mich an, mein Brustkorb hebt und senkt sich in schnellem Rhythmus.

Ich blinzle und stehe auf einmal vor einem anderen Spiegel. Ich bin in New York, in der Ballettschule, mit einer Hand an der Stange.

Das ist zu eng, sagt meine Lehrerin und zeigt auf mein Trikot. *Es schneidet in die Haut.*

Schon wieder rausgewachsen?, lästert die Assistentin.

Und ein andermal, als ich eben vornübergebeugt meine Schuhe schnüre, starrt meine Lehrerin auf meinen Bauch und sagt: *Cami, pass mit den Süßigkeiten auf, ja?*

Und dann, als ich vor dem Spiegel Pliés mache, in einer Reihe mit den zarten Mädchen, die einen Kopf kleiner sind als ich:

Cami ist zu groß für Giselle, sagt die Lehrerin.
Cami ist zu breit für Giselle, wird sie verbessert.

Wenn ich jetzt in den Spiegel schaue, sieht mich mein jüngeres Ich an. In seinem Blick liegt Schmerz. Mit einem lauten Krachen zersplittert der Spiegel.

Ich blinzle und sehe den Briefbeschwerer in meiner Hand, der eben noch auf meinem Schreibtisch lag. Und ich sehe das Blut an meiner Hand, die einen Schnitt abbekommen hat. Und ich sehe meinen Spiegel, hier im LitLair, den ich gerade eben in Hunderte gezackte Splitter zerschmettert habe.

Ich mache einen Schritt zurück und lasse den Briefbeschwerer fallen. Blut tropft von meiner Hand auf den weißen Teppich. Ich schlucke und schaue mein geborstenes Spiegelbild an. Mein Gesicht ist verzerrt, in ihm steht nichts als Entsetzen.

Und nicht zum ersten Mal sehe ich, was ich getan habe, und fürchte mich vor mir selbst. Vor dem, wozu ich fähig bin.

19

3 Tage später

GWEN

Es dauert ewig, bis ich mich entschieden habe, was ich zu der Beerdigung anziehen soll. Ich habe schon meinen halben Kleiderschrank bei Depop verkauft, und außerdem besitze ich keine traurigen Kleider, sondern nur grelle Bikinis, winzige Croptops und krasse Miniröcke.

Schwarz und freudlos, das ist so gar nicht meins.

Am Ende borge ich mir ein kleines Schwarzes von meiner Mutter. Wenn ich mich so im Spiegel begutachte, finde ich mich schrecklich blass. Vielleicht ist es der Kontrast zum Kleid. Oder es liegt daran, dass ich mich schon lange nicht mehr am Pool gesonnt habe, seit … seit der ein Ort des Grauens geworden ist.

Schnell wende ich den Blick ab. Was ich da sehe, gefällt mir nicht. Ich schnappe mir noch den Regenschirm und die schicke schwarze Clutch, die ich aufs Bett gelegt habe, dann renne ich aus meinem Zimmer.

Cami, die immer als Erste fertig ist, steht schon unten an der Treppe und klackert mit ihren schwarzen Louboutins. Sie trägt ein schwarzes Midi-Kleid, das sich um ihre Kurven schmiegt, und hat roten Lippenstift aufgelegt, passend zu den Sohlen der High Heels. Das Beste an ihrem Outfit aber ist der Hut – eine Pillbox mit schwarzem Tüllschleier, der ihr Gesicht halb verdeckt. So einen, wie ihn alte Filmdiven oder Cruella de Vil tragen würden. *Einfach unglaublich, dieser Look.*

»Gwen«, faucht sie. »Was glotzt du so?«

»Ich, *äh* ... also ja, ich mag deinen Hut«, antworte ich. »Findest du, das geht mit dem Kleid hier? Es ist nämlich von meiner Mom, und ...«

»Geht in Ordnung. Kitty-Kat hier dagegen ist wohl auf dem Weg zu einem lustigen Picknick.«

»He!«, beschwert sich Kat und sieht an ihrem schwarz-weißen Blumenkleid herab. »Ich hab nichts anderes in Schwarz.«

Ich muss lachen. Cami hat nicht unrecht: Kat sieht aus, als wolle sie an den Strand, nicht auf den Friedhof.

Aber dann richtet sich Camis kritischer Laserblick auf mich: »Warum hast du einen Regenschirm?«

»Ach, nur so«, antworte ich. »Sieht man doch immer in Filmen. Auf Beerdigungen haben alle einen schwarzen Regenschirm.«

Cami stiert mich durch ihren Schleier an. »Gwen ...

wir sind hier in L. A. ... da herrscht Dürre ... und es ist keine Wolke am Himmel.«

»Ja, aber zu einer Beerdigung bringt man einen Schirm mit«, erkläre ich. »Auch wenn es nicht regnet.« Ich blicke in die Runde. »Ist doch so, oder?«

Aber niemand stimmt mir zu. Stattdessen lachen sie mich aus. Sogar die immer liebe Kat. Ich hätte nicht über ihr Kleid lästern sollen.

Draußen wird gehupt, ein schwarzer Kleinbus rollt in die Einfahrt. Die Polizei lässt uns ein paar Stunden aus dem Haus, die Befragungen werden für die Beerdigung und das anschließende gemeinsame Essen ausgesetzt. Als wir in den Bus steigen, fühlt es sich beinahe so an, als würden wir einen Ausflug machen. Das heißt, wenn die Stimmung nicht so traurig wäre.

Obwohl Cami mehrmals in den Gruppenchat geschrieben hat, dass die Jungs sich gefälligst beeilen sollen, kommen sie erst kurz vor der Abfahrt aus dem Haus gerannt. Tucker steigt als Letzter ein und setzt sich auf den einzigen freien Platz – neben mich. Chic sieht er aus in seinem Anzug. Seine Haare sind noch feucht vom Duschen und duften nach seinem Shampoo. Ich mag den Geruch. Es riecht wie sein Kissen. Es riecht *nach ihm*.

»Hallo«, sage ich leise. Ich drücke mein Knie gegen seins. Es ist eine ganz sachte Bewegung, von der die anderen sicher nichts mitbekommen.

»Hey«, antwortet er. Er sieht mich nicht an, sondern

stur geradeaus, aber seine Mundwinkel heben sich zu einem kleinen Lächeln.

In der Spalte zwischen den Sitzen greift er nach meiner Hand und drückt sie. Er hält sie fest und lässt seinen Arm so liegen, dass niemand etwas davon sieht. Mein Herz schlägt schneller. Tucker ist sonst so sparsam mit öffentlichen Zeichen der Zuneigung, dass kleine Gesten wie diese mich immer ganz kirre machen. Ich versuche mir nichts anmerken zu lassen.

Der Bus wechselt ins Schritttempo, als wir das schmiedeeiserne Friedhofstor erreichen, vor dem sich die Autos der Trauergäste stauen. Ich drehe an dem T-Ring an meiner freien Hand und zwinge mich, meine Tränen zurückzuhalten.

Während der letzten Tage habe ich versucht, irgendwie in meinen Kopf zu bekommen, dass Sydney tot ist. Aber das hier trifft mich völlig unvorbereitet. Die Auffahrt zum Friedhof, die hellen weißen Grabsteine auf der leicht gewellten grünen Rasenfläche. Die Vorstellung, dass meine Freundin gleich in der Erde vergraben wird. All das lässt mich schaudern, obwohl es in dem Bus total heiß und stickig ist.

Ich zucke zusammen, als etwas gegen das Fenster schlägt. Es ist ein Fotograf, der seine Kamera auf mich richtet. Ein Blitzlicht trifft mein Gesicht. Tucker lässt meine Hand fallen wie einen kalten Fisch.

Jetzt umschwärmen noch mehr Fotografen unseren

Wagen und halten ihre Profi-Objektive an die getönten Scheiben. Hinter ihnen sind noch mehr Menschen, darunter halbe Kinder, die uns mit ihren Handys filmen.

»Was machen die da?«, fragt Beau.

»Das sind unsere Fans, die auf uns lauern«, erwidert Cami angeekelt. »Wie die Geier eben.«

»Hätten wir nicht Security gebraucht?«, frage ich. Manchmal mieten wir uns ein paar Sicherheitsleute, für Events, bei denen die Fans austicken könnten. Ich hatte keine Ahnung, dass eine Beerdigung ein solches Event sein könnte.

»Am Tor stehen Polizisten«, bemerkt Cami.

Und tatsächlich, als wir uns endlich durch den Eingang zum Friedhof bewegen, wird die Menschenmasse von den Bullen zurückgedrängt. Ich sehe noch, wie manche mit den Polizisten diskutieren. Andere positionieren sich entlang des Zauns und schieben ihre Teleobjektive durch die Gitter. Mein Magen rebelliert. Ich hoffe, ich muss nicht auf meine Schuhe kotzen.

Sobald der Fahrer den Bus geparkt hat, macht Tucker die Tür auf und springt heraus, ohne sich umzugucken. Auch alle anderen steigen schnell aus. Nur ich nicht. Ich bin an meinem Sitz festgefroren.

Cami steckt noch einmal den Kopf rein und fragt: »Kommst du nicht?« Sie trommelt mit den Fingernägeln auf die Wagentür. Aber sie wartet auf mich, auch wenn die anderen schon abgezogen sind.

»Doch«, antworte ich. Ich nehme meinen Regenschirm, hole tief Luft und mische mich unter die Gäste der Trauerfeier für Sydney Reynolds. Ich gebe die beste Freundin, obwohl ich die, als Sydney noch lebte, bestimmt nicht immer war.

Jemand reicht mir ein Sterbebild mit einem Foto von Sydney. Es ist ein Porträt, das ihre Mutter letztes Jahr für die Weihnachtskarten geschossen hat. Darauf trägt sie eine Rüschenbluse und lächelt gezwungen in die Kamera. Dabei hatte sie sonst so ein strahlendes, natürliches Lachen. Ich kann nicht anders, als innerlich zu grinsen. Im Internet gibt es Tausende Bilder von Sydney, und ihre Mutter schafft es, dieses eine Foto rauszusuchen, das Syd garantiert gehasst hätte. Ich sehe sie vor mir, wie sie losgackern würde, wenn sie das hier sehen könnte. Mir ist, als stünde sie neben mir.

Das Rasenstück, wo Sydneys Grab ausgehoben wurde, ist von verschiedenen Grüppchen belagert. Die meisten Leute tragen elegantes Schwarz. Madison Reed aus Clout 9 ist in grellem Pink gekommen und erzählt allen, die es wissen oder eben nicht wissen wollen, dass sie damit Sydneys Leben feiern will. Als hätte sie Sydney je gefeiert, als die noch lebte. Sie wollte Sydney doch bei jeder Gelegenheit fertigmachen, weil sie eifersüchtig auf den Erfolg des LitLair war.

Ich dachte, ich würde die meisten Leute kennen, die Sydney kannten. Ja, im Grunde hatte ich angenommen, dass alle ihre Freunde eigentlich eher mit mir befreundet waren. Aber hier sind zahllose Gesichter, denen ich keinen Namen zuordnen kann oder die ich noch nie gesehen habe. Vielleicht ist das so, weil Sterben einen irgendwie, na ja, berühmter macht. Oder aber Sydney hatte eben doch Geheimnisse.

Tucker drückt sich neben der Floristin herum, die langstielige rote Rosen verteilt, die man auf Sydneys Sarg legen soll. Ich sehe ihm nicht in die Augen, als ich mir eine Handvoll Blumen greife.

Dann frage ich Cami: »Kannst du mich filmen?« Mit der freien Hand entsperre ich mein Handy und öffne TikTok.

»*Was soll ich?*«

»Kannst du filmen, wie ich die Rosen auf den Sarg lege?« Ich halte ihr das Telefon hin. »Wäre toll, wenn ich das posten könnte.«

Cami starrt auf das Telefon und sagt nichts. Dafür schaltet sich Tucker ein. »Findest du das nicht etwas geschmacklos, Gwen? Bei einer Beerdigung ein TikTok aufzunehmen?«

»Ich will hier ja nicht den Renegade tanzen, Tucker. Es wird im Gegenteil ein sehr geschmackvolles Video. Und wenn du mal richtig darüber nachdenkst, hätte ihr das gefallen. Sie hat doch immer gesagt, *was man nicht postet, ist nicht passiert.* Ihr Leben jedenfalls wollte sie so dokumentieren, da sollten wir die Erinnerung an sie genauso dokumentieren. Meine Fans – und *ihre* Fans – können heute nicht hier sein. Aber Syd hat diese Leute stark berührt. Sie brauchen auch eine Art von Abschluss, und mein Video hilft ihnen dabei.«

Cami sieht mich ungläubig an. »Glaubst du das wirklich oder hast du nur Angst, weil es dir an Content fehlt, seit Sydney nicht mehr da ist, und du deswegen Sponsoren verlieren könntest?«

Ja, das auch, denke ich. Tatsächlich ist es so, dass ich sie schon verloren habe und sie zurückholen will, aber das würde ich der ach so perfekten Cami nie stecken.

Schließlich willigt Cami ein, mich dabei zu filmen, wie ich eine Handvoll Rosen auf Sydneys Sarg lege. Als ich bemängele, dass der Winkel unvorteilhaft ist, weigert sie sich aber, einen zweiten Versuch zu starten, weil sie meint, die Leute würden uns schon anstarren. Also muss ich die Aufnahme wohl überarbeiten.

Ich bin immer noch dabei, einen Filter auszusuchen, als Cami mich am Arm zieht. »Sie kommen.«

Ich sehe, wie Sydneys Eltern und Brooklyn auf uns zugehen. Sie bewegen sich langsam, als kleine Einheit durch die Menge. Mrs Reynolds stützt sich auf Mr Reynolds' Arm, Brooklyn folgt ihnen mit kurzem Abstand, allein, ohne ihre zweite Hälfte. Als die drei vorbeilaufen, schauen alle von ihren Sterbebildern auf, die Gespräche verstummen. Aber die drei bleiben nicht stehen, um mit irgendjemandem zu sprechen, sondern steuern auf uns zu.

Scheiße. Ich versuche mein Handy loszuwerden, bevor sie bei uns angelangt sind, muss aber voller Panik feststellen, dass ich nur so eine alberne kleine Handtasche dabeihabe, in die das Handy im Leben nicht passt. Am Ende stopfe ich es in meinen BH.

»Tucker!«, sagt Mrs Reynolds, als sich die kleine Gruppe nähert. Sie breitet die Arme aus und drückt ihn an sich. »Ich bin so froh, dass du hier bist. Es hat ihr so viel an dir gelegen«, flüstert sie an seine Schulter.

Ich mache einen Schritt nach vorn und erwarte, als Nächste umarmt zu werden. Aber Mrs Reynolds schneidet mich und hält den Blick auf Tucker gerichtet.

»Du weißt, dass wir dich immer als Teil unserer Familie betrachtet haben.« Sie gibt einen quiekenden Laut von sich. »Und ich dachte immer, dass du es eines Tages auch offiziell würdest.« In ihren Augen sammeln sich Tränen.

»Oh, Misses Reynolds, bitte sehr.« Ich krame eine Packung Taschentücher aus meiner Handtasche und halte sie ihr hin.

Sie sieht mich so abgrundtief böse an, als würde ich ihr eine Schlange in die Hand drücken wollen. »Dass ihr überhaupt wagt, hierherzukommen.« Wenn Blicke töten könnten, müssten sie mir jetzt sofort ein zweites Grab buddeln.

Mr Reynolds stellt sich zwischen uns, wohl um die Situation zu entschärfen. Er klopft Tucker auf die Schulter. »Komm, stell dich zu uns nach vorn.«

Mir bietet er das nicht an. Er sieht mich nicht einmal an.

So viel zu den Drei Musketieren, denke ich. Bis vor Kurzem gehörte ich auch noch *zur Familie*. Aber jetzt darf Tucker neben ihnen und dem Trauerredner stehen. Und ich muss leider draußen bleiben und werde behandelt wie eine ... *Verdächtige*. Für die Polizei bin ich das ja wirklich. Aber ich hätte nie gedacht, dass die Reynolds denken könnten, ich hätte Syd etwas angetan. Sie kennen mich, seit ich zwölf bin. Meine Familie hat drei Jahre lang auf ihrem Anwesen gewohnt. Mrs Reynolds war sehr nett zu mir, als ich bei ihnen übernachtete und zum ersten Mal meine Tage hatte. Und in der achten Klasse hat mir Mr Reynolds geholfen, meinen Goldfisch Goldie Hawn im Klo zu versenken, da ich ihn innerhalb von zwei Stunden, nachdem ich ihn gewonnen hatte, aus Versehen zu Tode geschüttelt hatte. Na gut, vielleicht ist das ein schlechtes Beispiel in diesem Zusammenhang. Goldie war ein Fisch, kein Mensch. Und es war ein Unfall. Können diese Leute, die mich doch mit aufgezogen haben, wirklich denken, ich wäre fähig, einem anderen Menschen etwas anzutun? Noch dazu ihrer Tochter und meiner besten Freundin?

Der Trauerredner steigt auf ein kleines Podest neben dem Grabstein. Er liest ein paar Gebete vor und spricht über Sydney, als wäre sie eine ganz andere gewesen: eine junge Frau und vorbildliche Bürgerin, ein gutes Christenmädchen, das sich um bedürftige Kinder gekümmert hat und nie Schwierigkeiten machte. *Ein lieber kleiner Engel.*

Syd war vieles, aber bestimmt kein Engel. Sie war wild und chaotisch und hat sich von niemandem etwas sagen lassen, und wenn sie wollte, konnte sie richtig fies sein. Aber sie war eben auch eine gute und verlässliche Freundin. Stimmt, Syd hat Sozialarbeit geleistet, aber nur, weil sie ihre Raser-Strafzettel gutmachen musste. Sie war jedes Mal total angekotzt, wenn sie wieder da hinmusste. Sie war nicht wohlerzogen und brav, am liebsten hat sie gefeiert. Aber sie hat einem eben auch die Haare zurückgehalten, wenn man besoffen über der Kloschüssel hing, auch wenn sie mindestens genauso blau war. Und ja, sie war gerne mal fies, aber die gemeinsten Bemerkungen hat sie für die aufgehoben, die ihre Freunde beleidigt haben. Einmal in der Schule hat sie ein paar Jungs zusammengefaltet, die eben einen Neuntklässler fertigmachten: »Was nehmt ihr euch den Kleinen hier vor, wo ihr doch selbst so schrecklich hässlich seid?« Sie war ganz bestimmt nicht perfekt, aber sie hatte ein gutes Herz. Warum erzählen sie das nicht, das wäre ehrlicher. Damit würde man ihr einen größeren Gefallen tun.

Der Redner endet damit, dass Sydney in unseren Herzen ewig weiterleben würde. Was mir komisch vorkommt, denn wir leben schließlich auch nicht ewig.

»Und nun«, kündigt er dann noch an, »wird Brooklyn Reynolds eins der Lieblingsgedichte ihrer Schwester vortragen.«

Alle Blicke richten sich auf die Familie. Tucker hält auf der einen Seite Mrs Tuckers, an der anderen Brooklyns Hand. Jetzt umarmt Brooklyn ihn, danach holt er ein iPhone mit pinkfarbener Hülle aus seiner Hosentasche und gibt es ihr. *Tucker, der Gentleman. Trägt einem Mädchen, das keine Taschen hat, das Handy hinterher.* Ich muss mich zwingen, nicht die Augen zu verdrehen.

Brooklyn stolpert mit ihren schwarzen Stilettos auf das Podest. Sie sieht zwar aus wie ihre Schwester, aber Sydneys Feuer geht ihr vollkommen ab. Sie wirkt wie ein Vogelküken, das sich den Flügel gebrochen hat.

Sie tritt ans Mikro. »Hallo«, sagt sie leise. Sie holt tief Luft und liest dann W. H. Audens *Begräbnis-Blues* von ihrem Handydisplay ab: »Die Uhren stoppt …«

Da klingelt auf einmal ihr Telefon, der Signalton scheppert laut dank der Lautsprecher. Brooklyn zuckt zusammen.

Kurz darauf kommt ein *Pling* nach dem anderen aus der Menge, mal hier, mal da, so wie Popcorn aufpoppt. *Was ist das denn?* Wer stellt denn hier sein Telefon nicht auf stumm, zumal bei einem Begräbnis?

Und dann legt auch mein Handy los, vibriert an meiner Brust und *klingelt* auch noch dazu. Jetzt wird es vollends skurril: Ich habe das Ding ständig auf lautlos, seit ich es besitze.

Ein leises Murmeln geht durch die Menge, als sämtliche Trauergäste ihre Handtaschen öffnen und in ihren Hosentaschen kramen, ihre Telefone hervorholen und stummschalten.

Oben auf dem Podest beugt sich Mrs Reynolds zu ihrem Mann herüber und linst auf dessen Display. Eine Sekunde lang steht ihr das blanke Entsetzen im Gesicht, dann fasst sie sich wieder, da ihr womöglich bewusst wird, dass sie alle im Blick haben. Die Bewegung ist so unauffällig, dass vielleicht nur ich es bemerke: Sie lässt Tuckers Hand los, als hätte sie sich daran verbrannt.

Scheiß drauf, ich muss jetzt nachgucken, was da los ist. Ich ziehe das Telefon aus meinem BH – sehr unladylike, aber sobald ich es in der Hand halte, ist mir das so was von egal. Der Alert ist losgegangen, weil jemand etwas in den LitLair-Account gestellt hat. In mir zieht sich alles zusammen. Mit zitternden Händen entsperre ich mein Handy und öffne TikTok.

Ich regle die Lautstärke runter und werfe einen Blick aufs Podium, wo eine komplett zerstörte Brooklyn versucht, das Gedicht fortzusetzen.

Ich tippe aufs Display, um das Video zu starten. Man sieht ein Foto von Tucker und Sydney; sie schauen eng umschlungen und schmusi-busi in die Kamera. Dann aber teilt sich auf einmal das Bild und mittendrin erscheine ich in meinem Sexy-Devil-Kostüm von letztem Halloween.

Überschrieben ist das Ganze: *Ihre beste Freundin und ihr Liebster? Arme Sydney. Erst hintergangen, dann in den Kopf geschossen.*

Mir fällt das Telefon aus der Hand. Es landet auf dem sattgrünen Friedhofsrasen.

20

3 Tage später

TUCKER

Ich habe zig verpasste Anrufe von meinen Eltern. Mein Vater hat mir eine Nachricht geschrieben: Ich soll das Essen auslassen und sofort heim nach Beverly Hills kommen, die Anwälte wollen ihre Notfallstrategie mit mir besprechen.

Ich habe nichts dagegen. Ich kann es eh nicht länger ertragen, mit Sydneys Familie in einem Raum zu sein. Und ich würde auch gar nichts runterbekommen, beim besten Willen nicht. So wie mein Magen rumort, werde ich wohl eine Weile nichts mehr essen.

Ich checke mein Handy. Der Uber braucht noch fünf Minuten bis nach Hause. Ich schließe die Augen und lehne den Kopf zurück. Alles ab dem TikTok-Post bis jetzt ist in einem einzigen Nebel versunken.

Sobald die letzten Takte von *Amazing Grace* gespielt wurden und damit der letzte Punkt der Trauerfeier abgearbeitet war, bin ich abgehauen. Mehrere Leute haben versucht, mich anzusprechen, aber ich bin einfach an ihnen vorbeigerannt. In meinem Kopf war nur ein Gedanke: *bloß weg hier.*

Als ich über den Rasen lief und die Trauernden und die Grabsteine umrundete, brannte mir die Sonne in den Augen und unter meinem Anzug rann mir der Schweiß nur so runter. Noch vor dem Friedhofstor habe ich mir die Krawatte vom Hals gerissen.

Auf der Straße drängten sich die Fotografen, schrien mir Fragen zu und bestürmten mich mit ihren Blitzlichtern. Ich hielt eine Hand vors Gesicht und suchte zwischen den wartenden Fahrzeugen nach meinem Uber.

Beim Einsteigen sah ich Gwen. Sie wedelte mit ihrem Regenschirm und versuchte, mich auf sich aufmerksam zu machen. Aber mich noch einmal in ihre Nähe zu begeben und den Paparazzi einen weiteren Schnappschuss mit uns beiden zu gönnen, das wollte ich ums Verrecken nicht. *TMZ* hat jetzt auch das Foto vom Poolschuppen gebracht. Wahrscheinlich haben sie deswegen gewartet. Sie wollten es erst posten, wenn etwas Großes passiert. Das hier nämlich.

Das Taxi hält abrupt an. Ich öffne die Augen und sehe das Haus meiner Kindheit, wie es auf der großen grünen Rasenfläche thront. Meine Mutter steht mit verschränkten Armen an der Haustür. Ich hatte es so eilig, dieser Pressescheiße zu entkommen, dass ich ganz vergessen habe, welche Qual es sein würde, ihr gegenüberzutreten. Ich öffne die Wagentür. Das Schlimmste kommt jetzt erst.

Meine Mutter erwähnt das Video mit keinem Wort. Stattdessen schiebt sie mich ins Haus und blickt sich noch einmal nach lauernden Fotografen um, bevor sie die Eingangstür schließt. Ich sehe ihr an, wie enttäuscht sie ist.

»He, Tucker.« Ian wirft den Arm um mich, sobald ich durch die Tür bin. »Gwen Riley, echt jetzt?« Er strubbelt mir durch die Haare. »Wusste gar nicht, was da in dir steckt.«

»Er steckte wohl eher in ihr.« Jeremy boxt mich in den Arm.

»Bitte, Jungs«, geht mein Vater dazwischen. »Nicht vor eurer Mutter.«

Ich ziehe den Kopf ein und versuche meine Haare zu ordnen, während ich meinem Vater ins Arbeitszimmer folge, wo schon Tom Fleming und zwei weitere Anwälte seiner Firma auf mich warten.

»Könnten wir einfach alles abstreiten?«, erkundigt sich mein Vater.

Fleming schüttelt den Kopf. »Die Presse hat die Handynachrichten. Die Polizei sagt, diese Info käme nicht von ihnen. Aber sie hat die Echtheit bestätigt.«

Der Fernseher ist an, es laufen Nachrichten. Offenbar bin ich die Meldung des Tages. Ich lasse mich in den Ledersessel sinken, in dem mein Vater immer dicke Geschichtsbücher gelesen hat, als wir Kinder waren.

Tom Fleming stellt den Fernseher leise. Über den Bildschirm wandern verschiedene Fotos von mir. *Oh Mann, wieso grinse ich ständig so? Wieso mache ich das?* Ich sehe komplett beschränkt aus.

Und dann denke ich auf einmal erschrocken: *Vielleicht sehe ich aus wie ein Idiot, weil ich einer geworden bin.*

Ich räuspere mich und schaue in die Runde, die sich versammelt hat, um mich vor fünfundzwanzig Jahren Knast zu bewahren. »Es tut mir leid«, krächze ich.

Von meiner Mutter, die im Türrahmen steht, kommt ein spöttisches Lachen, dann dreht sie sich um und läuft die Treppe hoch. Ich höre, wie ihre Schlafzimmertür zuschlägt.

»Schon gut, Tucker«, meint Tom Fleming. Er tätschelt mein Knie. »Was geschehen ist, ist geschehen. Wir beide wissen, dass dich das ziemlich belastet, aber daran können wir jetzt nichts mehr ändern. Jetzt müssen wir weitermachen und damit klarkommen.« Das ist doch mal eine freundliche Sicht auf die Dinge. Ich wünschte, meine Eltern würden etwas in der Art sagen. Aber wahrscheinlich kann Mr Fleming die Situation durch die rosarote Brille betrachten, weil meine Probleme für ihn jede Menge mehr abrechenbare Stunden bedeuten.

»Es kommt jetzt alles auf die Wahrnehmung an«, fährt Mr Fleming fort. »Denn dieser Fall wird nicht nur vor Gericht, sondern zuerst und vor allem in den Medien verhandelt. Wenn wir uns vor dem Gericht der öffentlichen Meinung gut schlagen, dann könnten wir womöglich den eigentlichen Gerichtssaal vermeiden. Die Polizei steht enorm unter Druck, sie muss jemanden verhaften. Wir wollen nicht, dass sie immer stärker zu der Annahme gedrängt wird, dass du dieser Jemand sein musst.«

Ich nicke.

»Bisher war dein größter Vorteil die Unterstützung der Familie. Die Mutter des Opfers, Mrs Reynolds, wollte zu deinen Gunsten aussagen. Mit ihrem Wohlwollen können wir nun aber leider nicht mehr rechnen. Und das bringt uns in eine prekäre Lage.«

Scheiße. Wenn ich doch jetzt auf der Stelle von der Erde verschluckt werden würde. »Was können wir tun?«, frage ich.

»Wir versuchen, deinen Ruf in der Presse und bei der Familie wieder ins Positive zu wenden –«

»Glauben Sie, das ist jetzt noch möglich?«, schaltet sich mein Vater ein.

»Na ja.« Tom Fleming seufzt. »Nicht vollständig, aber die jetzige Wahrnehmung ließe sich immerhin korrigieren. Wir müssen nur schnell handeln. Verstehst du, Junge?«

Mein Vater und der Anwalt stieren mich an.

»Sagen Sie mir einfach, was ich tun soll«, antworte ich.

3 Tage später
KAT

Das Essen findet im Großen Saal eines schicken Hotels in Beverly Hills statt. Ich sitze an einem Tisch weiter hinten, zusammen mit meinen Eltern und Beau. Ich bin mir sicher, dass das Essen gut ist, aber ich schmecke kaum etwas. Sydneys Familie, ihre Tanten und Cousinen und andere Leute, die ich noch nie gesehen habe, halten ergreifende Reden. Als ich weinen muss, zieht mein Vater eine Packung Taschentücher aus der Hosentasche und gibt sie mir. Ich bin ja so froh, dass meine Eltern hier sind.

Bevor wir gehen, schreiben wir noch etwas ins Gästebuch. So viele Namen, so viele Menschen, denen Sydney am Herzen lag. Es ist berührend und schrecklich zugleich. Ich unterschreibe und lege den Stift zurück auf das Buch.

»Bist du sicher, dass wir euch nicht zum Haus zurückfahren sollen?«, fragt meine Mutter.

Ich schüttele den Kopf. »Wir haben ja den Kleinbus, und außerdem hat Dad gesagt, ihr hättet kaum geschlafen. Ruht euch doch erst mal im Hotel aus. Ich rufe an, wenn die Polizei mich sprechen will.«

»Bist du sicher?«

»Ja, Mom.« Ich küsse sie auf die Wange. Dann umarme ich meinen Vater zum Abschied.

»Hat mich gefreut, Sie kennenzulernen, Mrs Powell, Mr Powell«, sagt Beau und schüttelt ihnen nacheinander die Hand.

»Hat mich auch gefreut, Beau«, antwortet mein Vater.

»Danke, Sir.«

Als wir durch die Lobby gehen, sage ich zu Beau: »Du benimmst dich aber sehr vorbildlich heute.«

Beau wird rot. »Ich möchte einen guten Eindruck machen.«

Ich muss lächeln. Meine Eltern werden Beau sicher mögen. Weil er einfach ein guter Kerl ist und sie das spüren. Und nicht wegen höflicher Anreden wie *Sir* und *Ma'am*. Es ist trotzdem sehr süß, dass er sich so bemüht.

Als wir uns den Ausgangstüren des Hotels nähern, sieht man schon durch die Glasscheiben, dass sich draußen eine Menge versammelt hat: ein Haufen kreischender Teenager und noch viel mehr erwachsene schwarz gekleidete Männer, die teure Kameras hochhalten und den Weg zwischen der Tür und unserem Kleinbus versperren. Ein Page versucht, die Leute zurückzudrängen, aber er kommt nicht gegen sie an.

»Ich denke mal, die wissen, dass wir hier sind«, sagt Beau.

»Könnte man meinen, ja.« Ich linse durchs Fenster und versuche eine mögliche Lücke zu entdecken.

»Platz da!«, ruft plötzlich ein Mädchen. Ich sehe, wie Gwen nach draußen stürmt und dabei ihren Regenschirm öffnet. »Aus dem Weg!«

Die Kameras klicken, während sie sich durch die Menge drängt, aber der Schirm bedeckt ihr Gesicht und verhindert jedes brauchbare Foto. Am Ende taucht sie in den Wagen ab. »Gwen ist vielleicht doch ein Genie«, staune ich.

Beau nimmt meine Hand. »Fertig?«

Ich nicke. Wir drücken die Türen auf und stürzen uns ins Gewühl.

»Kat!«, ruft einer der Journalisten. »Hast du mit den Reynolds gesprochen? Was haben sie dir gesagt?«

Ich wende mich in die ungefähre Richtung, aus der die Stimme kam. »Ich möchte nur sagen, dass es eine sehr schöne Trauerfeier war und wir Sydney furchtbar vermissen. Das bleibt heute mein einziger Kommentar. Danke. Lasst uns in Ruhe trauern.«

Aber sie wollen es nicht kapieren.

»Wusstest du, dass Gwen und Tucker eine Affäre hatten?«, fragt jetzt ein anderer.

Ich blicke stur geradeaus, so als hätte ich ihn nicht gehört. Ich kenne deren Tricks. Sie provozieren einen, um eine Reaktion zu bekommen, das gibt dann lukrative Fotos und schlagzeilenfähige Zitate. Aber den Gefallen tue ich ihnen nicht.

»Hast du sie getötet, Beau?«, brüllt einer.

»Kat, warst du es?«, setzt ein anderer noch eins drauf.

Beau drückt meine Hand und wir schieben uns weiter Richtung Auto. Ich fasse nach der Tür.

Da packt jemand meinen Arm. »Ob du sie getötet hast, will ich wissen!«

Ich drehe mich zu der Stimme um, eine Kamera blitzt in mein Gesicht. Ich reiße meinen Arm aus der Umklammerung.

»Fassen Sie mich nicht an«, sage ich, aber man kann mich kaum hören, so laut ist das Geschrei der Menge. Die Leute bedrängen uns jetzt noch heftiger. Mir wird ganz mulmig. Ich bekomme Angst, dass wir es hier nicht heil rausschaffen.

»Antworte doch einfach auf meine Frage, du Bitch«, droht er jetzt und streckt wieder die Hand nach mir aus.

Aber bevor er mich zu fassen bekommt, stürzt sich Beau auf ihn und verpasst ihm einen echt harten Kinnhaken. Ich schnappe nach Luft, als ich sehe, wie der Mann sich auf dem Bordstein krümmt.

Beau schüttelt seine Hand aus. »Sie hat gesagt, sie will nicht angefasst werden.«

Dreißig Kameras werden gleichzeitig ausgelöst. Das Blitzlichtgewitter schmerzt in den Augen.

21

3 Tage später

GWEN

»Hallo, Leute, hier ist Tucker. Ich poste dieses Video, um mich bei den Reynolds und meinen Fans zu entschuldigen. Viele von euch Kids haben zu mir aufgeschaut, und es fühlt sich schrecklich an, euch so enttäuscht zu haben. Es tut mir unendlich leid, dass ich so viel Schmerz verursacht habe. Ich habe meine Freundin Sydney Reynolds wirklich sehr geliebt. Und ich habe einen Fehler begangen, den ich für den Rest meines Lebens bedauern werde. Mein kurzer Flirt mit Gwen hat mir nichts bedeutet. Das mit Sydney war echte Liebe, und jetzt haben wir alle sie so jung und so plötzlich verloren. Ich sehe die Dinge nun klarer. Ich erkenne den Unterschied zwischen einem dummen Teenagerfling und einer Liebe fürs Leben – denn das hätte es werden können, wenn uns dieser wunderbare Mensch nicht genommen worden wäre. Ich kann meinen Fehltritt nicht wiedergutmachen, doch ich möchte alles mir Mögliche tun, um Familie Reynolds beizustehen, während sie das hier durchmacht, und um das Monster, das dieses furchtbare Verbrechen begangen hat, seiner gerechten Strafe zuzuführen.«

Ich sehe sein Video nur ein paar Sekunden, nachdem es gepostet wurde.

Als es hochgeladen wird, liege ich noch im Bett, in dem schwarzen Kleid von der Beerdigung und einem Oversize-Sweatshirt, und versuche einzuschlafen, damit ich diesem Tag entkomme. Das Essen nach der Beerdigung war der totale Albtraum: Ich saß mit irgendwelchen Verwandten von Sydney zusammen, die kein TikTok und keine Ahnung haben, und habe in einem matschigen Salat mit zu viel Dressing rumgestochert, während sich alle anderen im Saal das Maul über mich zerrissen haben.

Ich will, dass dieser Tag endlich vorbei ist. Und während ich so daliege, höre ich, wie mein Handy dingelt, und greife zombiemäßig langsam danach. Doch fünf Sekunden von Tuckers kleiner Ansprache reichen, um mich aufrecht im Bett sitzen zu lassen, während das Adrenalin nur so durch meine Adern rauscht.

Ich traue meinen Augen und Ohren nicht, also spiele ich das Video noch mal ab.

Und danach bin ich so was von wach. Mein Herz

hämmert in meiner Brust, ich springe aus dem Bett und bin ruckzuck an der Tür.

»Tucker *fucking* Cambell«, schreie ich, während ich über den Flur wetze. Er hat das Video in seinem Zimmer gedreht, also muss er verdammt noch mal da sein. In meinen Seidenstrumpfhosen rutsche ich über die glatten Holzdielen und knalle fast auf den Hintern.

Tucker meldet sich nicht, aber als ich an seinem Zimmer ankomme, steht er in der Tür.

»Was war das denn für eine Scheiße?« Ich schiebe mich an ihm vorbei in sein Zimmer, trample durch das Chaos, über zerdrückte Bierdosen und schmutzige Wäsche. »Ein *kurzer Flirt*, ja? Ein *Fehler*? Willst du mich komplett verarschen? Du hast gesagt, du liebst mich!«

»Also, um ehrlich zu sein«, er sieht mich nicht an und gräbt lieber die Spitze seines Sneakers in den Teppich, »habe ich nur gesagt, dass ich *gern mit dir zusammen bin.*«

»*Was?*« Das Zimmer dreht sich um mich. Ich drücke eine Hand an die Stirn. »Nein, du hast ... ganz bestimmt hast du ...« Ich versuche krampfhaft, mich zu erinnern.

Aber ich kann beim besten Willen nicht genau sagen, wann und wo er mir seine Liebe gestanden haben könnte. Aber das hat er, das weiß ich. *Oder habe ich es nur angenommen, nach allem, was zwischen uns passiert ist, was wir gemacht haben ...* »Ich dachte, du liebst mich«, sage ich. »Ich habe viele schreckliche Dinge getan, weil ich dachte, dass du mich liebst.«

Ich muss daran denken, wie oft wir uns heimlich geküsst haben, wie wir uns weggeschlichen, irgendwo versteckt, heimlich getroffen haben. All diese schönen Erinnerungen sind auf einmal verdorben, da jetzt rauskommt, was eigentlich dahintersteckte.

»Was für schreckliche Dinge denn?«, höre ich ihn fragen, aber es klingt, als käme seine Stimme von ganz weit weg.

»Deswegen wolltest du unsere Beziehung nicht öffentlich machen. Für dich war es nicht einmal eine richtige Beziehung …« Mein Gesicht brennt. Aus dem Augenwinkel sehe ich das Lakers-Sweatshirt, das ich ihm geschenkt habe, im Kleiderschrank hängen. Ich gehe rüber, zerre es vom Bügel und werfe es auf den Boden. Das fühlt sich gut an. Stark. Also schnappe ich mir noch ein paar Sachen und schleudere sie ebenfalls auf den Boden. Ich will auch die Kleiderstange rausreißen, aber die ist zu fest montiert.

»Welche schrecklichen Dinge, Gwen?«, fragt er wieder.

Ich steuere auf seine Schubladen zu und zerre sie raus, dadurch fällt lauter Zeugs auf den Boden – darunter ein halb leeres Päckchen Zigarettenblätter und etwas, das wie Tuckers Reisepass aussieht. Mir verschwimmt der Blick vor Tränen. Ich trete auf den Haufen ein. Tucker steht daneben und sieht mir mit großen Augen zu.

»Ich hoffe nur, du bist jetzt glücklich«, sage ich. »Denn wir sind hiermit fertig. Für immer.«

Ich stampfe aus seinem Zimmer, mir laufen Tränen über die Wangen. Ich höre, dass er mir etwas nachruft, ich höre seine Schritte hinter mir. Aber ich werde nicht langsamer.

Ich werfe meine Schlafzimmertür zu und schließe ab. Wie wild geworden tigere ich durch den Raum. »Alexa«, rufe ich, »spiel *Music About Crappy Boys*. Lautstärke zehn.«

Aus dem Lautsprecher dröhnt Olivia Rodrigos Musik und übertönt mein Schluchzen. Ich reiße die Balkontür auf. Der Wind bläst mir die Haare zurück, blonde Strähnen bleiben an meinen nassen Wangen kleben. Die kühle Luft tut gut auf der Haut. Mein Körper fühlt sich an, als würde er zehn Grad zu heiß laufen.

Ich kämpfe mit dem silbernen T-Ring an meinem geschwollenen Finger. Endlich löst er sich. Ich lasse ihn eine Sekunde in der Handfläche liegen und betrachte das angelaufene Metall. Dann hole ich aus, mit all der Kraft, die ich in zwei Jahren Pure-Barre-Kursen angesammelt habe, und werfe ihn Richtung Meer.

Ich kann nicht sehen, wo er landet. Ich stelle mir vor, dass er ins Wasser fällt und auf den Boden des Pazifiks sinkt. Ich weiß zwar, dass das endlose Stemmen von Anderthalb-Kilo-Gewichten mir nicht genug Kraft verliehen hat, um das Ding hinter die Felsen zu schleudern, aber ich mag die Vorstellung. Jedenfalls ist der Ring jetzt verschwunden.

Ich werfe mich auf mein Kingsize-Bett und weine. Ich weine mit lauten, dramatischen Schluchzern, die mich durchschütteln. Ich weine dicke Mascaratränen, die auf die weiche weiße Bettwäsche tropfen.

Wegen der Musik überhöre ich fast das aggressive Hämmern an der Tür. »Gwen, mach auf«, fordert Tucker.

»Niemals!« Ich werfe ein Kissen gegen die Tür. »Verschwinde!«

Wenn Tucker Campbell jemals noch mal mit mir reden will, kann er 250 Dollar für ein Meet-and-Greet bezahlen, so wie jeder andere auch.

22

3 Tage später

BEAU

»Unglaublich, was du da gemacht hast«, sagt Kat. Sie sucht im Eisfach nach einem Coolpack.

Ich setze mich auf einen der Stühle an der Anrichte. »Dieser Typ war einfach das totale Arschloch.«

»Ich weiß.« Sie schubst die Kühlschranktür mit der Hüfte zu. »Aber ich wäre auch alleine zurechtgekommen.«

»Stimmt. Musstest du aber nicht«, erwidere ich.

Sie hält einen Beutel gefrorene Erbsen hoch. »Was Besseres haben wir nicht.« Dann untersucht sie meine Hand: Sie ist etwas geschwollen und an den Knöcheln ist die Haut aufgeplatzt. Vorsichtig legt sie den Beutel darauf. Ich zucke zusammen. Sie streicht mir die Haare aus dem Gesicht und lässt ihre Hand auf meiner Wange liegen. »Na dann: Danke«, sagt sie, »dass du das für mich getan hast.«

Unsere Handys auf der Anrichte beginnen wie wild zu vibrieren. Kat nimmt ihres in die Hand. Sie lächelt. »Meine Mutter möchte wissen, ob es uns gut geht, und mein Dad hat geschrieben: *Ich wusste doch, dass mir dieser Beau gefallen würde.*«

Sie verdreht die Augen, hört aber nicht auf zu grinsen. Doch dann scrollt sie weiter und wirkt auf einmal komplett verstört.

»Was ist?«, frage ich.

»Ach nichts. Die haben was zu heute geschrieben und im Internet taucht das Bild auf.«

Ich nehme mir mein Handy und wische mühsam mit der linken Hand übers Display. Ich klicke auf Twitter, die Seite wird aktualisiert: Das Foto taucht nicht nur auf, es nimmt meinen gesamten Feed ein. Wir sind überall. Wie ich dem Arschloch eine verpasse, während Kat erschrocken danebensteht, fotografiert aus jedem Winkel, betitelt mit: SYD IST TOT, DAS RITTERTUM LEBT oder: TIK-TOK-ZACK!

»Gar nicht so schlecht«, kommentiere ich und zeige Kat die Sprüche.

Sie schaut weniger amüsiert. »Das ist kein Spaß, Beau. Was ist, wenn dich das irgendwie belastet? Ich hab ein echt schlechtes Gewissen. Das ist meine Schuld.«

»Ist es nicht«, entgegne ich. »Ich habe das ganz allein entschieden. Ich bin einem Ekelpaket begegnet und habe beschlossen, ihm eine runterzuhauen. Okay? Das geht alles auf mich. Ich würde es jederzeit wieder tun. Ohne zu zögern.«

»Das weiß ich. Trotzdem könnte das Folgen haben für dich. Was ist, wenn dieser Typ dich anzeigt?«

Das wäre natürlich beschissen, denke ich, sage es aber nicht. Kat soll wissen, dass ich es nicht bereue. Denn das tue ich nicht, kein Stück.

Kat öffnet TikTok und scrollt durch die Videos. Die Hälfte dreht sich um Tucker und Gwen und ihre Sex-Texts, die andere um mich und meinen Kinnhaken. *Gibt es denn nichts anderes, worüber die Leute reden wollen?*, frage ich mich.

»Gewalttätige Menschen werden nun mal gerne gewalttätig«, tönt Nora Caponis Stimme aus Kats Telefon. Die Superkriminalistin ist also auch bei TikTok. »Wenn Sie noch Zweifel daran haben, wer Sydney Reynolds getötet haben könnte, dann empfehle ich Ihnen, sich einmal diesen körperlichen Angriff anzuschauen –«

Kat scrollt weiter. »Ich finde es süß, wie Beau Kat verteidigt hat«, sagt ein Mädchen.

»He, wir haben eine Unterstützerin.« Ich beuge mich über Kats Display. Der Post stammt von @hannahbanana23. Ich habe das Mädchen schon mal irgendwo gesehen, ich weiß nur nicht mehr wo. Das Video hat nur etwa dreißig Likes, also ist sie keine große TikTok-Nummer.

»Ja, *eine*«, murmelt Kat.

»… ihr wisst, dass ich *Bat* schon immer als Paar gesehen habe, und das hier ist ganz gewiss kein Beweis, dafür, dass Beau ein Killer ist. Es beweist, dass er einer von den Guten ist, der die Menschen, die er liebt, verteidigt. Ich bin mir jetzt nur umso sicherer, dass weder Kat noch Beau etwas mit diesem Mord zu tun haben, und das habe ich auch meiner Mom gesagt –«

Kat scrollt weiter.

»Warte! Mach mal zurück«, bitte ich sie. Ich glaube, ich weiß jetzt, woher ich das Mädchen kenne. »Klick mal auf ihr Profil.«

Sie zeigt mir die Bio: Da steht, sie geht auf die Santa Monica Highschool. Ich wische nach unten und tatsächlich entdecke ich ein wenige Wochen altes Video, in dem *Hannah Banana* zu Hause zu sehen ist. Im Hintergrund erkennt man eindeutig ihre Mutter: Detective Elena Johnson.

»Eine Unterstützerin, die bei einer sehr wichtigen Person ein gutes Wort für uns einlegt«, sage ich, als ich Kat das Telefon zurückgebe.

23

4 Tage später

TUCKER

»Verschwinde, Tucker«, sagt Brooklyn. Das ist jetzt das zweite Mal in den vergangenen vierundzwanzig Stunden, dass ein Mädchen das zu mir sagt. »Du hast genug angerichtet.« Sie will die Haustür der Reynolds wieder zuschieben.

»Warte mal.« Ich stütze meinen Arm an den Türrahmen. »Ich weiß, dass du nach dem, was gestern passiert ist, wahrscheinlich nie wieder mit mir reden willst, und ich verstehe das auch. Aber bevor wir kein Wort mehr miteinander sprechen, wollte ich dir das hier geben.« Ich halte ihr das Buch hin, das ich mitgebracht habe. Es ist ein seltenes, ziemlich altes Buch, deshalb habe ich es zum Schutz in eins meiner T-Shirts gewickelt. Es hat ziemlich gedauert, bis ich es zwischen meinem ganzen Zeugs gefunden hatte, zumal Gwen mein Zimmer in eine noch größere Katastrophe verwandelt hat, als es das vorher schon war.

Brooklyn zögert. Sie schaut auf das Bündel in ihren Händen und beißt sich auf die Unterlippe – genau so, wie ihre Schwester es immer getan hat. Dann wickelt sie das Buch aus, um sich den Einband anzuschauen. Er ist aus rotem Leder und mit goldenem Blumenmuster bedruckt. Das Buch sieht ganz anders aus als die Sorte Bücher, die ich so lese, nämlich Paperbacks mit Schauspielerfotos von der Verfilmung vorne drauf. Es sieht aus, als würde es nicht in dieses Jahrhundert gehören. »Syd hat mir das letztes Jahr zum Geburtstag geschenkt. Es ist ein Sammlerstück«, erkläre ich. »Die Gedichte von W. H. Auden. Ich glaube, sie ist durch *Vier Hochzeiten und ein Todesfall* drauf gekommen. Den Film haben wir zusammen gesehen und ich hab wohl gesagt, der wäre nicht ganz so schlimm wie die anderen alten Romcoms, die ich mit ihr gucken musste.«

Ich erinnere mich jetzt, wie Syd ganz gespannt zugeschaut hat, als ich das Buch ausgepackt habe. Sie war so glücklich, dass sie es für mich entdeckt hatte. Und ich war enttäuscht, als ich durch das Papier den Buchrücken ertastete.

Ich finde es grässlich, wenn meine Mutter mir Bücher schenkt. Da muss nicht auch noch meine Freundin mit einem ankommen. Sollte sie mir nicht lieber Dinge schenken, die ich mag? Ein Xbox-Spiel zum Beispiel?

»Eins der Gedichte kommt in deinem Lieblingsfilm vor!«, begeisterte sie sich, während ich durch die Seiten blätterte.

»*Stirb langsam*?«, antwortete ich, denn das ist mein absoluter Lieblingsfilm. Na gut, ein bisschen wollte ich sie auch ärgern.

Und jetzt stehe ich also vor der Tür ihres Zuhauses und schüttle den Kopf, um die Erinnerung zu vertreiben. »Ich habe das Geschenk nicht richtig zu schätzen gewusst«, erzähle ich Brooklyn. »Nicht so, wie ich es hätte tun sollen. Jedenfalls verdiene ich es nicht. Deswegen habe ich mir gedacht, dass du es lieber haben solltest. Erst recht seit gestern, als dieses Gedicht unterbrochen wurde. Es ist aus dem Buch und kommt eben auch in dem Film vor. Mir ist es wieder eingefallen.«

Sie betrachtet das Buch. Ihre Finger tasten nach dem Post-it, das die Seite mit dem Gedicht markiert. Sie liest schweigend. Dann sieht sie auf und wischt sich eine Träne von der Wange. »Tucker, du musst mir das nicht geben.«

»Doch, muss ich«, erwidere ich. »Du und ich waren ihr am nächsten. Aber ich habe sie enttäuscht. Du nicht.«

»Warte kurz«, sagt sie. Mit dem Buch in der Hand verschwindet sie im Haus.

Ich bleibe auf der Veranda zurück und bete, dass Mr oder Mrs Reynolds nicht an der Haustür vorbeikommen. Ich weiß nicht, vor wem ich mich mehr fürchte.

Dann ist Brooklyn zurück und hält Sydneys alten Teddy Mr Fuzzle Butt im Arm. »Seit diesem einen Morgen überlege ich, ob nicht lieber du ihn haben solltest.

Ich glaube, sie fände es richtig, dass du ihn bekommst. Damit du dich an sie erinnerst.«

Ich muss an die Schlagzeilen in der Klatschpresse denken, an die endlosen Benachrichtigungen von Tik-Tok und Instagram, die mein Handy fluten, und an die Anwälte, die Polizei und die Paparazzi, die mich stalken. Ob nun mit oder ohne Teddy: Ich bin mir sicher, dass ich Sydney Reynolds nicht so schnell vergessen werde. Aber das sage ich Brooklyn nicht. Stattdessen greife ich nach dem Bären, als wäre er mein Rettungsanker. »Ich kann dir gar nicht sagen, was das für mich bedeutet«, beteure ich.

Sie legt mir die Arme um den Hals, und auch ich umarme sie. Sie weint leise an meiner Brust und lässt ihren zerbrechlichen, zarten Körper gegen mich fallen. Ich halte sie fest und gebe besänftigende Laute von mir, so wie ich ein Tier beruhigen würde.

Ich atme tief ein. Ihre Haare riechen genau wie Syds. Ich nehme an, das liegt wohl eher am selben Shampoo als am Zwillingsstatus. Trotzdem ist es schön, diesen Geruch wieder in der Nase zu haben. Er kommt mir so bekannt vor, und ich bin überrascht, wie angenehm ich ihn finde.

»Ich sage nicht, dass es in Ordnung war, was du getan hast«, stellt sie klar. »Aber ich vergebe dir.«

»Danke«, flüstere ich ihr ins Ohr. Erleichterung durchströmt mich. *Es hat funktioniert.*

Sobald ich wieder im Auto sitze, rufe ich meinen Anwalt an und berichte ihm von dem Teddy.

24

3 Tage vorher

SYDNEY

»Denkt immer dran: Wir sind nicht nur Freunde, wir sind eine Familie. Das LitLair ist kein Collab-Haus, sondern ein Collab-Zuhause«, verkünde ich wie jedes Mal zur Eröffnung unsere WG-Sitzung.

Ich werfe einen Blick auf die Tagesordnung. Heute sollte das eigentlich eine einfache Nummer werden, aber ich will alles korrekt abarbeiten, damit sich niemand später beschweren kann, ich wäre nicht nach dem vorgeschriebenen Schema vorgegangen.

»Haben alle ihr Handy ins Glas gelegt?« Als ich von meinen Papieren aufsehe, entdecke ich, dass Gwen wie wild auf ihrem Handy herumtippert. Ich gehe mit dem Gefäß auf sie zu. »Komm schon, du kennst die Regeln.«

Gwen gibt widerwillig ihr Handy ab. Als ich das Einmachglas zum Tisch bringe, sehe ich noch, wie Tuckers Display aufleuchtet. Wieder eine Nachricht von seinem

Zahnarzt. Er muss sich eine Füllung machen lassen, sie schicken ihm beinahe täglich eine Erinnerung.

»Also, heute stehen mehrere Punkte auf der Tagesordnung: Zuerst einmal wechseln wir von *Spindrift* zu *Lacroix*, da Gwen einen Sponsorendeal an Land gezogen hat. Im Hintergrund ihrer Videos dürfen also keine anderen Mineralwasser mehr zu sehen sein. Und Clout 9 fordert uns immer wieder zu Challenges heraus – diese werden bitte sämtlich ignoriert. Wir wollen ihnen nicht die Genugtuung bereiten, sie als Konkurrenten anzuerkennen. Also keine Duette bitte. Wir reagieren auf nichts, was von denen kommt. Ach, und noch was: Wer auch immer das Ringlicht in den Pool geworfen hat, möge bitte aus der schwarzen Kasse einen Ersatz besorgen. Die Dinger sind nicht wasserfest.« Ich mache eine Pause. »Alle einverstanden? Gibt es Fragen? Einwände?«

Alle signalisieren durch Murmeln oder Handzeichen ihr Einverständnis.

Ich streiche die Themen von der Liste. »Und jetzt zum letzten und wichtigsten Tagesordnungspunkt: Meine Zwillingsschwester Brooklyn Reynolds möchte zu uns ins Haus zu ziehen!« Ich quietsche vor Freude. »Das würde bedeuten, dass wir das offizielle Esszimmer in ein Schlafzimmer umwandeln und der Billardtisch und andere Spiele in den Keller wandern.«

Ich blättere durch den WG-Vertrag. Es ist das erste

Mal, das wir unser anfangs festgelegtes Abstimmungsverfahren nutzen.

1. ALLE AKTUELLEN BEWOHNER DES HAUSES MÜSSEN ANWESEND SEIN.

Geht klar. Nächster Punkt. »Okay, an dieser Stelle darf diskutiert und debattiert werden. Aber in diesem Fall ist die richtige Entscheidung ja nicht schwer zu treffen.« Ich grinse in die Runde.

»Ach ja?«, meldet sich Cami zu Wort. Sie zieht eine Augenbraue hoch.

Ich wusste, dass das ein Problem werden könnte. Nachdem heute die Zusage von *Parker* kam, habe ich schon geahnt, dass Cami mir es irgendwie heimzahlen würde. Aber egal. Brooklyn braucht nur eine einfache Mehrheit, um in die WG gewählt zu werden. Cami kann so viel protestieren, wie sie will, es wird bei fünf Stimmen gegen eine bleiben.

»Ich bin mir da auch nicht so sicher«, sagt Gwen. Ich werfe ihr einen entsetzten Blick zu. »Na ja, Brooklyns Zahlen sind ja nicht so toll. Sie hat vielleicht gerade viertausend Follower. Und dabei ist ihre Like-Quote ziemlich schwach. Ich befürchte, sie wird unseren WG-Durchschnitt senken. Das könnte unserer Marke schaden.«

Ich schnaube verächtlich. Gwen redet, als wäre sie nicht seit Jahren mit Brooklyn und mir befreundet. Viel länger, als sie berühmt ist. Früher hat sie sich an unsere Familienausflüge rangehängt, weil ihre Mutter *Ange-*

stellte bei meinem Dad war. Und jetzt, wo sie der Tik-Tok-Liebling ist, will sie Brooklyn einfach absägen.

»Das stimmt ... ich glaube, sie ist nicht die Richtige, um bei TikTok groß rauszukommen«, meint Cami. »Ihr Look passt einfach nicht, die Art, wie sie rüberkommt. Falls ihr versteht, was ich meine.«

»Sie sieht doch aus wie ich!«, protestiere ich.

»Mehr sag ich nicht.« Cami zieht die Nase kraus.

Jetzt hebt Beau schüchtern die Hand. Oh Mann, dem harmlosen Hippie werden Gwens Beliebtheitsstatistiken und Camis alberne Rache wegen Parker doch ziemlich egal sein.

»Also, es ist so«, beginnt Beau. »Ich habe eher Bedenken, dass das alles hier zu gleichförmig wird. Wir haben jetzt schon mehr Leute, die tanzen, als Leute, die Comedy machen, und das geht dann noch stärker in die Richtung. Brooklyn ist wieder jemand aus L. A., wieder ein weißes Mädchen aus einer reichen Familie. Wenn wir jemanden dazuholen wollen, dann vielleicht lieber eine Person aus einem anderen Staat oder mit einem anderen Hintergrund.«

»Ja, wie wäre es mit einem Kerl«, schaltet sich Tucker ein. Ich starre ihn wütend an. Ich kann nicht glauben, dass mein Freund an dieser blödsinnigen Diskussion teilnimmt. »Ich meine ja nur.« Er hebt unschuldig die Hände. »Mit ihr wären es nämlich fünf gegen zwei, das ist ganz schön unfair.«

Ich verdrehe die Augen. »Das ist alles so lächerlich«, schimpfe ich. »Es geht hier doch nicht um irgendjemanden! Sondern um Brooklyn, meine Zwillingsschwester. Sie wird ja wohl in dem Haus wohnen dürfen, das meine Eltern bezahlen.«

»Du kannst uns das nicht einfach so aufnötigen«, widerspricht Cami und zeigt auf den WG-Vertrag in meiner Hand. »Wozu wählen wir sonst überhaupt?«

»Ich dachte, das hier wäre eine reine Formalität! Ich habe nicht damit gerechnet, dass es Einwände geben könnte. Sie ist meine Zwillingsschwester, verdammt! Ich dachte, es wäre selbstverständlich, dass sie zu uns kommt.«

»Tut mir leid, Syd«, sagt Gwen. »Aber das ist es nicht.«

Ich kämpfe dagegen an, vor Wut loszubrüllen. Diese Idioten sollen also über das Schicksal meiner Schwester entscheiden. Sie haben es in der Hand, ob Brooklyn eine Internetkarriere startet oder nicht. Sie verhindern womöglich ihren Traum.

»Das wird mir hier ein bisschen zu heftig«, meint Kat. »Jetzt beruhigt euch mal alle. Freundlich bleiben, okay?« Dann schlägt sie mir vor: »Vielleicht beenden wir die Diskussion und halten lieber gleich die Wahl ab?«

Ich nicke und sie hilft mir, Stifte und Zettel zu verteilen.

Ich schreibe in großen Buchstaben *JA* auf mein Papier und werfe es in die Glasschüssel, die uns als Wahlurne dient: eins zu null.

Obwohl sie Bedenken geäußert haben, kann ich mir

nichts anderes vorstellen, als dass mein Freund und meine beste Freundin in meinem Sinne abstimmen. Und die liebe Kat, die doch keiner Fliege was zuleide tut und Konflikten gerne aus dem Weg geht, wird mich auch nicht verärgern wollen. Und dann hab ich es im Kasten, selbst ohne Cami, die nach dem *Parker*-Deal absolut nicht mehr zu gebrauchen ist. Und auch ohne Beau, bei dem es wohl unentschieden steht, nach dem, was er von sich gegeben hat. Ich brauche ja nur eine einfache Mehrheit, vier zu zwei reicht aus.

Ich beobachte, wie Beau seinen Stimmzettel in die Schüssel legt. Es ist der letzte. Aber an seinem Gesicht lässt sich nichts ablesen.

Ich stelle die Schüssel auf der Ottomane ab und falte den ersten Zettel auf.

NEIN.

Okay, alles klar. Zumindest eine Gegenstimme muss es ja geben. Die Handschrift sieht nach einem Mädchen aus, also kommt der Zettel wohl von Cami. Ich falte noch einen auf.

NEIN.

Jetzt schlägt mein Herz doch schneller. Aber das geht noch in Ordnung. Zwei zu vier, damit komme ich zurecht. Also die nächste Stimme.

JA.

Ah, jetzt kommen die guten, denke ich. Obwohl ich natürlich meine eigene Handschrift erkenne.

Die nächste.

NEIN.

Mist. Was, wenn es unentschieden ausgeht? Ich sehe zu Kat, die aber auf den Boden starrt. Was wird das hier? Tut so lieb und macht dann etwas, mit dem sie mich absichtlich verletzt. Dabei hat sie noch nicht einmal Argumente geliefert. Sie hat mir keine Chance gegeben, für meine Schwester einzutreten. Das ist noch schlimmer als das, was Beau getan hat.

Ich nehme den nächsten Zettel aus dem Glas.

NEIN.

Ich bin abgrundtief enttäuscht. Was für ein elendes Theater. Das Papier ist mit Glitzerstift beschrieben, also muss es von Gwen stammen. Obwohl die Angelegenheit damit eigentlich erledigt ist, falte ich auch den letzten Zettel auf.

NEIN.

Das war es dann. Weder meine beste Freundin noch mein Freund scheren sich einen Dreck um meine Schwester. Oder um mich.

Ich. Kann. Das. Nicht. Glauben. Wut kocht in mir hoch. Ich fühle mich total überrumpelt. Die besten Freunde, die ich auf der Welt habe, verraten meine Zwillingsschwester, die doch zu mir gehört wie niemand anders. Es fühlt sich an wie ein unerwarteter, brutaler Schlag in die Magengrube.

»*Ahhh!*« Ich fahre mit dem Arm über die Ottomane und schleudere die Glasschüssel zu Boden. Sie zerbirst.

Gwen zuckt zusammen. Kat legt die Hand vor den Mund.

»Ich scheiß auf euch«, gifte ich. »Ihr tut so superfreundlich, macht Selfies mit euren Fans und teilt grinsend Give-aways aus, aber für die Menschen, die euch im echten Leben umgeben, habt ihr rein gar nichts übrig. Im echten Leben seid ihr die allergrößten Arschlöcher.«

Ich stürme aus dem Zimmer, trample mit meinen Sandalen durch die Scherben.

»Vorsicht, Sydney«, warnt Kat. »Pass auf deine Füße auf.«

Aber ich werde nicht langsamer. Ich habe es so satt, dass Kat immer so tut wie eine Heilige, obwohl sie doch genauso selbstsüchtig und eingebildet ist wie die anderen.

Ich packe eilig meine Sachen und werfe einfach alles, was mir ins Auge fällt, in meinen Koffer. Ich muss hier raus. Ich will zu meiner echten Familie. Ich will bei Brooklyn sein, nicht bei diesen Fake-Freunden.

Ich stürme die Treppe hinunter, hinter mir poltert der Koffer über die Stufen. Unten steht Gwen und glotzt mich entgeistert an. Meine beste Freundin. Ist sie Kylie, bin ich Kendall. Ist sie Serena, bin ich Blair. Und jetzt ist sie mir so fies in den Rücken gefallen.

»Ich glaube es einfach nicht«, zische ich im Vorbeigehen.

Gwen folgt mir nach draußen. »Sydney, es tut mir leid –«

»Nein. Spar dir das.« Ich schubse den Koffer hinten in meinen SUV. »Eigentlich war es total vorhersehbar, ich hätte damit rechnen müssen. Weißt du, dass Tucker immer gewitzelt hat, du würdest mich noch umbringen, um dir meine Haut überzuziehen? So offensichtlich war allen, wie eifersüchtig du auf mich und Brooklyn bist.« Ich werfe den Kofferraum zu. »Es ist so unfair von dir, ihr das ausgerechnet jetzt heimzuzahlen, nur wegen deines blöden Komplexes, weil du eben doch nie *richtig* zu unserer Familie gehört hast.«

»Du glaubst also, es geht nur darum?«

»Immer geht es nur darum bei dir, Gwen. Du warst doch eine komplette Null, bevor du mich kennengelernt hast. An deiner ranzigen Mittelschule mochte dich niemand. Aber es hat dir nicht gereicht, mit uns befreundet zu sein, stimmt's? Es war schon immer so, dass du lieber ich gewesen wärst.«

»Oh Mann, hörst du dich eigentlich reden?« Gwen steht vor der Fahrertür und versperrt mir den Weg. »Wer will denn noch diese bescheuerten Geschichten aus der achten Klasse hören? Du warst das beliebteste Mädchen in der Highschool, blabla? Wie toll, Sydney. Ich bin jetzt das beliebteste Mädchen auf der ganzen

Welt.« Sie lacht böse. »Kapier mal eins: Ich will nicht du sein. Ich bin schon du. Nur besser.«

Ich schiebe mich an ihr vorbei, setze mich ins Auto und schlage die Wagentür zu. Ich lege den Rückwärtsgang ein und mache mich davon. Ich halte nicht mal an, um mich anzuschnallen. Ich muss einfach nur weg hier.

Wie sie das gesagt hat, mit so einem lodernden Hass in den Augen: *Ich bin schon du.* Wie krank ist das denn?

Während der gesamten Fahrt zu meinen Eltern drehe ich es im Kopf hin und her, und mir wird klar: Ich habe eindeutig Angst vor meiner besten Freundin.

25

5 Tage später

TUCKER

Ich wache auf, weil vor meinem Fenster geredet wird. Als ich auf meinem Handy nach der Uhrzeit – 8:13 – sehe, entdecke ich eine TikTok-Benachrichtigung für @LitLair_L.A. Ich mache mich auf das Schlimmste gefasst und öffne die App.

Wieder ein anonymer Post. Eine Zusammenstellung von Verfolgungsjagden: Aufnahmen von O. J. Simpsons Flucht im weißen Ford, Ausschnitte aus *The Blues Brothers* und die Schlussszene von *Bonnie und Clyde*. Dazu der Text: *Es soll vorkommen, dass das Fluchtauto gar nicht so weit fahren muss :) Aber die Jagd wird natürlich schnell langweilig, wenn die Polizei nicht weiß, wo's langgeht :/ Also hier ein kleiner Tipp, damit es spannend bleibt: Die Tatwaffe versteckt sich in der LitLair-Garage!*

Ich trete ans Fenster. Draußen in der Einfahrt stehen bereits mehrere Einsatzwagen. Mit dem Telefon in der

Hand, nur in Boxershorts, tapse ich die Stufen runter zum Durchgang zur Garage. Die Tür ist halb offen.

Ich stehe mit bloßen Füßen auf den Fliesen und beobachte schweigend, wie eine Handvoll Polizisten unsere Autos auseinandernehmen. Spürhunde wetzen schnüffelnd in alle Ecken.

Die Bullen reißen die Taschen und Schachteln vom Rücksitz in Gwens Jeep und schütteln grellbunte Kleider und Schuhe auf den Garagenboden. Sie legen die Sitze in Camis SUV um und streichen mit den Handflächen über die Fußmatten in meinem *Tesla*.

Einer der Hunde wittert jetzt an der Haube des puderblauen *VW*-Käfers, von dem schon der Lack abblättert und auf dem ein *Save-the-Turtles*-Sticker klebt. Dann zieht er weiter.

Als er an Gwens Jeep anlangt, bleibt er erneut stehen. Er stellt sich auf die Hinterläufe und beschnüffelt das Ersatzrad, auf dessen Hülle die Aufschrift *Ugh, as if!* prangt. Und jetzt bellt der Köter los. Ein zweiter Hund zerrt an der Leine und will hinüberstürzen. Ich sehe, wie eine Handschuhhand die Abdeckung abzieht und in den Reifen fasst. Und eine schwarze Waffe hervorholt.

Es ist die Pistole, die ich schon kenne: Ich habe sie beim Geburtstag der Zwillinge gesehen und auf dem Foto, das mir die Kommissarin gezeigt hat.

Wieder habe ich die Szene vor Augen, als Sydney die Pistole auspackte. Aber dieses Mal weitet sich der Blick meines inneren Auges und ich sehe auch das Mädchen, das neben ihr sitzt. Das Mädchen, das natürlich neben ihr sitzen musste, als beste Freundin. Die sich anschaut, was Sydney geschenkt bekommt. Ihre blonden Haare glänzen im Licht.

Und jetzt weiß ich auch wieder, wer mir zuerst von der Fahrt zum Schießstand erzählt hat. Es war Gwen, die damals auf dem Rücksitz saß, als Brooklyn sich weigerte auszusteigen. Gwen, die stattdessen ihre Tür öffnete und sagte: »Dann geh ich mit, Syd.«

Jetzt wissen wenigstens zwei meiner Mädels, wie man schießt, hatte Mr Reynolds gescherzt. Gwen hat diese Bemerkung andauernd wiederholt. Sie war immer total glücklich, wenn es sich anhörte, als würde sie zur Familie gehören.

Ich verstehe nicht, wie ich das vergessen konnte: Während Brooklyn weinend im Auto saß, haben Sydney *und Gwen* gelernt, wie man schießt. Gwen weiß, wie man eine Waffe bedient. Gwen weiß, wie man *diese* Waffe bedient.

26

5 Tage später

GWEN

»Das Gute ist doch, dass man keine Fingerabdrücke von dir auf der Waffe gefunden hat«, meint Sheila. »Damit können wir begründeten Zweifel geltend machen. Wir werden auf jeden Fall vorbringen, dass jemand sie dort platziert haben muss. Erst recht, da die Polizei doch schon am Tag des Leichenfunds mit Spürhunden in der Garage war und nichts gefunden hat.« Ich tupfe mir die Augen und drücke mein Handy ans Ohr, während ich, noch im Schlafanzug, Runden durch mein Zimmer laufe und meine pinkfarbenen Schlappen über den Boden quietschen. »Aber die schlechte Nachricht lautet, dass auch keine anderen Fingerabdrücke auf der Waffe gefunden wurden.«

»Die schlechte Nachricht lautet doch wohl eher, dass die Waffe in meinem Auto gefunden wurde, oder?« Ich breche schon wieder in Tränen aus.

»Das stimmt«, bestätigt Sheila langsam. »So ist es. Tut mir leid, aber ich dachte, das muss ich nicht noch betonen.«

Ich bemühe mich, irgendwie klar zu bleiben, und schnappe zwischen meinen Schluchzern nach Luft. Als ich aufgewacht bin, waren meine Augen noch ganz geschwollen, weil ich die zweite Nacht in Folge wegen Tucker durchgeheult habe, und jetzt ist auch noch diese elendige Mordwaffe in meinem Jeep gefunden worden. Mein Leben befindet sich offenbar im freien Fall. Und ich habe nichts, woran ich mich klammern kann.

»Also, da es keinerlei Abdrücke gibt«, fährt Sheila fort, »wäre es doch sehr hilfreich, wenn wir irgendeine Idee dazu hätten, wer die Pistole dort platziert haben könnte. Wer hatte in den vergangenen Tagen Zugang zur Garage?«

»Na ja, so ziemlich alle! Alle Hausbewohner, die Anwälte und Polizisten und sämtliche Leute, die hier die Woche über kommen und gehen.«

»Aha«, sagt sie. Und räuspert sich.

»Sheila«, sage ich. »Werden die mich verhaften?«

Sie schweigt, atmet aus. Mir wird ganz elend. Irgendwann antwortet sie: »Ich glaube nicht ... zumindest jetzt noch nicht. Eben weil keine Fingerabdrücke von dir auf der Waffe waren. Vor Gericht haben sie nur einen Versuch, also brauchen sie starke Beweise, bevor sie jemanden in Haft nehmen. Aber Gwen, wir sind jetzt an einem Punkt angelangt, an dem wir vielleicht auch darüber nachdenken sollten, wie es mit einem Geständnis aussieht. Man könnte auf Totschlag plädieren. Wenn du das getan hast ...«

»Das habe ich aber nicht!« Ich kann nicht fassen, was sie da vorschlägt. »Als meine Anwältin müssen Sie mir doch glauben.«

»Gut«, erwidert sie in neutralem Ton. »Verstanden. Dann bleiben wir dabei.«

Ich schlucke, mein Hals fühlt sich an wie Sandpapier. Mir gefällt gar nicht, wie sie das gesagt hat: *Dann bleiben wir dabei.* Als gäbe es noch eine andere Option.

»Da ist noch was, Gwen. Ich arbeite nicht pro bono, erst recht nicht bei prominenten Klienten. Ich benötige bis Ende der Woche meinen Vorschuss.«

»Sicher. Ich spreche mit meinem Finanzberater und finde heraus, warum sich das verzögert«, lüge ich.

»Ja, tu das«, erwidert sie. »Sonst kann ich leider nicht mehr für dich tätig sein.«

»Sie erhalten den Scheck noch vor dem Wochenende, versprochen. Aber bitte sorgen Sie dafür, dass ich nicht ins Gefängnis komme, ja? Diese Overalls stehen mir einfach nicht.«

Der Anruf bricht ab. Ich schaue auf mein Display. Dann rufe ich Depop auf. Ich habe einiges verkauft, für insgesamt 13.000 Dollar. Das ist aber nur ein Bruchteil der Summe, die ich brauche.

Ich checke meine Mails. Aber sämtliche Firmen, die ich wegen eines Sponsorendeals angefragt habe, haben entweder nicht geantwortet oder gleich abgelehnt.

Nachrichten habe ich trotzdem genug. Es sind Hunderte: Verschwörungstheoretiker, Fernsehagenturen, Podcaster, Privatdetektive und andere Verbrechenshungrige wollen wissen, ob ich es war, wie ich es gemacht habe und mit wem zusammen, und ob ich es gemacht habe, weil ich zu den Illuminati gehöre oder weil Sydney zu den Illuminati gehörte.

Die Leute umschwirren mich wie eh und je – nur lässt sich offenbar viel weniger Geld damit verdienen, wenn aus berühmt *berühmt-berüchtigt* wird.

Ich schalte das Handy aus, um die Benachrichtigungen zum Schweigen zu bringen, und lasse mich rückwärts auf meine weiche Bettwolke fallen, dabei rutscht mir das Telefon aus der Hand.

27

8 Stunden vorher

SYDNEY

Ich wache erschrocken auf, öffne die Augen und starre in die Dunkelheit. Ich habe dieses furchtbare flaue Gefühl im Magen, wie eine Ahnung, dass etwas Schreckliches geschehen ist.

Ich setze mich im Bett auf. Mein T-Shirt ist durchgeschwitzt, mir schwirrt der Kopf. Ich greife nach meinem Handy und sehe nach der Uhrzeit: 1:43. Ich atme tief durch und sage mir, dass ich ja wohl keine Hellseherin bin und dieses Gefühl im Bauch nichts zu bedeuten hat, außer vielleicht, dass ich die fragwürdigen Gerichte meiner Mutter nicht mehr essen sollte.

Draußen blitzt es und mein Schlafzimmer wird in weißgraues Licht getaucht, in dem die Trophäen jahrelanger Tanz- und Gymnastikwettbewerbe aufleuchten und auch die verblichenen Poster von damals, als ich in Shawn Mendes verknallt war. All das ist komplett veraltet. In meinem Zimmer in Malibu sieht es ganz anders aus, viel erwachsener und stylisher, mit meinem Foam Mirror und meiner personalisierten Edelsteinsammlung, die ich bei *Goop* erstanden habe.

Ich schlage die knallpinke Bettdecke zur Seite und laufe über den kalten Dielenboden ins Bad, das zwischen meinem und Brooklyns Zimmer liegt. Wenn ich mir ein bisschen kaltes Wasser ins Gesicht spritze, geht es mir bestimmt gleich besser.

Als ich mein Gesicht mit dem Handtuch abtupfe, sehe ich das Licht unter der Tür zu Brooklyns Zimmer. Sie hat ihre Lampe nicht ausgemacht.

»He, Brook, ist dir auch übel?« Ich öffne die Schiebetür. »Das muss dieser grausige Meeresfrüchteauflauf sein, den Mom unbedingt –«

Ich breche ab, als ich merke, dass Brooklyn nicht da ist. Das Bett ist sogar perfekt gemacht. Als wäre sie erst gar nicht schlafen gegangen.

Auf der glatt gezogenen Bettdecke, die genauso knallpink ist wie meine, liegt ein zusammengefalteter Briefbogen.

Ich nehme das Papier in die Hand und lese. Meine Augen fliegen über die Seite und registrieren nur die wichtigsten Wörter. Ich habe begriffen, bevor ich halb durch bin.

Ich stecke den Brief ein und haste aus dem Zimmer. *Nein, nein, nein,* mehr kann ich nicht denken. Ich pflücke mein Handy von der Ladestation, das Kabel reißt aus der Steckdose.

Ich tippe auf Brooklyns Namen und das Freizeichen klingelt in meinem Ohr, während ich über die dunklen Flure renne. Ich bitte, ich hoffe, ich flehe, dass dieser Brief nur ein paar Sekunden, bevor ich ihn gefunden habe, geschrieben wurde. Dass ich sie gleich, wenn ich um die nächste Ecke biege, im Dunkel unseres Hauses entdecke. Dass sie noch nicht fort ist.

Ich hetze die Treppen hinunter. Gerade als ich unten angelangt bin, kurz vor der Tür zum Arbeitszimmer meines Vaters, kommt erneut ein Blitz. Und in seinem Licht sehe ich, dass der Safe offen steht. Donnergrollen lässt das Haus knacken und beben. Ich laufe hinüber, aber ein Teil von mir weiß schon, was ich entdecken werde. Und ich habe recht: Es ist nur noch eine Waffe im Tresor. Die andere ist weg.

In dem Handy an meinem Ohr geht jetzt die Voicemail an. Brooklyn hat nie was draufgesprochen, ich höre also nur die Roboterstimme. Ich lege auf und orte sie mit *Finde meine Freunde*. Das kleine Foto meiner Schwester bewegt sich über die Karte. Sie fährt auf der Autobahn nach Süden, Richtung Malibu. Zum Haus.

Aber sie hat erst die Hälfte geschafft. Es bleibt noch Zeit.

Ich schnappe mir die Autoschlüssel und steige in meinen Wagen. Das Adrenalin schießt mir durch den Körper, während ich ungeduldig darauf warte, dass sich das Garagentor langsam anhebt. *Jetzt mach schon. Los doch.*

Sobald sich das Tor weit genug aufgeschoben hat, lege ich den Rückwärtsgang ein und brettere über die lange Einfahrt.

»Rufe Brooklyn an!«, brülle ich per Sprachbefehl. Es klingelt und klingelt, während ich durch die dunklen, verlassenen Straßen unseres Viertels rase und in vollem Tempo um die Kurven biege, sodass Regenwasser aus den Pfützen nur so auf die makellosen Rasenflächen unserer Nachbarn spritzt. Der Koffer, den ich nicht mal hinten rausgenommen habe, rutscht über den Boden und donnert gegen die Seitenwände.

Der Regen platscht in dicken Tropfen gegen die Windschutzscheibe. Die Wischer fliegen nur so hin und her, aber selbst auf höchster Stufe können sie mein Blickfeld kaum frei halten, so stürmt es.

Der Anruf schaltet auf Voicemail. Wieder meldet sich nur die Computerstimme: *Der gewünschte Teilnehmer ist zurzeit nicht erreichbar ...* Ich schlage vor Wut aufs Lenkrad ein.

»Anruf beenden!«, kreische ich. »Rufe Brooklyn an!« Ich werde es immer weiterprobieren, ich kann einfach nicht anders.

Auf meinem Handydisplay nähern sich unsere beiden kleinen Profilbilder einander.

Ich trete aufs Gas und donnere über den Pacific-

Coast-Highway. Man darf hier nur achtzig fahren, mein Tacho zeigt knapp hundertdreißig. Draußen am Fenster fliegen die Straßenlaternen vorbei und bilden einen einzigen verschwommenen Lichtstreifen. Mir hämmert mein Puls in den Ohren.

Ich muss an all das denken, was in den letzten Tagen passiert ist. Die Abstimmung in der WG. Die selbstzufriedenen Mienen meiner Mitbewohner, als die Stimmen ausgezählt wurden. Fünf zu eins dagegen, dass meine Schwester in unsere kleine *Familie* aufgenommen wird. Ich kann nicht glauben, dass ich das mal gedacht habe. Wir sind keine Familie, wir waren nie eine. Eher ein Haifischbecken. Ja, sie haben so getan, als wären wir ein Team, aber dann hat jeder doch nur auf sich geschaut. Cami mit ihrer gnadenlosen Grausamkeit genauso wie die Mitleid heuchelnde Kat, die Brooklyn doch genauso ausgebootet hat. Immer stellen sie ihre eigenen Interessen über alles andere.

Ich sehe wieder vor mir, wie meine Schwester reagiert hat, als ich es ihr sagte. Wie sie in sich zusammengesunken ist, mit eingezogenen Schultern dahockte.

Und meine Mom hat auch noch losgeheult und laut überlegt, ob sie als Mutter gescheitert sei. Mein Vater hat Brooklyn dann belehrt: »Es kann nicht jede eine Blume sein, es muss auch Gärtner geben.« Manche Menschen seien fürs Showbiz gemacht, so wie ich, und andere müssten eben normalen Berufen nachgehen. Es sei nun an der Zeit, meinte er, dass Brooklyn einen Werdegang einschlage, der angesichts ihrer Fähigkeiten realistischer sei. Sie solle sich doch lieber mal überlegen, was sie im kommenden Jahr zu tun gedenke, wo sie doch ihren Studienplatz ausgeschlagen habe. Jedenfalls würde er Nichtstun nicht dulden, solange sie unter seinem Dach wohne.

Während der letzten beiden Tage hat Brooklyn mit glasigen Augen ins Leere gestarrt. Sie hat kaum etwas gegessen, den ganzen Tag im Bett gelegen. Als ich sie fragte, ob sie die Antidepressiva noch nehmen würde, die sie seit der Zehnten bekommt, hat sie nur mit den Schultern gezuckt.

Sie war schon ganz unten, und dann hat Cami auch noch ein Video gepostet, in dem sie zeigte, wie sie sich für die Party heute Abend schminkt. Dabei beantwortete sie Fragen, die Fans zu ihren letzten Clips gestellt hatten. Eine lautete: *Was fällt dir zu Brooklyn ein?*

»Brooklyn, New York? Finde ich super. Oder meint ihr die Person?« Sie grinste boshaft in die Kamera. »Zu der fällt mir ehrlich gesagt gar nichts ein.«

Das Video hatte drei Millionen Aufrufe. Alle im Internet lieben es. Sie sagen, es wäre ja so frech, eine prima Retourkutsche.

Für was eigentlich?, will ich losschreien. Brooklyn hat Cami nichts getan. Sie hat niemandem etwas getan. Sie wollte nur Freunde haben. Sie wollte gesehen und gemocht werden. Gut, vielleicht sind ihre Videos nicht gerade die tollsten, vielleicht sind sie wirklich *klemmig*, wie manche kritisieren. Sie hat es aber doch versucht.

Noch schlimmer als Camis Video aber war, was ihr Spott ausgelöst hat. LitLair-Fans haben munter mitgemacht beim Bashing. Sie haben Duette mit Brooklyns alten Videos veröffentlicht, sich über ihre ungelenken Tanzbewegungen lustig gemacht, über ihre angeblich hässlichen Klamotten und die Trends, mit denen sie gescheitert ist. Sie haben gezählt, wie oft sie *oder so* in einer einminütigen Sequenz sagt (zwanzig Mal). Und jemand aus unserer Highschool hat in einem Clip erzählt, wie Brooklyn mal im *Pipifach* Geometrie durchgefallen ist und die Prüfung im Sommer nachholen musste.

Es geht nicht mehr nur darum, dass Brooklyn nicht bei uns einziehen darf und kein Internetstar werden kann, sondern jetzt wird sie im Netz auch noch lächerlich gemacht, weil sie es versucht hat. Weil sie sich bemüht hat, Videos zu drehen, die den Leuten in der Villa gefallen könnten. Weil sie eine Marke aus sich machen wollte und angenommen hat, sie könnte ihren Traum wahr machen.

Brooklyn hat beim Abendessen heute nichts gesagt und nur auf ihren Teller gestarrt. Anschließend ist sie sofort in ihr Zimmer gegangen. Ich habe durch die Tür gehört, wie sie diese Videos in Dauerschleife angeschaut hat. Ich hätte eigentlich zum LitLair gemusst, wegen dieses Events mit Drake, aber ich wusste, dass es das einzig Richtige war, zu Hause zu bleiben. Gegen acht habe ich an ihre Tür geklopft und sie gefragt, ob sie nicht einen Film mit mir gucken oder sonst was machen möchte. Sie hat nicht geantwortet. Sie hat die Tür nicht geöffnet.

Ich habe vermutet, sie wolle früh schlafen gehen. Ich habe mich geirrt.

Der Regen wird schwächer und endet dann abrupt, als hätte ich die Sturmgrenze überfahren. Die Wolken teilen sich und enthüllen den über dem Meer schwebenden Vollmond.

Mir wird leichter ums Herz. Das ist ein Zeichen. Ich werde es noch rechtzeitig schaffen. Ich werde Brooklyn erreichen, bevor sie etwas tut, das sie nicht rückgängig machen kann.

Ich bin ganz nah dran, ich bin schon auf unserer Straße, kurz vor dem Haus. Da hinten steht es.

Und dann, im Nebel am Straßenrand, entdecke ich es. Das Auto meiner Schwester.

Ich trete heftig auf die Bremse und reiße das Lenkrad herum. Mit quietschenden Reifen komme ich am Straßenrand zum Stehen, gleich neben Brooklyns Wagen. Durch die Seitenscheibe erkenne ich einen Schatten, der ihre Umrisse hat, sie steht unten am Strand. *Was tut sie da?*

Ich reiße die Tür auf. Und dann höre ich den Schuss.

Die Welt gerät ins Schleudern. Mir verschwimmt der Blick, alles dreht sich. Verzweifelt renne ich gegen das irre Chaos in meinem Kopf an, stolpere den steinigen Hang hinunter zum Strand. Stürze auf die gekrümmte Gestalt im Sand zu.

Ich lasse mich auf die Knie fallen. Mit einem Schlag habe ich keine Luft mehr in den Lungen. Denn da liegt meine Schwester. Mit einer Pistole in der Hand. Und einer Kugel im Kopf.

Ich beuge mich über sie, fühle nach ihrem Puls, aber so, wie ihr Schädel aussieht, weiß ich sofort: Sie ist tot. Ich drücke ihren schlaffen Körper an mich. Halte ihren Kopf, wiege sie hin und her.

Dann ein Schrei wie von einem verwundeten Tier. Ich brauche eine Sekunde, um zu kapieren, dass er aus meinem Mund kommt. Es ist ein Laut, den ich nicht von mir kenne, der aus der Tiefe meines Inneren hervorgebrochen ist.

Mein Kopf kann das hier nicht verarbeiten. Meine Schwester, mein Zwilling, mein Gegenstück, sie ist weg. Sie ist nicht mehr da, sie wird nie mehr da sein, in keinem Moment der Zukunft. Ein Leben ohne sie kann ich nicht denken. Da ist niemand mehr, den ich anrufen kann, wenn ich ein tolles Angebot bekommen habe, wenn Tucker wieder mal was Blödes gesagt hat oder wenn *Zara* Ausverkauf und *Starbucks* eine Happy Hour macht. Niemand, der bei meiner Hochzeit die Trauzeugin ist. Niemand, zu dem meine Kinder Tante sagen werden. Nie wird sie selbst heiraten, Kinder bekommen. Ihren eigenen Weg finden, ihre eigenen Erfolge feiern.

Die vielen Tausend Träume, die wir uns für die Zukunft ausgemalt haben, wenn wir Barbie oder MASH gespielt haben, wenn wir unser Horoskop gelesen und Psychotests gemacht haben. Nichts davon wird nun je geschehen. Alle Träume zerplatzt. Wir sind zusammen auf die Welt gekommen und ich habe keine Ahnung, wie ich mich ohne sie in dieser Welt zurechtfinden soll. Ich will es auch gar nicht.

Durch den Tränenschleier vor meinen Augen blicke ich den Strand entlang: nur ein paar Meter weiter steht das Haus. Dieser große, moderne Kasten, der wie ein Fremdkörper auf den Klippen thront.

Ich muss daran denken, was Brooklyn in ihrem Brief … in ihrem Abschiedsbrief geschrieben hat: dass sie hierhergehen will, um es zu tun, denn es waren *sie*, die sie so behandelt, sie zurückgewiesen und damit zugrunde gerichtet haben. Sie wollte, dass sie sich schlecht fühlen.

Die unendliche Trauer, in der ich zu ertrinken drohe, wird davongerissen von einer gewaltigen Welle der Wut. *Sie* haben ihr das angetan. Diese herzlosen, verwöhnten Menschen merken nicht einmal, was sie mit ihrem gedankenlosen, elenden Dasein bei anderen anrichten.

Welch katastrophale Auswirkungen ihr Tun auf weniger berühmte, weniger *besondere* Menschen haben kann. Wenn sie nur ein bisschen freundlich zu ihr gewesen wären, hätte das meine Schwester schon überglücklich gemacht. Stattdessen hat ihre Ablehnung sie umgebracht.

Meine Schwester ist tot. Und welche Folgen hat das für diese Leute? Ja, vielleicht haben sie kurz ein schlechtes Gewissen. Vielleicht fünf Minuten lang. Aber sie werden eine Zukunft voller Möglichkeiten haben. Im Gegensatz zu Brooklyn. Das verdienen sie nicht.

Meine Schwester wollte, dass sie sich schuldig fühlen. Aber das ist keine Gerechtigkeit. Da reichen keine Schuldgefühle, sie verdienen eine Strafe. Sie sollen genauso bestraft werden, als wären sie selbst hier an den Strand gekommen und hätten meine Schwester eigenhändig erschossen. Denn das haben sie letzten Endes. Sie haben Brooklyn das Leben genommen.

Das bringt mich auf eine Idee. Ich werde einen Weg finden, damit sie für all das büßen müssen. Ich werde die Polizei glauben lassen, dass sie meine Schwester ermordet haben, damit sie auch tatsächlich dafür büßen müssen. Aber dann zerbröselt mein Plan schon beim Entwurf, denn es gibt einfach zu viele logische Lücken. Die Polizei würde sich wundern, was Brooklyn überhaupt hier wollte. Es wäre kein Motiv erkennbar, weil die Hausbewohner sie ja kaum gekannt haben.

»Es tut mir leid«, sage ich zu Brooklyns leblosem Körper. »Ich weiß nicht weiter.«

Ich starre auf das Blut, mit dem sich mein T-Shirt vollgesogen hat. *Ihr Blut.* Dasselbe Blut, das auch durch meine Adern fließt. Und das nicht nur auf die Familie bezogen, sondern auf diese ganz besondere Art, wie es nur bei Zwillingen der Fall ist. Wir haben exakt die gleiche DNA …

Und jetzt passt der Plan auf einmal. Die Polizei wird nicht glauben, dass Brooklyn ermordet wurde. Wenn aber *meine* Leiche hier am Strand gefunden wird, oder besser noch auf dem LitLair-Grundstück, meinetwegen direkt am Pool, dann wird sich niemand wundern. Schließlich gehöre ich zur WG. Und die Motive, die würden sich schon finden. Es gibt so viele Lügen, Geheimnisse und Streitereien unter uns, da werden die Bullen sicher auf etwas stoßen, warum mindestens einer, wenn nicht alle aus dem Haus meinen Tod gewünscht haben. Ich muss nur die richtigen Hinweise streuen. Ja, das könnte klappen. Hoffnung keimt in mir auf. Ich schaffe das.

Die LitLairs werden für den Tod einer Reynolds-Schwester büßen. Nur muss ich diejenige sein.

28

7 Stunden vorher

SYDNEY

Ich wische mir die Tränen aus dem Gesicht und konzentriere mich. Wenn ich das hier durchziehen will, brauche ich einen klaren Kopf.

Als ich Brooklyns Taschen leere, vermeide ich, in ihr Gesicht oder auf die Wunde an der Schädelseite zu schauen. Telefon, Schlüssel, Portemonnaie – in dem zum Glück auch ihr Ausweis steckt.

Ich nehme all meine Kraft zusammen, hocke mich hin und hebe sie hoch. Ich weiß, dass wir ungefähr gleich viel wiegen, und ich habe mein Körpergewicht schon mal gestemmt. Es fällt mir erstaunlich leicht, sie über den Strand zu tragen. Vielleicht weil mich die Wut antreibt. Wahrscheinlich könnte ich sogar ein Auto hochheben. Mit Brooklyns schlaffem Körper über der Schulter laufe ich den Strand entlang und dann den steinigen Hang hinauf zum Pool.

Am Beckenrand setze ich sie ab und lasse sie vorsichtig ins Wasser gleiten, wie bei einer Meerbestattung. Sie liegt auf dem Rücken. Die Ärmel ihrer weißen Bluse blähen sich wie Flügel. Es wirkt fast friedlich. Als würde sie sich entspannt im Wasser treiben lassen, so wie sie es im Pool bei uns zu Hause immer gern gemacht hat. Es ist, als könnte sie jeden Moment die Augen aufschlagen, zu mir herüberschwimmen und mich ins Wasser ziehen. Aber das wird nicht passieren, niemals wieder.

Schluss jetzt, ich habe keine Zeit für so was. Um meine Schwester trauern kann ich dann, wenn jene, die für ihren Tod verantwortlich sind, ihre gerechte Strafe bekommen haben.

Ich gehe zum Poolschuppen, ziehe mir ein Paar Gartenhandschuhe über und klemme mir mehrere Flaschen Poolreiniger unter die Arme. Zurück am Beckenrand schraube ich sie auf und schütte eine nach der anderen ins Wasser. Die Chemikalien schäumen auf der Oberfläche. Das wird rein gar nichts dazu beitragen, die Leiche verschwinden zu lassen, aber es sieht dann so aus, als hätte es jemand versucht. Und die Polizei wird dann nicht denken, dass es Selbstmord war. Sondern Mord. Mord durch jemanden, der unüberlegt handelt – wie ein Teenager eben.

Eine Leiche mit normalem Poolreiniger auflösen: Darauf könnte Gwen in ihrer Blödheit kommen. Oder Tucker, wenn er wieder mal zu faul zum Nachdenken ist.

Die leeren Flaschen werfe ich im Poolschuppen auf den Boden.

Dann laufe ich wieder runter zum Strand, über den dunklen Sand zu den beiden zurückgebliebenen Autos. Ich öffne den Kofferraum meines Wagens, ziehe mein blutverschmiertes T-Shirt aus und klemme es in das kleine Fach unter dem eigentlichen Kofferraum. Neben dem Verbandszeug finde ich auch meine Regenjacke, die ich überstreife und bis oben hin zuziehe, damit man nicht sieht, dass ich nur einen BH anhabe.

Ich schließe den Kofferraum und setze mich auf den Fahrersitz. Dann durchsuche ich die Konsole, finde schließlich eine Baseballkappe und stülpe sie mir über die nassen Haare. Als ich im Rückspiegel mein Aussehen checke, bemerke ich einen Streifen Blut an meiner Wange. Ich lecke an meinem Daumen und reibe unsanft darüber, bis er verschwindet.

Ich starte den Motor, die Scheibenwischer flattern sofort wieder hin und her. Ich fahre los. Gleich werde ich das wohl wichtigste Video meines Lebens aufnehmen. Es wird das letzte Mal sein, dass Sydney Reynolds lebend zu sehen ist.

Denn damit es so aussieht, als habe jemand aus dem Haus mich umgebracht, darf die Leiche ja nicht aus dem Nichts aufgetaucht sein. Die Polizei muss sehen, wie ich nach Hause komme.

Ich fahre am Tor vor und steige aus. Während ich den

Code eingebe, schaue ich auf die Tastatur, aber dann, als das Tor sich öffnet, gucke ich kurz hoch, direkt in die Kamera. Nur eine Sekunde lang, das wird reichen.

Ich steige wieder ins Auto, rolle über die Einfahrt und in die Garage. Ich hole mein Gepäck aus dem Kofferraum, laufe ins Haus und die große Treppe hoch. Es ist schummrig und still drinnen, bis auf das leise Surren der Deckenventilatoren. Die schrillen, ach so großartigen TikTok-Stars schlafen also alle, um drei Uhr morgens. Ich öffne die Tür zu meinem Zimmer und lege den Koffer auf den Boden. Ein paar Sachen pflücke ich raus, damit es so aussieht, als hätte ich mich bettfertig gemacht.

Wie die Polizei das hier morgen wohl deuten wird?

Sie ist nach Hause gekommen, aber nicht schlafen gegangen, höre ich die Kriminalbeamten sagen. In meiner Vorstellung sehen sie aus wie die Darsteller von *Law & Order*. *Die Überwachungskamera hat aufgezeichnet, wie sie in die Einfahrt fährt, ihr Koffer steht in ihrem Zimmer, aber sie hat nicht geschlafen. Das Bett ist noch gemacht.*

In meinem Bad ziehe ich lauter Papiertücher aus dem schweren Deko-Spender auf der Ablage. Ich reibe damit durch mein Gesicht, lasse sie zerknüllt auf der Ablage liegen oder werfe sie in den ansonsten leeren kleinen Mülleimer neben der Toilette.

Sie muss an diesem Abend ziemlich außer sich gewesen sein, sagen die Polizisten in meinem Kopf, *mit wem im Haus könnte sie sich gestritten haben?* Und wenn sie sich dann mit meinen reizenden Mitbewohnern unterhalten, werden sie ziemlich schnell herausfinden, dass ich mit jeder und jedem im Clinch lag.

Bevor ich mein Zimmer verlasse, lege ich noch die Baseballkappe und die Autoschlüssel auf die Kommode. Aus der obersten Schublade nehme ich mein Zippo, stecke es ein und laufe wieder nach unten.

Es darf keine Kameraaufzeichnungen davon geben, wie ich das Haus verlasse, also muss ich noch eine Treppe runter bis in den Weinkeller. Dort gehe ich die Etiketten der Flaschen durch: *Pinot Noir, Cabernet Sauvignon, Merlot …*

Und dann habe ich ihn: einen *1965er Bordeaux* vom Weingut Dixon. Dieses Dixon gibt es aber gar nicht. Robert Dixon, so hieß der exzentrische Milliardär, der das Haus ursprünglich gebaut hat, bevor er dann sein gesamtes Geld in der Dotcom-Blase verloren hat. Ich drücke den Flaschenhals nach oben wie einen Hebel.

Rechts von mir ruckelt ein Stück Mauer und die mit Weinregalen bedeckte Wand lässt sich aufschieben wie eine Tür. Dahinter beginnt ein dunkler Tunnel.

Genial. Und nur ich weiß davon – am Ende doch noch ein Vorteil, den ich daraus ziehen kann, dass es *meine* Eltern waren, die dieses Haus gekauft haben.

Ich schlüpfe in den Geheimgang und drücke die Tür hinter mir wieder zu. Es ist stockdunkel hier drinnen und es riecht nach feuchter, modriger Erde. Ich hole

Brooklyns Telefon aus meiner Tasche. Der Sperrbildschirm leuchtet auf, als ich es berühre. Das Hintergrundbild ist ein Foto von Brooklyn und mir, Arm in Arm auf dem Santa Monica Pier. Es versetzt mir einen Stich ins Herz.

Oben am Display öffnet sich das kleine Schloss, weil es mein Gesicht erkannt hat. Die Technologie macht mir also Mut, dass mein Plan aufgehen wird. Das Handy glaubt, dass ich sie bin. Und hoffentlich werden das alle anderen auch tun.

Ich klicke die Taschenlampe an, ihr Lichtstrahl leuchtet mir den Weg. Ich tappe vorwärts.

Am anderen Ende des Tunnels steige ich eine Leiter hoch und drücke eine Falltür auf, die im Poolschuppen endet. Nachdem ich nach oben geklettert bin, lasse ich die Klappe wieder zufallen. Man kann die Öffnung im Boden kaum sehen, trotzdem werfe ich zur Sicherheit ein paar Schwimmmatten darüber. Draußen folge ich dem Pfad zum Strand.

Der Himmel hellt sich gerade auf. Innerhalb der nächsten Stunde wird die Sonne aufgehen.

Ich bleibe auf der weiten Sandfläche stehen und ziehe Brooklyns Brief aus der Tasche, um ihn noch einmal langsam zu lesen, nun nicht so panisch wie beim ersten Mal. Ich versuche, mir die Worte zu merken. Schließlich sind es die letzten, die meine Schwester an mich gerichtet hat.

Dann hole ich das Feuerzeug aus der Tasche und zünde eine Ecke des Papiers an. Ich sehe zu, wie die Flammen wachsen, das Blatt emporwandern und es in kleine Aschefetzen verwandeln, die in der Meeresbrise fortgeweht werden.

Klar hätte ich den Brief gerne behalten. Aber ich kann nicht riskieren, dass er gefunden wird.

Ich laufe zurück zu Brooklyns Auto – das ja nun meins ist. Ich steige ein und lasse mich von der Navigation zum nächsten Elektrohandel lotsen. Dort angekommen warte ich auf dem Parkplatz, bis ein Angestellter in einem knalligen Poloshirt den Laden aufschließt.

Die Schiebetüren öffnen sich, als ich auf sie zugehe. Drinnen riecht es nach Klimaanlage, von den Decken strahlt grelles Neonlicht. Aus den Lautsprechern rieselt dieselbe poppige, unschuldige Musik wie in all diesen Läden.

Eine komplett normale Umgebung, die in einem erschreckenden Kontrast zum dunklen Chaos in meinem Innern steht.

Plötzlich packt mich die Lust, die nagelneu blinkenden Laptops von den Tischen zu fegen. Oder die teuren Flachbildfernseher umzuwerfen wie Dominosteine.

Sie ist tot!, will ich brüllen. *Begreift ihr das denn nicht? Sie ist nicht mehr da!*

Ich kann nicht verstehen, wie die Welt einfach normal weiterläuft, obwohl mir so elend ist.

Jetzt erinnere ich mich an etwas, von dem ich als Kind gehört habe. Nämlich bei einem der wenigen Male, da meine Mutter auf die Idee kam, uns zur Sonntagsschule zu schicken. Es gab nämlich zur Zeit des Alten Testaments, glaube ich, den Brauch, dass Leute sich vor Schmerz ihre Kleider zerrissen haben, wenn jemand gestorben war. Genauso fühle ich mich auch, nur möchte ich ein Loch in die Welt reißen.

Ich schaue mir die ausgestellten Handys an und versuche zu verstehen, was die verschiedenen Modelle draufhaben. Welches ich verwenden könnte, ohne getrackt zu werden. Welches geeignet wäre für das, was ich vorhabe.

Ich entdecke einen Typen im Poloshirt, der Handyhüllen einsortiert, und will ihn auf mich aufmerksam machen. Aber er guckt einfach an mir vorbei.

Was soll das denn jetzt? Aber dann erhasche ich einen Blick auf mein Spiegelbild in einem der Flachbildfernseher und merke erst, wie scheiße ich aussehe. Ich schüttele meine Haare auf, kneife mir in die Wangen, um die Gespensterblässe zu vertreiben, und lecke mir über die Lippen. Dann schlendere ich rüber zu dem Poloshirt-Trottel.

»Hallo«, spreche ich ihn mit extrahoher Stimme an. »Kannst du mir vielleicht sagen, welches dieser Telefone für Apps geeignet ist?«

»Na sicher.« Er mustert mich von oben bis unten. »An welche Apps hast du denn da gedacht?«

»Öh, keine Ahnung ... TikTok oder so?«

»Ja, klar.« Er nimmt ein Handy aus der Diebstahlsicherung und reicht es mir.

»Da ist noch was ... also, meine Eltern sind echt streng. Aber ich möchte auf jeden Fall Jungs antexten können und so. Ich hätte gerne ein Handy, bei dem meine Eltern nicht rauskriegen können, was ich mache. Also eins, bei dem niemand weiß, dass es mir gehört. So wie diese Wegwerf-Handys, die sie immer in Actionfilmen haben. Welche, die man nicht zurückverfolgen kann.« Ich kichere albern. »Geht das hiermit?«

Und so bringe ich den Typen dazu, mir ein anonymes Smartphone einzurichten, das ich bar bezahle. Ohne dass irgendwelche Fragen gestellt werden oder ein Verdacht aufkommt. Wie einfach man diese Kerle manipulieren kann, wenn man sie nur richtig anspricht. Und ganz besonders diese etwas abstoßenden Typen. Der hier gibt mir sogar seine Nummer, damit er der erste *Junge* sein kann, dem ich was schreibe (ich muss fast kotzen, er ist sicher um die dreißig, und wenn man bedenkt, dass ich siebzehn bin, ist das schon echt megaeklig). Ich schaue mit einem Lächeln zu, wie er die Nummer einspeichert, und lösche sie, sobald ich aus dem Laden raus bin.

Ich fahre zurück nach Malibu und komme schnell voran, weil die Stadt noch schläft. Auf der Straße zu unserer WG-Villa ist niemand zu sehen, selbst die Hundebesitzer sind noch nicht draußen. Ich fahre Brooklyns Wagen so nahe wie möglich ans Tor, ohne ins Blickfeld der Kameras zu geraten.

Dann nehme ich das neue Telefon heraus und tippe das Passwort für unser WLAN ein, das selbst hier draußen noch drei Bögen hat. Ich öffne TikTok, gebe das Passwort ein, das ich auswendig kenne, und habe natürlich auch mit der Gesichtserkennung keine Probleme. Ich brauche nur ein paar Minuten für den Post. Schließlich gibt es Tausende Fotos von mir im Internet, aus denen ich wählen kann. Und es hilft auch, dass ich die Sorte Mensch bin, die sich schon Gedanken darüber gemacht hat, wie sie nach ihrem Tod in Erinnerung bleiben möchte. Ich habe sogar schon ein paar Ideen für meine Beerdigung.

Ich schaue auf die Uhr: Es ist nicht mal sieben. An einem Samstag, im Sommer. Absolut keine gute Zeit zum Posten, wenn man auf Reaktionen lauert. Außerdem soll mich keiner hier vor dem Tor mit dem Telefon in der Hand erwischen, wenn der Post online geht. Ich stelle ihn für mittags in die Warteschlange und schalte das Handy aus.

Zurück am Haus meiner Eltern parke ich Brooklyns Auto am üblichen Platz. Ich hole noch das blutverschmierte T-Shirt aus dem Kofferraum und laufe damit direkt in den Waschkeller. Ich werfe es in die Maschine, ziehe mich nackt aus und stecke auch den Rest der Klamotten in die Trommel. Ich gebe eine Riesenmenge Waschpulver dazu und drücke die Tür zu. Meine Mutter hat so eine superschicke Waschmaschine mit einer Million Einstellungen, die man aus mir unerfindlichen Gründen auch noch mit dem WLAN verbinden kann. Den Drehknopf zwitschere ich einmal ganz durch bis zu *stark verschmutzt*. Wenn diese Einstellung je nötig war, dann jetzt. Erst hatte ich überlegt, die Sachen draußen in der Feuerschale zu verbrennen, aber dann hätten meine Eltern sicher nachgefragt.

Oben dusche ich kochend heiß und rubble mich mit Peeling ab. Mit halb wunder Haut bleibe ich unter der Brause stehen, bis der Boiler leer ist. Dann ziehe ich einen von Brooklyns Schlafanzügen an und lege mich in ihr Bett. Es riecht nach ihr – was furchtbar schön und furchtbar schmerzhaft zugleich ist.

Ich ziehe mir die Decke bis unter die Nase und schließe die Augen. Ich tue so, als ob ich schlafe, und warte, bis meine Mutter hereinkommt und mir sagt, dass ich gestorben bin.

29

6 Tage später

CAMI

Ich tippe an meine Bluetooth-Ohrstöpsel und rolle den Kopf von einer Schulter zur anderen. Innerlich zähle ich den Takt der Musik. Das habe ich drin, seit ich als Vierjährige mit dem Balletttanzen angefangen habe. Wir stehen hier quasi unter Hausarrest, außerdem lauern uns überall in der Stadt die Paparazzi auf – keine Chance also, ins Tanzstudio zu entwischen. Die letzte Stunde habe ich damit verbracht, das offizielle Wohnzimmer freizuräumen und den Dielenboden zu wischen.

Ich atme tief ein, strecke die Arme vor mir aus und gehe für eine Pirouette in Positur. Dazu suche ich mir einen Punkt an der Wand – das kleine T, wo die beiden Fenster aufeinandertreffen – und halte den Blick darauf gerichtet.

Und dann drehe ich mich, kerzengerade, die Füße *en pointe*, und mein hauchdünner Rock flattert in einem

Kreis um mich herum. Ich liebe dieses Gefühl: Es ist, als wäre ich die feste Achse, um die die Welt sich dreht.

Genau auf jeden Schlag der Musik schaue ich auf den Punkt am Fenster, dann wirble ich herum, mein Blickfeld verwischt: Punkt, verwischt, Punkt, verwischt … eins, zwei, drei, vier –

Draußen bewegt sich etwas und stört meine Konzentration. Durch das Fenster sehe ich, wie jemand auf das Haus zukommt.

Von den Drehungen pocht mir das Herz und mein Blick ist noch etwas verschwommen, trotzdem laufe ich ans Fenster. Und tatsächlich, es kommen zwei Männer die Einfahrt entlang. Sie haben Kameras dabei – Kameras mit langen, neugierigen Objektiven.

Ich renne zur Haustür und reiße sie auf: »He!«, rufe ich. »Sie dürfen sich hier nicht aufhalten! Das ist ein Privatgrundstück.« Seit Tagen stehen die Paparazzi auf der Straße vor unserem Haus, aber bisher hat niemand gewagt, widerrechtlich das Tor zu überwinden.

Die Kameraleute ignorieren mich einfach und laufen weiter Richtung Haus, genau auf mich zu. »Wenn Sie nicht gehen, rufe ich die Polizei.«

»Nein, nein! Das ist schon okay, die wollen zu mir!« Gwen kommt die Stufen heruntergeflattert wie ein aufgeregter Vogel. Sie hat sich die Haare gemacht, Schminke aufgelegt und trägt dasselbe Kleid wie zu Drakes Stippvisite. Komisch eigentlich, ich habe noch nicht erlebt, dass Gwen zwei Mal dasselbe Outfit anhat. Aber als ich letztens an ihrem Zimmer vorbeigegangen bin, sah ihr Kleiderschrank ziemlich ausgeräumt aus. Vielleicht ist sie gerade auf einem Marie-Kondo-Trip. »Sie können im Wohnzimmer aufbauen!«, ruft sie den Fernsehleuten zu.

»Was ist hier los?«, frage ich sie.

»Ach, nur ein Interview für Nora Caponi.«

»*Nora Caponi?*«, wiederhole ich ungläubig.

»Sie hat eine Fernsehshow und macht eine Podcast-Serie«, erklärt Gwen, die meine Frage wortwörtlich versteht, meine Verwunderung darüber, warum sie mit einer Person sprechen möchte, die berüchtigt dafür ist, dass sie ihre Talkgäste gnadenlos zerpflückt, hingegen nicht. Wenn Nora Caponi beschlossen hat, dass man ein Verbrechen begangen hat, verfolgt ihre Sendung die einzige Mission, einen in den Knast zu bringen. Mein Anwalt hat mir erzählt, dass sie Geschworene von der Außenwelt abschirmen müssen, wenn Nora mal wieder einen Fall im Fernsehen auseinandernimmt, damit nicht nach der Stimmung in den Medien geurteilt wird. Bevor ich sie fragen kann, was sie hier eigentlich vorhat, zieht mich Gwen am Arm weg und führt mich zu einer Frau, die glatt der Serie *The Real Housewives of Beverly Hills* entsprungen sein könnte. Sie ist im Schlepptau der Fernsehcrew ins Haus gekommen. »Cami, ich möchte dir Stacy Lipton vorstellen. Sie ist meine neue Managerin.«

Stacy macht gerade eine Kaugummiblase, als wir uns ihr nähern. Sie zerplatzt zu wirren Fäden, die sich über ihre zu deutlich umrandeten Lippen legen. »Ah, *schantee*«, begrüßt sie mich in misslungenem Französisch. Sie hält mir die Hand hin.

Ich starre kurz auf die ausgestreckte Hand, dann wende ich mich an Gwen. »Was ist mit Carmen?«

Gwen reißt die Augen auf. »*Cami*«, raunt sie wütend.

Was soll's. Wahrscheinlich sollte ich das nicht vor ihrer neuen Managerin ansprechen, aber für Höflichkeiten ist jetzt kein Platz: Meine Freundin hat offenbar einen schweren Fehler begangen. Niemand, wirklich niemand feuert Carmen Marrero. Sie ist die beste Influencer-Managerin, die es gibt. Keine Ahnung, was Gwen sich dabei gedacht hat … es sei denn … *oh nein*. Hat Carmen sich etwa von Gwen verabschiedet? Schließlich steht das gesamte Haus unter Mordverdacht. Und natürlich hat Gwen Follower verloren. Sie hat aber immer noch an die fünfzig Millionen. Sie ist immer noch *die* Gwen Riley. So ein Status kann sich doch nicht innerhalb weniger Tage in Luft auflösen.

»Carmen und ich gehen neuerdings getrennte Wege«, erklärt Gwen diplomatisch. »Stacey, kann ich dir etwas anbieten? Ein *LaCroix* vielleicht? Wir haben auch Pampelmuse.«

»Nee danke«, erwidert Stacy. »Aber kann ich irgendwo rauchen?«

»Ich zeige dir, wo«, biete ich lächelnd an. Wenn ich sie alleine erwische, kann ich sie wenigstens ausquetschen.

Ich führe die Managerin auf die hintere Terrasse. Es wird langsam dunkel, der Himmel färbt sich graublau. Stacey steckt sich eine an, sobald wir durch die Tür sind. Als ich über ihre Schulter blicke, kann ich beobachten, wie die Fernsehleute im Wohnzimmer Scheinwerfer aufbauen. Eine Frau im Kostüm hält ein Mikrofon und blättert durch Stichwortkarten. Ihr Gesicht ist mir bekannt: Es ist Nora Caponi. Seltsam, dass diese Person, die man sonst als Moderatorin im Fernsehen sieht, wo sie auch über uns alle möglichen Vermutungen anstellt und Gerüchte zu dem Mord befeuert, nun hier in unserem Wohnzimmer steht. Unser Haus war ja schon oft die Kulisse für Medienauftritte. Aber das war vorher. Jetzt kommt es einem irgendwie seltsam vor.

»Auch eine?«, fragt Stacy mit ihrer Zigarette zwischen den Zähnen.

»Nein. Ich bin siebzehn«, entgegne ich.

Achselzuckend schiebt sie die Packung zurück in ihre billige Kunstlederhandtasche.

Ich weiß noch, wie ich einmal in Carmens Büro war: Gwen hatte mich mitgenommen, weil wir anschließend alle zusammen im *La Scala* essen wollten. Alles war superschick, vom Parkservice über den Koi-Teich in der Lobby bis zu den *Evian*-Flaschen, die uns ihr Assistent servierte, während wir auf den teuren Sofas im Wartebereich saßen.

»Wo arbeitest du noch mal?«, frage ich Stacy jetzt.

»Robson and Lipton«, antwortet sie und bläst eine Rauchwolke Richtung Pool.

»Nie von gehört.«

»Wir vertreten Audrey Farmer.«

»Diese Cheerleaderin, die ihr Baby getötet hat?«

»Die *angeblich* ihr Kind getötet hat«, korrigiert mich Stacy.

Okay, das reicht. Ich mache auf dem Absatz kehrt, reiße die Tür auf und stürme durchs Haus. Gwen ist im Esszimmer und zieht vor dem großen Deko-Spiegel ihren Lippenstift nach.

»Hör mal, ich weiß zwar nicht, wie du an diese Lady geraten bist, aber ich kann dir nur raten, kein Interview zu geben, das sie für dich arrangiert hat. Die ist total daneben. So daneben wie *Flat-Tummy*-Bauchwegtee. Oder nein, so daneben wie der Riesenbetrug bei diesem Fyre Festival.«

Gwen vermeidet es, mich anzusehen. Sie starrt weiter in den Spiegel, während sie ihren Lippenstift zudreht. Dann wendet sie sich ab und will weglaufen.

»*Gwen!*« Ich packe sie am Arm. »Hast du gehört, was ich gesagt habe?«

»Ich habe ziemlich zu tun, Cami.«

»Aber das ist unter deiner Würde!«

»Ich kann es mir momentan nicht leisten, wählerisch zu sein, okay?« Sie zieht ihren Arm zurück.

»Was heißt das?«

»Wir sind dann fertig, Gwen!« Nora Caponi steckt den Kopf ins Zimmer.

Cami lächelt und hebt den Daumen. Dann beugt sie sich zu mir und sagt: »Keine Sorge, Cam. Ich hab das im Griff.«

Ich schaue zu, wie sie den Raum betritt und ein Mikro bekommt. Sie klipst es sich an wie ein Profi und plänkelt dann routiniert mit Nora. Schließlich hat sie schon Hunderte Interviews gegeben. Es gibt vieles, von dem Gwen keine Ahnung hat, aber glanzvolle Fernsehauftritte waren schon immer ihr Ding. Wenn ich sie jetzt so sehe, wie locker und gekonnt sie das durchzieht, möchte ich ihr fast glauben. Aber sobald Nora Caponi ihr berüchtigtes süßes Lächeln aufsetzt und den Livestream startet, wird mir ganz anders. Denn ich vermute, dass Gwen es ganz und gar nicht im Griff hat.

6 Tage später
GWEN

»Gwen, erzähle uns doch bitte, wie war das, als du deine beste Freundin – ein junges, hübsches Mädchen – tot im Pool hast treiben sehen? Im mit Blut durchzogenen

Wasser?« Nora Caponi blickt mir mit hungrigen Knopfaugen in die Seele.

Ich knete meine Hände im Schoß. »Es war schlimm. Natürlich war es schlimm.« Ich muss schlucken. Es fühlt sich an, als ob mir was im Hals feststeckt. »Ich habe mich schrecklich gefühlt.«

»Schrecklich, weil sie tot war? Oder schrecklich, weil du Sydney hintergangen und mit ihrem Freund geschlafen hast?« Sie fragt das in gespielt fröhlichem Ton, obwohl ihre Worte ein Schlag ins Gesicht sind.

»Wegen beidem, denke ich.« Meine gemurmelte Antwort ist ziemlich lahm. So wird das kein guter Auftritt. Ich fühle mich auf einmal total aus der Übung. Pressetermine, so was konnte ich mal im Schlaf. Aber dieses Interview gleicht zu sehr einem Verhör.

Ich blinzle. Warum sind die Scheinwerfer nur so grell? So viel Watt sind doch nicht nötig, da würde garantiert auch das Ringlicht aus meinem Zimmer reichen. Die Beleuchtung ist einfach zu stark. Es kommt mir vor, als würde mein Gesicht gegrillt. Hoffentlich sehe ich nicht total rot und aufgedunsen aus. Ich musste mich selbst schminken, denn bei meinem aktuellen Budget hätte es nicht mal für einen billigen Make-up-Artist gereicht.

Nora legt den Kopf schief und mustert mich. Ihr Gesicht hat scharfe Kanten – vielleicht übertreibt sie es mit den Diäten oder aber ihr Make-up-Artist wiederum kann nicht mit dem Konturenstift umgehen. Jedenfalls sieht sie aus wie ein Raubvogel.

Hinter ihr steht Stacy und macht kreisende Bewegungen mit der Hand: Ich soll anscheinend noch mehr erzählen. Vor dem Interview hat sie mir eingeschärft: *Sag ihnen, was sie hören wollen!*

Ich muss an die 300 000 Dollar denken, die sie mir für den Auftritt hier zahlen. An meinen leeren Kleiderschrank, meine Kreditkarten am Limit, meine bei Depop eingestellte *Birkin*, die Rechnungen auf der Küchentheke meiner Mutter. Aber am meisten muss ich an die Waffe denken, die sie in meinem Auto gefunden haben, und an meine Anwältin, die mich augenblicklich im Stich lässt, wenn ich sie nicht bezahle.

Mein Spiegelbild wird in der Kameralinse sichtbar und ich merke jetzt erst, wie krumm ich dasitze – schüchtern zusammengekauert, als würde ich versuchen, so wenig Platz wie möglich einzunehmen. Ich richte mich auf. Und rufe mir ins Gedächtnis, wer ich bin: Nämlich die großartige Gwen Riley, die Menschen fesseln und begeistern kann, im echten Leben wie im Internet. Und genau darum geht es hier doch. Um gute Unterhaltung, genauso wie in den zahllosen TikToks und YouTube-Videos und Insta Lives, die ich über die Jahre gedreht habe.

Ich lege mir meine Haare über die Schulter, damit die Kamera mein Gesicht im Dreiviertelprofil erfassen kann. Dann setze ich noch mal an.

»Die Situation in der Villa«, sage ich, »und damit meine ich nicht nur das Verhältnis zwischen mir und Tucker und Sydney, sondern das ganze Drumherum, diese Art zu leben, in so jungem Alter total berühmt und reich zu sein – es war ein Pulverfass. Es war nur eine Frage der Zeit, bis es *Wumm* machen musste.« Mit gespreizten Fingern mime ich eine Explosion.

»Tatsächlich?«, wundert sich Nora. »Von außen sah alles so idyllisch aus.«

»Ja, das muss es wohl. Wenn man an die teuren Klamotten, schicken Autos und die vielen Follower denkt. Aber die Leute wissen gar nicht, wie es ist, in so einem Aquarium zu leben. Wenn alle zuschauen, was du gerade machst, jede Kleinigkeit bewerten. Was das für ein Druck ist. Da kann es schon vorkommen, dass jemand durchdreht.«

Ich mache eine theatralische Pause. »Wenn jemand von uns es war … wenn jemand aus dem Haus Sydney getötet hat, dann deswegen. Wegen dieser gnadenlosen Konkurrenz und des irren Drucks in den sozialen Medien und wegen dem, was das bei uns jungen, verletzlichen Seelen anrichten kann. Diese Gier nach Ruhm, Nora, die kann einen vergiften.«

»*Wow.*« Nora Caponi nickt ernst mit dem Kopf und knickt ihren Stapel Stichwortkarten. »Willst du damit sagen, dass du sie umgebracht hast?«

»Nein«, erwidere ich. »Ich habe mit ihrem Tod nichts

zu tun. Ich sage nur, dass ich mir vorstellen kann, dass jemand aus dem Haus an diesen Punkt gelangt ist. Es war einfach ein toxisches Umfeld.«

»Und was ist mit der Waffe, die in deinem Auto gefunden wurde?«

»Also, zunächst einmal«, entgegne ich, »wurde die Pistole – von der verdächtigerweise sämtliche Spuren abgewischt wurden – in meinem Ersatzreifen versteckt. Sie lag nicht *in* meinem Auto. Das sollten wir klarstellen.«

»Du glaubst also, dass jemand sie dort platziert hat.«

»Ich weiß es, Nora«, korrigiere ich. »Sie wurde dort von jemandem platziert, der einen Schlüssel zur Garage hat.« Wieder lege ich eine Spannungspause ein. »Also von jemandem, der mit mir in diesem Haus wohnt.«

Nora Caponi ist an den Stuhlrand vorgerückt. »Gwen, das war heute ein sehr erhellendes Gespräch. Noch eine letzte Frage, bevor wir auseinandergehen: Viele eurer Fans sind sehr jung, und angesichts der aktuellen Ereignisse sind deren Eltern verständlicherweise besorgt. Was würdest du ihnen raten?«

»Den Eltern?« Ich blicke direkt in die Kamera, nur eine Sekunde lang. »Ich würde ihnen raten, ihre Kinder von sozialen Medien fernzuhalten, um sie zu beschützen. Um ihr Leben zu schützen.«

30

6 Tage später

GWEN

»Gwen, was sollte das?« Beau stellt mich zur Rede, sobald sich Nora Caponi samt Crew davongemacht hat.

»Was denn?« Ich spiele die Unwissende. Aber auf dem Telefon in seiner Hand ist der Livestream noch geöffnet. Wir wissen beide, warum er wütend ist.

»Du Bitch! Bist du komplett irre?« Cami kommt ins Zimmer gestürzt. Sie rennt auf mich zu, ich weiche zurück und stehe schon mit dem Rücken an der Tür, aus Angst, dass sie mich gleich schlägt. Beau fasst Cami am Arm, um sie davon abzuhalten, aber sie holt trotzdem nach mir aus.

»Langsam, Leute.« Kat stellt sich zwischen Cami und mich und hält uns mit ausgestreckten Armen auf Abstand. »Gewalt ist keine Lösung.«

»Wie kannst du nur so einen Dreck erzählen«, faucht Cami mich an. »Du hast mehr oder weniger gesagt, dass jemand aus dem Haus sie umgebracht hat. Du hast uns so was von angeschissen.« Sie sieht Kat an. »Damit darf sie doch nicht davonkommen. Sie lässt uns alle ins Messer laufen.«

»Schon gut.« Kat dreht den Kopf zwischen Cami und mir hin und her. »Ich denke mal, wir brauchen eine WG-Sitzung.«

Cami schnaubt verächtlich. »Echt jetzt? Die Sache ist ja wohl ernster.«

»Echt jetzt.« Kat drückt die Schultern durch. Sie wirkt entschlossen. »Eben weil die Sache so ernst ist, müssen wir uns zusammensetzen. In fünf Minuten im Fernsehzimmer.«

Ich laufe den Flur entlang. Cami folgt mir und ich beobachte sie aus dem Augenwinkel, immer noch auf der Hut.

»*Buh!*« Sie springt mir entgegen.

Ich zucke zusammen, merke dann aber, dass sie nur blufft. Sie ist noch einen halben Meter entfernt und wollte mir nur einen Schreck einjagen.

Jetzt lacht sie und wirft den Kopf zurück, als sie an mir vorbeistolziert. Ich warte, bis sie das Fernsehzimmer betreten hat, komme dann nach und suche mir in größtmöglicher Entfernung von ihr einen Platz.

Auch die anderen trudeln nach und nach ein. Alle starren sie mich im Vorbeigehen an.

Ich weiche ihren Blicken aus, konzentriere mich lieber auf mein Handy und scrolle durch meine Nachrichten. *Du warst absolut klasse!*, schreibt Stacy.

Und meine Mutter hat sich gemeldet.

Jennifer (Mom): *Hab das Video gesehen! Du warst gut, aber das Kleid sah ein bisschen eng aus. Denk dran: Nicht so viel Süßes! Du wohnst zwar mit Teenagerjungs zusammen, aber so viel essen wie die darfst du noch lange nicht!*

Und: *Wann kommt noch mal das Geld?*

Ich sperre das Handy, ohne zu antworten. Als Kat mit der Schüssel rumkommt, lasse ich es reinplumpsen. Sie kann es gerne haben.

»Also gut«, sagt Kat, als sie alle Telefone hat. »Wer möchte zuerst etwas sagen?«

»Ich!« Cami hebt die Hand und steht auf. »Was Gwen da gemacht hat, war gefährlich und unverantwortlich. Wir alle wissen, dass die Polizei unsere Internetaktivitäten verfolgt und garantiert auch dieses Interview sieht. Und Gwen hat allen da draußen gesagt, dass jemand aus dem Haus Sydney getötet haben muss. Ein Motiv hat sie auch gleich mitgeliefert. Das wird die Presse noch wochenlang ausschlachten. Diese irre Aktion sorgt dafür, dass uns die Bullen noch schärfer beobachten. Die sind jetzt überzeugt, dass es einer von uns gewesen sein muss.«

»Ach ne«, sage ich. »Die haben doch eh schon entschieden, dass es einer von uns war, aber jetzt –«

»*Was jetzt?*«, fährt Cami dazwischen. »Jetzt bist du eine halbe Million reicher.«

»Nicht ganz, aber stimmt, ja.« Ich verschränke die Arme vor der Brust. »Was dagegen?«

»Oh Mann«, stöhnt Cami. »Als wenn du nicht schon genug hättest.«

Mir wird ganz warm im Gesicht. »Du hast keine Ahnung von meiner finanziellen Lage«, erwidere ich. »Hat schließlich nicht jeder einen Treuhandfonds.« Cami redet über Geld, als wäre es ein Spiel. Wer verdient mehr, wer bekommt am meisten für einen gesponserten Post. Und ja, auf diese Weise Geld zu machen, ist für sie tatsächlich ein Spiel. Ihre Familie hat mehr als genug. Das Geld für ihr Studium, für dieses Haus, für ihre Anwälte – das regeln alles ihre Eltern. Und das, was sie mit TikTok verdient, kommt einfach obendrauf.

»Halt mal«, meint Cami. »Komm mir nicht so. Kat hat auch keinen Treuhandfonds und trotzdem zieht sie nicht so eine Show ab.«

»Oh«, meldet sich Kat. »Lasst mich da lieber raus –«

»So perfekt wie *Sankt Kat* bin ich natürlich nicht«, winke ich ab. »Also haut nur drauf. Aber ich werde mich nicht dafür entschuldigen, dass ich getan habe, was ich tun musste.«

»Vielleicht versuchen wir mal, konstruktiv zu bleiben«, schlägt Kat vor. »Wir könnten zum Beispiel Regeln aufstellen, wie wir mit der Presse umgehen sollen.«

»Ich weiß echt nicht, wo das Problem ist«, entgegne

ich. »Bisher haben wir doch auch nicht abgesprochen, wer wie wo auftritt.«

»Bisher standen wir auch nicht unter Mordverdacht«, bemerkt Tucker schroff.

»Ja, und wem haben wir das zu verdanken?« Ich starre ihn wütend an.

»Dir, wem sonst?«, antwortet er. »Du hattest doch die Waffe im Auto.«

»Ja, und wer hat sie da reingelegt?«

»Was willst du mir eigentlich sagen?«, fragt Tucker.

Kat macht große Augen. Sie hat die Kontrolle verloren. Nach WG-Sitzung fühlt sich das hier nicht mehr an.

»Was ich dir sagen möchte?«, erwidere ich. »Dass du unehrlich bist und man dir nicht vertrauen kann.« Ich wende mich an die anderen. »Außerdem finde ich es reichlich absurd, dass wir hier über *mein* Interview streiten, wo wir doch darüber reden sollten, dass jemand hier aus diesem Raum etwas Unvorstellbares getan hat. Ich weiß, dass niemand es sagen oder auch nur denken will. Aber die Polizei hat den Kreis der Verdächtigen nicht umsonst auf uns fünf eingegrenzt. Dieser Post kam aus dem Haus. Und wir müssen es jetzt einfach mal laut aussprechen: Jemand hier hat Sydney ermordet.« Dann richte ich mich noch mal an Tucker: »Und nicht umsonst glaube ich, dass du es warst.«

»Aha? Und aus welchem Grund?«, spottet Tucker.

»Wie wäre es damit: Weil du ein falsches Arschloch

bist, das so tut, als würde ihm an jemandem was liegen, nur um denjenigen dann zu betrügen.«

»Ach ne. Als wir beide Sydney im Pool *betrogen* haben, schien es dir aber nicht groß was auszumachen.« Sein Wangenmuskel zuckt, als er die Worte zwischen zusammengebissenen Zähnen hervorstößt. Dann blickt er in die Runde: »Ich habe Sydney nicht getötet«, sagt er. »Gwen ist nur sauer, weil ich mit ihr Schluss gemacht habe.«

»He! *Ich* habe mit *dir* Schluss gemacht!«

»Klar«, sagt er, ohne mich auch nur anzusehen.

Die Wut brennt mir in den Augen. Ich muss mich arg beherrschen, um ihm keine runterzuhauen.

»Warum gehen eigentlich alle davon aus, dass Sex das Motiv war?«, meint Tucker jetzt. »Und übergehen dabei, dass Sydney und Kat sich wegen zwanzigtausend gestritten haben, kurz bevor Sydney starb?«

»He!«, protestiert Kat.

»Was soll das denn jetzt?«, schaltet sich Beau ein.

»Ich meine ja nur«, sagt Tucker. »Vielleicht ging es nicht um Sex, sondern um Geld.«

»Aha. Und wenn wir beim Geld sind: Glaubst du nicht, dass es dann wohl eher um den *Parker*-Deal ging als um Fan-Sticker?«, entgegnet Beau und sieht dabei zu Cami.

»Ich habe sie nicht getötet!«, wehrt sich Cami.

»Und ich schon gar nicht!«, brüllt Kat.

Alle schreien sich an, zeigen mit dem Finger aufeinander und beschuldigen sich gegenseitig – aber als unsere Handys losgehen, lassen plötzlich alle voneinander ab. Fünf Augenpaare richten sich auf die Schüssel. Wir sind schließlich immer noch Influencer und wenn unsere Handys sich melden, ist das unser Batman-Signal. Außerdem waren es alle fünf gleichzeitig.

»Das letzte Mal, dass sich unsere Handys gleichzeitig gemeldet haben …«, setzt Kat an. Sie muss gar nicht weiterreden. Diese Posts sind mein Albtraum.

Beau geht zur Schüssel. Das Glas bebt richtig von den Vibrationen der Handys. Er greift langsam hinein, als könnte ihn etwas beißen, und zieht sein Telefon heraus. Sein Gesicht wird bleich, als er aufs Display schaut.

»Ist es …?«, frage ich.

Er nickt. »Wieder ein Post vom Account«, bestätigt er. »Und wieder geht es um den Mord.«

Alle wollen jetzt an ihre Handys und schubsen einander, um als Erstes in das Glas zu langen. Als ich mir meins gesichert habe, öffne ich sofort TikTok – und tatsächlich ist da ein neues anonymes Video.

Im Hintergrund spielt ein Ausschnitt aus *Lifestyles of the Rich & Famous* von Good Charlotte. Und als Caption steht da: *Wenn normale Menschen töten, kommen sie ins Gefängnis. Wenn Influencer töten, kommen sie ins Fernsehen! Jede Publicity ist gute Publicity, stimmt's?*

In dem Video wechseln sich Screenshots von verschiedenen Schlagzeilen der letzten Woche ab. Das Foto von

Beau im *National Inquirer*, wie er dem Fotografen eine verpasst, ein Artikel aus *True Crime Daily*, der Kats Instagram auseinandernimmt, und ein Standbild aus *Dateline*, auf dem Camis Foto neben dem Kopf der Moderatorin zu sehen ist. Und als Höhepunkt ein Screenshot von meinem heutigen Auftritt bei Nora Caponi.

»Warst du das?« Cami kommt auf mich zu. »Hast du etwa noch ein TikTok eingestellt, um dein kleines Enthüllungsinterview zu promoten?«

»*Was? Nein!*« Ich bin entsetzt. Wie kann Cami annehmen, dass ausgerechnet ich diese Posts absetze. »Ist vielleicht noch jemandem aufgefallen, dass Tucker der Einzige ist, der in dieser hübschen Montage nicht zu sehen ist? Ist doch offensichtlich, dass er das eingestellt hat. So offensichtlich, dass es fast peinlich ist. Er hat sie getötet, und nun versucht er, mit diesen Videos die Schuld auf andere zu lenken, damit sie ihn nicht kriegen.«

»Mich würde nicht wundern, wenn ihr beide es wart«, fährt Cami fort und richtet ihren Zeigefinger abwechselnd auf mich und Tucker. »Damit ihr eure verkorkste Beziehung weiterführen könnt. Selbst wie du ihn jetzt beschuldigst, fühlt sich an, als wäre es Teil eures abgedrehten Spiels.«

»Wie lächerlich«, entgegne ich. Und Tucker sagt gleichzeitig: »Eine Beziehung würde ich das nicht nennen.«

Das bringt mich wieder auf hundertachtzig. Ich stürze auf ihn zu: »Hör mal zu –«

Doch da unterbricht uns Beau mit einem lauten Pfiff. Sofort sind alle ruhig. Ich hatte keine Ahnung, dass so ein ruhiger Dude wie Beau so einen schrillen Ton von sich geben kann. »Seid mal kurz still«, sagt er. »Ich glaube, ich hab da was rausgefunden.« Er schaut noch mal auf sein Handy. »Ich habe mir eben die Metadaten für diesen Post angeguckt. Ich mache das bei allen anonymen Posts, so kann ich rausfinden, ob sich diejenigen vielleicht verraten, indem sie ihre eigene IP-Adresse nutzen.«

»Und, haben sie das?«, fragt Kat hoffnungsvoll.

»Das nicht, aber bei den anderen konnte man in den Metadaten sehen, dass die Posts in die Warteschlange gestellt wurden, bevor sie online gingen. Aber bei dem hier war es anders. Er war sofort verfügbar, nachdem er eingestellt wurde. Und das war vor knapp einer Minute.« Er blickt vom Display auf. »Das Video wurde hochgeladen, während wir alle hier im Zimmer standen und uns angeschrien haben.«

»Und unsere Handys in dem Glas lagen«, flüstere ich. Beau nickt.

»Und was heißt das?«, fragt Cami.

»Das bedeutet, dass die Person, die diese Videos auf unserem Account postet und wahrscheinlich auch Syd getötet hat, nicht in diesem Zimmer ist.« Er blickt in die Runde, sieht jedem Einzelnen ins Gesicht. »Es bedeutet, dass uns jemand drankriegen will.«

31

6 Tage später

KAT

»Was ist mit Mr Nelson?«, fragt Gwen. Wir sitzen seit Stunden am Küchentisch und grübeln, wer uns diese Falle gestellt haben könnte.

»Wer? Der Nachbar?« Cami langt über den Tisch und öffnet den Karton mit der Pizza, die wir uns nach zwei Stunden Brainstorming bestellt haben. »Glaubst du, er war es?«

»Ich weiß nicht. Ist nur so ein Gedanke.« Gwen zuckt mit den Schultern. »Er hat sich doch ständig beschwert wegen des Lärms.«

Wir anderen müssen über ihren Einfall lachen.

»Ich überlege halt, wer etwas gegen uns haben könnte.« Sie wirft sich ihr blondes Haar über die Schulter. »Und das sind eigentlich fast alle.«

»Tut mir leid, Gwen«, erwidere ich. »Aber ich glaube nicht, dass Mr Nelson uns einen Mord anhängen will, nur weil wir die Musik zu laut aufgedreht haben.«

»Schon klar. Lohnt sich nicht, den Namen auf die Liste zu setzen«, raunzt Cami und zieht sich eine Scheibe Veggie-Pizza auf ihren Teller.

Ich nehme einen Schluck Kombucha und schaue noch mal auf meine Notizen. Ich habe alle auch nur halbwegs plausiblen Hinweise aufgeschrieben.

Die Liste enthält einen wilden Mix von Leuten: Bewohner von Cloud 9, ein paar Typen, die Gwen mal abgewiesen hat, und sogar dieser Journalist, mit dem wir bei den *Teen Choice Awards* aneinandergeraten sind, als wir wegen eines Staus den Roten Teppich verpasst haben.

Als ich die Liste jetzt durchgehe, finde ich keine Person, die uns einen Mord anhängen könnte. Sie kommen alle genauso wenig infrage wie der harmlose Mr Nelson mit seinen Corgis. Klar, manche von Clout 9 hassen uns so sehr, dass sie Bot Accounts einrichten, die unsere Videos mit Hasskommentaren spammen. Aber uns wegen eines Schwerverbrechens drankriegen zu wollen und dafür Sydney zu töten? Ich kann mir ehrlich nicht vorstellen, wer das getan haben könnte – ganz gleich, welch schrägen Hass irgendwelche Sponsorenverträge oder *The Shorty Awards* erzeugt haben mögen.

Jetzt steht Tucker auf und ich vermute kurz, dass er zum ersten Mal seit über einer Stunde etwas zur Diskussion beitragen will, aber er nimmt sich nur die letzte Scheibe Peperoni-Pizza.

»Und was ist mit Sydneys erstem Manager?«, schlage ich vor. »Der, den sie per DM rausgeschmissen hat?«

»Der ist es bestimmt nicht.« Cami schüttelt den Kopf. »Wer sich das mit den Posts über den Haus-Account ausgedacht hat, muss was auf dem Kasten haben, und der Typ war nicht gerade der Schlauste.« Sie trommelt mit den Fingernägeln auf die Tischplatte. »Außerdem sind diese Videos total passiv-aggressiv. Diese Person kommt mir extrem rachsüchtig und berechnend vor. Ich glaube, es muss eine Frau sein.«

»Was ist denn das für ein Schubladendenken.« Ich rümpfe die Nase.

»Oh, tut mir echt leid, dass ich die Person, die uns *einen Mord* anhängen will, mit hässlichen Gender-Stereotypen belege, Kat.« Sie wirft theatralisch die Hände hoch. »Ordne mal deine Prioritäten.«

Ich atme tief durch: Auf diese Ebene begebe ich mich erst gar nicht. Ich zwinge mich, nicht zurückzuschnauzen.

Gwen lässt wütend ihre Gabel fallen. »Oh Mann«, stöhnt sie. »Ich dachte, was Schlimmeres als unter Mordverdacht zu stehen, kann es nicht geben. Aber zu wissen, dass das alles kein Zufall ist und jemand da draußen sich bemüht, es so aussehen zu lassen, als ob wir es waren – das ist ja noch viel schlimmer.«

Ich greife nach ihrer Hand. Sie sieht mich mit roten, verquollenen Augen an. Irgendwie wirkt sie jünger als sonst. »Ja, das ist echt heftig«, gebe ich zu. »Aber sieh es mal so, Gwen: Wenigstens stehen wir damit auf derselben Seite. Es ist immer noch eine üble Sache, aber wir wissen jetzt, dass es keiner aus dem Haus war, der Sydney getötet hat. Wir wissen, dass wir den anderen hier vertrauen können. Jetzt sind es wir alle gegen den, der uns das antun will.« Ich blicke in die Runde. »Wir sind wieder ein Team.«

»Und wir haben einen gemeinsamen Feind«, fügt Cami hinzu. »Jemanden, dem wir für den ganzen Scheiß hier die Schuld geben können. Und wenn erst mal raus ist, wer das war, können wir Rache üben und denjenigen fertigmachen.« Ihre Augen blitzen bei dem Gedanken.

Ich stutze. Das war nicht gerade das, worauf ich hinauswollte, trotzdem weiß ich zu schätzen, dass auch Cami versucht, Gwen ein wenig Mut zu machen. »Ja, das auch«, setze ich also hinzu.

Tucker nimmt einen großen Schluck aus seinem Pappbecher und lässt dann einen langen, lauten Rülpser los.

»Widerlich!«, ekelt sich Gwen.

Er zuckt nur mit den Schultern und fragt: »Gibt es noch Cola?«

»Ja, im Kellerkühlschrank«, antwortet Beau, der wieder mit seinem Laptop beschäftigt ist.

Tucker stapft los Richtung Keller.

»Unfassbar, wie er sich benimmt«, schimpft Gwen.

»Ist eben Tucker«, bemerkt Cami trocken.

6 Tage später
BEAU

Ich klinke mich aus, während die anderen sich noch über Tuckers Rülpser aufregen, und nehme mir noch mal Sydneys Instagram-Account vor. Ihre Videos und Fotos bei TikTok bin ich schon durchgegangen, was eine ziemliche Mammutaufgabe war bei der Masse von Posts. Aber irgendetwas muss ich übersehen. Es geschieht doch eigentlich nichts mehr in der realen Welt, ohne dass es irgendein Echo in der Online-Welt findet. Wenn jemand mit einer Verbindung zu Sydney sie ermordet hat und uns das jetzt anhängen will, muss diese Person doch Spuren in den sozialen Medien hinterlassen haben.

Vielleicht war es einer von den Schulfreunden in ihren *Homecomig*–Stories, die sie aussortiert hat, sobald sie berühmt wurde. Oder einer von den Schmieros, die ihre Posts mit Auberginen-Emojis kommentieren.

Ich scrolle zum nächsten Foto, einem Schnappschuss von Brooklyn und Sydney, wie sie letztes Jahr zu Halloween in den gleichen schwarzen Kleidern posieren, als seien sie die beiden tanzenden Mädchen in dem entsprechenden Emoji. Die Kommentare habe ich mir schon angeschaut. Aber das Bild bringt mich auf eine Idee. Sydneys Account wurde ja heftigst frequentiert, aber vielleicht gibt es ja auch bei ihrer Schwester etwas zu entdecken.

Bevor Brooklyn ein Möchtegern-TikTok-Star war, war sie eine Möchtegern-Instagram-Influencerin. @BK_Reynolds ist voller professioneller Fotos mit perfekten Posen und geschickten Filtern. Ständig dieses Fake-Lächeln, wenn sie ein Getränk in die Kamera hält, im Bikini vor einem Wasserfall steht, mit einem altmodischen Fahrrad über den Santa Monica Pier fährt, von dem sämtliche Touristen per Photoshop entfernt wurden. Immer das gleiche Schema. Ich bezweifle, dass dieser extrem aufgehübschte, antiseptische Content irgendwelche Leads erzeugt.

Zum Glück ist das aber nicht die einzige Stelle, an der Brooklyn auf Instagram aktiv ist. Ich wechsle zu @abitch_notabridge. Wenn es einen Ort gibt, an dem das aufpolierte Reynolds-Schwester-Image Risse bekommt, dann in diesem privaten Account, der nur etwa fünfzig Follower hat. Ich bin ihm auch eine Weile gefolgt, denn als wir hier gerade frisch eingezogen waren, hat Brooklyn mich echt nett behandelt. Aber dann hatte ich irgendwann den Eindruck, dass es vielleicht zu nett und zu eng wird, und weil ich in Kat verknallt war, bin ich auf Abstand gegangen. Ich habe Brooklyns Accounts stummgeschaltet, damit ich nicht unbedacht zu viele ihrer Bilder like und falsche Hoffnungen wecke. Trotzdem habe ich sie nicht entfolgt, das wäre zu krass gewesen.

Ich scrolle durch diesen privaten Account. Seit dem Tod ihrer Schwester hat sie nichts gepostet, aber das ist wohl nicht weiter verwunderlich, sie steht sicher neben sich. Ich klicke die neuesten Posts an: ein schlecht beleuchtetes Selfie mit einer Handtuchstange im Hintergrund. Sie hockt da offenbar – ganz unglamourös – auf dem Klo und jammert, sie habe eine Lebensmittelvergiftung. Als Nächstes eine Nahaufnahme mit genervter Grimasse, weil sie angekotzt ist, dass ihre Schwester beim Abendessen mit den Eltern mal wieder das Gespräch an sich gerissen hat.

Und dann, vor zwei Wochen, ein Foto oben ohne, auf dem ihre Brustwarzen durch Pfirsich-Emojis verdeckt sind und ein dilettantisches Schildkröten-Tattoo auf ihrem Brustkorb zu sehen ist.

Dazu die Caption: *Psst! Kein Wort an meine Eltern, dass ich gestern Nacht total zugedröhnt war und Jake mir ein selbst gemachtes Tattoo verpasst hat. Shit happens. Weiß jemand, ob Dr. Malibu auch Tätowierungen entfernt? Oder soll ich einfach cool bleiben und den kleinen Kerl behalten?* 🐢

Ich starre auf das Tattoo und erinnere mich, dass

Brooklyn vor zwei Tagen bei uns war, als diese Lucy ein *Geständnis* ablegen wollte. Ich weiß noch, dass Brooklyn ein Croptop anhatte, denn an dem Morgen war es ziemlich kalt und ich habe mich gefragt, ob sie nicht friert. Die unteren Rippen konnte man gut sehen, aber ich schwöre, dass diese Schildkröte nicht da war. So schnell wird man doch keine Tätowierung los, oder? Das dauert Monate.

Ach du Scheiße. *Heilige Scheiße.*

»Sie ist das!«, rufe ich. Die anderen am Tisch sehen mich verdutzt an. »Ich weiß jetzt, wer uns das anhängen will.«

Cami starrt mich an, als wäre ich irre. »Wer?«

»Sydney.«

»Sydney ist tot.« Gwen blinzelt. Dann schnappt sie nach Luft, schlägt sich die Hand vor den Mund. »Oh mein Gott! Meinst du, das ist ihr Geist?«

»Nein.« Ich lasse das unkommentiert. »Ich glaube, sie ist gar nicht tot.« Ich rufe das Foto auf meinem Handy auf. »Ich glaube, dass *Brooklyn* tot ist. Und Sydney lebt und gibt vor, ihre Schwester zu sein. Sie ist es, die uns diese Fallen stellt. Aber sie weiß anscheinend nicht, dass ihre Schwester einen privaten anderen Account hatte – was auch nicht weiter verwundert, denn Brooklyn hat sich da ziemlich über sie ausgelassen. Und weil Sydney von diesem Account keine Ahnung hatte und Brooklyn ihn vor ihrer Familie geheim gehalten hat, wusste sie auch nicht, dass Brooklyn zwei Wochen vor ihrem Tod ein Tattoo verpasst bekommen hat. Hier, seht euch das mal an.« Ich schiebe ihnen mein Handy hin. Ich bin so aufgeregt wegen meiner Entdeckung, so außer mir, dass ich befürchte, mich nicht verständlich auszudrücken. Aber so verrückt das alles auch klingt, weiß ich doch, dass ich richtig liege. Ich weiß es einfach. »Als sie letztens hier war, mit Tucker, hatte sie was Bauchfreies an und ich konnte ihre Rippen sehen, und da war kein Tattoo. Sie ist es also nicht. Die Zwillingsschwester, die lebt, ist Sydney, nicht Brooklyn. Und ich nehme an, *sie* will uns den Mord anhängen.«

»Unglaublich«, flüstert Kat und starrt auf das Handy auf dem Tisch. In ihrem Gesicht sehe ich Erleichterung. Und da weiß ich, dass ich recht habe, denn sie glaubt es auch.

»Das erklärt auch, wie sie durch die Gesichtserkennung gekommen ist, um die Posts hochzuladen«, meint Gwen.

Camis Augen blitzen. »Und es erklärt noch etwas anderes, das mir aufgefallen ist: An dem Tag, als die Leiche gefunden wurde, trug *Brooklyn*«, sie macht Anführungszeichen in der Luft, »Sydneys Armreif. Aber man braucht eigentlich ein Spezialwerkzeug, um die abzubekommen.«

Mein Herz schlägt schneller. Noch ein möglicher Beweis. Die Puzzlestücke fügen sich zusammen.

»Was redet ihr da?«, meldet sich auf einmal Tuckers Stimme. Er steht misstrauisch im Türrahmen.

»Äh, ich glaube, ich weiß jetzt, wer uns das anhängen will ...«

»Ich habe gehört, was du gesagt hast. Alles. Ich möchte nur wissen, was dir einfällt, meiner toten Freundin die eigene Ermordung anzudichten.«

»Halt mal.« Ich hebe die Hände. »Das habe ich so nicht gesagt. Ich kann das erklären. Als Brooklyn letztens hier war, hast du da eine Tätowierung unterhalb ihrer Brust entdeckt?«

»Keine Ahnung. Ich hab mir ihre Brust nicht angeschaut. Bin ja kein Perversling.«

»So meinte ich das nicht. Es geht ja nicht darum, ihr auf den Busen zu starren. Aber wenn da ein Tattoo auf ihren unteren Rippen gewesen wäre, und noch dazu eins, das irgendwie missraten ist, dann wäre mir das aufgefallen.« Ich sehe zu Kat. »Ich hab da nicht –«

»Ich weiß.« Sie legt mir ihre Hand auf den Arm. »Tucker, du musst doch zugeben, dass das mehr Sinn ergibt als die Geschichte mit Sydneys altem Manager oder irgendeinem miesen Verlierer bei den *Shorty Awards*. Es gibt nur eine Person, die Grund hat, dermaßen wütend zu sein, und zwar auf alle hier: Sydney. Es leuchtet total ein.«

»Mir leuchtet höchstens ein, dass ihr komplett durchgeknallt seid«, schnaubt Tucker. »Ein privater Account und ein Armreif, ja? Das ist der Beweis, dass die Person, die uns das anhängen will, eben die ist, die wir alle zusammen beerdigt haben? Na dann viel Glück, wenn ihr das der Polizei erzählt.« Tucker geht in die Küche und holt sich noch mehr Eis für seine Cola.

Die Stimmung im Raum sinkt unter den Nullpunkt.

»Hör nicht auf ihn, Beau. Deine Theorie ist echt gut«, will Gwen mich aufmuntern.

»Danke«, erwidere ich höflich. Nicht gerade ein überzeugender Trost, der da von ihr kommt. Ich fahre mir durch die Haare. »Er hat ja recht, was die Polizei angeht. Wir stehen schließlich unter Verdacht. Keine Ahnung, ob die uns irgendwas glauben.«

»Besonders nicht, wenn das, was wir ihnen zu berichten haben, irgendein psychotisches Zwillingstausch-Szenario beinhaltet«, fügt Cami hinzu. »Außerdem hat diese Johnson Tage gebraucht, bis sie nicht mehr *Tick-Tack* gesagt hat. Glaubt ihr im Ernst, sie lässt Bilder aus einem privaten Account als Beweise gelten?«

Kat schüttelt den Kopf. »Johnson wird uns das nicht abnehmen. Es sei denn, Sydney gesteht.«

»Und wenn wir Sydney zwingen?«, schlägt Gwen vor. »Alles zu gestehen, meine ich.« Ihre weit aufgerissenen Augen lassen nicht vermuten, dass sie Witze macht.

Kat und ich sehen uns an.

»Ich glaube nicht, dass das so einfach ist«, bringt Kat vorsichtig an.

»Also, eigentlich ...« Cami neigt nachdenklich den Kopf. »Gwens Idee ist gar nicht so übel.«

»Und warum klingst du dann überrascht?«, maunzt Gwen.

»Wir sollten sie damit konfrontieren«, redet Cami unbeirrt weiter. »Vielleicht platzt es aus ihr raus.«

»Wie? Glaubst du echt, sie gibt das einfach zu?«, frage ich ungläubig.

»Na ja, nicht gegenüber dir oder mir, sondern ...« Cami blickt sich zu Tucker um, der in der Küche rumpoltert. Sie räuspert sich.

»Was ist?« Er sieht auf und bemerkt, dass alle ihn anstarren. »Nein. Auf keinen Fall.«

»Ich meine ja nur. Du und *Brooklyn*«, wieder macht Cami Anführungszeichen, »habt ja in letzter Zeit ziemlich viel zusammen abgehangen.«

»Was auch sonst. Weil *Brooklyn* und ich um *Sydney* trauern.«

»Du musst ihr ja nur eine einfache Frage stellen, und die lautet: Wer bist du?«, erklärt Cami. »Mal schauen, was sie sagt.«

»Das ist keine einfache Frage«, entgegnet Tucker. »Sondern eine extrem beleidigende Frage, die ich einem Menschen stellen soll, deren Schwester ermordet wurde. Brooklyn hat genug durchgemacht. Kommt gar nicht infrage, dass ich ihr noch mehr Schmerz zufüge und sie mit eurer irrsinnigen Verschwörungstheorie quäle.«

»Aber —«

»Nichts aber.« Er hebt die Hände. »Die Antwort lautet *Nein*. Das tue ich ihr nicht an.« Er zieht genervt von dannen.

Cami schickt ihm eine fiese Grimasse nach. »Der Junge ist nicht zu gebrauchen«, stellt sie fest.

Gwen lässt enttäuscht die Schultern fallen. Sie schnieft, hat Tränen in den Augen.

»Nicht weinen«, meint Cami und tätschelt ihr die Hand.

»War eine gute Idee, Gwen«, sagt Kat. »Keine Sorge, uns fällt noch was ein.« Aber so, wie sie mich anschaut nach diesem Satz, bin ich mir nicht sicher, ob sie tatsächlich daran glaubt.

32

6 Tage später

CAMI

Ich entdecke Gwen spät abends auf ihrem Balkon. »Hallo.« Ich trete raus in die kalte Nacht und schließe die Doppeltür hinter mir. »Tut mir leid, dass ich dich eine Bitch genannt habe.«

Sie schaut mich verdutzt an. »Das hast du doch schon tausend Mal zu mir gesagt.«

»Ja, aber dieses Mal habe ich es noch gebrüllt«, antworte ich. »Und ich habe es ernst gemeint.«

Sie zuckt nur mit den Schultern. »Ich habe im Fernsehen erzählt, dass du womöglich einen Mord begangen hast. Ist also verständlich.«

»Stimmt.« Ich klopfe mit den Händen auf die Balkonbrüstung und starre auf den dunklen Horizont, Richtung Meer. Ich kann gerade noch erkennen, wie die Wellen an den Strand schlagen. »Kann ich dich mal was fragen? Warum hast du dieses Interview überhaupt gegeben?«

»Ich brauchte das Geld«, erklärt sie.

»Wofür?« Ich muss fast auflachen. »Um dir für jeden Tag der Woche einen anderen *Tesla* zu kaufen?«

»Nein. Um meine Anwältin zu bezahlen.« Sie seufzt. »Ich bin so was wie pleite.«

Ich blinzle verdutzt. »Du meinst, du hast kein Geld flüssig?«

»Nein. Ich habe *gar kein Geld*.«

»*Was?*« Ich muss daran denken, wie oft Gwen ihre Platin-Kreditkarte gezückt hat, bei wie vielen lukrativen Deals sie mich ausgestochen hat. »Wie kann das sein, Gwen? Du verdienst Millionen …«

»Anscheinend hat meine Mutter sie gleich wieder ausgegeben.« Sie presst die Arme an den Körper, sie hat Gänsehaut.

Ich mache große Augen. »Echt jetzt?«

»Also gut, ein bisschen geht auch auf meine Kappe«, gibt sie zu. »Aber ich habe mir mal die Kreditkartenabrechnungen angeguckt und herausgefunden, dass ich im Vergleich zu ihr total bescheiden war. Wusstest du, dass man elektromagnetische Geisterdetektoren kaufen kann, für fünfzigtausend Dollar? Sie hat sich gleich drei besorgt.«

»Heißt das, es ist alles … einfach weg?«

»*Yep.*« Sie macht ein poppendes Geräusch mit ihren Lippen.

»Bist du sicher?« Ich kann immer noch nicht glauben, dass mindestens zehn Millionen einfach so verpufft sind.

»Ja, bin ich, Cami. Ich weiß es jetzt schon mehrere Tage. Was glaubst du, warum mein Kleiderschrank so leer ist?«

»Keine Ahnung. Ich dachte, du machst auf Marie Kondo, Minimalismus und so.«

»Cami, sieh mich doch an.« Sie wedelt mit ihren Acrylnägel-Fingern. »Ich bin Maximalistin, aber so was von. Ich musste meine Klamotten verkaufen, um die Hypothek meiner Mutter abzubezahlen. Und ich musste dieses Interview geben, um meine Anwältin zu bezahlen.«

»Ach du Scheiße.« Ich schüttele den Kopf. »Und ich dachte immer, *meine* Eltern würden mir Stress machen. Die haben mich ständig unter Druck gesetzt. Ich sollte die besten Noten, die beste Rolle in der Ballettvorführung haben. Eine *Gewinnerin*. Aber um diesen ganzen Elternkram haben dafür sie sich gekümmert. Es war *mein* Job, mich in der Schule anzustrengen und lauter Einsen zu bekommen, aber es war *ihr* Job, die Rechnungen zu bezahlen, also musste ich mir über so was nie Gedanken machen. Ich kann mir nicht vorstellen, wie das ist, wenn man quasi Eltern für seine Eltern spielt.«

»Ich schon.« Gwen lacht bitter. »Mir ist das schon früher passiert, bevor ich berühmt war. Sie hat die Kreditkarte ausgereizt, weil sie sich Schuhe gekauft hat, und dann wurde die Karte im Supermarkt nicht mehr angenommen. Ich musste sie manchmal in irgendeiner Bar abholen, bevor ich überhaupt den Führerschein hatte.«

»Irre.«

»Ja.« Sie hebt die Schultern. »Aber so ist das nun mal. Was will man machen.«

»Aber ich dachte immer, dein Leben wäre perfekt.«

»Hör schon auf, Cami.« Sie blickt mich ernst an. »Wenn mein Leben wirklich so perfekt wäre, würde ich dann so viel Zeit im Internet verbringen und versuchen, Wildfremde davon zu überzeugen, wie perfekt es doch ist?«

33

Eine Woche später

SYDNEY

Mein Plan endete natürlich nicht mit dem Abend *meiner* Ermordung. Wie sich herausstellt, kostet es richtig Mühe, anderen die Existenz kaputt zu machen. Besonders, wenn es sich um so extrem privilegierte, superreiche, bildhübsche Existenzen handelt. Das Gute daran ist aber: Wenn man nur dranbleibt, fallen sie dann wenigstens richtig tief.

Es haben sich immer wieder Schwierigkeiten ergeben, während ich alles in die Tat umgesetzt habe, aber zum Glück bin ich ja schlau. Schlauer als die anderen im Haus, die sich nur gegenseitig beschuldigen, und auch schlauer als die Bullen, die nach jedem kleinen Happen schnappen, den ich ihnen hinwerfe. Dabei schadet es natürlich nicht, dass diese Happen im Internet zu Drei-Gänge-Menüs aufgebauscht werden.

»*Ich weiß ja nicht, wie es euch geht, aber ich bin ganz*

besessen von diesem Sydney-Reynolds-Fall.« Ich rolle mich auf die andere Seite und erhöhe die Lautstärke meines schwimmenden Bluetooth-Lautsprechers, der neben mir im Wasser auf und ab hüpft und den weltweit meistgehörten Podcast über wahre Kriminalfälle abspielt.

»Ja, absolut fesselnd das Ganze«, sagt jetzt der Co-Moderator. »Ich habe nur noch diesen Hashtag-Mord im Kopf, wie die Kids ihn nennen. War es Gwen? War es Cami? Oder Kat? Ich klebe förmlich an meinem Handy und warte auf den nächsten Post.«

Ich schiebe mir die Sonnenbrille von der Stirn auf die Augen. Ich lasse mich auf einer Schwimmliege im Pool meiner Eltern treiben, in einem weißen Bikini aus Brooklyns Kleiderschrank, und rauche Kette. Die Zigaretten habe ich im Unterschrank des Waschbeckens im Bad meiner Mutter entdeckt. Gerade entzünde ich noch eine an der Flamme aus meinem Zippo und nehme einen tiefen Zug.

Ich weiß ehrlich nicht, ob ich Rauchen mag oder nicht. Mir brizzelt der Kopf davon, so wie von zu viel Kaffee, aber mir wird auch leicht übel. Ich habe sonst nie geraucht. Ich kenne die Warnungen, ich habe die Vorträge in der Schule gehört. Ich weiß, dass es einen umbringt.

Die Sydney Reynolds, die es vor letztem Freitag noch gab, hätte niemals eine Zigarette angerührt. Aber wie praktisch jeder weiß, der letzte Woche online war: Das Mädchen ist tot.

»Wir bringen euch die aktuellsten Updates zum Hashtag-Mord, also holt euch noch schnell das Abo. Und mit dem Code *WertöteteSydney* gibt es dank unserer großzügigen Sponsoren fünfzehn Prozent auf eure nächste Matratze. Doch jetzt zum Thema des Tages.« Der Podcast kaut anschließend wohl zum x-ten Mal den ungeklärten Mord an JonBenét Ramsey durch.

Hallo? Ist mein Tod etwa nicht interessant genug?, beschwere ich mich innerlich und höre lieber wieder Musik.

Ich habe die Berichterstattung über mein Machwerk die ganze Zeit verschlungen wie salzigsüßes *SkinnyPop*. Klatschpresse, Kabelfernsehen, True-Crime-Podcasts, Celebrity-Podcasts und sogar die normalen Nachrichten-Podcasts, sie alle erwähnen mich regelmäßig.

Dabei gibt es genauso viele Theorien, wie Hobby-Kriminalisten und Social-Media-Detektive unterwegs sind. Manche halten Gwen für die Schuldige. Andere sind sich sicher, dass die Pistole platziert wurde und Tucker der Mörder ist. Oder auch Cami oder Beau oder Beau und Kat. Einer hat sogar vermutet, dass es Beau und Cami waren (eine Theorie, die mir ziemlich schleierhaft ist, da die beiden sich noch nie alleine unterhalten haben, wie sollen sie da gemeinsam einen Mord aushecken). Niemand, absolut niemand, ist dem, was wirklich passiert ist, auch nur nahegekommen. Ich bin anscheinend die perfekte Strippenzieherin.

Einfach war es aber nicht. Zwischenzeitlich gab es einige Komplikationen. Erst das mit Cami und dem Armreif, obwohl die Polizisten sie da zum Glück von der armen, trauernden *Brooklyn* weggeführt haben. Und dann diese publicitygeile Irre, die alles gestehen wollte und mir beinahe alles ruiniert hätte. Aber die reizende Nora Caponi musste ihr nur ein bisschen auf den Zahn fühlen und schon hat sich ihr Geständnis aufgelöst wie ein Kleid von *SHEIN* nach dem zweiten Waschen.

Zudem war es ziemlich schwierig, ihnen die Waffe unterzujubeln. Ich habe sie nach den Anweisungen in einem Online-Video gereinigt, auf das ich nach erstaunlich kurzer Suche gestoßen bin. Dann wollte ich die Pistole so schnell wie möglich loswerden – zum einen, damit der Verdacht auf einen der WG-Bewohner fällt, und natürlich auch, damit ich sie aus dem Haus meiner Eltern bekomme.

Zuerst wollte ich sie unter dem Billardtisch im Spielzimmer der Villa verstecken, denn dann wäre der Verdacht nicht auf einen Einzelnen gefallen. Außerdem mochte ich die Vorstellung, dass Detective Johnson die Pistole die ganze Zeit direkt vor der Nase hat. Das hätte sie sicher unheimlich frustriert und außerdem angespitzt, möglichst schnell einen Schuldigen zu finden.

Am Tag nach dem *Mord* habe ich mich also durch den Geheimtunnel ins Haus geschlichen – im Morgengrauen, denn nur dann konnte ich davon ausgehen, dass alle schlafen. Ich bin vom Keller hochgekommen, mit der Pistole, die ich natürlich mit Handschuhen angefasst habe, und durch das stille Haus geschlichen. Die Sonne ging gerade auf, drang durch die Fenster am Hauseingang und beleuchtete die kleinen Staubpartikel in der Luft.

Und dann war da plötzlich dieses Geräusch auf der Treppe. Ich stand zwischen dem Aufgang zur ersten Etage und dem Esszimmer, und wer auch immer da auf der Treppe war, würde mich über das Geländer sehen können, wenn ich versuchte, zurück in den Keller zu gelangen. Ich saß in der Falle. In meiner Verzweiflung habe ich dann einfach die einzige erreichbare Tür geöffnet – die zur Garage. Dort habe ich mich hinter den nächstbesten Wagen, Camis riesigen SUV, gehockt und mit pochendem Herz abgewartet.

Die Pistole hatte ich immer noch in den Händen. Ich musste sie irgendwo deponieren, aber schnell. Für etwas anderes war keine Zeit mehr. Ich musste sie einfach loswerden.

Zuerst habe ich es bei Camis SUV versucht, aber der war abgeschlossen. Dasselbe bei Kats altem Käfer. Also bin ich die ganze Reihe abgelaufen: keine einzige Tür ließ sich öffnen. *Wow, selbst in der Garage das Auto verriegeln, das sagt ja einiges.* Aber mit dem Vertrauen ist das wohl so eine Sache, wenn die Mitbewohner unter Mordverdacht stehen.

Und dann stand da noch ein Wagen, den ich nicht kannte, ein weißer Jeep. Ich bin alle Autos noch mal durchgegangen und habe gemerkt, dass Gwens *Ferrari* fehlt. *Na klar, wieder mal ein Auto zu Schrott gefahren.* Und dann habe ich die Aufschrift auf der Ersatzreifenhülle entdeckt: *Ugh, as if!*

Damit war klar, dass der Jeep ihr gehört. Der Spruch kommt in meinem Lieblingsfilm vor, und sie hat andauernd solche Sachen von mir übernommen und dann so getan, als stammten sie von ihr. *So was von ahnungslos, diese Gwen. Dann helfe ich denen mal auf die Sprünge.* Ich habe die Pistole in den Ersatzreifen gelegt und die Hülle wieder zugezogen.

Die Plastikhandschuhe habe ich in meine Sportschuhe gestopft. Aber ich konnte immer noch nicht weg. Der Tunnel kam nicht mehr infrage, da jemand im Haus herumlief. Zwar hatte ich das Garagentor direkt vor mir, konnte es aber nicht öffnen, sonst hätte ich durch das Rumpeln Beau geweckt, dessen Zimmer direkt darüber liegt. Er hätte durchs Fenster beobachten können, wie ich weglaufe. Das ging auf keinen Fall. Ich musste zur Hintertür gelangen und dann an den Strand.

Meine einzige Chance war, mich gut sichtbar zu verstecken: nämlich als Brooklyn, die herkommt, um etwas von ihrer Schwester zu holen. Ich habe also ein trauriges Gesicht aufgesetzt und bin über den Flur Richtung Küche getrottet.

Im Nachhinein wird mir klar, was für enormes Glück ich hatte, an diesem Morgen auf Tucker zu treffen statt auf jemanden mit etwas mehr Scharfsinn, wie Cami oder Kat oder Beau. Tucker hat mir die Geschichte mit dem Plüschbären gleich abgekauft. Nicht eine Sekunde hat er mir misstraut. Er hat *Brooklyn* sogar eingeladen, noch eine Weile zu bleiben.

Ich rede mir ein, ich bin darauf eingegangen, um keinen Verdacht zu erregen. Dass ich mich zu Tucker gesetzt habe, um meine Lüge zu untermauern und Informationen über ihn und das Geschehen im Haus zu sammeln. Ehrlich gesagt, bin ich aber auch geblieben und habe mit ihm Kaffee getrunken, weil … weil ich mich zu Tucker irgendwie noch hingezogen fühlte.

Ach, Tucker. So ein scharfer Typ, und dabei so blöde und nervenaufreibend. Er ist die Stelle, an der mein Plan hakt. Er lenkt mich von meinem einzigen Ziel ab: Rache zu üben. Er ist meine Achillesferse. Ich schäme mich ein bisschen dafür.

Wie so viele Frauen, die von ihrer großen Liebe wie Dreck behandelt werden, weiß ich nicht, ob ich ihn hassen oder weiter lieben soll, und treffe deswegen miese Entscheidungen.

Denn eigentlich sollte es gar nicht so viele Posts an den @LitLair_L.A.-Account geben. Der Plan war viel simpler. Ich wollte die Waffe im Haus deponieren, in einem Post verraten, wo sie ist, und mich dann zurückziehen und zuschauen, wie die Polizei meine Rache ausführt.

Aber dann kam so einiges dazwischen: Zwei Tage nach dem Leichenfund saß ich als Brooklyn auf der Polizeiwache an Detective Johnsons Schreibtisch und wartete darauf, meine Aussage zu unterschreiben, in der es darum ging, wann ich Sydney zum letzten Mal gesehen hatte. Die Kommissarin ging mal eben raus, um einen Anruf anzunehmen. Und ich hörte, wie sich einen Tisch weiter zwei junge Polizisten unterhielten. Sie benahmen sich wie Teenager und machten Witze, während sie irgendwas an ihrem Computer anguckten.

»Oh Mann. Ist ja echt der Hammer, was die sich da schreiben«, meinte einer von ihnen.

»Unglaublich.« Der andere schüttelte den Kopf. »Und hast du das Mädchen gesehen? Dieser Tucker hat ganz schön Schwein.«

»Ihr widert mich an«, schaltete sich da eine Polizistin ein, die den beiden über die Schulter schaute. »Ist die nicht minderjährig? Und tot noch dazu?«

»Ne, halt mal. Die Nachrichten sind ja gar nicht an das tote Mädchen gegangen, sondern an diese Gwen Riley. Kennst du die? Sie hat beim Superbowl getanzt.«

Ich war komplett verwirrt. Was hatten sich Gwen und Tucker da geschrieben, das so eine Reaktion bei diesen Bullen hervorrief?

»Ganz egal, wer sie ist. Sie bleibt minderjährig«, entgegnete die Polizistin vorwurfsvoll.

»Ja, sicher. Wir haben uns auch keine Fotos angesehen oder so.«

»Na, da bin ich ja froh, dass ihr euch nicht strafbar macht. Diese Nachrichten sind Beweismittel und sollten als solche behandelt werden, auch wenn es darin um Sex geht.«

Sex?

Mir drehte sich alles im Kopf. Auf einmal war mir das Neonlicht zu grell und alles zu laut: der Fernseher, aus dem die Nachrichten dröhnten, und die Bullen, die an der Kaffeemaschine miteinander redeten. Mein Herz raste, mein Hirn dagegen arbeitete in Zeitlupe.

Und dann fiel mein Blick auf die Mappe vor mir auf dem Tisch. Auf dem Deckel stand: *Tucker Campell.*

Ich blickte mich um, aber niemand schien mich zu beachten, und Detective Johnson war nirgends zu sehen. Ich schlug die Mappe auf. Viel Papier, und dazwischen ein USB-Stick mit der Aufschrift: *Mobiltelefon.*

Ohne nachzudenken, steckte ich den Stick in meine Jackentasche und schlug die Akte wieder zu.

»Brooklyn?« Meine Schultern spannten sich. Detective Johnson kam auf ihren Schreibtisch zu. *Hatte sie mich beobachtet?*

Doch sie lächelte freundlich und meinte: »Tut mir leid, dass du warten musstest. Wir machen das jetzt schnell fertig, dann kannst du nach Hause. Du möchtest sicher gern zu deinen Eltern.«

Abends dann habe ich mir meinen alten Dell-Computer genommen (meinen Mac hatte die Polizei mitgenommen und Brooklyns konnte ich nicht entsperren), das WiFi ausgeschaltet und den Stick geladen. Ich saß im Dunkeln, mit dem bläulichen Schimmer des Bildschirms als einziger Lichtquelle, und habe die Nachrichten gelesen. Jede einzelne ein Stich ins Herz. Der Beweis von Tuckers Betrug an mir mit Cami. Ihrem gemeinsamen Betrug.

Ich wusste schon immer, dass Tucker die angesexten Videos von anderen Mädels liked. Ich weiß, dass er auf Partys gern geflirtet hat und mit den Typen rumgescherzt hat, welches Instagram-Model den tollsten Arsch oder die besten Titten oder sonst was hat.

Aber ich dachte immer, er wäre einer, der eine echte Schwäche für mich hat. Dass er hinter all diesen Kleinigkeiten an der Oberfläche und trotz der Sachen, die er sagt, und den Fotos, die er liked, im Grunde der liebe Kerl ist, den ich zu kennen meinte. Der so süß zu mir sein konnte und im Schlaf seine Arme zum Kuscheln nach mir ausstreckte.

Also habe ich diese kleinen Sachen übersehen und mich für eine superentspannte, coole Freundin gehalten. Weil ich quasi über den Dingen stand und ihm vertraut habe. Und nie verlangt habe, sein Handy zu sehen, oder ihm verboten habe, mit Mädchen befreundet zu sein.

Und das war also sein Dank: mit meiner besten Freundin zu schlafen.

Direkt vor meiner Nase. In dem Haus, in dem wir zusammen gewohnt haben. In dem Haus, das meine Eltern gekauft haben.

Am Ende habe ich den Laptop zugeknallt und in meinem Hirn hat es zu rattern begonnen, genau wie in der Nacht am Strand. Und wieder war das Einzige, was mich davon abhielt, in Verzweiflung abzudriften, der Gedanke, dass ich die Menschen, die mir das angetan hatten, genauso unglücklich machen konnte, wie ich es war.

Also habe ich meinen Plan etwas abgeändert und beschlossen, dass ich nicht alle im Haus gleich stark belasten will, denn manche verdienten es einfach, besonders in den Fokus genommen zu werden. Ich entschied, dass der Post zum Waffenversteck noch warten konnte und Tucker eine gezielte Dosis Schmerz abbekommen sollte. Es war schon abgemacht, dass ich am nächsten Morgen bei der Beerdigung das Gedicht vortragen würde. Es war die perfekte Gelegenheit. Am schwersten fiel mir, nett zu Tucker zu sein, während ich als Brooklyn neben ihm stand. Aber dann durfte ich vom Rednerpult aus zuschauen, wie sämtliche Handys losgingen und Tuckers Leben implodierte. Ich überlegte gar, zurück ins Haus zu gehen und die Waffe doch noch in Tuckers Zimmer zu legen.

Aber dann wurde es schon wieder kompliziert, weil er dieses Video postete, in dem er so liebevoll über unsere Beziehung spricht und sagt, dass er die Affäre mit Gwen bereut und wie schrecklich es für ihn ist, dass ich nicht mehr da bin. Es sah so aus, als würde ihm das alles wirklich leidtun. Und es sah außerdem so aus, als würde er mich noch lieben. Und dann ist er auch noch zum Haus meiner Eltern gekommen und hat mir das Buch gebracht, von dem ich dachte, dass er es einfach ungelesen in irgendeine Schublade gesteckt und vergessen hat. Aber er hat sich erinnert. Und das hat einen Schalter in mir umgelegt. Die Erinnerungen an unsere Beziehungen kamen zurück. Und die Gefühle.

Mir kamen Zweifel, ob es richtig war, gerade ihn ins Visier zu nehmen. Ich dachte, er würde seinen Fehler bereuen und mich trotz allem lieben. Und obwohl ich noch nicht bereit war, ihm zu verzeihen, kam mir der Gedanke, dass besser jemand anderes aus dem Haus für all das büßen sollte. Denn schließlich ging es ja um Brooklyn und nicht darum, dass Tucker mich betrogen hatte. Und genau auf diese Rache für Brooklyn wollte ich mich wieder konzentrieren.

Ich beschloss also, dass das Verwirrspiel aufhören musste. Ich musste jetzt zu Ende bringen, was ich begonnen hatte. Es war an der Zeit, das Versteck der Waffe zu verraten.

Ich dachte, wenn ich der Polizei die Beweise so leicht verdaulich serviere, würden sie Gwen sofort festnehmen. Aber dazu kam es nicht. Ohne Fingerabdrücke auf der Waffe, teilten sie der Presse mit, wären weitere Beweise für eine Verhaftung nötig. *Weitere Beweise?* Wie viele denn noch?

Und dann trat Gwen auch noch in Nora Caponis Sendung auf mit ihren klassischen Gwen-Riley-Publicitytricks, statt hinter Gittern zu sitzen, wo sie hingehört. Ich war so wütend, als ich das mit ansehen musste, dass ich einen weiteren Post verfasst habe, den ich nicht mal mehr in die Warteschlange gegeben habe.

Aber die Sache ist aufgegangen. Seitdem laufen die Diskussionen wieder in die gewünschte Richtung. Die Podcasts und YouTube-Kanäle und TikTok-Accounts verdächtigen nicht mehr Tucker, sondern die anderen. Da heißt es jetzt, Gwen wäre schon immer eifersüchtig auf mich gewesen und Cami von Ehrgeiz zerfressen. Man spricht über Kat und die 20 000,– und über Beau und die Kameras. Und darüber, wie toxisch soziale Medien doch sind und welch gnadenloser Konkurrenzkampf in unserer WG geherrscht hat. Sollten sie doch nur Gwen festnehmen, kann ich immer noch den Rest von *Brooklyns* Leben damit verbringen, Beau, Kat und Cami auf alle mögliche Arten zu terrorisieren – und Tucker auch, wenn er mir noch mal querkommen sollte.

Ich werfe die Zigarettenkippe in das supersaubere türkisfarbene Poolwasser. Was soll meine Mutter schon machen? Mich anschreien? Darüber kann ich nur lachen. Wenn man allein seine Rache vor Augen hat, ist man von allen anderen irdischen Sorgen befreit. Sehr klärend, so was.

Ich drehe mich auf die Seite und lasse mich von der Matte in den Pool plumpsen. Ich sinke gut einen Meter unter Wasser.

Meine Augen brennen. Ich schaue unbeteiligt zu, wie Blasen aus meinem Mund kommen und zur Oberfläche steigen. Ich bleibe lange unter Wasser, länger, als es angenehm ist. Bis meine Lunge wehtut und ich Punkte sehe.

Ich mache solche Sachen jetzt öfter. Rase mit über 160 die Küstenserpentinen runter oder fasse den glühend heißen Lockenstab an. Nehme die zweite Pistole aus dem Safe, lade und entlade sie, halte sie in der Hand. Ich nähere mich dem Abgrund, um zu sehen, wie weit ich gehen kann. Damit ich etwas fühle außer dieser betäubenden Leere.

Als ich schließlich auftauche, schnappe ich heftig nach Luft. Es gefällt mir, wie es brennt.

34

10 Tage später

KAT

Ich habe Gwen gesagt, uns würde schon noch was einfallen. Aber bis jetzt haben wir nichts gefunden.

Während der letzten Tage haben wir versucht, irgendeinen Plan zu entwerfen, irgendwelche Beweise auszugraben, die uns weiterhelfen könnten. Wir haben die Social-Media-Accounts der Zwillinge durchkämmt und im Haus nach Hinweisen gesucht, haben aber kein Glück. Beau, Gwen, Cami und ich sind ständig dran an der Sache, Tucker aber hockt die meiste Zeit in seinem Zimmer.

Jetzt, am Abend, sitzen Beau und ich im Esszimmer und grübeln noch mal über die Aufnahmen der Überwachungskameras nach. Ich suche bei YouTube nach Erklärvideos, aber da geht es immer nur darum, wie man die Kameras installiert, nicht, wie man sie hackt.

Beau ist dabei, die Geräte selbst zu untersuchen.

Geschickt hat er sie mit seinen langen Fingern auseinandergeschraubt und die Einzelteile auf dem Tisch ausgebreitet.

Er schüttelt den Kopf. »Ich kapier das einfach nicht.« Er fährt sich mit der Hand durch die Surfermähne. »Ich kann nichts entdecken, was darauf hindeutet, dass jemand daran rumgebastelt hat. Weder an der Hardware noch an der Software.« Er zeigt auf den Monitor des Überwachungssystems. »Es ergibt einfach keinen Sinn. Eine der Reynolds-Schwestern betritt das Haus, und dann, *paff*, ist plötzlich eine Leiche im Pool. Wie kann das sein?«

Bevor ich zum Antworten komme, werden wir von einem Poltern und Krachen im Nebenraum unterbrochen.

»Was war das?«, wundern wir uns gleichzeitig.

Der Lärm kam aus der Küche, wo Cami von einer Trittleiter gerutscht ist und das Regal mit den Tassen mitgerissen hat. Sie scheint sich nichts getan zu haben und grinst uns an. »Oh, gut, dass du kommst, Beau. Du bist doch groß: Kannst du mal nachschauen, ob da oben noch Weingläser sind?«

Als ich mich in der Küche umblicke, entdecke ich mehrere leere Gläser und offene Weinflaschen auf den Arbeitsflächen. »Wie viele braucht ihr denn?«

»Wir machen hier eine Weinprobe«, erklärt Cami.

»Cami kennt sich super aus mit französischen Weinen«, fügt Gwen hinzu und hält dabei in jeder Hand ein Glas. »Pinot Noir, Cabernet, Coup d'état, all so was. Ich habe bisher keinen Unterschied erkannt. Aber ich versuche es gerne weiter.« Sie nimmt aus jedem Glas einen tiefen Schluck und zieht verwirrt die Nase kraus.

»Sorry, aber was macht ihr hier?«, fragt Beau. »Ihr wisst schon, dass wir noch unter polizeilicher Beobachtung stehen, oder? Und dass man erst ab 21 trinken darf.«

»Glaubst du im Ernst, dass ich Angst vor einer Anzeige wegen unerlaubten Alkoholkonsums habe, wenn ich gleichzeitig unter Mordverdacht stehe?«, entgegnet Cami. »Blickt ihr es eigentlich? Wir mögen zwar rausbekommen haben, dass sie uns das anhängen will, aber beweisen können wir rein gar nichts. Auf uns warten fünfundzwanzig Jahre Knast. Und selbst in dem äußerst unwahrscheinlichen Fall, dass unsere Anwälte irgendwie einen Freispruch raushauen, so wird uns doch niemand mehr ein Wort glauben. Wie sollen wir je einen Job kriegen oder gar als Influencer Sponsoren gewinnen? Aus uns wird nichts mehr, unsere Karriere können wir knicken. Und deswegen sage ich«, sie hält eine Weinflasche hoch, »scheiß drauf. Wenn Sydney mir schon mein Leben kaputt macht, dann kann ich wenigstens die letzten paar Tage –«

»Die Weinvorräte ihrer Familie leeren?«, ergänzt Beau trocken.

Cami grinst. »Ich wollte sagen: die Sau rauslassen, aber das passt auch.«

In diesem Moment taucht Tucker im Türrahmen auf. Alle schweigen. Wir haben ihn seit dem Streit um Sydney kaum noch gesehen. Als er jetzt durch den Raum stapft, meidet er unsere Blicke. Er schnappt sich seine Jacke, die über einem der Stühle hängt, tastet nach seinem Portemonnaie, nimmt seine Schlüssel in die Hand und geht zur Hintertür.

»Wo willst du hin?«, fragt Beau.

»Das muss ich euch nicht sagen, oder?«, erwidert Tucker gereizt. »Ich bin schließlich nicht Teil eures netten kleinen Teams.«

»Das wird dir noch leidtun, wenn wir gleich Baked Potatoes bestellen«, murmelt Cami und nimmt einen Schluck Wein direkt aus der Flasche. Tucker starrt sie einen Augenblick verdutzt an. »Aber schön, wenn du gehen musst, dann geh«, sagt sie. »Bye-bye!«

Tucker verschwindet.

»Wie kann man nur so unfreundlich sein«, schimpft Cami. »Wo waren wir stehen geblieben?« Sie nimmt ihr Handy und stellt die Musik lauter. »Beau, Kitty, möchtet ihr nicht auch ganz entspannt aufgeben?«

Cami reicht mir einen roten Plastikbecher. Ich kann nicht leugnen, dass es mich doch etwas reizt. Und damit meine ich nicht den Wein, sondern die Vorstellung, zumindest für einen Moment zu vergessen, was in den vergangenen zwei Wochen geschehen ist. Aber ich kann nicht aufhören, darüber nachzudenken. Über Sydney, die da draußen Pläne gegen uns schmiedet. Und über Tucker und wohin er wohl unterwegs ist. Ob er sich vielleicht *mit ihr* trifft.

»Hier.« Cami kommt mit der Weinflasche auf mich zu. »Oh, halt mal.« Sie schüttelt die Flasche und lacht. »Die ist leer. BRB, Gwen. Du übernimmst die Playlist.«

Gwen – die zu Lil Nas X herumwippt und eine Elton-John-mäßige Sonnenbrille auf der Nase hat, obwohl es Nacht ist und wir drinnen sind – hebt beide Daumen. Cami huscht schon in den Keller.

Beau schaut mich an. »Nicht zu fassen, dass wir mit diesen Leuten den Kampf unseres Lebens bestehen sollen.«

10 Tage später
CAMI

Oh Mann, Beau ist ja so ein Partypupser. Versteht er denn nicht, wie schön es ist, einfach aufzugeben? Einfach mal loszulassen? Ich habe die gesamten siebzehn Jahre meines Lebens damit verbracht, mit nicht nachlassendem Eifer ein Ziel zu verfolgen: die beste Schülerin, die beste Tänzerin, die Meistgefolgte zu werden. Es hat sich immer so angefühlt, als könnte ich nicht eine Sekunde lockerlassen, sonst würde ich alles verlieren.

Aber jetzt ist mir das alles entrissen worden und ich habe keine Möglichkeit, es zurückzubekommen. Ich habe keine Kontrolle mehr über meine Zukunft. Und als mir das einmal klar geworden ist, habe ich einfach den Schalter umgelegt. Denn wenn jetzt sowieso alles in der Scheiße endet, kann ich genauso gut noch Party machen. Auf einmal verstehe ich den Lebensweg von Lindsay Lohan und vielleicht sogar die Werke von Friedrich Nietzsche – obwohl, da bin ich mir nicht so sicher, denn ich habe dieses Buch, das meine Mutter mir mal gegeben hat, nie gelesen.

Im Untergeschoss ist es dunkel und, dank der Klimaanlage, angenehm kühl. Als ich vorbeilaufe, reagiert der Bewegungsmelder und die Beleuchtung von Fitnessraum, Spielzimmer und Heimkino geht an. Ich tapse weiter zum Weinkeller und gebe den Code ein – das Geburtsdatum von Sydney und Brooklyn. Das Schloss klickt, ich drücke die Tür auf. Es ist schummrig hier und noch ein paar Grad kälter. Eine Gänsehaut läuft mir die Arme hoch.

Ich gehe die Flaschen durch und suche nach einem Etikett, das mir bekannt vorkommen könnte. Alle tragen sie edle Buchstaben und Zeichnungen von Tieren, Blumen oder Schlössern. Ich mag da oben ja viel erzählt haben, aber ich habe nur nachgeplappert, was mein Vater bei Geschäftsessen von sich gibt oder diese Leute im Schnöselfernsehen erzählen. Ich weiß eigentlich gar nicht so viel über Weine. Ich wollte nur, dass Gwen mich für kultiviert hält.

Gwen hat gemeint, sie mag gern Weißwein, denn den trinken sie immer bei *The Real Housewives*. Ich schnappe mir also einen Chardonnay. Aber vielleicht sollte ich auch einen roten mitnehmen, Bordeaux, wie wäre es damit? Hört sich doch gut an. Ich greife nach der Flasche.

Ich ziehe daran, aber sie ist nicht so leicht herauszubekommen wie die Weißweinflasche. Stattdessen lässt sie sich bewegen wie ein Hebel. Und neben mir verschiebt sich etwas, Stein kratzt über Stein und – die Mauer öffnet sich wie eine Tür.

Der Wahnsinn.

35

10 Tage später

TUCKER

Der Kies knirscht unter den Reifen, als Brooklyn am Aussichtspunkt anhält. Sie lässt den Motor laufen und aus der Anlage ertönt weiter leise Musik.

Es war ihre Idee, hierherzufahren. Ich habe ihr geschrieben, dass ich unbedingt mal rausmuss und sie gerne treffen würde. Sie hat dann vorgeschlagen, zu diesem Aussichtspunkt zu fahren – was eigentlich einleuchtet, da die anderen im Haus sie absolut nicht mögen und es ausgeschlossen ist, sich irgendwo öffentlich sehen zu lassen, wo jeder Fotos von uns schießen könnte, der ein Handy griffbereit hat. Trotzdem war ich überrascht, dass sie ausgerechnet diesen Ort aussucht, denn er hat einen gewissen Ruf.

Tagsüber hat man von hier eine wunderbare Sicht aufs Meer. Nachts aber kommen gerne Jugendliche her, die im Auto rummachen wollen. Brooklyn müsste das eigentlich wissen, schließlich wurden an der Schule ständig Witze darüber gemacht. Aber gut, vielleicht hat sie keine Ahnung. Sie hat schon immer irgendwie unschuldig gewirkt, erst recht verglichen mit ihrer Schwester. Vielleicht hat sie sich also gar nichts dabei gedacht bei ihrem Vorschlag.

Ich sehe zu ihr herüber und will in ihrem Gesicht lesen, aber sie hält den Blick auf ihr Handy gesenkt und sucht Songs aus.

Ich lehne mich zurück und schaue durch die Windschutzscheibe. Meine Augen haben sich ein wenig an die Dunkelheit gewöhnt, aber ich kann trotzdem kaum etwas erkennen. Wir sind hier so weit von jedem Ort entfernt, dass es kaum Lichtverschmutzung gibt. Ich weiß, dass wenige Schritte vor uns der Boden auf einmal senkrecht abfällt, denn dort ragt ein Klippenvorsprung direkt über dem Meer auf. Unten schlagen die Wellen hart an den Fels. Aber bisher starre ich ins Dunkel. Das Meer und der Himmel bilden eine einzige schwarze Wand.

Als wir klein waren, haben mir meine Brüder immer, wenn wir irgendwo hoch oben waren, einen Schubs gegeben, mich dann doch schnell aufgefangen und mir »Gerettet!« ins Ohr gebrüllt. Sie wollten mir damit einen Schreck einjagen und sich über meine Angst lustig machen. Ein ziemlich nerviges Spiel, aber wohl das übliche Gerangel zwischen Brüdern. Einmal aber hat

Ian mich zu heftig gestoßen und konnte mich nicht mehr erwischen. Ich bin vom Baumhaus gefallen, mindestens drei Meter tief, auf harten Lehmboden. Mein Arm war gebrochen und ich musste wochenlang einen Gips tragen. Als ich schreiend auf dem Boden lag, hat er oben nur gelacht. Und Jeremy auch. Vielleicht habe ich es deswegen nicht so mit Höhen. Mir schaudert. Ich wende den Blick ab.

»Ziemlich unheimlich hier draußen, was?«, meint Brooklyn.

Ich zucke nur mit den Schultern. Als wenn ich einem Mädchen erzählen würde, dass ich Angst vor einer Klippe habe.

»Ich hätte dich ja zu mir eingeladen, aber meine Eltern …«

Ich nicke. Sie mag mich für unschuldig halten, bei ihren Eltern sieht das offenbar anders aus. Ich nehme mal an, ich bin dort nicht gerade erwünscht.

»Ich habe versucht, es ihnen klarzumachen. Dass du Sydney niemals etwas angetan hättest. Und wie nett du dich um mich kümmerst, seitdem das passiert ist. Ich habe ihnen sogar das Video gezeigt, in dem du über die Sache mit Gwen sprichst, aber …« Sie schüttelt den Kopf.

»Verstehe«, antworte ich. »Ehrlich gesagt, weiß ich manchmal nicht mal, ob meine eigenen Eltern mir glauben. Sie zahlen zwar die Anwälte und so, aber hin und wieder glaube ich, sie tun das vor allem, um der Schande zu entgehen, dass ihr Sohn unter Mordverdacht steht. Es ist öfter mal so, dass ich den Eindruck habe ... dass meine Mutter nicht im selben Raum sein will wie ich ... dass sie meinen Anblick nicht ertragen kann ... so als hätte sie Angst vor mir.« Mir bricht die Stimme weg, ich muss mich räuspern. *Prima, Campbell, benimmst dich hier wie eine Flenntusse.* Ich starre auf das Handschuhfach.

Brooklyn legt ihre Hand auf meine. »Ach, Tucker.« Ich hebe den Kopf. Unsere Blicke begegnen sich. Sie sieht mich so mitfühlend an. So zärtlich.

Ich beuge mich über die Mittelkonsole und küsse sie zögernd. Ich rechne schon damit, dass sie mich wegschiebt und mir eine runterhaut. Schließlich war ich mal mit ihrer Schwester zusammen. Aber sie tut es nicht. Sie erwidert den Kuss. Zuerst zaghaft, dann heftiger, gieriger.

Brooklyn zieht ihre Jacke aus, entblößt erst eine, dann die andere nackte Schulter. Sie trägt ein dünnes schwarzes Tanktop und einen roten BH. Ich streiche ihr über den Rücken, schiebe das Top immer höher und taste nach dem Verschluss ihres BHs. Ich fummle daran herum, aber aus diesem Winkel, mit dem bescheuerten Lenkrad im Weg, kriege ich ihn nicht auf.

Ich hebe sie hoch und ziehe sie zu mir herüber, auf meinen Schoß. Brooklyn setzt sich rittlings auf mich, küsst mich total innig, und ihre dunklen Haare bilden eine Art Vorhang um mich und blenden das ohnehin schwache Licht aus.

Sie zerrt am Saum meines T-Shirts und ich nehme die Arme hoch, damit sie es mir ausziehen kann. Sie wirft es neben sich. Dann beißt sie sich auf die Lippe und streift ihr Top über den Kopf. Ihre Haare fallen als wilde schwarze Mähne herab und legen sich wie Ranken auf ihre Schultern. Meine Finger ertasten ihren Körper, meine Augen saugen ihn auf. Ich fahre den Gürtelsaum ihrer Jeans entlang, streichle über ihre Hüften, bis hinauf zu den Rippen, und dann ...

Ich erstarre, kurz bevor meine Hände ihren BH erreichen. In dem Dunkel sieht man kaum etwas, aber eins ist klar: *Da ist kein Tattoo.*

Ich ziehe meine Hände weg, als hätte ich mich an ihrer Haut verbrannt.

»Was ist denn?«, fragt sie.

»Ich habe ...« Ich hebe sie von meinem Schoß und schiebe sie nicht sehr sanft auf den anderen Sitz. »Tut mir leid, aber ich muss weg. Mir geht es nicht so gut.« Ich sammle mein T-Shirt vom Boden auf, steige aus und werfe die Tür hinter mir zu.

Ich will Richtung Hauptstraße laufen, da höre ich, wie sie das Fenster runterfahren lässt.

»Warte, Tucker!«, ruft sie mir hinterher. »Was hast du vor?«

Aber ich bleibe nicht stehen. Ich ziehe mir mein T-Shirt im Gehen über und kämpfe mich zwischen den schwarzen Bäumen hindurch, die den Aussichtspunkt umgeben. Ich kann nichts sehen und bete nur, dass ich nicht stolpere und den Hang hinuntersegle oder schlimmer noch die Klippe.

Schließlich erreiche ich die Straße. Auch hier ist es vollkommen dunkel. Vom Meer her weht ein kalter Wind. Es riecht nach Regen und die Luft ist voller Spannung, als würde es gleich gewittern. Es gibt keinen Gehweg entlang der Straße, die überhaupt sehr eng ist, also muss ich mitten auf der Fahrbahn laufen und aufpassen, ob sich von hinten Scheinwerfer nähern oder von vorne aus einer uneinsehbaren Kurve auf mich zurasen. Aber ich habe keine andere Wahl. Ich laufe weiter, von ihr weg. Meine Lungen brennen, meine Beine schmerzen, aber ich werde nicht langsamer. Ich kämpfe mich weiter, mein Körper bewegt sich, aber meine Gedanken stecken fest. Denn den ganzen Weg zurück zum Haus kann ich nur eins denken: Ich habe da eben etwas getan, von dem ich dachte, dass ich es nie mehr tun würde.

Ich habe Sydney Reynolds geküsst.

36

10 Tage später

BEAU

»*Wie?* Was sagt du da?«, fragt Gwen, als sie in den Tunnel blickt. »Sie ist durch diesen Gang gekrochen, um die Kameras zu sabotieren?«

»Nein, an den Kameras musste sie gar nichts machen«, erklärt Kat. »Weil sie hier raus ist, konnte sie ihnen ganz und gar entgehen.«

»Leute –«, sagt Cami.

»Deswegen konnte Beau auch nichts am Überwachungssystem entdecken«, ergänzt Kat. »Es ist gar nicht manipuliert worden.«

»*Leute!*«, wiederholt Cami, dieses Mal lauter. Alle drehen sich nach ihr um. »Wir sind nicht allein.« Sie deutet zur Treppe. Dort steht Tucker, ganz außer Atem, mit wildem Blick. Er trägt sein T-Shirt auf links, es ist schweißnass.

»Ich bin dabei«, sagt er. Sein Adamsapfel hüpft.

Kat und ich sehen uns an. »Wobei?«, frage ich.

»Ihr habt recht«, stößt er hervor. Die Worte purzeln nur so aus ihm heraus, so aufgelöst ist er. »Es ist Sydney. Ich habe gesehen … wir waren … ach, egal. Aber ihr habt recht. Es ist nicht Brooklyn. Sondern Sydney.« Endlich holt er Luft und fährt sich durch die Haare, die danach wild abstehen. »Ich bin dabei«, wiederholt er. Und als er merkt, dass wir es immer noch nicht checken, fügt er hinzu: »Ich helfe euch, sie dranzukriegen.«

»Wie bekommen wir ein Geständnis von ihr, ohne dass sie merkt, dass ich aufnehme, was sie sagt?«, fragt Tucker, als er mit einem Plastikbecher in der Hand ins Esszimmer kommt. Er hat sich inzwischen beruhigt und geduscht, während ich auf dem Billardtisch nachgestellt habe, wie wir vorgehen könnten. Dazu habe ich verschiedene Küchenutensilien als Platzhalter für jeden von uns genommen und auf dem ausrangierten Grundstücksmodell der Polizei verteilt, das sie zurückgelassen haben, nachdem einer ihrer Hunde es ruiniert hatte.

»Das überlegen wir uns jetzt«, antworte ich.

Ich nehme ihm den Becher aus der Hand und stelle ihn neben den *Pool* und die Toast-Malone-Tasse, die für Sydney steht. Mit einem Edding schreibe ich seinen Namen auf den Becherboden.

»Und ich soll dieser Milchschäumer sein, ja?«, bemerkt Gwen, als sie sich dem Tisch mit hinter dem Rücken verschränkten Händen nähert. »Wie ihr sicher wisst, lebe ich laktosefrei, also würde ich gerne tauschen.«

»Was möchtest du sein, Gwen?«, erkundigt sich Kat.

»Wenn ihr es genau wissen wollt.« Ihre Augen strahlen, als sie hervorholt, was sie hinter dem Rücken versteckt gehalten hat: die offizielle Gwen Riley Doll™ samt winzigem Handy und Ringlicht. »Wer könnte mich besser repräsentieren als – ich!«

»Bitte nicht das Ding. Die Augen sehen total unheimlich aus«, beschwert sich Tucker.

Gwen ignoriert seine Bemerkung und tauscht den Milchschäumer gegen die Puppe aus.

»Seid vorsichtig damit«, warnt sie. »Das ist eine limitierte Auflage.«

»Schon gut.« Ich atme langsam aus und bemühe mich, nicht die Geduld zu verlieren. »Ist jetzt jeder einverstanden mit seinem Platzhalter?« Ich interpretiere das allgemeine Gemurre als Zustimmung.

»Also, wir haben uns das so gedacht«, erkläre ich. »Tucker.« Ich tippe auf den Becher. »Du sprichst hier neben dem Pool mit Sydney. Und trägst dabei dieses Mikro.«

Ich halte das kleine Bluetooth-Ansteckmikro hoch, das mir Gwen aus ihrem TikTok-Equipment geborgt hat. »Die Überwachungskameras richte ich dann zum Pool aus.« Ich zeige ihnen das Schränkchen an der Wand, in dem sich das Überwachungssystem befindet.

Der WiFi-Router blinkt. Ich schalte den kleinen Monitor an. »Die Aufnahmen der Kameras landen hier.« Ich halte das angesteckte AUX-Kabel hoch. »Und Kat sitzt hier und streamt das Video.«

Cami nimmt eine Überwachungskamera vom Tisch, hält sie hoch wie für ein Selfie und winkt ins Objektiv. Die Aufnahme erscheint auf dem Bildschirm an der Wand.

Kat steckt das Kabel in ihr Handy und jetzt ist Cami auch auf ihrem Bildschirm zu sehen. Kat hebt den Daumen.

»Halt mal, ich will mit drauf.« Gwen schüttelt sich die Haare auf und lächelt ebenfalls in die Kamera.

»Leute«, stöhne ich.

»Ich stelle ja nur sicher, dass es funktioniert«, erwidert Gwen unschuldig.

»Das tut es«, versichert Kat und zeigt Gwen ihr Abbild auf dem Display.

Ich tippe auf Kats Salzstreuer in dem Modellhaus. Eigentlich hatte ich Camis Honig-Bärenflasche und Gwens Puppe dazugestellt, damit sie Kat behilflich sein können, aber jetzt befürchte ich, dass sie sie eher ablenken werden. »Ihr müsst das ernst nehmen«, ermahne ich die beiden.

»Das tun wir auch. Sobald es um echte Menschen geht und nicht um Honig und Salz«, erwidert Cami. Ich bin mir nicht sicher, ob sie schon ausgenüchtert ist.

»Also gut«, fahre ich fort. »Sobald Sydney auf dem Weg zum Pool ist, laufe ich raus und lasse die Luft aus ihren Reifen. Dann komme ich über den Strand zurück.« Ich stelle meine Tabascoflasche auf den Strandbereich des Modells.

»Was ist mit dem Tunnel?« Gwen fährt mit dem Finger den Weg vom Pool zum Haus nach. »Sie könnte doch auch über den Geheimgang ins Haus gelangen.«

»Darüber habe ich auch schon nachgedacht.« Ich kratze mich am Kopf. »Wir könnten ihn irgendwie sperren.«

»He, halt mal.« Tucker begutachtet die Figurenansammlung im Haus. »Das geht so nicht. Wieso bin ich ganz allein da draußen mit dieser Verrückten? Was ist, wenn da was schiefläuft?«

»Ich bin doch auch noch da«, entgegne ich.

»Ja, aber auf der anderen Seite, bei ihrem Auto. Nicht, um mich zu unterstützen«, erklärt er. »Es müssen doch nicht drei Leute im Haus hocken, um ein Handy zu bedienen.« Er schüttelt den Kopf. »Also, ich mach das auf keinen Fall, wenn ich als Einziger am Pool bin.«

Ich sehe zu Cami und Gwen. Gwen zieht ihren Lippenstift mithilfe der Sicherheitskamera nach, obwohl an der Wand ein Riesenspiegel hängt.

»Cami.« Ich greife nach der Honigflasche. »Würdest du dich auch hier hinter die Bäume stellen, zwischen Pool und Strand? Du kannst dem Stream über dein

Handy folgen und Tucker zu Hilfe kommen, falls was schiefgeht.«

»Warum ausgerechnet ich?«, protestiert sie. »Wieso nicht deine Freundin?«

»Weil Kat sich mit dem Überwachungssystem auskennt«, erwidere ich. »Sie hat es mit mir auseinandergenommen, während ihr euch durch halb Frankreich gesoffen habt.«

»Tja, wenn wir das nicht gemacht hätten, hätten wir auch den Tunnel nie gefunden«, kontert Cami.

»Da sag noch mal einer, Partys wären zu nichts nutze«, meint Gwen. Cami und sie grinsen sich an.

Gwen greift nach ihrer Fanpuppe. »Wie wäre es damit?« Sie stellt sie neben Camis Bären. »So ist Cami da draußen nicht allein. Wir können uns gemeinsam um das Back-up kümmern.«

»Bist du sicher?«, fragt Cami.

»Klar. Ich lass dich doch nicht im Stich.« Gwen zuckt mit den Schultern. »Außerdem will ich mich einbringen. Ich bin schließlich Teil des Teams.«

»Na dann ist ja alles geklärt«, stellt Kat fest.

»Tucker.« Ich nehme sein iPhone vom Tisch und lege es ihm in die Hand. »Warum schickst du *Brooklyn* nicht eine Nachricht und fragst, ob sie hier vorbeikommen möchte?«

37

11 Tage später

GWEN

Ich wälze mich hin und her, die Bettdecke wickelt sich um meine Beine. Ich kann nicht schlafen.

Um kurz vor Mitternacht hat Tucker Sydney geschrieben und sie für heute ins LitLair eingeladen. Als um eins immer noch keine Antwort da war, haben wir beschlossen, uns morgens wieder zusammenzusetzen. Jetzt ist es bald zwei und ich habe bisher null Schlaf abbekommen. Ich grüble die ganze Zeit nach, ob sie den Köder wohl schlucken wird und was passiert, wenn sie es nicht tut. Der Gedanke, dass sie es tut, beunruhigt mich aber genauso. Mein Kopf war noch nie so durcheinander, er schmerzt regelrecht davon.

Ich entwirre die Decke, schlage sie zurück und stecke die Füße in meine Pantoffeln. Vielleicht hole ich mir mal ein Glas Wasser. Oder laufe über die Flure, bis ich komplett müde bin.

Unten an der Treppe bleibe ich stehen. Im Wohnzimmer brennt eine Lampe.

Cami sitzt am E-Piano. Sie hat die Augen geschlossen und trägt fette Kopfhörer über den Ohren. Ihre Finger bewegen sich geschmeidig über die Tasten, sie wiegt sich leicht hin und her zu der Musik, die nur sie hören kann. Ihre Haut schimmert im Halbdunkel. Sie bewegt die Lippen zum Text. Ich bin wie gebannt.

Da öffnen sich flatternd ihre Lider und sie fällt fast hintenüber, als hätte sie ein Gespenst erblickt. Sie reißt den Kopfhörer runter. »Oh Mann, Gwen, hast du mich erschreckt.«

Mein Mund fühlt sich an wie Schmirgelpapier. »*Oh. Äh.* Tut mir leid«, stammle ich. Keine Ahnung, warum ich auf einmal so nervös bin. Es ist doch nur Cami.

»Echt mal, du hast dagestanden und mich angestarrt wir das Mädchen aus *The Ring*«, meint Cami. »Das ist schon spooky genug, aber jetzt, wo es auch noch eine Psychopathin auf uns abgesehen hat, also echt mal. Vielleicht machst du dich beim nächsten Mal bemerkbar, bevor du irgendwo reinkommst.«

»Ja, du hast recht. Entschuldige.« Ich gehe zu ihr und setze mich neben sie auf die Klavierbank.

»Möchtest du es mal hören?« Sie hält die Kopfhörer hoch. »Ich habe es eben zu Ende geschrieben.«

Ich nicke und sie setzt mir vorsichtig die Hörermuscheln auf die Ohren. Von der Berührung habe ich ein

Flattern im Bauch. Cami bemerkt es scheinbar nicht. Sie nimmt das Ende meines geflochtenen Zopfs und legt ihn mir mit einem Lächeln über die Schulter, damit er nicht im Weg ist. Mein Blick zuckt von ihr weg, ich senke ihn auf die Klaviertasten. Mein Herz rast.

Cami beginnt zu spielen. Ihre Finger huschen über die Tasten, manchmal überkreuzen sich elegant ihre Hände. Sie bewegt das Bein, um das Pedal zu drücken, und weil wir so eng nebeneinandersitzen, streifen sich dabei unsere nackten Knie. Auf einmal spüre ich jede Nervenfaser meines Körpers.

Cami spielt Klavier, wie sie tanzt. Da gibt es keine mechanisch einstudierten Tastenfolgen oder Bewegungsabläufe, sondern alles strömt wie selbstverständlich aus ihr heraus, als gäbe es eine direkte Verbindung zwischen ihrem Herzen und der Musik.

Das Lied kommt mir irgendwie bekannt vor, aber ich bin relativ sicher, dass ich es noch nie gehört habe. Das weiß ich, weil ich das, was ich jetzt und hier beim Hören empfinde, noch nie zuvor empfunden habe.

Ich kann nicht glauben, dass sie das selbst geschrieben hat. Dass irgendjemand das geschrieben hat. Jetzt, da ich es angehört habe, kann ich mir nicht vorstellen, dass es eine Zeit gab, in der noch niemand diese Töne in dieser Reihenfolge gespielt hat. Denn etwas so Schönes muss doch schon immer Teil dieser Welt gewesen sein, so wie der Sonnenuntergang oder das Meer.

Jetzt verstehe ich, warum Cami oft so eifersüchtig und böse war, wenn es um Plattenverträge und Sponsorendeals ging. Sie hat echtes Talent. Und das möchte sie zeigen.

Als sie fertig ist, schweben ihre Hände noch kurz über den Tasten, dann sieht sie mich an.

Ich schiebe mir die Kopfhörer auf die Schultern. »Wie schön«, sage ich. Meine Stimme ist kaum ein Flüstern.

»Es geht darin um dich«, sagt sie.

Das verschlägt mir den Atem. Ich weiß nicht, was ich antworten soll. Aber ich möchte auch nicht, dass dieses Gespräch, dieser Moment endet. Wir sitzen so nah beieinander auf der kleinen Klavierbank. Ihr Gesicht ist nur ein paar Zentimeter von meinem entfernt.

Im Fenster hinter ihr leuchtet auf einmal ein grelles Licht auf. Ich zucke zusammen. Wir ducken uns beide.

»Was war das?«, fragt Cami.

»Ich weiß nicht.«

Immer noch geduckt laufen wir ans Fenster und blicken hinaus. »Glaubst du, das war die Polizei oder ...« Cami bricht ab.

Ich schlucke. Ich habe diesen metallischen Adrenalingeschmack im Mund. »... oder sie?«

»Nein.« Cami richtet sich auf. »Da ist sicher nur ein Auto auf der Straße vorbeigefahren. Ich kann nichts mehr sehen.«

Obwohl also nichts passiert ist, pocht mein Herz

immer noch wie wild. Diese so verschiedenen, verwirrenden Gefühle, das ist einfach zu viel für mich.

»Ich glaube, ich gehe jetzt mal schlafen.« Ich bewege mich Richtung Tür.

»Oh. Klar. Danke fürs Zuhören –«

Bevor sie weiterreden kann, rufe ich »Nacht!« und haste die Stufen hinauf in mein Zimmer, ohne mich noch einmal umzuschauen.

38

11 Tage später

KAT

Die Tür zum Poolschuppen steht halb offen. Ich schiebe sie ganz auf, das Sonnenlicht flutet den verstaubten Raum. Drinnen starren Gwen und Cami durch die Falltür. Beide halten ein halb aufgeblasenes Schwimmtier in der Hand.

»Guck dir das an«, meint Cami. »Wir stecken sie halb mit Luft gefüllt in den Tunnel, und dann nehmen wir die hier«, sie hält die Luftpumpe hoch, »und blasen sie ganz auf.«

»So kommt da keiner mehr durch«, erklärt Gwen aufgeregt. »Aufgeblasen kriegt man die Dinger nicht mehr raus.«

»Das war Gwens Idee«, verkündet Cami stolz und grinst.

Ich werfe einen Blick in den Tunnel, in dem schon ein Gummischwan feststeckt. Den noch etwas schlaffen

Donut schließt Gwen eben an die Pumpe an. »Genial«, lobe ich.

»Danke!« Gwen strahlt. »Damit ist Tucker widerlegt. Als ich sie gekauft habe, meinte er: *Niemand braucht eine zwei Meter lange aufblasbare Avocado.*« Sie ahmt Tucker mit übertrieben tiefer Stimme nach. »Tatsächlich aber weiß man nie, ob man nicht doch mal eine benötigt.«

»Apropos Tucker.« Cami wischt sich über die Stirn. »Gibt es was Neues?«

Ich schüttele den Kopf. »Ich habe ihn eben in der Küche getroffen. Sie hat noch nicht geantwortet.«

Cami nickt ernst.

»Keine Sorge, Leute«, meint Gwen. »Sie antwortet schon noch. Sie ist nämlich total versessen auf ihn.«

Ich hoffe nur, sie ist versessener auf ihn als darauf, uns fertigzumachen.

»Warum kann sie sich nicht mal melden?«, stöhnt Cami. »Ich will endlich Rache.«

»Sie meint Gerechtigkeit, nicht Rache«, erklärt Gwen. Hinter Gwens Schulter zieht Cami eine Grimasse, die andeutet, dass sie sehr wohl meint, was sie sagt.

Ich muss noch über die beiden grinsen, als ich den Schuppen verlasse.

Am Pool treffe ich auf Beau. Er ist dabei, die Kamera in einem der umstehenden Bäume zu postieren.

»Komisch, oder«, sagt er beim Hinunterklettern. »Ich

habe es bestimmt dreißig Mal verneint, aber jetzt bastle ich tatsächlich an den Kameras rum.«

»Wusste ich doch, dass du der geborene Hacker bist«, entgegne ich.

Er lächelt und begrüßt mich mit einem Kuss auf die Wange. Er riecht gut. Nach Schweiß und Sonne und Seife und Beau.

Mein Handy vibriert, und gleichzeitig leuchtet bei Beaus Telefon auf dem Pooldeck das Display auf. Ich mache mich auf das Schlimmste gefasst. In letzter Zeit gab es schließlich nur Schreckensmeldungen.

Doch es ist eine Nachricht von Tucker an den Gruppenchat, den Gwen *Scooby-Doo Squad* 🚐 🔍 genannt hat.

Sie hat geantwortet. Sie kommt um 20 Uhr.

Beau und ich sehen uns an. Die Planbesprechung mit Fan-Barbie und die Schwimmreifen-Aktion im Tunnel haben sich angefühlt wie ein Spiel, diese Nachricht aber bringt uns zurück auf den Boden der Tatsachen. Die Sache wird ernst, jetzt bekommen wir unsere Chance: Wir können beweisen, was sie getan hat. Beweisen, dass wir unschuldig sind.

»Also gut.« Beau räuspert sich. »Dann geht es jetzt los.«

11 Tage später
GWEN

Ich hocke im Gebüsch. Die Lichter vom Haus reichen nicht bis hierher und es dringt nur ein wenig Mondlicht durch die Blätter über mir.

Mir sträuben sich die Nackenhaare, obwohl es 24 Grad warm ist. Ich wippe ein wenig vor und zurück, denn von dieser yogamäßigen tiefen Hocke tun mir die Beine weh. Immer wenn ich aus Versehen einen Zweig streife, gefriert mir das Blut in den Adern. Denn in meiner Vorstellung berührt mich da kein Blatt, sondern eine Hand, die aus dem Dunkel nach mir greift.

Mein Telefon leuchtet auf. Eine Nachricht von Beau ans Scooby-Doo-Squad.

Zielperson ist vorgefahren.

Jetzt gibt es wohl kein Zurück mehr. Ich wechsle zu Kats Stream.

»Test, Test«, spricht Tucker außer Atem in sein Mikro. Ich kann ihn in meinen AirPods laut und deutlich hören.

Auf dem Display sehe ich das grünblaue Poolwasser, in dem Luftblasen vom Filter aufsteigen. Und ich sehe Tucker, wie er auf der Terrasse auf- und abläuft. Von Sydney noch keine Spur.

Hinter mir knackt ein Zweig. Ich reiße den Kopf herum, mir schlägt das Herz bis zum Hals.

Cami taucht aus dem Dunkel auf.

»Oh Mann.« Ich atme aus. Ich nehme meinen rechten AirPod aus dem Ohr.

»Sie ist da«, berichtet Cami. »Beau lässt ihr gleich die Luft aus den Reifen.«

Ich nicke. Cami mustert mich. Bevor ich mich hier auf die Lauer gelegt habe, habe ich noch ein Tarn-Outfit angezogen: ein enges, langärmliges schwarzes Shirt und eine schwarze Cargohose, die ich mal – ganz ironisch – bei *Target* gekauft habe. Mein sonstiger Look ist ja so ziemlich das Gegenteil davon, aber auf diese Weise bin ich im Dunkeln hoffentlich nicht so leicht zu sehen. Cami hat ebenfalls schwarze Sachen an, bei ihr sind es aber *Lululemon*-Leggings und ein Tanktop. So etwas könnte sie auch im echten Leben tragen. Sie sieht wieder mal echt heiß aus. Ich zupfe nervös an meinem Ärmelsaum.

»Hast du dir die Augen schwarz umrandet?«, fragt Cami.

Meine Hand zuckt hoch an meine Wange. »Das ist schwarzer Lippenstift«, sage ich. Ich hatte ihn noch von Halloween übrig und fand es eine gute Idee, mir wie ein Footballspieler einen dicken schwarzen Balken unter die Augen zu malen. »Nicht lachen. Ich weiß, ist ziemlich albern. Aber, keine Ahnung, ich habe so weniger Angst.

Ich fühle mich dann nicht ganz so unvorbereitet, verstehst du?«

»Ich mache mich ja nicht über dich lustig«, erwidert Cami. Obwohl ich an dem Blitzen in ihren Augen sehen kann, dass sie meine Camouflage doch etwas witzig findet. Sie kommt näher und hockt sich neben mich. Ihre goldbraunen Augen sind jetzt auf einer Höhe mit meinen. »Eigentlich wollte ich sagen, dass es ziemlich cool aussieht. Hast du noch was davon?«

»Ja, sicher!« Ich krame den Lippenstift aus einer der vielen Taschen an meiner Cargohose. »Hier.« Ich halte ihn ihr hin, aber sie deutet mir an, dass ich sie schminken soll. Ich nehme den Deckel vom Lippenstift und Cami rückt noch näher an mich heran. Ich kann ihr Parfüm riechen: Vanille. Meine Hand zittert ein bisschen, aber ich bekomme es hin, ihr einen geraden Balken über die Wange zu ziehen. *Wow, wie glatt ihre Haut ist.*

Ich muss schlucken. »Andere Seite?«, bringe ich heraus.

Sie dreht den Kopf etwas, damit ich an die andere Wange herankomme. Aber dieses Mal rutsche ich am Ende ab.

»Warte mal«, sage ich. Ich lege den Lippenstift weg und hebe die Hand an ihr Gesicht. »Es ist ein bisschen verschmiert.« Ich streiche sanft mit dem Daumen ihren Wangenknochen entlang. Als ich fertig bin, möchte ich gar nicht mehr aufhören. Mein Herz pocht gegen meine Rippen.

»Danke«, flüstert sie. Sie blickt mir fest in die Augen. Meine Hand bleibt, wo sie ist.

Sie beugt sich zu mir herüber und ich mache es ihr nach und rücke ein kleines Stück näher. Es ist, als hätten wir beide das Gleiche vor Augen und würden hoffen, dass die andere mutig genug ist, den ersten Schritt zu wagen.

Und dann tue ich es. Ich küsse sie, und sie erwidert den Kuss. Es ist, als würde ein Damm brechen und endlich all die Gefühle auf einmal freisetzen. Meine Finger streifen während des nicht enden wollenden Kusses durch ihr weiches, langes Haar. Sie legt die Arme um mich, und ihre Hand streicht unter dem Saum meines Shirts entlang, berührt die nackte Haut meines Rückens.

Wir lassen kurz voneinander ab. Sie lehnt ihre Stirn gegen meine, beide schnappen wir nach Luft. Ich sehe, wie sich ihre Lippen zu einem Lächeln kräuseln, bevor sie sich erneut zu mir herüberbeugt und ihr Mund sich auf meinen legt. Sie hat so weiche Lippen und küsst mich doch so fest. Da ist so eine Dringlichkeit in ihren Berührungen, als wolle sie alle verlorene Zeit wettmachen. Alle verpassten Momente, in denen wir allein waren oder unsere Hände sich zufällig berührten oder unsere Blicke aneinanderhingen und in denen wir nicht taten, was wir jetzt tun. *Wieso nicht? Wie kann es sein, dass wir das nicht schon immer und ständig tun?*

»*Shit.* Entschuldigt«, sagt da eine Stimme hinter uns.

Wir lassen uns los und drehen uns um: Ein unendlich verdutzter Beau fällt fast hintenüber. Gleich purzelt er noch den Abhang runter.

»Was ist denn los mit dir?«, will Cami wissen. »Hast du noch nie gesehen, wie zwei Mädchen sich küssen?«

»Wie? Nein«, stammelt Beau. »Ich meine, na klar. Ständig.«

»*Ständig?*« Sie zieht eine Augenbraue hoch. »Das ist ja jetzt schon etwas creepy, oder?« Sie sieht mich an. »Ist das zu glauben? Wir machen hier gerade zwei Minuten rum und schon benutzt uns ein Cis-Mann als Fetisch.«

»Aber nein, niemals.« Selbst in dem schwachen Licht kann ich erkennen, wie Beau dunkelrot wird. »So würde ich euch nie sehen. Nein, jetzt echt mal, wie abstoßend.«

»Wie bitte?«, hakt Cami nach.

»Oh, nein. Nein.« Er reißt die Augen auf. »Ihr seid natürlich nicht abstoßend! Ich finde es keinesfalls abstoßend, wenn jemand schwul, lesbisch oder bi ist. Ich will ja nur sagen, dass ich in Kat verliebt bin und ihr wie Schwestern für mich seid«, brabbelt er. »Und es ist für mich persönlich total abwegig, euch anders als in einem, na ja, geschwisterlichen Kontext zu sehen.«

Ich lege meine Hand auf Camis. »Könntest du diesen armen Jungen bitte aus seiner Not befreien?«

Cami gackert ihr typisches Disney-Bösewicht-Lachen und lässt sich nach hinten gegen das Gebüsch fallen.

»Sie verarscht dich«, erkläre ich Beau.

»*Ach du Scheiße.* Dann ist ja gut.« Er fasst sich erleichtert an die Stirn. »Und erzählt bitte Kat nicht, dass ich gesagt habe, dass ich sie liebe, denn ich … ich hätte das vielleicht zuerst ihr sagen sollen, bevor ich es euch beiden verrate.«

In meinem Ohr knistert der AirPod. Ich höre, wie eine weibliche Stimme Tuckers Namen sagt. Ich drücke den Rücken durch.

»Okay, Leute. Es geht los«, verkünde ich ernst.

Die lustige Stimmung verpufft. Beau hockt sich leise neben mich. Ich gebe Cami meinen zweiten AirPod und halte mein Handy vor mich, damit die beiden das Display sehen können. Gebannt starren wir darauf.

11 Tage später
TUCKER

Ich sitze auf der Kante eines der Liegestühle und betrachte die Risse im Betonboden der Terrasse. Jeder einzelne meiner Muskeln ist angespannt, aber ich versuche, locker zu wirken. Ich will auf keinen Fall, dass Sydney misstrauisch wird. Sie muss glauben, dass es hier um ein Gespräch nur zwischen uns beiden geht.

Ich habe die leise Befürchtung, dass sie schon bei meinem Anblick ahnt, was ich vorhabe, und wieder abhaut, bevor ich sie überhaupt irgendetwas fragen kann.

Aber das tut sie nicht. Als sie jetzt die Stufen vom Haus herunterkommt, trägt sie ein breites Lächeln im Gesicht. Sie winkt mir zu.

Ich hebe die Hand und schaffe es sogar, zurückzuwinken – wobei ich mich fühle wie ein Roboter, der Menschen nur lausig nachahmen kann.

Ich stehe auf, als sie auf mich zugeht. Sie stellt sich auf die Zehenspitzen und legt mir ihre Arme um den Hals. Auch ich umarme sie.

Sie lehnt sich zurück, streicht dabei mit einer Hand meinen Oberarm entlang und sieht mich an. Mir fällt auf, dass ihre Fingernägel knallig rot lackiert sind.

»Tucker, ich bin ja so froh, dass du mir geschrieben hast. Ich habe mir echt Sorgen gemacht, als du gestern so plötzlich weggerannt bist. Ich dachte, es ist was Schlimmes.«

»Wie schlimm es wirklich ist, kannst nur du mir sagen, Squid.«

Ihr Gesicht zuckt eine Millisekunde, dann fängt sie sich und zeigt wieder ihr perfektes Instagram-Lächeln. »*Was?* Wen meinst du?«, erwidert sie.

»Du hast richtig gehört, Sydney.«

Sie will sich abwenden, aber ich lege meine Hand unter ihr Kinn und hebe ihren Kopf an. »Sieh mich an.

Ich weiß, wer du bist und was du getan hast. Ich bin dir nicht böse.« Das stimmt nicht, aber ich will, dass sie mir vertraut. »Ich möchte nur wissen, warum es so gekommen ist.«

Ein seltsamer Ausdruck huscht über ihr Gesicht, und obwohl wir noch Blickkontakt haben, sieht sie an mir vorbei. Als wäre ich ein Geist, durch den sie hindurchschaut. Ich kann fast spüren, wie die Rädchen in ihrem Kopf rattern. Wie sie überlegt, ob sie leugnen kann, was ich ihr vorwerfe. Ob sie sich hier irgendwie rausreden und ihr Spiel fortsetzen kann. Und dann macht es anscheinend *klick* und sie sieht mich wieder an. Sie hat sich entschieden. »Also gut. Du hast recht. Aber, Tucker«, sie fasst verzweifelt nach meiner Hand, »du musst das verstehen: Alles, was ich getan habe, habe ich nur aus Liebe getan.«

Ich ziehe meine Hand weg und stolpere einen Schritt zurück. »Weil du mich liebst, willst du mir einen Mord anhängen?«

»Nein«, antwortet sie leise. »Weil ich *sie* liebe. Brooklyn. Ich musste es tun. Um für Gerechtigkeit zu sorgen. Aber Tucker, es tut mir leid, wirklich leid, was du da durchmachen musstest, mit der Polizei und allem. Du musst mir glauben, ich wollte eigentlich nur die anderen drankriegen. Und ja, als dann rauskam, dass du was mit ihr hattest … mit Gwen«, sie stößt den Namen zwischen zusammengebissenen Zähnen hervor, »da wollte ich kurz, dass auch du büßen musst. Aber dann habe ich es mir anders überlegt. Und habe versucht, von dir abzulenken. Daher die Posts. Und die Pistole im Auto und der Hinweis, der gegen alle außer dich gerichtet war. Mir war klar, dass es mit jedem Post riskanter für mich wird, aber ich wollte dafür sorgen, dass nicht am Ende du verhaftet wirst.«

Sie drückt meinen Oberarm. »Tucker, du musst mir glauben: Außer in diesem einen Moment, als ich echt am Boden war, wollte ich dich da nie mit reinziehen. Aber ich konnte nicht anders. Und ich hab es ja wieder eingerenkt: Die Polizei verdächtigt dich kaum noch. Aber Gwen wird dran glauben, und sie nehmen wohl an, dass Beau und Kat mit drinstecken, wegen der Sache mit der Kamera. Und Cami – ich bitte dich, denk an den *Parker*-Deal, da braucht es nur noch wenige gut platzierte Hinweise und ich kriege sie auch noch dran. Damit hat die Polizei dann genug zu tun und du bist raus. Und *Brooklyn* wird dafür sorgen, dass es auch so bleibt, indem sie versichert, wie sehr du Sydney geliebt hast. Wer weiß, vielleicht gibt sie Nora Caponi ein Interview und erzählt allen, was für ein toller Typ du bist.«

»Ich weiß nicht, Syd ...« Mein Blick wandert runter bis zum Poolboden. Ich war nicht im Wasser, seit Brooklyn tot ist. Die Blutspuren wurden alle beseitigt, es scheint, als wäre nichts gewesen. Als könnte man das alles einfach vergessen.

»Sieh mich an, Tucker. Ich liebe dich, verstehst du? Sogar nach dieser Sache mit Gwen. Ich vergebe dir, klar? Ich verzeihe dir, dass du mit meiner besten Freundin geschlafen hast. Und *du* musst mir das verzeihen. Wir beide, wir können wieder zusammen sein. Du musst nicht mit den anderen im Dreck landen. Du kannst auf meine Seite wechseln. Wir beide, wir sind ein Team.« Sie streckt die Hand aus, will sie mir auf die Brust legen, auf mein Herz. Ich weiche zurück, bin aber nicht schnell genug.

Sie starrt auf ihre Hand auf meinem Brustkorb. Eine Sekunde nur steht Verwirrung in ihrem Gesicht, dann sofort knallharte Wut. »*Was?* Was ist das?« Sie greift mir ins T-Shirt und zerrt das Mikrofonkabel heraus. »Tucker, was soll das?« Mit einem Ruck reißt sie das Mikro ab, wirft den Sender auf den Boden und trampelt darauf herum. Dann greift sie sich in den Rücken und zieht eine schwarze Pistole aus dem Hosenbund. Sie hebt die Waffe und richtet sie wild entschlossen auf mich.

Ach du Scheiße.

Mir pocht das Herz in den Ohren, ich starre die Pistole an. Ich sehe ihren schmalen Finger, der sich um den Abzug legt. Der Nagellack glänzt in der Sonne.

Die Waffe sieht genauso aus wie die, mit der Brooklyn getötet wurde. Plötzlich habe ich wieder diesen sechzehnten Geburtstag vor Augen. Zwillinge. Zwei gleiche Geschenke. Zwei Pistolen.

Mir dreht sich der Magen um. *War doch klar, dass*

Sydney hier mit dem Ding aufkreuzt. Wie konnte ich nur annehmen, dass dieses Rendezvous mit einer Psychopathin anders enden könnte als mit meinem Tod? Gleich muss ich mich übergeben.

So seltsam die Waffe in ihrer kleinen Hand auch aussehen mag, es ist ihre Pistole und sie weiß nur zu gut, wie man damit umgeht.

Ich schließe die Augen und bete, dass die Videoübertragung noch funktioniert, auch wenn sie den Audiosender zerstört hat. Ich hoffe, dass Cami und Gwen das hier sehen. Dass Beau nicht noch dabei ist, ihr die Reifen zu plätten. Und am meisten hoffe ich, dass ich doch kein so fieses, beschissenes, verlogenes Arschloch war, dass den anderen, falls sie das hier sehen, mein Tod egal sein könnte.

»Mach die Augen auf«, faucht Sydney. »Hände hinter den Kopf.«

Sie kommt mit erhobener Waffe auf mich zu. Am Ende hält sie mir den Lauf an die Schläfe. Und mir fällt unwillkürlich ein, dass an eben dieser Stelle Brooklyns Schädel von einer Kugel durchbohrt wurde.

Sydneys Hand zittert, das kalte Metall drückt gegen meine Haut. »Wohin wurde das übertragen?«, fragt sie.

»Nirgendwohin«, antworte ich. Wenn ich eh sterben muss, kann ich wenigstens dafür sorgen, dass Syd nicht als Nächstes hinter Kat her ist. »Mit dem Sender hast du auch die einzige Kopie zerstört.«

»Du lügst.« Sie presst den Lauf noch fester an meinen Kopf. »Wieder einmal lügst du mich an, Tucker. Ist das alles, was du kannst? Lügen?« Tränen fluten ihre Wimpern, laufen ihre Wangen hinab. Aber sie wirkt nicht traurig. In ihren Augen steht blanke Wut. »Ich habe dich immer nur geliebt, und du hast mit meiner besten Freundin geschlafen, du hast gegen meine Schwester gestimmt, und jetzt, wo ich dachte, du hättest mich schon auf jede erdenkliche Art betrogen, willst du mich auch noch in den Knast bringen.« Sie nimmt etwas Abstand von mir, aber sie brüllt und ihre Spucke fliegt mir ins Gesicht. Ihre sonst so makellose Haut hat rote Flecken. An ihren tränenfeuchten Wangen klebt eine schwarze Haarsträhne. Sie bläst Luft durch den Mundwinkel, um wieder freie Sicht zu haben, ohne die Hand benutzen zu müssen. »Lüg mich bloß nicht wieder an. Sag jetzt: Wohin wurde das gesendet?«

»Bitte.« Ich sehe sie an und flehe: »Du willst mir doch nicht wirklich etwas antun, Squid. Das bist nicht du.«

»Hör auf!«, kreischt sie mit wildem Blick. »Nenn mich nicht so. Das Mädchen, das du so genannt hast, ist tot. Sie ist zusammen mit ihrer Schwester gestorben. Und du – du hast sie getötet.« Sydney gibt einen rauen Laut von sich, halb Schluchzen, halb Brüllen. Ich höre ein Donnern.

Und dann wird alles schwarz.

39

11 Tage später

CAMI

»*Was?* Was ist das?«, sagt Sydney in dem Video. Das Bild ruckelt, und mit einem letzten quietschenden Ton bricht die Übertragung ab. Ich reiße den AirPod aus dem Ohr.

»Was ist passiert?«, frage ich. Gwen starrt auf ihr schwarzes Handydisplay und tippt wie wild darauf herum, aber es will sich kein Bild mehr zeigen.

»Er ist aufgeflogen«, sagt Beau. »Wir müssen da hoch.« Er will aufstehen, aber ich ziehe ihn am Arm zurück.

»Warte noch! Wir wissen doch gar nicht, was passiert ist. Vielleicht haben wir nur das Signal verloren oder das Mikro ist runtergerutscht.«

»Hast du nicht gehört, wie Sydney geklungen hat?«, entgegnet Beau. »Sie ist wütend. Was sollte sie sonst meinen?« Er sieht mich besorgt an. »Wenn sie herausgefunden hat, was wir vorhaben, tut sie ihm vielleicht noch was an.«

Ich fasse ihn noch fester am Arm. »Und wenn sie es nicht herausbekommen hat, dann machen wir alles zunichte, wenn wir jetzt da hochrennen wie übereifrige Avengers.«

Er sieht Gwen an. »Was meinst du? Würde Sydney Tucker etwas antun?«

Genau da ertönt ein Schuss.

Bei dem Geräusch bleibt mir die Luft weg.

Gwen springt auf und sprintet wie irre den Hügel zur Poolterrasse hinauf. Ich renne ihr nach und folge ihrer wehenden blonden Haarmähne.

Ich muss mich anstrengen, um an ihr dranzubleiben. Es gibt keinen richtigen Weg durch das dichte Gebüsch. Zweige und Äste schneiden mir in die nackten Arme. Meine Schritte landen immer wieder auf Unebenheiten und beim Auftreten verdreht sich mein Knöchel. Aber ich spüre nichts davon. Ich spüre nur Adrenalin und Panik und kämpfe mich durch das Dunkel.

Und dann schlage ich mich durch die Bäume und stehe plötzlich auf der Terrasse. Und nur ein paar Schritte weiter liegt Tucker regungslos am Boden – in einer Blutlache.

Gwen gibt einen Laut von sich wie ein sterbendes Tier und lässt sich gegen mich fallen. Sie schluchzt und weint in mein schwarzes Top. Ich kämpfe mich durch den Nebel in meinem Kopf und lege den Arm um sie, starre dabei aber weiter auf Tucker ... auf Tuckers Leiche.

Warum habe ich gezögert? Das Video ist abgebrochen und ich habe nicht reagiert, habe sogar noch Beau und Gwen davon abgehalten, etwas zu unternehmen. Wir hätten das hier verhindern können. Die beiden wollten eingreifen. Und ich habe sie zurückgehalten. *Wie konnte ich nur?*

Beau taucht zwischen den Bäumen hinter uns auf. »Entschuldigt«, flüstert er und drängt sich an uns vorbei. Was hat er vor?

Er kniet sich neben Tucker auf den Boden und hält ihm zwei Finger an den Hals. Sein Gesichtsausdruck bleibt besorgt, auf seiner Stirn stehen Falten. Es sieht nicht danach aus, als würde er einen Puls fühlen. Mein Herz fühlt sich noch schwerer an – so tonnenschwer, wie ich es nie für möglich gehalten hätte. Beau beugt sich herab, sein Ohr ist nur noch Millimeter von Tuckers leicht geöffneten Lippen entfernt. Er horcht.

Ich trete einen Schritt vor. »Ist er ...?« Das Wort bleibt mir im Halse stecken.

Bevor Beau antworten kann, flattern Tuckers Lider und öffnen sich einen kleinen Spalt.

Tucker hat die Augen aufgemacht! Scheiße noch mal, er lebt!

»Beau«, brummt Tucker heiser. »Nimm dein Gesicht von meinem Gesicht.«

Ich lache erleichtert auf. Niemals hätte ich gedacht, mal so froh zu sein, die Stimme von diesem Arsch zu hören.

Beau hockt sich wieder auf seine Füße. In seinem Gesicht macht sich ein Lächeln breit.

»Gwen, sieh mal.« Ich löse sie sanft von meinem Körper.

Sie reißt die Augen auf. »Ist er okay?« Sie schluchzt nur noch heftiger, aber jetzt wohl aus Erleichterung.

»Er ist okay«, versichert ihr Beau.

»Bin ich das wirklich?« Tucker setzt sich auf und sieht das Blut auf den Steinplatten. »Oh Gott.« Er wird bleich, sein Gesicht nimmt eine grünliche Färbung an. Er sieht aus, als müsste er sich gleich übergeben.

»Sieh nicht hin.« Beau legt Tucker eine Hand auf die Schulter und lehnt ihn vorsichtig zurück. Gwen eilt zur Hilfe und hält Tuckers Kopf in ihrem Schoß, damit er nicht auf dem harten Terrassenboden liegen muss.

Beau untersucht Tuckers Bein. »Bleib ganz ruhig. Es sieht so aus, als hätte sie dir ins Bein geschossen. Darum bist du auch hintenüber auf den Kopf gefallen.«

Tucker jault auf, als Beau sein Bein betastet. »Ich soll ruhig bleiben? Ich wurde angeschossen!«

»Ja, aber es ist ein glatter Durchschuss.« Beau reißt Tuckers Jogginghose auf, um sich die Wunde besser anschauen zu können. »Die *Arteria femoralis* hat sie jedenfalls nicht erwischt.« Als ihn alle verdutzt anschauen, erklärt Beau: »Ich musste tausend Notfallkurse belegen, während ich als Rettungsschwimmer gearbeitet habe.« Er winkt mich zu sich. »Cami, hilf mir mal. Kannst du deine Hände hier draufhalten?«

Ich zwinge meinen Körper, sich zu bewegen, obwohl mein Kopf sich anfühlt wie mit Watte gefüllt. Beau führt meine Hände und legt sie auf Tuckers Bein. Sofort sickert Blut über meine Finger. Die Haut fühlt sich rutschig an, so wie bei dem Delfin, den ich mal streicheln durfte, als ich auf den Bahamas war. Aber das hier ist ein Mensch und die Flüssigkeit ist Blut, kein Wasser. Mein Mund ist voller Speichel, auf meiner Zunge brennt ein saurer Geschmack. *Nein, Cami*, befehle ich mir, *du wirst jetzt nicht kotzen.* Ich presse die Hände auf die Wunde, schaue aber nicht hin und beiße auf die Innenseite meiner Wangen.

»Drück ein bisschen fester«, verlangt Beau.

Tucker jault vor Schmerz auf. Auf seiner Stirn stehen Schweißperlen.

»Ich weiß, das tut weh, Tucker, aber wir müssen die Blutung stoppen«, erklärt Beau. »Cami, lass die Hände so.«

Beau richtet sich auf und zieht mit einer schnellen Bewegung sein T-Shirt über den Kopf, dann reißt er es in Streifen. »Gwen, kannst du einen Notarzt rufen?«, bittet er.

Gwen weint immer noch leise vor sich hin, hält

Tuckers Kopf in ihrem Schoß und streicht ihm mit ihren schlanken Fingern durch die verschwitzten Haare. Beim Anblick dieser zärtlichen Geste muss ich einen Anflug von Eifersucht unterdrücken. Schließlich ist er angeschossen. Das ist ganz normales, menschliches Mitgefühl, was sie da zeigt, und es bedeutet sicher nicht, dass sie immer noch in ihn verliebt ist, oder?

»Gwen?«, wiederholt Beau.

»Oh, entschuldige«, japst sie. Mit zitternder Hand zieht sie ihr Telefon aus dem BH, tippt mühsam das Passwort ein. »Beau, ich – es geht nicht.«

»Ich weiß, wie sehr dich das mitnimmt, aber wir brauchen dringend einen Arzt.«

»Nein, das ist es nicht. Es ist mein Handy, es funktioniert nicht. Ich habe keinen Empfang.« Sie hält ihr iPhone hoch wie ein nutzloses Stück Metall.

»*Was?*« Beau lässt den Stoffstreifen los, den er um Tuckers Bein gebunden hat, und holt sein Handy aus der Hosentasche. Seine blutigen Finger verschmieren das Display, als er den Code eingibt. »*Scheiße.*« Er sieht auf. »Meins geht auch nicht. Was hat sie gemacht? Das WiFi ist komplett weg.«

»Keins unserer Handys funktioniert mehr?«, frage ich entsetzt.

»Was ist oben im Haus?«, meint Beau. »Da ist doch sicher so ein Ding an der Wand, oder? Wir haben doch ein Telefon, oder?«

»Du meinst einen Festnetzanschluss? Von wann bist du denn?«, erwidere ich. Und weil es schließlich nicht seine Schuld ist, dass wir in dieser Scheißlage sind, füge ich etwas freundlicher hinzu: »Nein, haben wir nicht.«

In Gwens Augen steht Panik. »Was sollen wir denn ohne Handy machen?«, ruft sie verzweifelt. »Oh mein Gott. Wir werden alle sterben.« Sie schluchzt erneut.

»Vielleicht nicht alle«, murmelt Tucker. Seine Lippen haben deutlich an Farbe verloren. »Sondern nur ich.«

Beau kümmert sich wieder um das Abbinden der Wunde. Ich blicke ihm über Tuckers Brust hinweg in die Augen. »Was machen wir jetzt?«, flüstere ich.

Sein Mund ist ein gerader Strich, er antwortet nicht. Stattdessen schiebt er meine Hand ein wenig zur Seite, damit er den Stoffstreifen um Tuckers Bein verknoten kann.

Hinter uns raschelt es im Gebüsch. Gwen schreit auf. Beau beugt sich über Tucker, um ihn mit seinem Körper zu schützen. Ich drehe den Kopf, reiße die Augen auf, starr vor Angst – und sehe, wie ein wunderschöner Bussard durch die Zweige bricht, abhebt und über uns hinweg zum Haus fliegt.

Alle stoßen wir einen erleichterten Seufzer aus. Aber der Gedanke, was – oder besser wer – sonst noch irgendwo im Hintergrund lauern könnte, will nicht mehr verschwinden.

»Tucker, hast du gesehen, in welche Richtung sie abgehauen ist?«, frage ich.

»Nein. Ich weiß noch, dass sie mich angeschrien hat, und dann wurde alles schwarz«, antwortet er. »Als Nächstes hatte ich Beaus Visage im Gesicht.«

»Glaubst du, dass sie zurückkommt?«, quiekt Gwen.

»Sicher nicht«, beruhigt sie Beau, obwohl er so sicher gar nicht wirkt. »Sie will bestimmt fliehen.«

»Mit platten Reifen wird sie nicht weit kommen«, stelle ich fest.

Wir schweigen. Ich frage mich, ob sie denken, was ich denke: dass der Plan, Sydney davon abzuhalten, hier nach dem Showdown mit Tucker einfach abzuhauen, nach hinten losgegangen ist. Wir fanden es ja so schlau, ihr den Fluchtweg abzuschneiden. Und haben dabei vergessen, dass dann nur noch die Konfrontation bleibt. Aber es konnte doch keiner ahnen, dass sie mit einer Waffe kommt. Uns einen Mord anhängen ist eine Sache, aber ich hätte nie gedacht, dass Sydney, die doch immerhin mal unsere Freundin war, einfach so auf jemanden von uns schießen würde. Die Kugel in Tuckers Bein beweist allerdings, was für eine fatale Fehleinschätzung das war.

Beau schluckt, sein Adamsapfel hüpft. »Und wenn sie ins Haus geht?«

Jetzt ist es an mir, ihn zu beruhigen. »Ihr Schlüssel passt nicht mehr. Wir haben doch die Schlösser ausgetauscht.«

Beau nickt, blickt aber weiter besorgt.

Vom Haus kommt klirrender Lärm: Glas zerbricht.

»Dafür braucht man keine Schlüssel«, murmelt Tucker.

Ich muss an die großen gläsernen Schiebetüren zur Terrasse denken, die den Blick aufs Meer freigeben und es Einbrechern leicht machen. Die Alarmanlage ist ohne WiFi garantiert nicht scharf.

Ich sehe hoch zum Haus, das dunkel und bedrohlich über uns thront.

Kat.

Sie ist da oben allein. Jemand muss sie warnen. Ihr helfen.

Ich blicke mich um: Gwen ist in Tränen aufgelöst und kann kaum geradeaus sehen. Beau hat den Stoffstreifen für seinen Verband fallen lassen. Er schaut voller Angst zum Haus, zu Kat, aber er hat sich nicht von Tucker wegbewegt. Ich sehe auf meine Hände, die auf Tuckers Wunde drücken. Sie sind mit eingetrocknetem, rostbraunem Blut bedeckt, und immer noch sickert frisches, hellrotes Blut durch die Lücken zwischen meinen Fingern, obwohl ich mich wirklich anstrenge, nicht lockerzulassen. Meine Hände reichen nicht aus, Tucker braucht diesen Druckverband, und nur Beau kennt sich mit Erster Hilfe aus.

Und auf einmal weiß ich es. Dass ich dieses Mal nicht zögern darf. Dass es dieses Mal von mir abhängt. Ich muss diejenige sein, die aufsteht und hilft. Die sich der Gefahr stellt.

»Gwen, komm mal«, sage ich.

Gwen rutscht auf den Knien herüber. Ihre Hände zittern.

Ich sehe ihr in die Augen. »Du musst jetzt stark sein, okay?«, sage ich. »Ich weiß, dass du das kannst. Du gehörst eindeutig zu den mutigsten Menschen, die ich kenne.«

»Kann gar nicht sein«, entgegnet sie mit tränenerstickter Stimme. »Ich bin zu nichts zu gebrauchen.«

»Das stimmt nicht. Du empfindest eben sehr viel. Aber das ist okay, es ist sogar gut. Und es bedeutet nicht, dass du nicht auch viel bewirken kannst. Bitte, leg deine Hände auf meine, ja?«

Sie kniet sich neben mich und legt die Hände über meine. Ich ziehe meine vorsichtig unter ihnen weg, ihre übernehmen den Druck. »Gut so«, sage ich. »Du kannst ruhig weinen, aber nimm die Hände nicht fort. Nicht, bis Beau fertig ist, okay?« Gwen nickt ernst, in ihren Augen stehen Tränen.

»Mach da weiter, Beau.« Ich lege ihm den Stoffstreifen in die Hand. »Ich kümmere mich um Kat, ja? Und du«, mein Blick heftet sich kurz auf Gwen, »hast ein Auge auf Gwen, einverstanden?«

»Was hast du vor?« Er schaut mich verdutzt an, aber ich habe keine Zeit für Erklärungen. Er wird es schon gleich kapieren. Ich stehe auf und renne die Stufen hoch zum Haus.

»Cami!«, brüllt er mir hinterher. Aber ich bleibe nicht stehen.

Glasscherben knirschen unter meinen Sohlen, sobald ich oben ankomme. Die Terrassenplatten sind übersät mit Fensterstückchen, wie mit Hagel. In einer der Schiebetüren klafft ein riesiges Loch, ein Terrassenstuhl liegt kopfüber in der Küche.

Ich steige durch das Loch in der Scheibe und muss aufpassen, dass ich mir nicht das Schienbein an einer der scharfen Zacken aufreiße.

Da fällt mir ein Glasstück ins Auge, das auf dem Teppich gelandet ist. Es ist eine ziemlich große, spitze Scherbe, die aussieht wie ein Messer. Ich nehme sie vorsichtig in die Hand und wickle den unteren Teil in ein herumliegendes Geschirrtuch.

Mit dem erhobenen Glasdolch gehe ich weiter.

Ich sehe im Esszimmer nach, aber dort ist niemand. Aus einem Loch mitten in der WiFi-Box sprühen Funken. Diese arme Irre hat doch tatsächlich den Router zerschossen. Kein Wunder, dass unsere Handys nicht zu gebrauchen waren. Ich zucke zusammen, als ein Funke direkt neben meinem Fuß landet.

Der Überwachungsmonitor ist in einem ähnlich bedauerlichen Zustand. Ich berühre das Kabel, an dem

Kats Telefon hing. Der Anschluss wurde einfach abgerissen, das Handy ist weg. Der Stuhl neben dem Monitor liegt auf dem Boden – ich hoffe, weil Kat ihn umgeworfen hat, als sie weggelaufen ist, und nicht etwa, weil hier ein Kampf stattgefunden hat. Mich erleichtert, dass ich keine Blutspuren auf dem weißen Marmorboden entdecken kann.

Ich schleiche mich in den dunklen Flur. Die Angst sitzt mir im Nacken.

»Kat?«, flüstere ich so laut, wie ich es gerade noch wage. Ich will sie finden, aber ich will nicht, dass Sydney mich findet.

Und dann höre ich über mir Schritte, die den Flur entlangeilen. Ich weiß nicht, wer von den beiden da oben läuft, aber zum Rätselraten bleibt keine Zeit.

Ich haste die Stufen hoch und halte dabei mein provisorisches Messer fest umklammert.

Im Flur ist es dunkel, aber ich kann Sydney erkennen, die ihre Waffe vor sich gerichtet hat und gerade die Tür zum Badezimmer mit dem Fuß aufstößt. Von drinnen ertönt ein Schrei. *Kat.*

Ich pirsche den Flur entlang und versuche zu hören, was die gedämpften Stimmen sagen. Die Badezimmertür steht einen Spalt offen, ein schmaler Lichtstreifen fällt auf den Flur hinaus. Ich schiebe die Tür etwas weiter auf, wobei ich inständig hoffe, dass die Scharniere nicht quietschen. Jetzt kann ich ins Bad schauen.

Kat lehnt sich verängstigt gegen die Glastür der Dusche und hat die Arme gehoben. Sie hält ihr Handy in der rechten Hand, beide Hände zittern. Tränen laufen ihr übers Gesicht. Als ich die Tür noch ein wenig mehr öffne, kommt Sydneys schwarzer Pferdeschwanz in mein Blickfeld. Sie steht mit dem Rücken zu mir, trotzdem sehe ich, dass sie mit der Pistole mitten auf Kats Brust zielt.

»Nicht – nicht schießen«, stößt Kat hervor.

»Du löschst das! Und zwar jetzt!«, brüllt Sydney.

Kat nimmt die Arme herunter und tippt mit zitternden Fingern das Passwort in ihr Handy.

Mit der Glasscherbe in der Faust öffne ich die Tür noch weiter und schleiche mich an Sydneys Pferdeschwanz heran. Ich bewege mich ganz leise, damit sie mich bloß nicht bemerkt. Ich bete, dass Kat nicht von ihrem Handy aufschaut und auf mich reagiert – zumindest nicht, bevor ich Sydney die Scherbe an den Hals drücken kann.

»Wieso kriegst du das Ding nicht entsperrt?«, fragt Sydney.

»Entschuldige, meine Hände … ich habe da was falsch –«

Da rutscht mein Fuß auf einem am Boden liegenden Handtuch aus. Vor Panik zieht sich meine Brust zusammen. Zum Glück kann ich mich gerade noch abfangen. Erleichtert hole ich Luft, hebe den Kopf … und sehe mein eigenes Gesicht, das mich mit zerzausten Haaren und irrem Blick anstarrt – nämlich aus der Fensterfront gegenüber, hinter der sich der dunkle Nachthimmel öffnet. Zugleich sehe ich Sydneys Gesicht, wie in Zeitlupe, und wie sie mich hinter sich entdeckt. Die Spiegelung im Fenster wird vom Badezimmerspiegel zurückgeworfen und so kommt es, dass wir beide gleich mehrfach zu sehen sind: ich mit panischem Blick und Sydney, wie sie sich mit der Waffe in der Hand zu mir umdreht.

Sie zeigt mir ein breites Lächeln. »Cami, was hast du vor? Kommst hier mit einer Glasscherbe zu einer Schießerei? Aber du warst ja schon immer die aus dem B-Team, die sich unter die A-Player mischt, stimmt's? Ist also nicht weiter verwunderlich.« Nur eine ehemalige beste Freundin kann so virtuos die richtigen Knöpfe drücken. »Lass das fallen«, verlangt sie.

»Nein«, sage ich. Ich sehe mich um, suche nach einem Ausweg. Aber ohne Überraschungsmoment kann ich nicht viel machen: Sie hat recht, wenn es jetzt sie gegen mich geht, bin ich verloren. Aber das hier ist kein Duell, ich gehöre zu einem Team. Ich mache einen Schritt nach vorn und postiere mich zwischen der Pistole und Kat. »Ich lasse nicht zu, dass du das tust.« Mein Herz hämmert mir gegen die Rippen. Und jeder Nerv meines Körpers sagt mir, ich soll wegrennen, mich in Sicherheit bringen. Aber ich bleibe stehen. »Wenn du ihr etwas antun willst, musst du zuerst mich erledigen.«

»Bitte, Cami, du?«, schnaubt Sydney. »Ausgerechnet du willst dir die Kugel für jemand anderen einfangen? Für ein Mädchen, von dem du, wenn ich mich recht erinnere, mal gesagt hast, sie wäre ein *überbewerteter Hipster*? Das kannst du nicht ernst meinen. Du bist eine Egoistin, durch und durch. Schon immer. Und wirst es immer bleiben.«

»Ja, kann schon sein, dass ich das war«, erwidere ich. »Als es um den Deal mit *Parker* ging und um deine Schwester ...« Brooklyn bringe ich mit aller Vorsicht ins Spiel. Es könnte die einzige Möglichkeit sein, ihr Mitgefühl zu wecken – falls Sydney überhaupt noch empfänglich für so etwas ist. Es könnte sie aber auch erst recht wütend machen, und dann feuert sie womöglich kurzschlussartig los. »Vielleicht waren wir alle ziemlich beschränkt und unreif, weil wir bei Brooklyn nur auf die Followerzahlen, nicht aber auf den Menschen dahinter geschaut haben. Vielleicht hätten wir sie bei uns aufnehmen oder zumindest freundlicher zu ihr sein sollen. Ja, wir könnten bessere Menschen sein – ich könnte weniger egoistisch, Gwen könnte weniger oberflächlich und Tucker nicht so ein eingebildeter Kotzbrocken sein. Aber Syd, wir sind alle immer noch erst siebzehn. Wir sind, wie sagt man – keine voll ausgebildeten Persönlichkeiten. Wir lernen noch, nicht arschig zu sein, sondern anständig. Findest du wirklich, wir sollten unser ganzes Leben für die Fehler büßen, die wir als Teenager gemacht haben?«

Ihre Augen flackern vor Wut. »Meine Schwester hat kein Leben mehr. Euretwegen. Sie hat sich umgebracht. Weil ihr sie nicht ins Haus lassen wolltet und sich anschließend die gesamte Scheiß-Online-Welt über sie lustig gemacht hat.«

Ihre Worte nehmen mir den Atem. Ich hatte schon vermutet, dass es so gewesen sein könnte, sobald klar war, dass Sydney uns den Tod ihrer Schwester anhängen wollte. Aber es jetzt aus ihrem Mund zu hören, bricht mir das Herz. Es tut mir so weh wegen Brooklyn, wegen ihrer Eltern. Und auch wegen Sydney, trotz allem.

»Es ist schrecklich, dass du sie verlieren musstest. Es tut mir unendlich leid.« Ich sehe ihr in die Augen. »Aber Syd, auch du weißt, dass sie krank war, zu einem gewissen Grad zumindest. Dass sie nicht etwa gestorben ist, weil sie es nicht in unser Haus geschafft hat. Sondern dass es ihre Krankheit war, die sie umgebracht hat. Ihr Tod ist eine schreckliche Tragödie. Aber niemand ist allein schuld daran. Du nicht, sie nicht, und wir auch nicht. Wenn du uns jetzt einen Mord anhängst, bringt sie das auch nicht zurück. Wäre es nicht eher in ihrem Sinne, wenn wir versuchen, bessere Menschen zu sein? Genau das würde Brooklyn sich doch wünschen. Und ganz gewiss nicht das hier.«

»Das stimmt. Wenn Brooklyn hier stünde statt mir, dann würde sie euch wahrscheinlich vergeben. Euch laufenlassen. Euer Pech, dass ihr *sie* getötet habt und nicht mich«, entgegnet Sydney mit steinernem Gesichtsausdruck. »Denn ich bin nicht halb so lieb wie meine Schwester.«

Als sie das sagt, weiß ich, dass jede Diskussion umsonst ist. Mir wird bewusst, dass mir die Zeit davonläuft. Und da gehe ich auf sie los und versuche, ihr die Glasscherbe in die Hand mit der Pistole zu rammen.

Sydney stolpert nach hinten, ein Schuss löst sich. Ein brennender Schmerz durchbohrt meinen Arm, ich knalle auf die harten Fliesen. Beim Aufprall fällt mir die Scherbe aus der Hand und schlittert über den Boden.

Als ich meinen Arm anschaue, sehe ich, wie Blut aus der Wunde quillt. Alles dreht sich. So werde ich also sterben. Mit siebzehn. Auf kalten Badezimmerfliesen. Und weil ich kein Blut sehen kann, werde ich auch noch alles vollkotzen. Ich sehe schon die *TMZ*-Schlagzeile vor mir: *B-Promi Cami de Ávila tot in Badezimmer aufgefunden, in einer Lache Erbrochenem.* Oder, noch schlimmer: *B-Promi Dolores »Cami« de Ávila tot in Badezimmer aufgefunden, in einer Lache Erbrochenem.*

»Cami!« Kat stürzt auf mich zu.

»Eine Bewegung und du kriegst auch die nächste Kugel ab!«, kreischt Sydney. Die Glasscherbe, an der ein paar Tropfen Blut kleben, da ich Sydneys Hand angeritzt habe, glitzert zwischen uns auf den Fliesen, knapp außerhalb Kats Reichweite. Die Waffe immer noch auf Kat gerichtet, macht Sydney einen Schritt nach vorn und zertritt unsere einzige Waffe unter ihrem Stiefel. Die Scherbe zerbricht in zig Splitter.

»Gib mir dein Handy!«, verlangt Sydney von Kat.

Kat reicht es ihr langsam, und Sydney hämmert es voller Wut gegen die marmorne Ablage, bis die Glas- und Metallsplitter nur so fliegen. Mit dem Telefon zerstört sie die Aufnahme ihres Geständnisses und den einzigen Beweis, dass *sie* Sydney ist und uns einen Mord anhängen wollte.

»Na schön.« Sie lässt die kläglichen Überreste des Handys auf den Boden fallen. »Versucht so was nicht noch mal«, warnt sie.

Sie hält weiter die Pistole auf uns gerichtet, schiebt sich nun aber rückwärts Richtung Tür. Doch kurz bevor ihre Fingerspitzen die Klinke berühren, fliegt ihr die Tür entgegen: Drei Typen mit schweren Waffen und schwarzer SEK-Montur stürzen ins Badezimmer.

»KEINE BEWEGUNG!«

»WAFFE RUNTER!«

»AUF DEN BODEN!«

Sydney lässt sich kreischend auf die Knie fallen. Sie legt die Waffe auf den Boden, ein Polizist tritt dagegen und sie schlittert außer Reichweite. Ein anderer zieht ein Paar Handschellen vom Gürtel.

»Moment mal, das sehen Sie komplett falsch!« Sydney zappelt herum, damit man ihr die Handschellen nicht anlegen kann. »Ich musste mich verteidigen! Die beiden haben mich angegriffen, wollten mich töten, genau so, wie sie es bei meiner Schwester getan haben.«

Ihr wütender Blick fällt auf mich und Kat, die mit einem Riesenstapel Papiertüchern zu mir geeilt ist und diese nun auf meinen Arm drückt. Als wenn man so eine Schusswunde versorgt. Ich verkneife mir ein Augenrollen, schließlich will sie ja nur helfen.

Erst als Sydney uns erwähnt, scheint den Bullen aufzufallen, dass wir auch noch da sind. Sie mustern uns von oben bis unten. Mir wird schon ganz mulmig. Schließlich steht hier Aussage gegen Aussage, oder? Wie das beim letzten Mal ausgegangen ist, wissen wir ja. Ohne die Aufnahme, die sie eben erfolgreich zerstört hat, kann Sydney munter weitermachen und unser Leben mit ihren Lügen zerstören.

»Hören Sie«, redet Sydney weiter, »rufen Sie Detective Johnson an, die ist doch Ihr Boss, richtig? Mein Name ist Brooklyn Reynolds. Sagen Sie ihr, dass ich von den beiden Mädchen bedroht wurde, die auch schon meine Schwester getötet haben. Sie wird Ihnen sagen, wer hier das Opfer ist und wer in Haft genommen werden sollte.«

»Keine Sorge, Miss Reynolds, wir wissen genau, wer Sie sind.« Die Kommissarin betritt den Raum. Sie trägt eine kugelsichere Weste. »Aus dem Totenreich zurückgekehrt, was Sydney?«

»*Wie?*« Sydney lacht nervös. »Nein, ich bin Brooklyn. Ich habe keine Ahnung, wovon Sie –«

»Spar dir die Mühe«, entgegnet Detective Johnson. »Ich habe dein Geständnis gehört.«

»Wie das denn?« Sydneys Kopf zuckt hinüber zum Handywrack, ihr dunkler Pferdeschwanz wippt. »Kann gar nicht sein.«

»Oh Sydney, tut mir echt leid, dass wir dich nicht informiert haben«, sagt da Kat, ohne aufzuschauen. Sie tupft weiter an meinem Arm rum. Ich habe sie noch nie so sarkastisch reden hören. Eine sehr sympathische neue Seite an ihr, finde ich. »Wir haben das Video nicht nur aufgenommen, sondern gleich auch gestreamt.«

Aus Sydneys Gesicht verschwindet sämtliche Farbe.

»Ich habe dir in Echtzeit zugehört.« Detective Johnson wedelt mit einem antiken iPhone. »Zusammen mit einer Million anderen Menschen.«

»Es ist so, wie du immer gesagt hast«, ätzt Kat. »Wenn man etwas nicht postet, ist es, als wäre es nicht passiert.«

Die Polizisten zerren Sydney auf die Beine und führen sie zur Tür. Detective Johnson schenkt ihr beim Hinausgehen einen böse funkelnden Blick: »Miss Sydney Reynolds, Sie sind verhaftet.«

40

11 Tage später

KAT

»Mir geht es gut! Nicht anfassen!« Cami weicht einem Sanitäter aus, der sie versorgen möchte. Sie sitzt auf der hinteren Stoßstange des Rettungswagens. In unserer Einfahrt parken verschiedene Einsatzfahrzeuge, die Blaulichter blinken. »Sie haben doch gesagt, es ist nur eine Schramme, oder?«, sagt Cami. »Wenn ich nicht gerade sterben muss, dann darf mich nur ein plastischer Chirurg nähen. Bitte, wir lassen das mit dem Krankenhaus. Bringen Sie mich lieber gleich zu Dr. Malibu.«

»Wir sind kein Taxi«, erwidert der Sanitäter verärgert.

»Offensichtlich«, stellt sie augenrollend fest. »Denn wenn Sie ein Uber wären, hätten Sie nicht mal einen Stern.«

Ich stehe ein paar Schritte entfernt und warte, bis das Spiel vorüber ist, damit ich mich bei ihr bedanken kann. Kurz nachdem die Polizisten Sydney aus dem Badezimmer gezerrt haben, sind auch schon die Sanitäter gekommen und haben Cami auf eine Trage gelegt, obwohl sie darauf beharrt hat, sie könne *problemlos laufen.*

Nachdem sie weggebracht worden ist, bin ich die Treppe runter und zur Tür rausgerannt, auf der Suche nach Beau, weil ich wissen musste, ob er okay ist. Ich habe ihn neben einem anderen Rettungswagen entdeckt, wo er zusah, wie Tucker eingeladen wurde. Tucker hatte eine Sauerstoffmaske auf dem Gesicht, war aber bei Bewusstsein. Als ich Beau dort stehen sah, lebend und unverletzt und aus irgendeinem Grund oberkörperfrei, ist mir ein Riesenstein vom Herzen gefallen. Ich habe ihn gerufen, bin auf ihn zugelaufen und in seine Arme gesprungen. Er hat mich hochgehoben und mich fest und innig geküsst. Selbst als meine Sneaker wieder Bodenkontakt hatten, hat er mich nicht losgelassen. Er hat mich an sich gedrückt und immer wieder meinen Namen geflüstert, mit dem Gesicht in meinen Haaren. Seine Stimme war ganz belegt, er hat geweint vor Erleichterung.

»Wenn dir etwas zugestoßen wäre ...«, hat er gestammelt.

»Ich weiß«, habe ich geantwortet.

»Ich liebe dich, Kat.«

»Ich –« Ich war verdutzt. Zuerst zumindest. Wir sind erst so kurz zusammen, obwohl wir natürlich schon länger befreundet sind. Aber das spielte jetzt keine Rolle.

»Ich liebe dich auch«, habe ich geantwortet, und dann haben wir uns wieder geküsst.

Unser seliger Moment wurde unterbrochen, als mich ein Sanitäter auf mögliche Verletzungen untersuchen wollte. Ich habe ihm gesagt, dass die einzigen Wunden, die ich von der Sache hier davontrage, in einer Therapie geheilt werden müssten. Aber er bestand auf einem Check-up. Als er mich schließlich laufen ließ und sich stattdessen Beau vornahm, habe ich mich auf die Suche nach Cami begeben und sie bei eben jenem Schlagabtausch mit einem weiteren Sanitäter angetroffen.

Am Ende hat sie ihn so fertiggemacht, dass er zur Fahrerkabine läuft, um seinen Vorgesetzten anzurufen. Ich nutze die Chance und gehe auf sie zu.

»He, Cami.« Ich nähere mich ihr zaghaft. »Ich wollte mich noch … bei dir bedanken. Dafür, dass du die Kugel abgefangen hast, die mich treffen sollte.«

»Schon gut«, erwidert Cami. »Ist ja nur eine Schramme bei rausgekommen. Aber gewöhn dich lieber nicht dran. Das heißt nämlich nicht, dass ich auf einmal zu einer furchtbar netten Person geworden bin.«

»Alles klar.« Ich nicke ernst. »Du hast da was wirklich extrem Nettes gemacht, und jetzt steht es dir frei, auf ewig fies und gemein zu sein.«

»Ganz genau.«

Ich setze mich neben sie auf die Stoßstange. Ich fasse

nach der Hand ihres verletzten Arms und drücke sie. Sie zieht sie nicht weg.

»Cami!« Gwen drängelt sich zwischen den Helfern hindurch. An ihren Wangen klebt tränenverschmierter schwarzer Lippenstift, in ihren Haaren steckt ein Zweig. Fast rempelt sie einen verdutzten Tatortermittler um, als sie auf Cami zustürzt und sich ihr an den Hals wirft.

»Was ist mit deinem Arm?«, quiekt sie. Sie beginnt zu weinen, als sie Camis Verletzung entdeckt. »Tut es sehr weh?«

»Ja, kann man so sagen. Sydney hat mich angeschossen«, erklärt Cami. »Aber die sagen, das wird wieder.«

»Sie hat auf dich geschossen! Ich fass es nicht!« Sie blickt sich um. »Wo ist sie? Ist sie entkommen? Ich schwöre, ich bringe sie um!«

»Sie wurde festgenommen«, erkläre ich. »Die Polizei ist gerade noch rechtzeitig aufgetaucht.« Ich schaue über den Vorplatz zur Eingangstür, wo Detective Johnson mit einem Polizisten spricht.

»Na ja, rechtzeitig hätte ja wohl bedeutet, *bevor* sie schießen konnte«, bemerkt Cami. »Aber gut, sie haben sie erwischt. Johnson hat den Livestream gesehen. Sie hat das komplette Geständnis mit angehört.«

»Echt?« Gwen schaut verdutzt. »Ich dachte, wir müssten ihr die Aufnahme schicken.«

»Ist eh ein Wunder, dass sie überhaupt bei TikTok war«, meint Cami. »Schließlich ist das dieselbe Frau, die mich gefragt hat, ob mit Charli Charlie Sheen gemeint ist.«

»Das war nicht nur Glück«, schalte ich mich ein. »Ich hatte da nämlich eine Idee. Sobald wir live waren, habe ich das Video an Hannah Johnson weitergeleitet. Sie ist die Tochter der Kommissarin und ein großer Fan von uns.«

»Genial, Kat!«, lobt mich Gwen. »Ist immer klug, Nebenkanäle zu nutzen. So wie ich, als ich mich mit Scott Disicks Hundesitter angefreundet habe, um an Karten für die Met Gala zu kommen.«

»Ja, so ähnlich.«

Detective Johnson merkt, dass wir zu ihr schauen, und kommt herüber.

»Meine Damen.« Sie nickt uns zu. »Ich möchte mich bei euch für sämtliche Unannehmlichkeiten entschuldigen, für die unsere Ermittlungen gesorgt haben könnten. Das hier ist wohl der seltsamste Fall, an dem ich je gearbeitet habe, und ich kann nur sagen: Ich bin froh, dass er jetzt abgeschlossen ist. Und obwohl ich persönlich die Einmischung von Zivilisten nicht gutheißen kann, möchte ich euch doch für die … unkonventionelle Hilfe danken.« Sie legt die Hände zusammen. »Na, dann lass ich euch mal in Ruhe. Schönen Abend noch, und dir, Miss de Ávila, wünsche ich schnelle Genesung.«

»Und ich Ihnen eine schnelle Entlassung«, kontert Cami.

Detective Johnson tut, als habe sie nichts gehört, und stapft davon.

»Was denn?«, raunzt Cami, als sie unsere entsetzten Gesichter bemerkt. »Seid ihr da etwa anderer Meinung? Tut mir leid, aber sie hat die Ermittlung so was von verbockt. Wir haben doch quasi ihren Job gemacht.«

»Das kannst du ja gerne so finden, aber vielleicht solltest du es ihr nicht ins Gesicht sagen«, meint Gwen.

Der Sanitäter hat sein Telefonat beendet und kommt wieder nach hinten. »Tut mir leid, aber wir müssen Sie mit ins Krankenhaus nehmen. Sind ja nur ein paar Stiche.« Er hebt die Hand, bevor Cami wieder loslegen kann. »Und die kann der dort angestellte plastische Chirurg vornehmen. Er hat zwar keine eigene Fernsehsendung, soll sein Fach aber hervorragend beherrschen.«

»Na schön«, willigt Cami ein.

Der Sanitäter hilft ihr beim Einsteigen und will die Türen schließen, als ihm noch einfällt: »Gehören Sie zur Familie?«, fragt er Gwen und mich. »Wenn ja, können Sie mitfahren.«

Gwen sieht mich mit hochgezogenen Augenbrauen an.

»Ja«, antworte ich und klettere in den Wagen. »Klar gehören wir zur Familie.«

41

11 Tage später

SYDNEY

Auf der Polizeiwache nehmen sie mir Abdrücke von allen zehn Fingern ab. Die schwarze Farbe ruiniert meine sorgsam manikürten Hände.

»Miss Reynolds, Sie sind nun Häftling Nummer eins-vier-drei-acht.« Der Beamte nimmt mir die Handschellen ab und reicht mir eine kleine Tafel mit meinem Namen und eben dieser Nummer darauf.

Er packt mich an der Schulter und führt mich zu einer auf einem Stativ montierten Kamera, die auf eine graue Wand zeigt. »Na dann«, sagt er. »Jetzt kommt noch das Porträt.«

42

1 Monat später

KAT

In der Einfahrt steht ein Umzugswagen und überall im Haus stapeln sich Kisten. Es ist kühl geworden – besser gesagt so halbwegs kühl, wie es im Herbst in Malibu werden kann. Über den Pool ist eine Abdeckung gezogen worden, auf der nun einzelne Blätter liegen. Auf dem FOR-SALE-Schild im Vorgarten prangt neuerdings ein schräger roter Aufkleber: SOLD.

Ich drücke die Klappen des Umzugskartons nach unten und verschließe ihn mit Klebeband, das beim Abziehen so ein schönes Geräusch macht. Fertig. Meine letzte Kiste ist gepackt.

Ich habe beschlossen, die Highschool zu beenden. Meiner Mutter wurde ein neuer Job an einer tollen Schule in L. A. angeboten, und der Direktor meinte, sobald der nötige Papierkram erledigt wäre, könnte ich die Abschlussklasse besuchen und da weitermachen, wo ich in Fresno aufgehört habe. Meine Mutter ist natürlich glücklich über meinen Entschluss. Und ehrlich gesagt freue ich mich auch. Darauf, wieder ein normaler Teenager zu sein. Oder so normal wie es eben geht, wenn man mal ein TikTok-Star war und eine der Verdächtigen im prominentesten Kriminalfall der letzten zehn Jahre.

Es ist nicht so, dass ich meinen Traum aufgebe. Aber mir ist einfach klar geworden, dass ich es damit nicht so eilig habe.

Wenn man ständig in den sozialen Medien unterwegs ist, glaubt man irgendwann, dass fünfzehn bis siebzehn das Alter ist, in dem man karrieremäßig und überhaupt im Leben ganz oben ist. Und dass man mit fünfundzwanzig praktisch raus ist.

Aber das stimmt nicht.

Es bleibt unendlich viel Zeit, alles Mögliche zu machen. Ich kann die Highschool abschließen und zur Uni gehen, ich kann Umweltwissenschaft studieren und bei einer Improtheatergruppe mitmachen. Wer weiß, vielleicht probiere ich es dann doch noch mal als Comedian, entweder hier in L. A. oder auch in New York oder Chicago. Kann sein, dass ich wieder TikToks drehe, oder aber ich verlege mich darauf, ganz *real* aufzutreten, bei einem Open Mike oder einer Comedyshow. Oder aber ich liefere Content in einer App, die noch gar nicht erfunden wurde. Keine Ahnung, vielleicht funktioniert Social Media in Zukunft so, dass

Hologramme aus dem Handy aufsteigen, so wie bei *Star Wars*. Ich weiß ja nicht, was noch kommt. Es gibt so viele Möglichkeiten, so viele Wege, die mein Leben nehmen kann. Aber all das muss ich gar nicht haben, bevor ich zwanzig bin. Denn momentan würde ich gerne eine Arbeit über Emily Dickinson schreiben und mit Beau zum Abschlussball gehen. Selbst ein Mathe-Zusatzkurs kommt mir nicht abwegig vor.

Ich trage meine letzte Kiste raus auf die Einfahrt, wo Beau gerade dabei ist, Camis Sachen unter ihrer Aufsicht in den Umzugswagen zu hieven. Sie trägt den Arm in einer Schlinge. »Bitte sei vorsichtig mit dem Karton, da ist mein Shorty Award drin.«

Der stets geduldige Beau versichert ihr: »Keine Sorge, ich lass nichts fallen.«

»Ernsthaft, du solltest mich das selbst machen lassen. Echt jetzt, alle tun so, als läge ich auf dem Sterbebett. Dabei habe ich nur einen Kratzer abbekommen.«

»He, du wurdest angeschossen«, schaltet sich Gwen ein und legt Cami den Arm um die Hüfte. »Lass dir ruhig helfen.«

Cami reckt den Hals, damit sie in den Transporter schauen kann, wo Beau Kisten umherschiebt, um Platz zu schaffen. »Ich schwöre, selbst mit der Armschlinge hier würde ich das besser machen als er. Ich bin mir ziemlich sicher, dass ich schwerer heben kann als dieser Timothée Chalamet-Schmächtling.«

Beau lacht und fährt sich durch die verschwitzten Haare. »Helfe dir immer gern, Cami.«

Er gibt mir einen Kuss auf die Wange und nimmt mir meine Kiste ab. »Ist das die letzte?«

Ich nicke.

»Noch ein Foto, bevor wir abfahren?« Gwen hält ihr Glitzer-Handy hoch.

»Klar. Gibt ja sonst so wenige von uns«, mault Cami. Trotzdem hilft sie ihrer Freundin, das Handy am Umzugswagen anzulehnen und den Selbstauslöser zu aktivieren.

Wir stellen uns zusammen. Gwen schüttelt ihr Haar auf, Beau legt mir den Arm um die Schulter. Aus dem Augenwinkel sehe ich, wie Tucker aus dem Haus kommt. Er läuft auf Krücken und hat sich seine Duffelbag quer über den Oberkörper geschnallt.

»Tucker!«, rufe ich ihm zu. »Foto!«

Er humpelt herüber und tritt ins Bild, kurz bevor der Auslöser losgeht. Er streckt die Zunge raus und winkt mit seiner Krücke.

Gwen nimmt ihr Handy hoch und probiert gleich verschiedene Filter aus. »Keine Sorge, ich tagge euch alle!«, verspricht sie.

»Nicht nötig«, erwidere ich.

»Stimmt!« Cami reißt die Augen auf. »Du hast deine Konten ja alle gelöscht.«

Ich nicke.

»Wirklich alle?«, fragt Tucker.

»*Mmm.*«

»Auch Insta?«, hakt Gwen nach. »Und sogar Snap?«

»Sogar das Facebook-Konto, das ich nie benutzt habe.«

»*Wow.*« Gwen blinzelt, als ihr klar wird, dass ich es ernst meine. »Und ... und wie geht es dir jetzt so?«

»Ich fühle mich gut«, antworte ich. »Freier. Auf einmal merke ich, wie ich einfach so dasitze und mir dies und das durch den Kopf gehen lasse. Hab ich ewig nicht gemacht. Sonst war ich ständig abgelenkt von den Sachen auf meinem Handy. Und jetzt habe ich auf einmal wieder Langeweile. Schöne Langeweile.«

»Schöne Langeweile?« Cami schüttelt den Kopf. »Das ist garantiert nichts für mich.«

Alle lachen.

Kurz danach, als wir uns verabschiedet haben (die Mädels haben mich umarmt und versprochen, dass wir uns bald wiedersehen; von Tucker habe ich einen wackeligen High five bekommen), warte ich darauf, dass Beau sein Auto aufklickt, und muss mich kurz bücken, um meinen Schuh zuzubinden. Ein Windstoß fegt die Straße entlang, streicht mir die Haare zurück und raschelt in den Palmenblättern über uns. Da spüre ich, wie das Handy in meiner Hosentasche vibriert.

Oben auf dem Display wird eine Benachrichtigung angezeigt. Weil ich jetzt aus sämtlichen Social-Media-

Dingern raus bin, bekomme ich tatsächlich nur noch Anrufe und Nachrichten. Das hier ist weder das eine noch das andere.

Es ist ein Alert der Nachrichten-App. Mein Herz schlägt schneller, als ich die Schlagzeile überfliege:

TikTok-Verleumderin auf Kaution freigelassen
Sydney Reynolds, die ihre berühmten Mitbewohner für den angeblichen Mord an ihrer Schwester verurteilt sehen wollte, wurde heute Morgen gegen eine Kaution von 1 Million Dollar auf freien Fuß gesetzt.

43

1 Monat später

GWEN

»Das war echt traumatisch, was wir da erlebt haben. Dass ein junger Mensch so tragisch zu Tode kommt. Dass dir jemand unbedingt einen Mord anhängen will. Das relativiert einiges, kann ich euch sagen. All die Dinge, um die ich mir sonst Sorgen gemacht habe – wie viele Follower ich habe, wie viel Geld ich verdiene, ob ich einen Shorty Award bekomme –, die haben auf einmal keine Rolle mehr gespielt. Denn diese Dinge sind nicht das echte Leben. Ich habe mich immer an diesen willkürlichen Zahlen gemessen, wisst ihr, und dabei habe ich die ganze Zeit etwas anderes gesucht, mich nach etwas ganz anderem gesehnt – nämlich nach echtem, ehrlichem menschlichen Kontakt.

Wenn einem so was passiert wie mir und meinen Mitbewohnern – etwas, das einem so richtig nahegeht, einen durchschüttelt –, dann wacht man irgendwie auf.

Man erkennt auf einmal, was echt ist und was fake. Ich hatte plötzlich den Wunsch, diese verlogene und künstliche Plastikwelt zu verlassen und mich auf die Suche nach den Dingen zu begeben, die real sind. Die wahr sind. Und dafür musste ich mein Leben radikal auf den Kopf stellen. Ich musste die alte Gwen Riley, die mehr Marke als Mensch war, hinter mir lassen. Und neu anfangen.

Deshalb habe ich beschlossen, das *Real House* zu gründen, ein revolutionär neues Content House mit Anti-Influencer-Influencern. Unsere Videos sind ungeschönter, echter, authentischer als alles, was ihr bisher auf TikTok gesehen habt. Und dieses Mal ist das Haus doppelt so groß!«

Ich unterbreche mein Selfie-Video, schwenke die Kamera und zeige die Riesenvilla samt Mega-Garten, die mir mein Makler besorgt hat. Bezahlt wird das alles von einem meiner neuen Sponsoren.

Dann richte ich die Kamera wieder auf mein Gesicht. »Bleibt dran, nächste Woche stelle ich euch dann die WG-Mitglieder vor!«

Damit beende ich mein Promo-Video und renne rasch ins Haus, um es zu editen. Die Caption lautet: *Nur noch sechs Tage …* 👀 👀

Seit ich nicht mehr als Verdächtige in einem Strafverfahren gelte, wollen alle wieder mit mir zusammenarbeiten. Selbst Carmen hat mich kontaktiert, mir einen gigantischen Hyazinthen-Strauß geschickt und sich als Geschäftspartnerin angeboten. *Na klar. Als ob.* So blöde bin ich nun auch wieder nicht.

Ich habe einen neuen Manager, der mich wirklich mitentscheiden lässt und mich als ernst zu nehmenden Partner sieht und nicht nur als hübsche Marionette. Ich packe diese Sachen jetzt ganz anders an.

Noch einmal tief durchatmen: Gleich geht dieser Post an meine achtundneunzig Millionen Follower. Ja, ganz genau: *achtundneunzig*. Ich habe die meisten TikTok-Follower *ever*. Ich habe meinen eigenen Rekord geschlagen.

Wenn man aus einer solchen Sache als chaotische Retterin rauskommt, als eine von den Guten, die ihren Freunden helfen wollte, dann lässt sich so ein Skandal sogar nutzen. Selbst ein Mordverdacht kann deine Marke vorantreiben.

Dank

Ähnlich wie ein Collab House ist auch dieses Buch das Ergebnis von Teamarbeit. Viele talentierte und großherzige Menschen haben dazu beigetragen, diese Geschichte zu dem zu machen, was sie ist. Ich schätze mich glücklich, dass ich mit ihnen zusammenarbeiten durfte.

Allen bei Underlined und den größeren Teams bei Delacorte Press und Random House, die dazu beigetragen haben, dass dieses Buch Wirklichkeit geworden ist, bin ich sehr dankbar.

Vielen Dank an meine Lektorinnen Wendy Loggia und Alison Romig. Wendy, es war ein Traum, mit dir zu arbeiten. Seit Jahren bin ich ein Fan der Bücher, die du lektoriert und geschrieben hast: Die Zusammenarbeit mit dir war noch besser, als ich es mir vorgestellt hatte. Danke, dass du diesem Projekt eine Chance gegeben hast, und danke für all deine Anmerkungen, die dazu beigetragen haben, dass das Buch zu dem geworden ist, was es heute ist. Danke, Alison, für deine tatkräftige Unterstützung und deinen unschätzbaren Einblick. Du bist bei diesem Projekt wirklich mitgegangen und deine Anmerkungen und Korrekturen waren äußerst willkommen.

Bedanken möchte ich mich auch bei den Korrekturleser:innen, die mich vor vielen peinlichen Fehlern bewahrt haben. Ich kann Ihnen nicht genug für ihre Sorgfalt und Genauigkeit danken.

Dem Grafik-Team und insbesondere Casey Moses danke ich für den fantastischen Einband. Sie haben die Geschichte toll eingefangen, und *to judge a book by its cover* ist also in diesem Falle nichts, wovor ich mich fürchten müsste.

Ich danke den Vertriebs-, Marketing- und Werbeteams und allen bei Random House, die sich dafür eingesetzt haben, dieses Buch unter die Lesenden zu bringen.

Danke an meine Rockstar-Literaturagentin Nicole Resciniti und an alle bei der Seymour Agency. Nicole, du hast an mich geglaubt, als es noch hieß: »Ich mache den Entwurf nach dem Abschlussball fertig!«, und du hast mich von diesem Tag an ermutigt und begleitet. Danke für all die Telefonate, in denen du mir meine Ängste genommen hast, und für deine stets hilfreichen Anmerkungen. Auf dem Weg zur Veröffentlichung bist du mein Fels in der Brandung gewesen, und ich bin für immer dankbar, dich an meiner Seite zu haben. Danke für deinen Einsatz, mit dem du dieses Buch von der Idee bis zum fertigen Projekt gefördert hast.

Vielen Dank, Dana Spector von der Creative Artists Agency, die an diese Geschichte und an mich geglaubt hat. Ich bin gespannt, ob meine Geschichte dank Ihrer Hilfe noch andere Formen annehmen wird.

Danke an meine Freunde und meine Familie für ihre stete Ermutigung. Mein besonderer Dank gilt meiner Schwester Maggie, meiner ersten Leserin und größten Anfeurerin. Neben deinen Aufgaben, die doch viel wichtiger sind als meine, hast du immer Zeit gefunden, Fragen zu Handlung und Plot mit mir durchzusprechen. Danke, dass du meine Texte liest und mir Mut machst und dafür sorgst, dass meine Fortschritte auf Fotos festgehalten werden. Übrigens, Mags, erinnerst du dich, dass du mit meinem Manuskript mal dasselbe machen wolltest wie Amy March mit dem ihrer Schwester? Betrachte es als meine Rache, dass ich das hier erwähne.

Ich danke meinen Eltern, die mich immer zum Schreiben ermuntert haben und auch dann an mich geglaubt haben, als ich selber Zweifel hatte. Ich danke meiner Mutter, dass sie mein Buchprojekt ernst genommen und gefördert hat, als es nur ein vager Einfall in einem spätabendlichen Gespräch war. Vielen Dank an meinen Vater, der mir einen Schreibtisch in seinen Keller gestellt und erlaubt hat, dass ich die Wand mit Figuren-Collagen und Plot-Notizen tapeziere. Tut mir leid, dass ich vergessen habe, Kreppband zu benutzen.

Ich danke meinen beiden Brüdern, die mich beim

Schreiben unterstützt haben, und besonders meinem jüngeren Bruder Ryan, der mir gezeigt hat, wie TikTok funktioniert.

Vielen Dank an meine Freunde, vor allem Maddie Bradshaw, Becca Rose, Nicolas Lozano, Kristin McIntire Kennedy, Ana Caro Mexia, Maddie Bouton, Sarah Manney, Maya Lorey, Ethan Flanagan, Julia »Jade« Fletcher, Carrie Monahan und Tony Bruess. Danke, dass ihr Anrufe entgegengenommen habt, in denen ich mich ausführlich über die dramatischen Verwicklungen von Personen ausgelassen habe, die nur in meinem Kopf existierten. Ihr seid die besten Freunde, die man sich wünschen kann.

Danke an die Lehrer, die mich zum Schreiben ermutigt und mir in den Jahren an der St. Francis Xavier und der Nazareth Academy bis hin zu Stanford und der Columbia Journalism School so viel beigebracht haben. Insbesondere danke ich: Jessica Radogno, Amelia Garcia, Lori Wasielewski, Mary Kate O'Mara, Janine Zacharia, Phil Taubman, Steve Coll und Adam Tobin.

Mein Dank gilt auch denjenigen, die mir als Mentoren zur Seite standen und geholfen haben, meinen Schreibstil auch im außerschulischen Bereich zu schärfen, von meinen Anfängen als Teenager-Reporterin bei *The Mash* und der *Huffington Post Teen* bis hin zu meiner Zeit als Redakteurin beim *San Francisco Chronicle*, bei Reuters und Bloomberg. Hier danke ich unter anderen: Taylor Trudon, Liz Perle, Morgan Olsen, Michelle Lopez, Phil Thompson, Jessica Mullins, Molly Schuetz, Katherine Chiglinsky, Gerrit De Vynck, Sarah Frier und Jillian Ward.

Ich danke allen kleinen und großen Internetstars, die Real Life Content in den sozialen Medien posten und damit Aspekte von sich und ihrem Leben mit der Welt teilen. Die sozialen Medien sind bei Weitem nicht perfekt und können im schlimmsten Fall dazu führen, dass wir uns isoliert und allein fühlen – im besten Fall aber haben sie das Potenzial, uns über Grenzen hinweg zu verbinden. Dank allen, die versuchen, das Internet und die Welt zu einem freundlicheren und angenehmeren Ort zu machen. Ich hoffe, ihr wisst auch die Stellen in diesem Buch zu nehmen, in denen ich gewisse Internetaktivitäten persifliere – ihr könnt jedenfalls sicher sein, dass ich respektiere, dass das, was ihr da tut, wirklich harte Arbeit ist.

Nicht zuletzt möchte ich mich bei meinen Lesern bedanken. Mit der Veröffentlichung meines ersten Buchs ist für mich eine unglaubliche Zeit angebrochen, und ich freue mich über jeden Tweet, jede E-Mail und jede Instagram-DM, die ich von euch erhalte. Ich bin so froh, dass meine Worte bei euch angekommen sind und ein Gespräch in Gang gesetzt haben. Ich hoffe, dass wir uns noch viele Jahre auf diese Weise austauschen können.

© Maddy Bradshaw

KILEY ROACHE hat in Stanford studiert und einen Abschluss an der Columbia Journalism School gemacht. Als Journalistin schreibt sie unter anderem für das *Wall Street Journal*, den *San Francisco Chronicle* und die *New York Times*. Seit einiger Zeit widmet sie sich auch ihrer anderen Leidenschaft: dem Schreiben von Jugendbüchern. Wenn sie mal nicht schreibt, verbringt sie ihre Zeit damit, Eiskaffee zu trinken, im Garten hinter ihrem Haus zu malen oder sich durch TikTok und Instagram zu scrollen.

URSULA HELD, geboren 1972, studierte Literaturübersetzung in Düsseldorf und Nantes. Heute lebt sie mit ihrer Familie in Berlin. Seit vielen Jahren übersetzt sie Sachbücher und Literatur für Jugendliche aus dem Englischen und Französischen.

Mehr zu unseren Büchern auch auf Instagram